U0507667

中国海洋大学"985工程"

海洋发展人文社会科学研究基地建设经费资助

The Image of the
Child in
Chinese and
American
Children's Literature

——Proceedings of the First China-U.S. Children's Literature Symposium

中美儿童文学的儿童观

——首届中美儿童文学高端论坛论文集

朱自强　罗贻荣　主编

中国社会科学出版社

图书在版编目(CIP)数据

中美儿童文学的儿童观：首届中美儿童文学高端论坛论文集／朱自强，
罗贻荣主编 . —北京：中国社会科学出版社，2015.12
ISBN 978 - 7 - 5161 - 6416 - 7

Ⅰ . ①中… Ⅱ . ①朱…②罗… Ⅲ . ①儿童文学 - 文学研究 - 国际学术
会议 - 文集 Ⅳ . ①I058 - 53

中国版本图书馆 CIP 数据核字(2015)第 146925 号

出 版 人	赵剑英
责任编辑	曲弘梅
责任校对	张玉霞
责任印制	戴 宽

出 版	中国社会科学出版社
社 址	北京鼓楼西大街甲 158 号
邮 编	100720
网 址	http：//www.csspw.cn
发 行 部	010 - 84083685
门 市 部	010 - 84029450
经 销	新华书店及其他书店

印刷装订	三河市君旺印务有限公司
版 次	2015 年 12 月第 1 版
印 次	2015 年 12 月第 1 次印刷

开 本	710×1000 1/16
印 张	17.25
插 页	2
字 数	266 千字
定 价	66.00 元

凡购买中国社会科学出版社图书，如有质量问题请与本社营销中心联系调换
电话：010 - 84083683
版权所有 侵权必究

目　录

Contents

前　言

2011 年 4 月间，我应邀赴中国海洋大学的友好合作学校美国得克萨斯 A&M 大学进行学术交流和考察。其间，我为得克萨斯 A&M 大学师生作了题为"中国儿童文学发生期中的美国影响"的学术报告，并且在该校由纳尔逊教授领导的 Glasscock 研究中心的跨学科研究团队"Critical Children Studies"课题组的会议上，作了"中国儿童文学中的儿童观"这一主题报告。这两个报告的内容，一个与美国的儿童文学有关，一个与纳尔逊教授领导的团队的研究课题相关，这种相关性也许成为后来双方合作的一种机缘。

访问得克萨斯 A&M 大学期间，有一天中午，在学校宴请之后，我和得克萨斯 A&M 大学孔子学院中方院长罗贻荣教授及纳尔逊教授留下来，坐在酒店门前的茶座，探讨两校如何在儿童文学研究领域展开深入合作的事宜。当时，我并不确定纳尔逊教授会对我们希望合作的意愿回应到什么程度。结果令人惊喜。纳尔逊教授学识渊博、平易近人、善解人意，一直在尽可能地支持我们的想法。经过详细商讨，最终形成了我与纳尔逊教授合编一套美国当代儿童文学丛书，我和罗贻荣教授所任职的中国海洋大学与得克萨斯 A&M 大学联合主办中美儿童文学高端论坛这两项具体合作设想。

回到学校以后，我和文学与新闻传播学院党委书记陈篯一起向吴德星校长（时任）汇报了合办中美儿童文学高端论坛这一设想，当即得到了吴德星校长的大力支持。吴校长还在申请报告上批示，希望能把中美儿童文学论坛办成例会。在此之后，闫菊副校长将此项工作纳入了"985 工程"经费项目。

在学校相关部门，特别是在文科处的多方支持下，"首届中美儿童文学高端论坛"的筹备工作顺利展开。按照在美期间与纳尔逊教授的商谈计划，论坛的主题定为"中美儿童文学中的儿童观"。

2012 年 6 月 2 日至 3 日，"首届中美儿童文学高端论坛"在位于青岛的中国海洋大学鱼山校区成功举办。参加此届论坛的均为中美两国儿童文学学术界知名的前沿学者，其中美方有 4 位美国儿童文学学会前任和现任会长，两位美国儿童文学学会学术论文奖获得者，1 位著名美国儿童文学作家，中方的知名学者中则囊括了全国的儿童文学博士生导师、高校中的全国儿童文学委员会委员，此外还有身为教授的四位著名儿童文学作家。此届论坛开中美双方儿童文学界高层次学术交流之先河，无疑是中美儿童文学交流史上的一件大事。

在此"首届中美儿童文学高端论坛"中文版论文集（英文版已在美国出版）即将出版之际，当初学校希望将论坛办成例会的预期也已经开始实现。

在首届论坛举办期间，作为中方大会主席，我与美方大会主席、美国儿童文学学会会长（时任）纳尔逊教授以及将在一年后接任美国儿童文学学会会长的米雪儿教授、负责论坛协调工作的罗贻荣教授，就举办第二届论坛进行了商讨，双方决定两年后的第二届论坛由美国南卡罗来纳大学与中国海洋大学共同举办，地点移师美国，在南卡罗来纳大学所在地的哥伦比亚市召开。

在南卡罗来纳大学和中国海洋大学的支持下，在中国海洋大学国际合作与交流处的具体帮助下，经过近两年的筹备，2014 年 6 月 23 日至 24 日，第二届中美儿童文学高端论坛在美国如期召开。第二届中美儿童文学论坛的主题是"全球化视野下的儿童"，划分为"全球儿童，全球市场"、"国际比较研究"、"'全球儿童'建构问题"、"跨越语言文化之界"、"改编与翻译"五个议题进行研讨。在历时一天半的会议研讨中，有 15 位学者针对上述议题宣读了论文。论坛在所有论文宣读之后，还安排了一场综合讨论。讨论气氛十分热烈，将研讨的论题引向深入，同时也增进了双方学者彼此间的了解。

在首届和第二届中美儿童文学论坛成功举办、中美儿童文学学术交流已经持续开展的基础上，中国海洋大学儿童文学团队正在与前美国儿童文学学会会长、首届中美儿童文学论坛美方主席、得克萨斯

A&M 大学纳尔逊教授，就第三届中美儿童文学论坛的筹办事宜进行具体磋商。双方希望以每两年召开一次的例会方式，将出现良好势头的中美儿童文学学术交流保持下去，以打造一个常态化的中美儿童文学学术交流的高端平台。

美国对于中国儿童文学有着深刻的影响。在中国儿童文学的发生期，美国儿童学创始人斯坦利·霍尔等人的思想和观点，对中国儿童文学理论的奠基人周作人的儿童观产生了直接的影响，美国学者麦克林托克、斯喀特尔的"小学校里的文学"研究，也给周作人、郑振铎的儿童文学观的确立，带来了直接的帮助。在运用儿童文学的实践中，杜威的儿童中心主义教育思想也给小学语文教育界人士带来了启示并产生了具体影响。

改革开放以来，中国儿童文学的长足发展得益于外国儿童文学优秀作品的大量翻译出版，其中美国儿童文学是重中之重。纽伯瑞儿童文学奖、凯迪克图画书奖获奖作品在中国儿童文学出版者、作家、研究者中颇受关注。我本人与纳尔逊教授合编的一套美国当代儿童文学丛书的计划也已经实施。目前这套丛书以"美国金质童书"之名，已经由明天出版社出版了第一辑（五册）、第二辑（五册），第三辑也正在筹划之中。

谋求中国儿童文学健康、持续的发展，需要通过多种形式的交流，从世界儿童文学中汲取可资借鉴的经验。中国与世界儿童文学之间的学术交流，对于中国儿童文学的学科建设具有重要的意义。据此也可以说，这部"中美儿童文学的儿童观——首届中美儿童文学高端论坛"论文集的意义和价值，不仅在今天，而且也将在此后的儿童文学学术发展中得以呈现。

朱自强

2014 年 12 月 28 日

于中国海洋大学儿童文学研究所

论儿童观与百年中国儿童
文学的三次转型

北京师范大学文学院　王泉根

内容摘要： 儿童文学作为"大人写给小孩看"的特殊形态的文学，成年人如何理解、对待儿童的观念与行动也即"儿童观"，直接影响、制约着儿童文学的发展思潮、审美创造与系统工程建设。进入 20 世纪以来，中国人的儿童观呈现出传统社会视儿童为"缩小的成人"——五四新文化运动时期的"救救孩子""儿童本位"——30 年代以后"配合一切革命斗争"而形成的观念——八九十年代尊重儿童个性、回归儿童——当今时代倡导的"儿童权利""儿童生存、保护和发展"等，既在某一时期某种儿童观占有主导地位而又相互渗透、交织的状态。百年中国儿童文学的发展历程，正是围绕着"儿童观"这一核心问题而展开的，同时在历史性的轴线上经历了三次大的转型。

关键词： 儿童观　传统　现代　转型

儿童文学与成人文学的根本区别是：成人文学是成年人之间的文学活动与精神对话，而"儿童文学是大人写给小孩看的文学"（当然，我们不排除在儿童文学的广阔艺术版图中，也有一些智慧早熟的少年作者写的艺术品，但就儿童文学的整体而言，就儿童文学的经典性、创新性、主流性而言，儿童文学主要是由成年人创作的），即儿童文学的创作、传播（包括编辑出版、批评研究、推广应用等）主体是成年人，而其接受、消费主体是处于启蒙、成长年龄阶段的少年儿童。生产主体是成年人，接受主体是少年儿童，这就构成了儿童文学与生俱来的矛盾与困惑，两代人之间的文化代沟及其文学接受所造成的代际差别、冲突与融合。这也提出了儿童文学一个根本性的文化问题，即儿童观问题。

儿童文学从根子上说是由成年人主宰、生产、指导的文学，从根本上说是体现成年人目的、目标、意志与理念的文学，因而这种文学与成年人如何理解、对待儿童的观念与行动也即"儿童观"紧密相关。有什么样的儿童观，就有什么样的儿童地位、权利、生存状况，也就有什么样的儿童文学的价值取向、文化选择、审美追求与艺术章法。在一切儿童文学现象背后，有一双无形的手在掌控、规范着儿童文学，这就是成人社会的"儿童观"。百年中国儿童文学史是发现儿童、尊重儿童、解放儿童的历史。我认为，在儿童文学一切现象的背后有一双无形的手在起着作用，这就是无所不在的社会儿童观，也就是如何看待儿童、对待儿童的观念。从这个角度说，百年中国儿童文学史，是中国人儿童观的演变史。

第一次转型：五四时期

中国古代到底有没有儿童文学资源与传统？这牵涉的问题比较多，我们不能轻易断言，需要小心地、谨慎地去思考与梳理。如何理解古代儿童接受文学的现象，首先有个前提，即对什么是"儿童文学"的理解。儿童文学说到底就是为少年儿童、为民族下一代的精神生命健康成长服务的特殊形态的文学，它的基本接受对象是少年儿童。因此，凡是有利于少年儿童精神生命健康成长并被他们所喜欢所接受的文学，都可以放到"儿童文学"的范畴里面加以考察。其次，是对于文学大系统的理解。文学作为精神产品，其生产者与产品有两大类，一类是作家创作的以文字形式呈现的作家文学；另一类则是民间老百姓所创作的口耳相传的民间文学（中国古代民间文学是被排斥在正统文学殿堂之外的，五四新文化运动时期才承认民间文学亦是文学大系统中的重要门类）。无论是作家创作的文学还是民间流传的文学，一起构成了人类丰富的文学艺术版图。

如果我们承认民间文学是文学大系统中不可缺少的组成部分,那么民间口头文学中大量的民间童话、儿歌童谣等,当然是儿童文学史研究所要关注、解读的对象。中国古代流传的大量民间口头童话、童谣都应该承认是被古代儿童所接受的文学形式。当然这种文学形式经历了很多的曲折,只有一小部分被有心人记录了下来,绝大多数都散失了、消亡了。即便是被记录下来的那一小部分,也常常被看作是鬼怪神异(用今天的话来说就是"另类"的东西),不能归入主流文学,而只能归到"志怪"里去,因而很难加以辨别。周作人在 1914 年发表的《古童话释义》一文,对中国古典志怪小说所辑录的民间童话与西方童话作了比较研究后,深有感慨地说:1909 年商务印书馆印行的《无猫国》被人们看作是"中国第一本童话,……实乃不然,中国虽古无童话之名,然实固有成文之童话,见晋唐小说,特多归诸志怪之中,莫为辨别耳"。① 古代儿童对精神食粮饥渴的需求,主要是通过民间口耳相传的口头文学形式,如民间童话、童谣、故事等得到慰藉的。这种现象给我们研究古代儿童文学带来了许多矛盾与困难。但即便如此,我个人依然认为:第一,不要轻易断言中国古代没有儿童文学;第二,要很好地小心地去求证、梳理中国古代儿童接受文学的特殊的存在方式与途径。

中国人对儿童文学、儿童读物的重视一直要到 20 世纪初叶,尤其是五四新文化运动时期,这才发生根本的变革和转型。要把握中国儿童文学的现代转型,有两篇文章是极其重要的切入点,可以说是两把钥匙,此即鲁迅写于 1919 年的《我们现在怎样做父亲》和周作人写于 1920 年的《儿童的文学》。

《我们现在怎样做父亲》堪称中国人儿童观转变的宣言书。鲁迅在这里接受了西方教育思想中的"儿童本位论",对中国人传统儿童观的误区提出了质疑乃至批判,并发出建立新儿童观的呼吁:"一切设施,都应该以孩子为本位"②;而且他把以孩子为本位视作符合道德

① 周作人:《儿童文学小论·中国新文学的源流》,止庵校订,河北教育出版社 2002 年版,第 23 页。

② 鲁迅:《鲁迅选集》,线装书局 2007 年版,第 11 页。

的观念，以后觉醒的人首先要洗净了东方古传的儿童观。把儿童当成私有财产、当成附属品、当成一个缩小了的成人都是不道德的。鲁迅在本文发出的关于"一切设施，都应该以孩子为本位"①的呼吁，关于"肩住了黑暗的闸门，放他们（指孩子——引者注）到宽阔光明的地方去"的担当，关于"养成他们（指孩子——引者注）有耐劳作的体力，纯洁高尚的道德，广博自由能容纳新潮流的精神"②的期待，关于"父母对于子女，应该健全的产生，尽力的教育，完全的解放"的呼唤③，至今依然震撼着我们的灵魂。

《我们现在怎样做父亲》，代表了觉醒一代的中国人完全崭新的儿童观，他们在孩子身上寄予了创造未来的希望。这篇具有宣言书性质的文章，不但对五四新文化运动"人的发现——儿童的发现——儿童文学的发现"产生了深刻的影响作用，而且对整个 20 世纪中国的儿童观也起着规范的建设性的作用。

周作人的《儿童的文学》则是一篇关于创建中国现代意义的儿童文学的宣言书，甚至"儿童文学"这一概念都是从这篇文章中演变过来的。周作人反复强调首先要把儿童作为一个正当的独立的人来看待。现代意义的儿童观包含着几个方面：第一，要把儿童当人看；第二，要把儿童当儿童看；第三，要尊重儿童的独立人格。古传的儿童观之所以错误，就在于它不把儿童当人看，更不把儿童当儿童看，不尊重儿童的独立人格。周作人在《儿童的文学》中还提出了儿童文学创作应遵从少年儿童发展的年龄差异性，探讨了幼儿前期、幼儿后期与少年期的不同心理特征及对诗歌、童话、寓言、故事、戏剧等各类文体的不同接受需求。这对于促进中国儿童文学的现代转型、创建现代性的与世界接轨的儿童文学，起了积极的建设性的作用。

西方的现代化以三个发现为先导，即发现个人、发现妇女、发现儿童。"发现个人指个人不是肌体的细胞，不是机器的螺丝钉，而是有思考、能创造的独立人格。这一思想在西方称为个人主义，它是民

---

① 鲁迅：《鲁迅选集》，线装书局 2007 年版，第 11 页。

② 同上。

③ 同上书，第 13 页。

主制度的基础。把个人主义解释为自私自利是一种误解。发现妇女指妇女不再做家庭的囚徒，要跟男子同样有教育权、就业权、选举权。发现儿童指教育儿童要了解儿童和年龄需求，儿童不是成人的半制品。"① 中国的现代化也与三个发现有着紧密关系。"人的发现，即发展个性，即个人主义，成为'五四'新文学运动的主要目标。"② 而儿童与妇女则是五四新文化运动"人的发现"的两大主题。正是经过"五四"那一代人的努力、奔走、呼喊，中国人的儿童观才发生了改变。

这个改变从根本上说就是要把儿童当人看，把儿童当儿童看。在一定范围、一定程度上对儿童的独立人格有所尊重，儿童也有了一定的社会地位，并出现了一个中国历史上前所未有的建设儿童文学的热潮——文学研究会在 20 年代初、中期发起的"儿童文学运动"。随着全社会儿童观的转变，中国儿童文学加快了向现代转型的步伐，也即加快了与世界发达儿童文学的接轨。20 年代所做的工作，就是一个转型的工作，一个与世界接轨和学习的工作。

第一，大量翻译介绍传播西方的儿童文学，举凡安徒生、格林童话等西方各种以儿童接受为本位的经典的儿童文学作品都被大量翻译进来。第二，对传统的儿童读物遗产进行清理，首先是把那些传播成人意志和以成人教育目的论为核心的读物，如《三字经》、《幼学琼林》等东西小心地清理出去；其次是小心地梳理、考察中国古代儿童所接受的民间文学的遗产，整理、改编古代民间童话、童谣等。第三，有一批观念先进、接受较快而又热心为儿童服务的作家，受西方儿童文学的影响开始创作我们民族自己的儿童文学，典型例子就是叶圣陶。叶圣陶从 1921 年开始创作童话，他说他是受了安徒生、格林童话的影响，才产生了自己也来"试一试"的念头。从 20 年代初开始，这一批作家比较自觉地投身到儿童文学创作中去，代表性成就集中体现在文学研究会的那场儿童文学运动里面。譬如，以叶圣陶的

① 周有光：《从人类历史探索现代化的含义》，《群言》1999 年第 7 期。
② 茅盾：《关于创作》，《北斗》1931 年 9 月创刊号。

《稻草人》为代表的童话创作，以冰心的《寄小读者》为代表的散文创作，以俞平伯的《忆》为代表的儿童诗创作，以郑振铎主编的《儿童世界》为代表的幼儿文学创作，以赵景深、郑振铎、沈雁冰为代表的儿童文学翻译及理论研究工作。20 年代的《小说月报》还出版了"安徒生专号"，那是一件了不起的大事。《小说月报》作为当时最有影响力的文学刊物推出了整整两期的安徒生专号，把世界儿童文学大师全方位地介绍到中国，对中国儿童文学的现代转型产生了非常广泛深刻的影响。

第二次转型：20 世纪 30 年代

作为特殊精神产品的儿童文学创作，在其生产、传播的背后，总是深潜着一定的社会文化动因，受制于时代规范和文化选择。进入 30 年代，伴随着中国社会"革命与救亡"的时代潮汐，中国社会的"儿童观"发生了很大变化，并深刻影响到"儿童文学观"，这一变化一直延续至五六十年代。30 年代，在中国第二次国内革命战争与面临民族危亡进入全民抗战之际，儿童文学不得不把儿童本位的需要放到一边，为配合时代的需要，而输入"革命"、"阶级"与"救亡"的内容。

竭力配合"一切革命的斗争"[①]，这是 1930 年 3 月中国左翼作家联盟（简称"左联"）在上海举行的一次有关建设儿童文学以及《少年大众》编辑方针的专题讨论会上，所提出的命题。

这一转变实际上是对"五四"时期倡导的"儿童本位"的儿童观与儿童文学观的重大调整，是将文学与当时中国社会历史进程和民族解放、民族生存紧密结合在了一起。在这一背景之下，出现了一个很有意味的现象：很多作家对安徒生童话提出了质疑。安徒生童话在中国的接受演变很值得研究，五四时期是大力推崇，而到了 30 年代则提出质疑：安徒生这么一种理想化的古典式的童话还适合当时中国社

---

① 《〈大众文艺〉第二次座谈会》，《大众文艺》1930 年第 2 卷第 4 期。

会的需要吗？从安徒生童话在中国的接受演变过程可以看出中国儿童文学甚至整个现代文学曲折前行的过程。对 30 年代的中国社会来说，安徒生童话似乎不需要了，当时更需要的是像苏联班台莱耶夫的《表》以及反映俄国革命的少年儿童形象的现实题材作品。1935 年有署名"狄福"者发表的《丹麦童话作家安徒生》一文认为："逃避了现实躲向'天鹅''人鱼'等的乐园里去，这是安徒生童话的特色。现代的儿童不客气地说，已经不需要这些麻醉品了。把安徒生的童话加以精细的定性分析所得的结果多少总有一些毒素的，就今日的眼光来评价安徒生，我们的结论是如此。"① 当时有不少论者都持此观点，如范泉就认为："像丹麦安徒生那样的童话创作法，尤其是那些用封建外衣来娱乐儿童感情的童话，是不需要的。因为处于苦难的中国，我们不能让孩子们忘记现实，一味飘飘然的钻向神仙贵族的世界里。尤其是儿童小说的写作，应当把血淋淋的现实带还给孩子们，应当跟政治和社会密切地联系起来。"② 在这种语境下，当时的翻译也发生了很大变化。原来的翻译以西方儿童文学为主体，到了三四十年代，则转向以苏联儿童文学为主体。把民族生存、民族解放放在首位，实际上这种观念的背后是中国社会的儿童观发生了变化，即只有先解决民族的生存问题、儿童的生存问题，而后才能够解决有关儿童的教育问题、娱乐问题和其他一切问题。

　　30 年代，以张天翼的《大林和小林》为代表，现实主义的儿童文学创作被推崇备至。以今天的眼光来看，《大林和小林》是一部典型的政治童话。它表现的是两个阶级的对立和对抗，人物形象是类型化的，还谈不上典型。大林的性格代表着资产者形象，小林的性格代表着无产者形象，大林和小林由一对亲兄弟走向对抗到最后发展为激烈的斗争，所体现的是两个阶级的斗争，大林和小林实际上已成了两个阶级的符号。活跃在童话世界中的这两个童话人物形象，既是完全虚构的人物，又有着坚实的现实生活基础，既蕴涵着丰富的儿童生命

① 狄福：《丹麦童话作家安徒生》，《文学》1935 年第 4 卷第 1 号。
② 范泉：《新儿童文学的起点》，《大公报》1947 年 4 月 6 日。

精神，又包含着深刻的社会批判内容，他们的经历与命运，显示了他们分别隶属的两个不同阶级的生活以及那种生活给予他们的影响。在此之前，中国还没有任何一部现代童话中的人物形象概括了如此深广的社会内涵，把如此"血淋淋的现实带还给孩子们"，并"跟政治和社会密切地联系起来"①。

《大林和小林》是一种象征，一种范式。类似于这样张扬现实主义精神的儿童文学作品从三四十年代开始成为一种创作的主潮，甚至一直延续到五六十年代和70年代初。例如，童话有张天翼的《金鸭帝国》、《秃秃大王》，陈伯吹的《阿丽丝小姐》、《波罗乔少爷》，贺宜的《凯旋门》，金近的《红鬼脸壳》，严文井的《四季的风》，洪汛涛的《神笔马良》，黄庆云的《奇异的红星》等，小说有茅盾的《大鼻子的故事》、《少年印刷工》，王统照的《小红灯笼的梦》，华山的《鸡毛信》，峻青的《小侦察员》，管桦的《雨来没有死》，徐光耀的《小兵张嘎》，胡奇的《小马枪》，刘真的《我和小荣》，郭墟的《杨司令的少先队》，杨大群的《小矿工》，王世镇的《枪》等。这些作品所体现的阶级矛盾与斗争、民族的生存危机与救亡、现代中国社会的历史变革与生活场景，激荡着一种浓重的现实主义精神。这种现象与儿童观有很大关系，即把儿童的生存与命运置于我们整个民族的发展生存之中，只有有了民族的发展和生存，才会有儿童的发展生存。因此，当时的儿童更需要认识的是社会现实的各种矛盾斗争及其历史必然性，更需要理会的是外部世界的群体经验与成人文化意志，而不是儿童内在的经验世界、想象世界，不是儿童精神生命所关切和需要的东西，譬如幻想、想象、个性、成长、情感、宣泄、游戏等。

第三次转型：新时期

进入改革开放的新时期，我们的儿童文学又发生了很大变化。从文化语境观察，直接影响八九十年代中国人的儿童观以及关于儿童问

---

① 范泉：《新儿童文学的起点》，《大公报》1947年4月6日。

题看法的是这样两件大事：一是 1989 年第 44 届联合国大会通过的
《儿童权利公约》；二是 1991 年七届全国人大通过的《中华人民共和
国未成年人保护法》，同年中国政府宣布加入《儿童权利公约》。儿童
的社会地位与权利以政府庄严的承诺和法律保障的形式被确定下来，
这在中国历史上还是第一次，它所产生的社会影响与实质性的作用，
无疑是巨大的、深刻的。联合国《儿童权利公约》，体现了现代社会
最进步、最文明、最科学、最合理的儿童观，体现了人类社会对儿童
与儿童权利有了更合理、更全面的认识。《公约》对儿童的理解是：
儿童生下来就是一个权利的主体，他们拥有生存权、发展权、受保护
权和参与权等基本权利。儿童是人，是走向成熟的人，是终将独立的
人。社会应为儿童享受自己的权利创造更好的条件。

　　现代儿童观的确立和进步成为中国新时期儿童文学发展的根本基
础与精神资源。《公约》对儿童有着明确的界定："儿童是指十八岁以
下的任何人。"无论是男的女的、健康的残疾的、黄种的白种的黑种
的，都属于儿童的范畴。中国政府的《未成年人保护法》，也将儿童
界定为"未满 18 周岁的公民"。两者都把 18 岁作为儿童的年龄段。
这对我们调整儿童文学的服务对象及其审美尺度有着重要意义，用曹
文轩的话说："要放宽儿童文学的领域、边界。"我们原来儿童文学的
领域比较窄，大概到初中一年级，十三四岁这个年龄段，而国际上界
定的"儿童"是到 18 岁。八九十年代出现的关于儿童文学"三个层
次"的观念（即从广义上说，儿童文学是为 18 岁以下的任何人服务
的文学，儿童文学包含少年文学、童年文学与幼儿文学这三个层次），
关于儿童文学的成长主题以及"成长小说"的创作实践，关于"儿童
的成长心理自身具有反儿童化倾向"的讨论，关于张扬儿童文学的阳
刚因素、塑造"小小男子汉"形象的期待，特别是对具有创造性思维
和鲜明个性的少儿形象作品的充分肯定，都说明了我们的儿童观——
儿童文学观的转变。

　　我们还应提出西方现代性儿童文学的翻译以及对我们儿童文学界
带来的影响。例如，20 世纪 80 年代对瑞典女作家林格伦作品的译介。
林格伦的作品有《小飞人》三部曲、《长袜子皮皮》三部曲、《淘气

包艾米尔》三部曲与《疯丫头玛迪琴》等。从整体上说，林格伦作品是站在儿童的立场为儿童说话，对现行的教育体制、教育观念提出了挑战，主张充分尊重儿童个性，解放儿童。50年代林格伦的作品刚出现时，曾在西方文坛、教育界引起很大争议，但最后它的文化价值、儿童观念被充分肯定下来。80年代林格伦作品的广泛译介，对中国儿童文学带来很大的影响，例如对"童话大王"郑渊洁的影响。郑渊洁的童话很明显是站在儿童的立场为儿童说话，并对现行的教育体制提出质疑与挑战。他的作品通过其独家"承包"的《童话大王》月刊，在孩子们中间有着很大市场，"童话大王"的影响几乎持续到90年代后期。

在这里，我们还应特别谈谈英国女作家罗琳的现代超人体长篇童话《哈利·波特》（也有媒体把它称作"奇幻文学"）。出现在世纪之交的《哈利·波特》不但在出版史上是一个奇迹，在世界儿童文学史上也将是一个奇迹。《哈利·波特》创造了网络时代的阅读神话，光在中国就已发行了500万套。骑着飞天扫帚的英国小男孩哈利·波特的横空出世，把电脑、游戏机前的儿童重新拉回到了阅读童话的激情之中。这部长篇童话的成功很值得我们研究，成功的原因当然是多方面的，例如奇特大胆的幻想激情，融校园、成长、魔幻于一体的结构体系，将古老的巫师故事模式与现代少儿生活世界有机结合，等等。但我认为，《哈利·波特》之所以深受网络时代广大小读者的欢迎，根本原因在于有一个正确的适合时代潮流的儿童观。人民文学出版社已经翻译出版了《哈利·波特》的全部，我们注意到，从罗琳的作品考察，可以发现每一部都有一个相似的故事框架：一开头都是哈利·波特在他姨夫家里，过得非常痛苦，而且还要受他表哥的欺负。但他一进入魔法学校就仿佛进入了"快乐大本营"，他高兴、他活跃、他开朗。当故事快结束时，往往是魔法学校要放假了，他又不得不回到姨夫家里去。哈利·波特称现实世界为"麻瓜世界"，而魔法学校则是超现实的快乐世界，很显然这是两个世界的对比。哈利·波特在现实世界，也就是"麻瓜世界"里是不愉快的。他的很多儿童权利被剥夺了、漠视了、损害了，甚至连生存都成问题（他住在姨夫家的一个碗柜里，类似于我们装破烂杂物的小屋），知情权更被无理剥夺（魔法学校派猫头鹰给他发了很多信，但都被姨夫无理扣留了），而一进入魔法学校，哈利·波特就完全变成了另一个人，他和他的小伙伴可以完全彻底地展开心灵的翅膀，释放压抑的精神，那是一个幻想的、游戏的、愉快的、浪漫的、自由的空间，里面有各种各样好玩的东西，还能学到各种各样的魔法——这里的"魔法"是指能满足儿童幻想的东西，如能飞行、打魁地奇球、力大无比、想要什么就能变什么，体验到成功的愉快与满足，甚至还能成为英雄。儿童的梦幻激情和游戏精神在这里得到了充分的满足和解压的释放。《哈利·波特》写了两个世界的对比，实际上就是两种儿童观的对比。现实世界的儿童观，忽视儿童、剥夺儿童的各种权利；幻想世界里的儿童观，儿童的天性得到了自由发挥，给儿童的精神生命设置了一个完全开放、完全自由、完全尊重的空间。

八九十年代改革开放、与时俱进的时代精神，东西文化的八面来风，深刻地影响着我们的儿童观与儿童文学观。人文精神在我们的儿童文学中日渐得到彰显，以儿童为本位，尊重儿童的价值，维护儿童的权利，提升儿童的素质，实现儿童健康成长的人生目的，正在成为我们这个时代儿童文学的价值尺度与美学旗帜。

为了说明这一点，我们有必要作一个比较：五六十年代，儿童文学塑造的主要是充满共性的"一边倒"形象，热爱集体、热爱劳动、热爱人民公社，提高阶级斗争觉悟，甘做革命的小小螺丝钉等，这是当时流行的少儿人物形象的共性，当然这有其时代意义与教育作用，体现了那个时期的社会文化对儿童的期待。而进入八九十年代的儿童文学创作，可以说是异彩纷呈，旗号林立，风格各异。其中有一个现象特别抢眼，这就是普遍看好、推崇那些具有鲜明个性、敢想敢做、素质健全的少儿人物形象，突出塑造人物的个性特征、创新思维，勇于独立思考、独立判断。例如曹文轩的《古堡》，刘健屏的《我要我的雕刻刀》，陈丹燕的《上锁的抽屉》、《中国少女》，刘心武的《我可不怕十三岁》，班马的《六年级大逃亡》，苏曼华的《猪屁股带来的烦恼》，孙云晓的《微笑的挑战者》，陈丽的《遥遥黄河源》，李建树的《蓝军越过防线》，等等。这些作品（包括小说、散文、报告文学）曾在八九十年代产生过广泛的影响，有的还引起激烈的讨论。这说明了什么？这实际上是我们的时代对儿童的成长观念发生了变化，我们这个社会已经承认人是有个性的，有差异的，要尊重人的个性，尊重儿童个体生命成长过程中个人性格的建立与价值。吴其南在《新时期少儿文学中的成长主题》（《温州师范学院学报》1994 年第 1 期）一文中，就八九十年代儿童文学创作中对儿童个性的尊重和儿童的成长问题作过比较缜密的分析，提出过很有建设意义的见解。汤锐在其《比较儿童文学初探》（湖北少年儿童出版社 1990 年版）一书中，提出八九十年代整个儿童文学主题就是"高扬人的旗帜"，就是突出儿童作为生命个体的价值在文学创作中日益得到尊重与强调。这是契合新时期儿童文学创作实际的。

余　论

"以儿童为主体"，这是改革开放三十余年来儿童文学观念的根本转变。将儿童文学从以成人意志、成人功利目的论为中心转移到以儿童为中心，贴近儿童、走向儿童，这是一个革命性的变革。正是在"儿童本位"的旗帜下，改革开放三十余年来的中国儿童文学才能出现"儿童文学作家是未来民族性格的塑造者"、"儿童文学要为儿童打下良好的人性基础"、"儿童文学的三个层次"、"儿童文学是快乐文学"、"儿童文学的童年情结"、"儿童文学的儿童视角"、"儿童文学的成长主题"、"儿童文学的阅读推广"等一系列执着儿童文学自身本体精神的学术话语与基本观念的探讨和建设。从整体上说，改革开放以来三十余年的儿童文学经历了回归文学——回归儿童——回归（作家创作）艺术个性三个阶段，但其核心则是回归儿童，让文学真正走向儿童并参与少儿精神生命世界的建设。"走向儿童"是改革开放以来儿童文学高扬的美学旗帜，由此极大地提升了儿童文学的价值功能，增强了作家的使命意识、人文担当与社会责任感。

进入世纪之交尤其是 21 世纪以后，中国儿童文学面对的是全球化时代市场经济、网络时代传媒多元的双重挑战。这一挑战至今依然检验和考验着儿童文学的现实姿态与未来走向。关于儿童文学的文学性与发行量的讨论，关于儿童文学的典型化与类型化创作应面对不同年龄层次儿童的观念，关于儿童文学阅读推广中的经典阅读、分级阅读、亲子阅读、班级阅读的策略，关于儿童文学利用语文教学改革多渠道（课程资源、课外阅读、校园文化建设）进入校园的举措，关于儿童文学对接儿童影视、动漫、图画书、网络游戏等多媒体形式的探讨，以及知名作家配合出版社纷纷走向孩子们中间签名售书、演讲儿童文学等方式，正是儿童文学应对市场经济、传媒多元的双重冲击和挑战所采取的积极策略与冷静思路。事实证明，儿童文学界的这些举措和行动都是实事求是的、行之有效的。在今天市场经济、传媒多元的环境下，儿童文学工作者需要承担起比以往任何时候更为复杂、更为艰巨的真正对儿童负责、对民族和人类下一代负责的文化担当和美学责任，需要更为清醒地把握和坚守先进的科学的符合时代潮流的"儿童观"。

综观 20 世纪以来中国儿童文学的发展思潮，集中到一点，就是"儿童观"问题。从五四"以孩子为本位"的儿童观，到 30 年代"配合一切革命斗争"而形成儿童观与儿童文学观，再到八九十年代尊重儿童个性的儿童观，再到今天的"儿童权利""儿童生存、保护和发展"等，它的背后是社会文化产生了变革，通过儿童观来影响儿童文学观和儿童文学作家的创作。所以，我认为在一切儿童文学现象背后都有一双无形的手在操纵，在起着作用。

在 20 世纪中国儿童文学的发展进程中，曾有不少作家、理论家对儿童文学提出过种种理念，譬如"五四"前后鲁迅、周作人倡导的"儿童本位"的儿童文学观；二三十年代郑振铎、茅盾提出的儿童文学要帮助儿童认识社会、认识人生；六七十年代鲁兵、贺宜提出的儿童文学是教育儿童的文学；八九十年代以曹文轩为代表的一批年轻作家和理论家认为儿童文学关系到未来民族性格的塑造，进入 21 世纪又提出儿童文学的根本尺度在于打下下一代良好的人性基础，凝聚起向上、向善、向美的力量。一个时代有一个时代的文学，一个时代也有一个时代的儿童文学。儿童文学的根本问题就是儿童观问题。儿童观问题应该是我们考察 20 世纪中国儿童文学发展演变的一个重要切入口和视角。

作者简介

王泉根，浙江上虞人。北京师范大学文学院二级教授，博士生导师，中国儿童文学研究中心主任。中国作家协会儿童文学委员会副主任，亚洲儿童文学学会副会长，中国儿童文学研究会副会长，中国当代语文教学专业委员会学术委员会副主任。国家社会科学基金评审专家，终生享受政府特殊津贴专家。王泉根教授长期从事中国现当代文学与儿童文学的教学研究，以及中国文化研究。著有《王泉根论儿童文学》、《现代中国儿童文学主潮》、《新世纪中国儿童文学新观察》、《中国人姓名的奥秘》、《中国姓氏的文化解析》等十余种著作。曾获国家图书奖（2001）、首届（1995）与第三届（2003）中国高校人文社科研究优秀成果奖二等奖、中国台湾杨唤儿童文学特殊贡献奖（1990）等。曾先后指导 1 名博士后、26 名博士生（其中 6 人来自日本、新加坡以及中国台湾、中国香港地区）、40 名硕士生（1 人来自泰国）。独立承担或主持 1 项国家社会科学基金重点项目、3 项国家社会科学基金一般项目，3 项教育部人文社会科学研究规划项目，2 项北京市哲学社会科学研究"十五"、"十一五"规划项目。

商业文化精神与当代童年形象塑造

——兼论中国当代儿童文学的艺术革新

浙江师范大学儿童文化研究院　方卫平

内容摘要：20 世纪 70 年代末以来的中国儿童文学经历了基础性的艺术话语变迁，在这一过程中，商业文化话语的影响不容忽视。从 20 世纪 90 年代起，中国城市生活题材儿童文学作品中的童年形象塑造越来越显示出商业文化精神的影响，它主要表现在儿童文学中童年形象的"日常化"、"肉身化"和"成人化"趋向。这类童年形象是对传统儿童文学童年美学的一次积极和意义重大的解放，但它还有待于转化为对当代社会童年命运的更为深刻的思考。

关键词：童年形象　商业文化　童年美学

现代商业文明是中国当代儿童文学发展所依托的一个基本文化语境，它不但构成了当代儿童文学艺术实践的重要现实背景，也对儿童文学所致力于书写的当代童年面貌与精神施加着内在的深刻影响。近二十年来，中国儿童文学中出现了大量与商业经济时代和商业文化精神密切相关的儿童形象（主要是在都市或准都市题材的作品中）——与更早出现的儿童形象相比，这些孩子身上表现出一种鲜明的主体身份意识和较强的社会行动能力。当代儿童文学中出现的这类富于时代感和代表性的儿童形象在一定程度上得益于现代商业文化精神的滋养，它承载了当代儿童文学童年精神的重要变革，并有力地推动了新时期（"文革"后）儿童文学的艺术革新。

一　童年形塑的话语变迁：从意识形态到商业文化

从 1949 年直至"文化大革命"（1966—1976）期间，中国儿童文学的写作和出版始终受到国家意识形态的强力钳制，其基本的表现题材、形象塑造和价值观等均受制于意识形态话语的严格规训。自 20 世纪 70 年代末至 21 世纪初，随着中国社会政治、经济和文化生活的整体变迁，中国儿童的生活环境以及儿童文学的创作环境也随之发生了巨大的变化。与此相应，中国当代儿童文学的写作同样经历了文学话语方式的重要转变。这其中，当代商业文化精神对于儿童文学审美话语新模式的建构产生了显而易见的影响。80 年代初，商业文化元素已经开始进入儿童文学写作的关切范围，但由于受到既有童年观和传统审美趣味的影响，许多作品在触及这一题材的同时，也对它保持着特殊的敏感和警惕。至 90 年代，一批代表性的都市儿童文学作家率先开始将商品经济时代新的童年生活内容和童年文化精神纳入到儿童文学的艺术表现领域。自此往后，商业文化的元素在儿童文学中逐渐呈现出一种扩张之势，并最终参与了当代儿童文学新的文学知觉和审美形态的艺术建构进程。

20 世纪 80 年代初，在当时特定的历史情境与条件下，一些儿童文学作家开始敏锐地觉察到逐渐形成的商业文化环境对于当代童年及其生活的影响，同时，他们对商业文化给儿童生活带来的"侵蚀"和可能的负面影响，也保持着天然的警惕之心。因此，这一时期的儿童文学作品在处理这类题材时，常常自觉或不自觉地倾向于将商业之"利"与道德之"义"对立起来，舍利取义也被表现为一种理所当然的童年生活伦理。很自然地，这类作品中的儿童主角也在理智和情感上保持着一种对商业文化的批判和排斥态度。

1983 年，江苏作家金曾豪发表了一篇题为《笠帽渡》的短篇儿童小说。这篇小说的主角是一位名叫阿生的 13 岁水乡少年。出身摆渡之家的阿生继承了水乡孩子心灵手巧的特点——除了高超的泅水本领之外，他还会做竹编、摆渡船。暑假来临，阿生承担起了摆渡的工作，以此挣钱补贴家用。这篇小说发表后引起了评论界的一些争议，争议的焦点在于，小说中阿生的摆渡行为明显带有已在当时乡村社会萌芽的商业文化的痕迹，而阿生为"钱"摆渡的行为则有悖于一般情况下我们对于童年"纯真"精神和价值的理解。

那么，儿童文学中应不应该表现这种不够"纯真"的商业意识和商业行为？实际上，从今天的视角来看，这篇小说对于少年形象的塑造仍然小心地停留在传统儿童观的边界内。首先，阿生摆渡的收入十分微薄，但他并不因此而懈怠，而是十分负责地对待这项临时的工作。为了不耽误别人的事情，他冒着大雨为人摆渡，还提供自家的笠帽给客人遮雨。这一文学上的处理给读者造成了这样一个印象：虽然阿生的摆渡是一项有偿的工作，但在这一过程中，他为别人提供帮助的意愿似乎远远超过了他所得到的经济报偿，这就冲淡了摆渡工作本身所具有的经济意味。其次，除了微薄的摆渡收入之外，阿生拒绝通过其他明显的商业行为获取更多"利润"。小说中，做小买卖的陈发总要坐阿生的渡船去河对岸的工厂卖冰棒，慢慢地，他和摆渡的阿生交上了朋友。但当陈发建议阿生不妨在笠帽上动些生意脑筋，在摆渡的同时兼卖笠帽时，却遭到了阿生的严词拒绝：他的笠帽可以借用，但绝不售卖。在这里，"借"与"卖"之间的区别，正代表了"义"与"利"之间的对立。再次，少年阿生在情感上对营利性的商业行为怀有鄙视的态度。因此，当他听说陈发将冰棒悄悄地涨了价，便认定他是个"见利忘义"之徒，不再把他视为朋友。显然，小说中阿生摆渡赚钱似乎只是一种不得已而为之的传统谋生行为。细究起来，不但小说的少年主角对商业文化持一种拒斥的态度，小说的作者对于儿童卷入商业行为的现象，也持一种总体上保守甚至质疑的态度。

在《笠帽渡》发表差不多十年之后，20世纪90年代，一种对当代商业文明的更为正面的价值观和文学表现方式开始在儿童文学创作中逐渐得到确立，传统观念中商业文化所指向的"利"与"义"之间的天然对立逐渐消解，甚至一些明确带有"盈利"意图的经济交换意识也成为当代童年现实生活表现的正当内容。这一时期，上海作家

秦文君广有影响的都市儿童小说《男生贾里》①、《女生贾梅》
(1993)，就频繁涉及、描写了少年主人公的商业意识。该系列小说的
主角贾里和贾梅是一对生活在上海一个中产阶级家庭的双胞胎兄妹，
现代都市商业文化氛围在兄妹俩身上留下了鲜明的时代烙印。与《笠
帽渡》的故事相比，在这两部小说中，不但贾里、贾梅等少年主角表
现出了对于营利性商业活动的积极认同，作家对于这种认同的判断也
显然是更加正面和积极的。例如，下面这段来自《女生贾梅》的对话
发生在这样的情境中：贾梅为了能买到自己喜欢的歌星左戈拉的演唱
会门票，决定寒假里去一家餐馆干活，以获取 50 元钱的酬劳。于是，
她在家里宣布了自己的这一决定：

　　"我要上班去了！"贾梅在饭桌上发布新闻，"国外中学生假
期里也打工，所以你们别拦我！"

　　爸爸妈妈听了那事的来龙去脉，都愣在那儿。只有哥哥贾里
不无嫉妒地挑毛病："干一个寒假才给五十元？剥削人一样！"

　　贾梅说："可我在家帮着做家务一分钱也拿不到！"

　　"喂，你怎么变成小商人了，"贾里说，"我将来要赚就赚大
钱，像我这种高智商的人，月薪至少一千元，还得是美金！"

　　妈妈插言道："每天早上七点到十一点，大冬天的，你能爬
得起？"

　　"那倒是个问题，"贾梅说，"能不能买个闹钟赞助我？"

　　"买个闹钟就得几十块。"贾里霍一下站起来，"完全可以找
出更节约的办法，比方说，每天由我来叫醒你，然后你每天付我
些钱，五角就行。"②

　　在这段短短的对话中充斥着与都市商业文化有关的各种意象，包
括"上班"、"打工"、"赚大钱"、"赞助"等，"月薪"的高低也成

---

　　① 《男生贾里》的故事从 1991 年开始在上海少儿杂志《巨人》上连载，于 1993 年由
少年儿童出版社正式结集出版。

　　② 秦文君：《女生贾梅》，安徽少年儿童出版社 1995 年版，第 28—29 页。

了衡量个人"智商"价值的重要因素。更重要的是，与《笠帽渡》中的阿生摆渡以补贴家用不同，贾梅"打工赚钱"的目的是换取一张心仪歌星的演唱会门票，也就是说，她的"工作"乃是为了满足另一种比日常生活更为奢侈的"欲望"。贾里最后提出的讨价还价建议透着商业时代儿童特有的精明，并直指向"报酬"的目的。而在小说中，贾里和贾梅的上述"精明"表现并未受到叙述人的任何责备，相反，他们的种种言行倒因其凸显了都市少年积极的主体意识而得到了叙述人不露声色的赞许。

从《笠帽渡》中的阿生到《男生贾里》、《女生贾梅》中的双胞胎兄妹，童年艺术形象的变革已经在中国儿童文学界悄然发生，而这种变革与商业文明之间的特殊联系则提醒我们关注这两者之间的现实逻辑。儿童文学创作中商业文化话语的介入及其影响的凸显，不仅仅意味着一种简单的写作题材或表现内容上的拓展。与这一话语变迁伴随而来的，是当代儿童文学创作观念的整体变迁。对于当代儿童文学的艺术发展来说，这其中蕴涵了十分积极的美学变革信息。不可否认，在商业经济的物质逻辑与文学艺术的精神逻辑之间也许存在着某种天然的隔阂和矛盾关系，然而，在新时期（"文革"后）中国儿童文学的艺术发展进程中，正是商业文化元素的内外参与，使儿童文学的艺术表现迅速冲破了长久以来所受到的意识形态话语的制约，从而为自己打开了一个更为真实、广阔和自由的表现空间。

二　当代儿童文学中的商业文化元素

如前所述，现代商业文化开始日渐普遍地渗入和影响人们的社会生活，是新时期以来中国社会发展的一个基本背景。尤其是在商业文化较为发达的城市地区，它对于童年生活的影响也在日益凸显。这一影响同时体现在现实和虚构的童年生活空间中。进入21世纪以来，随着商业文化在人们日常生活中影响的不断扩大，儿童文学中的商业文化元素也在不断铺展，这些元素不但极大地丰富了当代儿童文学的表现内容，也内在地影响着儿童文学的童年美学建构。

　　商业文化元素在儿童文学中的体现主要表现在以下三个方面。

　　一是各类商业消费意象在作品中的频繁出现。

　　今天的许多以都市生活为背景的儿童文学作品（特别是小说作品）中，充斥着商业文化的各种意象，阅读这些作品，我们几乎总是会跟随着故事中的少年主人公穿梭在各式各样的商业消费场所，很多时候，这些场所也为许多作品的情节展开提供了基本的空间背景。例如，上海作家郁雨君的小说《提拉米苏带我走》（2003），其中反复出现的一个贯穿情节发展的核心场所，便是一个名为"橡木桶"的风格独特的都市甜品店。在这部小说的叙述过程中，我们可以摘取出涉及日常生活衣、食、住、行等领域的大量商业经济意象。这类意象在当前的少年和青少年小说中尤其具有普遍性，它们在小说中营造出了一种浓郁的商业文化氛围，以及一种精致、轻松、欢快和不无享乐主义色彩的消费文化感觉。"每天徜徉在可可天使蛋糕、香肠洋芋小蛋糕、鲔鱼面包布丁、轻乳酪蛋糕、蓝莓椰子蛋糕、柠檬塔、蓝莓松糕、洋梨舒芙妮中间，在玻璃纸的透明声音里，在不同气味的交织簇拥里，时间带着甜香窸窸窣窣地过去了。"[①] 我们不妨说，正是商业经济在大众生活中培养出来的这样一种不无奢靡感却又充满了令人身心舒缓的诱惑的氛围，为操劳的生命带来了令人难以抗拒的"甜香"气息，它教我们学会倾听和尊重自己最真实的身体感觉，并且学着没有负疚地去追随和爱护这些感觉。诚如小说主角舒拉充满小资情调的生活感喟："自恋有点像生命里的甜品，没有它，生活不成问题；有了它，生活特别多姿多彩。"[②] "生命苦短，让我们吃甜品吧"[③]，《提拉米苏带我走》中引用的这一句甜品店广告词，道出了商业消费相对于我们身体的某种解放意义。对于长久以来受到文化压抑的童年生命来说，商业消费的自由带来了另一种身体体验的自由，它极大地肯定了童年肉身的欢乐。在合适的度的把握下，这种欢乐对于童年的审美化无疑具有十分积极和可贵的价值。

---

① 郁雨君：《提拉米苏带我走》，明天出版社 2007 年版，第 58 页。

② 同上书，第 67 页。

③ 同上书，第 55 页。

　　二是商业经济意识在作品情节中的普遍渗透。

　　今天，一种与商业文明紧密相关的生活方式已经渗透到童年世界的方方面面，与此同时，一种鲜明的商品经济意识也日益获得了它在童年生活中的合法性，后者包括对以货币价值为首要特征的商业经济价值观的认可，以及对等价交换等商业经济原则的认同。许多儿童文学作品不再将货币价值与童年生活的道德感必然地对立起来；相反，其中的儿童主角不但充分认识到了货币在当代社会的价值意义，而且开始堂而皇之地在日常生活中表达对这一价值立场的认同。当然，这一切并不意味着当代童年生活必然会堕入"金钱至上"的物质圈套之中，而是意味着，只有通过这一对现代商业经济的迎合而非回避的姿势，儿童才有机会在这一经济生活的现实中获得主动权。由此衍生而来的"等价交换"意识在当代儿童文学艺术中的表现，同样不是任何形式的拜物主义，而是其中的儿童角色被更多地赋予了精明的文化"算计"和自卫的能力。经过商业经济观念洗礼的儿童显然不再像过去那样容易被成人或其他年长者欺骗和欺负，他们开始懂得在适当的时候为了自己的合法权益奋起反抗；通过这种方式，他们向外在世界争得了许多过去常被剥夺的权利。我们不妨说，合理的商业经济意识使儿童文学中的主角们获得了一种"健康的自私"，它并不在深层意义上违背任何生活的道德，而是铸造当代童年文化生命力的一种必然结果。

　　三是商业文化精神对于儿童文学童年精神塑造的影响。

　　有关儿童文学中的商业活动意象和商业经济意识的分析，事实上已经涉及商业文化的特殊精神。我们知道，商业文化是与商品经济相伴而生的一种文化形态，尽管其发展与商业活动的历史本身一样漫长，但一直要到现代社会，当市场经济逐渐成为一种普遍性和主导性的社会经济体系时，商业文化的影响才进入社会生活的各个方面。市场经济是商业文明赖以生长的现实环境，它也因此主导着商业文化的基本精神。长期以来，商业文化的声名不佳，正是因为它所倚赖和为之服务的市场经济体系，其第一驱动力是市场的盈利，作为其中心符号的商品和货币更是直接导致了现代社会人的"物化"。但与此同时，从历史上来看，商业经济又是一种相对公平的经济体系，它尊重和肯定个体努力的价值，促进和推动与此相关的社会流动，与传统的等级制文化相比，商业文化具有更为大众、开放和自由的特征。落实到儿童文学的审美表现领域，商业文化精神促进了儿童的自立意识、主体意识和权利意识。在儿童文学中，拥有独立的消费能力和敏锐的经济意识，不只是对于商业时代儿童形象的客观表现，也常常意味着与童年亚文化相关的一种独立精神。受到商业文化精神显在影响的当代儿童文学在童年形象的塑造上明显区别于过去儿童文学作品的地方，即在于儿童主角自我意识和自决能力的显著加强。

　　例如，2010 年，江苏作家黄蓓佳出版了一套名为"五个八岁"系列的儿童小说，该系列中的五册小说分别塑造了生活在近百年间五个不同时代的八岁中国儿童，以此记录了一个多世纪以来的中国童年生活变迁。与前四册相比，主要以 21 世纪初为时间背景的第五册小说《平安夜》，其商业时代气息最为浓郁，而其中的儿童主角也显示了比其他时代的孩子更具主动性的生活理解和掌控能力。《平安夜》的主角是一个生活在都市中产阶级单亲家庭的 8 岁男孩小米。生活中的小米像爸爸一样扮演着家里的"主管"角色，与他一起生活的爸爸倒常反过来显得像个孩子。这是小说中小米的一段自述：

　　　　实际生活中，我的确照管着我和爸爸两个人的家……想想看，我放学怎么可以不回家，不费心照料我的爸爸呢？如果不给他把晚饭买回去，他要么叫外卖，要么抓两筒薯片混日子。
　　　　……
　　　　我熟悉小吃店里每一样面点的价钱：肉包子一块二，菜包六毛，烧卖一块，发糕五毛，豆沙包七毛。我也熟悉菜市场里每一种生鲜食品的价值：鲫鱼七块八，西红柿一块六，青椒三块三，后腿肉……不过我没有买过菜，我只是习惯了路过时瞥一眼标价牌。我想总有一天，到我再长大几岁之后，我会代替外婆和新奶奶，承担为爸爸买菜洗煮的任务。①

---

① 黄蓓佳：《平安夜》，江苏人民出版社 2010 年版，第 2—6 页。

整部小说中，8 岁的小米显示出了一种常常不逊于周围成人、有时甚至比他们更为成熟的情感和心理素质，但与此同时，他又保持着一个孩子真诚自然的心性。他的成熟的精明与他作为孩子的单纯毫不冲突，反而相辅相成。准确地说，是商业文化的精明"算计"使童年的纯真变成了一种有力量的纯真。

从商业活动意象到商业经济意识再到商业文化精神，商业文化对于儿童文学的影响也从表层的题材、形象延伸至更深层的艺术精神。浸润于商业文化之中的童年身体很快吸收了这一文化的营养。而当代儿童文学中富于商业文化气息的童年形象不仅是对于现实生活中童年文化变迁的及时回应，同时也借这一文化变迁形势的助推，塑造着一种新的儿童文学美学。它使童年的生命尽可能地向着身外的日常生活世界和身内的欲望感觉世界同时打开自我，随着这一"打开"，童年独特的生命力和创造力也得到了空前的凸显。这并不是说，在商业文化与当代儿童文学的美学革新之间存在着直接的因果关联，毕竟，从文化的环境变迁到文学的艺术变革，中间仍然隔着许多复杂的因素，同时，在前者对后者实施影响的过程中，文学本身要面对和处理的问题也远远超出了简单的现实反映论的逻辑；但回顾近二三十年间的中国儿童文学，不可否认，对于当代儿童文学的童年精神革新来说，建立在商业经济基础上的商业文化精神显然发挥了不可或缺的助推作用。

三　商业文化精神与儿童文学的艺术革新

从 20 世纪 90 年代到 21 世纪初，愈演愈烈的商业文化在外赋予了现实中的儿童以更大的经济和文化自主权，在内则赋予了儿童文学中的孩子以更独立的思想和文化主体性，这两个层面彼此既互为表里又互相推进，共同参与着现实和虚构语境下当代儿童的身份塑造。伴随着儿童形象和童年精神的变革，当代儿童文学迎来了一次重要的艺术革新契机。

（一）对于儿童"大众"的肯定和儿童形象的"日常化"趋势

现代商业文化在文学艺术领域所激起的一大变革，在于它将市场经济的规律成功地安插入文艺创作的方寸之地，并很快在这一领域内唤起一种强烈的大众消费者意识。它一方面造成了文学艺术创作中的某种媚俗潮流；另一方面，正如美国学者泰勒·考恩（Tyler Cowen）的研究所显示的，它却也使众多普通民众的文艺需求越来越受到文艺创作和生产的关注，在这个过程中，一般生活世界的情状、普通人的情感、愿望等越来越多地进入了文艺作品表现和关切的范围，由此促成了现代文学艺术发展更为多元的面貌。①

在儿童文学领域，它表现为作品对庞大的普通儿童群体及其最为日常的生活、情感的关注。我们看到，从 20 世纪 90 年代到 21 世纪初，越来越多的"普通人"成为儿童文学的主角，他们在同龄人中远不是最优秀的那一个，他们的身上有着日常生活所烙下的这样那样的真实缺憾，但这些"普通"的孩子恰恰反映了现实生活中大多数儿童真切的生存状态。从秦文君笔下的"贾里"、"贾梅"到杨红樱笔下的"冉冬阳"、"马小跳"，这类普通而又真实的儿童形象特别能够激起儿童读者的共鸣，也因此特别受到儿童读者的欢迎。至 21 世纪初，它已经成为城市题材的儿童文学作品中最为常见的一类形象。

与此相呼应，这一时期的儿童形象塑造越来越告别传统的时代英雄模式，而进入了内心英雄的书写，亦即对于普通儿童心灵世界的关注。

（二）对于儿童"私欲"的肯定和儿童形象的"肉身化"趋势

商业文化精神包含了对于人的当下时间和当下身体的格外关注。受到这一精神氛围的影响，当代儿童文学创作不再回避儿童的各种真实的欲望和想法，而是反过来肯定和尊重其合理的身心欲求。与此相

---

① ［美］泰勒·考恩：《商业文化礼赞》，严忠志译，商务印书馆 2005 年版。（Tyler Cowen, *In Praise of Commercial Culture*, Trans. Yan Zhongzhi, Beijing: Commercial Press, 2005.）

应，儿童文学中的儿童主角，其"肉身性"特征也愈益得到凸显。比如，对于自我利益的主动维护，对于自我愿望的坦然遵从，以及在应对各类生活问题时表现出的某种不无自私的狡黠，等等。这种作为人之常情的"自私感"在儿童文学创作中曾长期处于被道德清除和屏蔽的状态，却在当代儿童文学的童年形象塑造中得到了格外充分的表现和格外高调的肯定。在这样的背景下，儿童作为主体的身份愈益得到突出，儿童文学界也开始致力于探寻和表现儿童个体真实的生活感受和欣赏趣味，而非因循多年来常由成人为儿童制定的文学口味。

近年来，儿童文学创作对于儿童"私欲"的表现尺度一直在不断放宽。例如，在21世纪最为畅销的儿童小说"淘气包马小跳"系列（杨红樱）中，儿童的一些看似出格而又在情理之中的虚荣、自私和趋利避害心理，都从积极的一面得到了表现和理解。比如，小说中的马小跳乖乖地读完了幼儿园小、中、大班，是因为他喜欢上了漂亮的幼儿园老师，为了让他心甘情愿地升入小学，他的父亲马天笑亲自去找校长，希望校长能够把儿子安排在一位漂亮的女老师的班上，虽然这个愿望当即被校长否定了，但马小跳总算是被一位比幼儿园老师更漂亮的女老师牵着手，才走进一年级教室的。① 这样的儿童形象在传统的儿童文学写作中是很难见到的，或许也只有在开放的现代商业文化语境下，我们才能看到对于童年形象的如此率真的书写。

（三）对于童年"理性"的肯定和儿童形象的"成人化"趋势

商业文化包含了一种积极参与和精于算计的理性精神，在21世纪儿童文学的许多角色身上，我们都能看到一理性精神的影子。它表现为小说中的儿童主角往往被赋予了较为成熟的文化辨识力、社会判断力和主体行动能力。在这些作品中，长期以来处于文化弱势位置的儿童不但开始成为自我世界的主人，而且开始凭借自己的力量积极地介入、影响乃至改变社会生活，其中的少年主角们不但在与成人的各式互动中迅速学着在自己的世界里掌舵，而且也以其行动对身边的成

---

① 杨红樱：《贪玩老爸》，接力出版社2003年版。

人世界施予着实在的帮助和影响；换句话说，他们的身上越来越表现出原本仅属于成人的许多正面的理性素质。与过去常以家庭和社会问题的受害者形象出现的儿童角色相比，这类充满社会行动力的儿童形象带来了一种格外清新的美学气息，也特别受到渴望在现实中掌控生活的当代儿童读者的欢迎。

许多都市题材的儿童小说对"顽童"形象情有独钟，但很多时候，在作品中，这些儿童角色的特征远不仅仅表现为一种天性的顽皮，更多了一份与发达的城市商业文明密切相关的自立感与自主权。他们对于自己所身处的这个世界、对于周围发生的一切，都有着强烈的参与意识和自主的应对能力，他们以一种孩子特有的方式观察、把握并处理身边世界的各种问题。他们不但将童年充沛的剩余精力肆意挥洒在家庭和校园生活的各个角落，同时也开始积极介入童年自我赋权的行动，运用童年自己的力量和意志来干预现实生活。

迄今为止，上述儿童形象基本上仅出现在以都市生活为背景的儿童小说作品中。与此相比，在许多乡土题材的作品中，占据主角地位的仍然是一些传统的儿童形象，他们往往被塑造为乡村生活中某些艰难、不幸的承受者或温情、关怀的受惠人。与前面提到的自我意识和行动力的儿童形象相比，这些通常与农耕文明相关联的形象往往是沉默的、被动的，对自我的命运缺乏掌控能力。在这里，许多儿童角色的思维和情感体验方式仍然遵循着儿童文学最为传统的写作理路。

以下是当代儿童文学中典型的都市和乡土儿童形象的一些引人思考的特征对比：

乡土儿童形象	都市儿童形象
沉默的	能言的
感伤的	娱乐的
沉重的	洒脱的
敦厚的	狡黠的
被动的	主动的
情感性较强	行动力较强

身体感觉易被忽视	身体第一性的
社会参与度较低	社会参与度较高
常被生活所压抑	善于掌控生活

值得注意的是，同样是在乡土题材的儿童小说中，那些已经步入城市商业文化的进程或者与这一文化形态联系更为紧密的儿童形象，往往也会表现出城市题材儿童小说中童年形象的某些特征。比如乡土题材的儿童小说《弄泥木瓦》，其中的主要角色是两个客家乡村孩子弄泥和木瓦。弄泥是个天性活泼又有些蛮气的客家女孩，她生活在大车村的一条名为它铺的商业小街上；父亲是一名医生，除了看病人之外，又和母亲一起经营着村里唯一的一家药铺。我们可以说，弄泥所生活的环境事实上介于传统的乡土村落和现代的商业文明环境之间，而木瓦则完全是在客家乡村环境下长大的男孩。"野性足足"的弄泥与沉默坚执的男孩木瓦之间因为生活中的误解而产生仇隙，不过几番"交战"之后，两个孩子最终冰释前嫌，并建立起了深厚的友情。小说中，这个从大车村唯一的商业聚集地长大起来的女孩弄泥，比之男孩木瓦这样纯粹的乡土儿童形象，更多了一份与商业文化相关的自由、洒脱、轻快、积极的童年气象。① 这或许也从另一个侧面印证了商业文化与当代儿童文学之间内在的美学关联。

中国当代儿童文学中出现的富于商业文化气息的童年形象，一方面迎合了商业社会儿童生存状况的现实变化，另一方面又迎合了具有自主消费力的儿童读者对于自我形象的想象与期待，这两点在很大程度上促成了这类作品的市场畅销。可以想见，随着商业文化影响的持续深入，这类童年形象在今后的儿童文学创作中将占据越来越重要的角色份额。我认为，这是对于传统儿童文学童年美学的一次积极和意义重大的解放，但与此同时，它所代表的这场美学探索目前也还未及深入，它对于现代商业文化精神的美学吸收、运用，在总体上还停留在儿童形象和故事的表层，而没有能够转化为对于当代社会童年命运

① 王勇英：《弄泥木瓦》，福建少年儿童出版社2011年版。

的更为深刻的思考。这里面存在着这样一个悖论性的命题：商业文化的精神促成了儿童文学艺术探求的美学丰富，但它自身的资本逻辑也可能会阻碍这一探求的深入。事实上，这种阻碍已经初露痕迹，它表现在童书业在收到来自市场的积极回馈之后，对于这类儿童形象和童年美学资源的急切攫取上。显然，如果仅以市场为标的，这类儿童形象可以无休止地复制自身，而不必去思考包含在这一形象中的更深层次的艺术内容。

我想，这一由现代商业文化精神带给当代儿童文学的创作迷思，显然无法由商业文化本身来给出答案，而需要儿童文学界自己来破解。

作者简介

方卫平，浙江师范大学儿童文化研究院院长、儿童文学研究所所长，中国作家协会儿童文学委员会委员，著有《中国儿童文学理论发展史》、《儿童文学的当代思考》、《童年·文学·文化》、《享受图画书》、《方卫平儿童文学理论文集》（共四卷）等个人著作十余种。

"人的文学"的思想起源

——论周作人的"儿童的发现"

中国海洋大学教授　朱自强

内容摘要：五四新文学的思想是在颠覆封建专制的"三纲"这一基础上建立的。可是，周作人在《人的文学》中表达的现代文学观，却主要是在颠覆"父为子纲"、"夫为妻纲"，而"君为臣纲"却并没有作为批判对象。考察其原因，主要是周作人认为"三纲主义""其根柢则是从男子中心思想出来的"，周作人的反对封建专制，是以颠覆"男子中心思想"为第一要务。这一立场显示出周作人的现代思想的独特之处。"儿童的发现"是"人的文学"的思想源头之一，在周作人的整个思想体系中，具有十分重要的核心地位。作为思想家的周作人，在"儿童的发现"上，他的道德家、教育家、学问家这三个身份，起到了根本的、合力的作用。因为兼备这三种身份，使周作人在"发现儿童"这一思想实践中，走在了时代的最前端。

关键词：儿童的发现　人的文学　男子中心思想起源

一 《人的文学》：为"儿童"和"妇女"争得做"人"的权利

研究现代文学的人大都先是把周作人当作一位文学家，其实，周作人首先是一个思想家，其次才是一个文学家。他自己就说："我一直不相信自己能写好文章，如或偶有可取，那么所可取者也当在于思想而不是文章。""我很怕被人家称为文人，近来更甚，所以很想说明自己不是写文章而是讲道理的人，希望可以幸免……"① 当年，钱玄同竭力鼓动周氏兄弟给《新青年》写文章，看重的也首先是他们的"数一数二"的思想。

1918 年，周作人在《新青年》上发表了《人的文学》一文。虽然此前胡适发表了《文学改良刍议》，陈独秀发表了《文学革命论》，但是，当时人们对新文学的思想内容的认识，还处于混沌、模糊的状态。《人的文学》一出，新文学运动的大幕才算完全拉开。之后，周作人又迅速发表了《祖先崇拜》和《思想革命》两篇文章，将自己对新文学的思考，推到了现代文学思想起源的核心位置。

以往的现代文学研究在阐释周作人的《人的文学》一文时，往往细读不够，从而将"人的文学"所指之"人"作笼统的理解，即把周作人所要解决的"人的问题"里的"人"理解为整体的人类。可是，我在剖析《人的文学》的思想论述逻辑之后，却发现了一个颇有意味、耐人寻思的现象——"人的问题"里的"人"，主要的并非指整体的人类，而是指的"儿童"和"妇女"，并不包括"男人"在内。在《人的文学》里，周作人的"人"的概念，除了对整体的"人"的论述，还具体地把"人"区分为"儿童"与"父母"、"妇女"与"男人"两类对应的人。周作人就是在这对应的两类人的关系中，思考他的"人的文学"的道德问题的。周作人要解放的主要是儿童和妇女，而不是男人。《人的文学》的这一核心的论述逻辑，也是思想逻辑，体现出周作人现代思想的独特性以及"国民性"批判的独特性。

我们虽然不能说，周作人的现代思想、"人的文学"的理念起于"儿童"，终于"儿童"，但是，周作人的关于"儿童"的思想（与关于妇女的思想等一道）构成了"人的文学"的思想源头，这应该是有事实作依据的。

我们先从《人的文学》的文本解读入手。

---

① 周作人：《〈苦口甘口〉自序》，见周作人《苦口甘口》，河北教育出版社 2002 年版，第 2 页。

五四新文学思想是在颠覆封建专制的"三纲"这一基础上建立的。可是，仔细考察周作人在《人的文学》中表达的现代文学观，却主要是在颠覆"父为子纲"、"夫为妇纲"这两纲，尤其以颠覆"父为子纲"这一封建传统最为激烈，而"君为臣纲"却并没有作为批判对象。

在《人的文学》中，周作人简明介绍了西方发现人的历史，指出其出现了儿童学与妇女问题研究的"光明"，"可望长出极好的结果"，转而说道："中国讲到这类问题，却须从头做起，人的问题，从来未经解决，女人小儿更不必说了。如今第一步先从人说起，生了四千余年，现在却还讲人的意义，从新要发见'人'，去'辟人荒'，也是可笑的事。但老了再学，总比不学该胜一筹罢。我们希望从文学上起首，提倡一点人道主义思想，便是这个意思。"

对自己提倡的人道主义思想，周作人是这样解释的："我所说的人道主义，并非世间所谓'悲天悯人'或'博施济众'的慈善主义，乃是一种个人主义的人间本位主义。这理由是，第一，人在人类中，正如森林中的一株树木。森林茂盛了，各树也都茂盛。但要森林盛，却仍非靠各树各自茂盛不可。第二，个人爱人类，就只为人类中有了我，与我相关的缘故。"周作人进一步论述说："人的文学，当以人的道德为本，这道德问题方面很广，一时不能细说。现在只就文学关系上，略举几项。"而周作人所举出的"几项"是"两性的爱"即"男女两本位的平等"和"亲子的爱"即"祖先为子孙而生存"。以常理而论，周作人显然是认为这两项在"人的道德"中很重要，所以才先提出来加以论述的。

本来"如今第一步先从人说起"，要先辟"人荒"，却说着说着，又从"更不必说了"的"女人小儿"说起了。既然五四新文学思想是在颠覆封建专制的"君为臣纲，父为子纲，夫为妻纲"的"三纲"这一基础上建立起来的，那么，辟"人荒"，提倡"人的道德"，本应从"君为臣纲"这一封建伦常说起的，可是，周作人却就是偏偏不说，只是在列出的作为人的文学"不合格"的十类旧文学中，有"奴隶书类（甲种主题是皇帝状元宰相，乙种主题是神圣的父与夫）"，与

"君"沾一点边,但是皇帝只与"状元宰相"并列,未见有多尊贵,却强调了"神圣的"的"父与夫"。(重点号均为本文作者所加)在论述"人的文学,当以道德为本"这一"人道主义"问题时,周作人批判的只是"父为子纲"和"夫为妻纲",他是站在"神圣的"的"父与夫"的对立面上,为儿童和妇女说话。①

以上所说的,就是《人的文学》的思想的真实面貌和论述的真实逻辑吧。

在判别道德方面,周作人特别看重对待妇女和儿童的态度,看其是否如庄子设为尧舜问答的一句"嘉孺子而哀妇人"②。比如,周作人曾说:"一国兴衰之大故,虽原因复杂,其来者远,未可骤详,然考其国人思想视儿童重轻如何,要亦一重因也。"③ 周作人还说过:"我曾武断的评定,只要看他关于女人或佛教的意见,如通顺无疵,才可以算作甄别及格……"④

其实,在《人的文学》一文中,周作人所主张的"人"的文学,首先和主要是为儿童和妇女争得做人的权利的文学,男人("神圣的""父与夫")的权利,已经是"神圣的"了,一时还用不着帮他们去争。由此可见,在提出并思考"人的文学"这个问题上,作为思想家,周作人表现出了其反封建的现代思想的十分独特的一面。

二　周作人的"人"的思想:批判"男子中心思想"、警惕"群众"压迫

我读《人的文学》,一直心怀疑问:周作人为什么在提倡"人的

---

① 周作人:《人的文学》,《周作人散文全集》第 2 卷,广西师范大学出版社 2009 年版,第 86—93 页。

② 周作人:《秉烛后谈序》,周作人:《立春以前》,河北教育出版社 2002 年版,第174 页。

③ 周作人:《儿童问题之初解》,见钟叔河编订《周作人散文全集》第 1 卷,广西师范大学出版社 2009 年版,第 246 页。

④ 周作人:《我的杂学》,见周作人《苦口甘口》,河北教育出版社 2002 年版,第76—77 页。

道德"时，只批判"三纲"中的后两纲，却偏偏没有批判居首的"君为臣纲"呢？

我在查阅相关资料和思考之后得出的结论是：在周作人的思想中，男子中心思想是"三纲主义"的思想根底，"帝王之专制，原以家长的权威为其基本"①（所以才有"君父"和"家天下"之说），在非人的社会里，在非人的文学里，"家长"（男人）正是压迫者。

这种思想的产生，与周作人的心性有关。作为人道主义者，周作人同情的是处于社会最底层的弱小者。早年，他的翻译和半偷半做的创作，都集中在妇女和儿童身上。《域外小说集》对"弱小民族文学"的重视，主要也是出自周作人的情感取向。在当时的中国社会，最弱小者是妇女和儿童。所以，周作人有诗云："平生有所爱，妇人与小儿。"他在文章中，也曾引用《庄子》里的"不敖无告，不废穷民，苦死者，嘉孺子而哀妇人"②，表述自己的同情弱者的人道主义思想。

对妇女和儿童的同情和关爱，使周作人的反封建的批判（包括对"种业"即国民性的批判）主要是从道德变革的层面，而不是从政治变革的层面出发。周作人倡导新文学，最大的动力是源自对于妇女和儿童被压迫的深切同情，源自解放妇女和儿童的强烈愿望，至于"人"（如果排除了妇女和儿童，这个"人"就是男人了），也许倒在其次。因为在周作人看来，男人本来就是作为妇女，特别是儿童的压迫者而存在的："人类只有一个，里面却分作男女和小孩三种；他们各是人种之一，但男人是男人，女人是女人，小孩是小孩，他们身心上仍各有差别，不能强为统一。以前人们只承认男人是人，（连女人们都是这样想！）用他的标准来统治人类，于是女人与小孩的委屈，当然是不能免了。女人还有多少力量，有时略可反抗，使敌人受点损害，至于小孩受那野蛮的大人的处治，正如小鸟在顽童的手里，除了

---

① 钟叔河编订：《周作人散文全集》第 9 卷，广西师范大学出版社 2009 年版，第 672 页。

② 周作人：《道德漫谈》，周作人著：《药堂杂文》，河北教育出版社 2002 年版，第 56 页。

哀鸣还有什么法子?"①

　　1947 年，周作人在《杂诗题记》中说："中国古来帝王之专制，原以家长的权威为其基本（家长在亚利安语义云主父，盖合君父而为一者也），民为子女，臣为妾妇……时至民国，此等思想本早应改革矣，但事实上则国犹是也，民亦犹是也，与四十年前故无以异。即并世贤达，能脱去三纲或男子中心思想者，又有几人？今世竞言民主，但如道德观念不改变，则如沙上建屋，徒劳无功。"② 1948 年，周作人在《〈我与江先生〉后序》中进一步把男子中心思想称为封建伦常的"主纲"："三纲主义自汉朝至今已有二千多年的寿命，向来为家天下政策的基本原理，而其根柢则是从男子中心思想出来的，因为女人是男人的所有，所生子女也自然归他所有，这是第二步，至于君与臣的关系，则是援夫为妻纲的例而来，所以算是第三步了。中国早已改为民国，君这一纲已经消灭，论理三纲只存其二，应该垮台了，事实却并不然，这便因为它的主纲存在，实力还是丝毫没有动摇。"③

　　可以把周作人在 40 年代说的这两段话，看作为《人的文学》的思想论述逻辑所作的注释。如果说在写作《人的文学》时，周作人对"家长"、男子中心思想是"三纲"的"主纲"这一思想尚无清晰的认识，那么，这时已经洞若观火，清晰至极。

　　周作人的这一思考与日本诗人柳泽健原的思想几乎是相同的。1921 年周作人翻译了柳泽的《儿童的世界》一文，其中有这样的话："许多的人现在将不复踌躇，承认女人与男人的世界的差异，又承认将长久隶属于男人治下的女人解放出来，使返于伊们本然的地位，是最重要的文化运动之一。但是这件事，对于儿童岂不也是一样应该做的么？近代的文明实在只是从女人除外的男人的世界所成立，而这男人的世界又只是从儿童除外的世界所成立的。现在这古文明正放在试

---

① 周作人:《小孩的委屈》，见周作人《谈虎集》，河北教育出版社 2002 年版。

② 周作人:《杂诗题记》，见钟叔河编订《周作人散文全集》第 9 卷，广西师范大学出版社 2009 年版，第 672 页。

③ 周作人:《〈我与江先生〉后序》，见钟叔河编订《周作人散文全集》第 9 卷，广西师范大学出版社 2009 年版，第 724 页。

炼之上了。女人的解放与儿童的解放，——这二重的解放，岂不是非
从试炼之中产生出来不可么？"① 据周作人的翻译"附记"讲，"这一
篇是从论文集《现代的诗与诗人》（1920 年）中译出的"，但这一在
日本是"许多的人""将不复踌躇，承认"的思想，是不是周作人通
过日本，早已了解了呢？有一点是可以肯定的，周作人翻译此文，是
因为他认同并且想宣传柳泽健原的思想。

　　将"儿童"和"妇女"的发现，作为"人的文学"这一现代文
学理念的思想根基，这充分体现了周作人的独特性。需要重视的一个
问题是，周作人之所以紧紧抓住"父为子纲"和"夫为妻纲"，而不
去抓"君为臣纲"，除了他同情弱小，并将男子中心思想看作是"三
纲主义"的思想根底之外，在深层还与他的个人主义、自由主义思想
的独特内涵有关。

　　自留学日本起，周氏兄弟就主张"任个人而排众数"② （鲁迅
《文化偏至论》），而周作人对这一个人主义思想，立场上最为坚持，
态度上最为彻底。他一直将其作为反对专制、建立民主的一面旗帜。
周作人在《人的文学》里特别强调，"我所说的人道主义，并非世间
所谓'悲天悯人'或'博施济众'的慈善主义，乃是一种个人主义
的人间本位主义"。周作人的这个解释意味深长。这个"个人主义"
十分重要，对中国的"思想革命"十分重要。其实，这种个人主义思
想，早就萌芽于周作人的思考之中。他在 1906 年作《〈孤儿记〉缘
起》一文时，已经说过："故茫茫大地是众生者，有一日一人不得脱
离苦趣，斯世界亦一日不能进于文明。故无论强权之说未能中于吾
心，而亦万不能引多数幸福之言，于五十百步生分别见也。"③ 1922
年，周作人因"非宗教大同盟"事件，与陈独秀等人论争，就敏感地

---

　　① 周作人译：《儿童的世界》，见止庵编订《周作人译文全集》第 8 卷，上海人民出
版社 2012 年版，第 480 页。

　　② 鲁迅：《文化偏至论》，《鲁迅全集》第 1 卷，人民文学出版社 1981 年版，第
46 页。

　　③ 周作人：《〈孤儿记〉缘起》，见钟叔河编订《周作人散文全集》第 1 卷，广西师范
大学出版社 2009 年版，第 45 页。

认识到此事件的根本性质。他在《复陈仲甫先生信》中说："先生对于我们正当的私人言论反对，不特不蒙'加以容许'，反以恶声见报，即明如先生者，尚不免痛骂我们为'献媚'，其余更不必说了，我相信这不能不说是对于个人思想自由的压迫的起头了。我深望我们的恐慌是'杞忧'，但我预感着这个不幸的事情已经来了；思想自由的压迫不必一定要用政府的力，人民用了多数的力来干涉少数的异己者也即是压迫。"① 这是周作人由来已久的个人主义思想的一次社会实践。可见，思考中国的"人"的问题，思考对"人"的压迫问题，与"君王"、"君主"、"政府的力"的压迫相比，周作人更为警惕的是"群众"、"人民"这一"多数的力"。

三　何以是周作人"发现儿童"

周作人是中国"发现儿童"的第一人。② 事实上，在周作人的现代思想展开的过程中（也包括周作人自己想"消极"的时候），关于"儿童"的思想的确是重要的资源之一。我曾说过："周氏兄弟能够超出他人，分别站在理论和创作的前沿，成为五四新文学的领袖，一个重要原因是他们发现了'儿童'，从而获得了深刻的现代性思想。"③

作为思想家的周作人，在"儿童的发现"上，他的道德家、教育家、学问家这三个身份，起到了根本的、合力的作用。因为兼具这三种身份，使周作人在"发现儿童"这一思想实践中，走在了时代的最前端，立于了时代的最高处。

周作人自己承认是个道德家。"我平素最讨厌的是道学家（如照新式称为法利赛人），岂知这正因为自己是一个道德家的缘故；我想

① 周作人：《复陈仲甫先生信》，见钟叔河编订《周作人散文全集》第 2 卷，广西师范大学出版社 2009 年版，第 627—628 页。

② 笔者曾在《中国儿童文学与现代化进程》（浙江少年儿童出版社 2000 年版）一书中，辨析过在"发现儿童"一事上，周作人对于鲁迅的影响。

③ 朱自强：《"儿童的发现"：周氏兄弟思想与文学的现代性》，《中国文学研究》2010 年第 1 期，第 99—102 页。

破坏他们的伪道德不道德的道德，其实却同时非意识地想建设起自己所信的新的道德来。"[1] 他在妇女问题上的道德实践可举一事为例：他与刘半农、钱玄同组成过三不会，即奉行不赌、不嫖、不纳妾。[2] 事实上，周作人对此是身体力行了的。在儿童问题上，是他第一个提出了"以儿童为本位"的思想，并且切实地"改作幼者本位的道德"（鲁迅语）。

这种通过"儿童"建立起"新的道德"的尝试，可以上溯至1906 年。周作人在《孤儿记》的"绪言"中说："嗣得见西哲天演之说，于是始喻其义，知人事之不齐，实为进化之由始，……呜呼，天演之义大矣哉，然而酷亦甚矣。宇宙之无真宰，此人生苦乐，所以不得其平，而今乃复一以强弱为衡，而以竞争为纽，世界胡复有宁日？斯人苟无强力之足恃，舍死亡而外更无可言，芸芸众生，孰为庇障，何莫非孤儿之俦耶？"[3] 止庵评价《孤儿记》的这一思想时说："这样一部为弱者、为个人张目的书，出现在'天演'、'竞争'风行之际，视为不合时宜可，视为先知先觉亦无不可。"[4] 我所看重的则是，周作人对将达尔文的进化论阐释成社会达尔文主义这一时代风潮的质疑，原来是来自于对"儿童"的关注。在当时，中国所了解的只是《物种起源》所代表的达尔文的前半部进化论理论，而达尔文后来在《人类的由来及性选择》中所表达的"爱"、"合作"、"道德"这一关于人类的进化论思想，却不为人知。可是，周作人以其关爱儿童的人道主义情怀，在一定程度上，无师自通地与达尔文的后半部进化论理论殊途同归。

周作人于 1918 年翻译的日本作家江马修的《小小的一个人》，结尾有这样的话："我又时常这样想：人类中有那个孩子在内，因这一件事，也就教我不能不爱人类。我实在因为那个孩子，对于人类的问

---

① 周作人：《〈雨天的书〉自序二》，见周作人《雨天的书》，河北教育出版社 2002 年版，第 3 页。

② 止庵：《周作人传》，山东画报出版社 2010 年版，第 67 页。

③ 止庵编订：《周作人译文全集》第 11 卷，上海人民出版社 2012 年版，第 649 页。

④ 止庵：《周作人传》，山东画报出版社 2010 年版，第 23 页。

题，才比从前思索得更为深切：这绝不是夸张的话。"① 对周作人翻译的这样的话，何尝不可以看作是夫子自道呢。1920 年周作人翻译的日本作家千家元磨的《深夜的喇叭》，最后一段是："我含泪看着小孩，心里想，无论怎样，我一定要为他奋斗。"②周作人这种对于儿童的异乎寻常的关心，似乎可以在这段译文中找到因由。后来，周作人写关于"小孩"的诗歌，论述儿童教育、儿童文学，是践行了他翻译的两篇小说中的人物所说的话。这两篇小说中的《小小的一个人》就与《人的文学》一起，发表在《新青年》的第五卷第六号上，这恐怕不是完全的巧合吧。

　　周作人的"儿童的发现"始于"绍兴时代"而非北京大学时代。作为儿童文学理论的创立者，周作人的"儿童本位"思想起始于他的教育实践。1912 年 3 月至 1917 年 3 月，周作人在家乡绍兴从事儿童教育事业，做过浙江省视学，更在绍兴县教育会会长和中学教师位置上做了整整四年。这一期间，周作人基本形成了他的独特而超前的"以儿童为本位"的儿童观、儿童教育思想，乃至儿童文学思想。这一情形，我们从他发表的《个性之教育》、《儿童问题之初解》（1912年）、《儿童研究导言》（1913 年）、《玩具研究（一）》、《学校成绩展览会意见书》、《小学校成绩展览会杂记》（1914 年）等论述文章，《游戏与教育》（1913 年）、《玩具研究（二）》、《小儿争斗之研究》（1914 年）等译文，特别是从《童话研究》、《童话略论》（1913年）、《儿歌之研究》、《古童话释义》、《童话释义》（1914 年）等论文中，可以看得清楚。比如说，周作人最早批判成人对儿童的"误解"，是在《儿童研究导言》（1913 年）中："盖儿童者，大人之胚体，而非大人之缩形……""世俗不察，对于儿童久多误解，以为小儿者，大人之具体而微者也……"③，批判"重老轻少"是在《儿童问题之初解》（1914 年）中："中国亦承亚陆通习，重老轻少，于亲

---

① 止庵编订：《周作人译文全集》第 8 卷，上海人民出版社 2012 年版，第 325 页。

② 同上书，第 315 页。

③ 周作人：《儿童研究导言》，见钟叔河编订《周作人散文全集》第 1 卷，广西师范大学出版社 2009 年版，第 28 页。

子关系，见其极致。原父子之伦，本于天性，第必有对待有调合，而后可称。今偏于一尊，去慈而重孝，绝情而言义，推至其极，乃近残贼。"①

学问家这一身份，对于周作人"发现儿童"也十分重要。学术研究能为周作人"发现儿童"提供方法和途径，实在是因为周作人在学术兴趣上有其特殊性。

周作人称自己的学问为"杂学"。在《我的杂学》一文中，他说："我对人类学稍有一点兴味，这原因并不是为学，大抵只是为人，而这人的事情也原是以文化之起源与发达为主。但是人在自然中的地位，如严几道古雅的译语所云化中人位，我们也是很想知道的，那么这条路略一拐弯便又一直引到进化论与生物学那边去了。"② 可见"为人"、为了解"化中人位"，是周作人学术研究的首要目的。于是，我们看见，周作人在倡导"祖先为子孙而生存"这一"儿童本位"的儿童观时，就拿了生物学来"定人类行为的标准"。

然而，对于周作人发现儿童影响最大的当是儿童学。不过，周作人的儿童学有着相当的特殊性。"我所想知道一点的都是关于野蛮人的事，一是古野蛮，二是小野蛮，三是文明的野蛮。一与三是属于文化人类学的，上文略说及，这其二所谓小野蛮乃是儿童，因为照进化论讲来，人类的个体发生，原来和系统发生的程序相同。胚胎时代经过生物进化的历程，儿童时代又经过文明发达的历程，所以幼稚这一段落，正是人生之荒蛮时期。……以前的人对于儿童多不能正当理解，不是将他当作小型的成人，期望他少年老成，便将他看作不完全的小人，说小孩懂得什么，一笔抹杀，不去理他。现在才知道儿童在生理心理上虽然和大人有些不同，但他仍是完全的个人，有他自己内外两面的生活。这是我们从儿童学所得来的一点常识，假如要说救救

---

① 周作人：《儿童问题之初解》，见钟叔河编订《周作人散文全集》第 1 卷，广西师范大学出版社 2009 年版，第 246 页。

② 周作人：《我的杂学》，见周作人《苦口甘口》，河北教育出版社 2002 年版，第 72 页。

孩子，大概都应以此为出发点的。"①

　　周作人的儿童学受美国"斯学之祖师"斯坦利·霍尔的影响很大。周作人在著述中经常谈到斯丹来霍耳（即斯坦利·霍尔）。斯坦利·霍尔运用德国动物学家、进化论学者海克尔提出的复演说（动物的个体发生迅速而不完全地复演其系统发生）来解释儿童心理发展，认为，胎儿在胎内的发展复演了动物进化的过程（如胎儿在一个阶段是有鳃裂的，这是重复鱼类的阶段）；而儿童时期的心理发展则复演了人类进化过程。正是这一儿童学上的复演说，深刻地影响了周作人，使他意识到："童话者，原人之文学，亦即儿童之文学，以个体发生与系统发生同序，故二者，感情趣味约略相同。"②"照进化论讲来，人类的个体发生原来和系统发生的程序相同：胚胎时代经过生物进化的历程，儿童时代又经过文明发达的历程；所以儿童学（Paidologie）上的许多事项，可以借了人类学（Anthropologie）上的事项来作说明。"③

　　除了斯坦利·霍尔的复演说理论，"弗洛伊特派的儿童心理"也是周作人的儿童学的重要基础。1934 年，周作人特别为 1930 年所作的《周作人自述》加了一段话："如不懂弗洛伊特派的儿童心理，批评他的思想态度，无论怎么说法，全无是处，全是徒劳。"④后来的现代文学研究者，似乎是没有对这句话给予足够的注意和重视。这句话表明了周作人的"思想态度"中，关于儿童的思想，处于一个根本的、重要的地位。周作人所说"弗洛伊特派的儿童心理"是什么呢？他有一句话有所指明。"弗洛伊特的心理分析应用于儿童心理，颇有成就，曾读瑞士波都安所著书，有些地方觉得很有意义，说明希腊肿足王的神话最

---

① 周作人：《苦茶——周作人回想录》，敦煌文艺出版社 1995 年版，第 538—539 页。

② 周作人：《童话略论》，见钟叔河编订《周作人散文全集》第 1 卷，广西师范大学出版社 2009 年版，第 279 页。

③ 周作人：《儿童的文学》，见钟叔河编订《周作人散文全集》第 2 卷，广西师范大学出版社 2009 年版，第 273 页。

④ 周作人：《周作人自述》，见钟叔河编订《周作人散文全集》第 6 卷，广西师范大学出版社 2009 年版，第 434 页。

为确实，盖此神话向称难解，如依人类学的方法亦未能解释清楚者也。"① 关于心理分析学家波都安，周作人有《访问》一文，边译波都安的文章，边议论他，说他的《心的发生》"全书凡二十四章，以科学家的手与诗人的心写出儿童时代的回忆，为近代希有之作"。周作人特别译出波都安的自序中的一段话："在心理学家或教育家，他将从这些篇幅里找出一条线索，可以帮助他更多地理解那向来少有人知道的儿童的心灵。……更明白地了解在儿童的心灵里存着多少的情感，神秘与痛苦。"② 应该说，波都安的这种知与情的儿童心理学研究与周作人的包括儿童观的整个思想情状是心有灵犀、一脉相通的。

四 结语

综上所述，在周作人于五四时期提出的"人的文学"这一新文学理念中，"儿童的发现"是重要的思想源头之一。"儿童的发现"在周作人的整个新文学思想体系中，具有十分重要的地位。周作人的"儿童的发现"这一思想（也包括妇女的发现），体现出他的批判"男子中心"（"神圣的""父与夫"）这一现代思想的独特性。不论是在中国现代思想史，还是在中国现代文学史上，以周作人为代表的"儿童本位"这一儿童观都是值得进一步深入研究的重要课题。

作者简介

朱自强，中国海洋大学教授，博士生导师，儿童文学研究所所长。中国作家协会儿童文学委员会委员。曾是日本东京学艺大学、大阪教育大学访问学者，大阪国际儿童文学馆客座研究员，台湾台东大学兼职教授、香港教育学院访问教授。

主要研究领域为儿童文学、儿童教育、语文教育。出版《儿童文学概论》、《中国儿童文学与现代化进程》、《儿童文学的本质》、《小

---

① 周作人：《我的杂学》，见周作人《苦口甘口》，河北教育出版社 2002 年版，第 76 页。
② 周作人：《访问》，见周作人《永日集》，河北教育出版社 2002 年版，第 54—55 页。

学语文文学教育》、《日本儿童文学论》、《"分化期"儿童文学研究》等 10 部个人学术著作，发表论文百余篇，多次获省部级科研成果奖。

在创作方面，出版儿童故事《属鼠蓝和属鼠灰》（四册，与左伟合著）、图画书《老糖夫妇去旅行》。曾获泰山文艺奖、冰心图书奖，入选 2010 年度"大众喜爱的 50 种图书"。

翻译《不不园》、《谁也不知道的小小国》、《龙子太郎》等儿童文学名著十余种以及数十种图画书。

中国儿童文学中儿童观的
多重相面与当代使命

湖南师范大学文学院　汤素兰

内容摘要：中国儿童文学中的儿童观受中国传统儒家文化、中国文学的"言志"与"载道"传统的影响，同时和每个时代的政治意识形态、国家对未成年人的教育目的紧密相关，因而呈现出复杂的多重相面。当代中国儿童文学的儿童观虽然已经逐渐向儿童本位回归，承认儿童是独立的存在，有内外两面的生活，儿童文学的作用是顺应儿童的自然生长，助长发达，但是作家个人的创作中呈出的儿童观依然会受到传统文化基因与社会政治氛围、教育目的的制约，使中国儿童文学的繁荣发展曲折艰难。因此，当代儿童文学中的儿童观在变革自身的同时，也承担着特殊的历史使命——启蒙民众的儿童观、保护儿童的天性、鼓励儿童享受童年快乐、充分发挥其文学的审美功能而作为现有学校教育的修正与补充，成为一种爱的教育，为儿童一生的幸福奠定基础。

关键词：中国儿童文学　儿童观　儒家文化　教育目的

儿童观是成人如何看待和对待儿童的观点的总和，它涉及儿童的能力与特点、地位与权利、儿童期的意义、儿童生长发展的形式和成因、教育同儿童发展之间的关系等诸多问题。

对于儿童文学来说，儿童观是儿童文学的原点。有什么样的儿童观，就有什么样的儿童文学。中外皆是如此。比如中世纪基督教的儿童观认为儿童是有罪的羔羊，成人应该对他们严加管束、约制，使儿童能不断地进行赎罪。儿童体内的各种毒素，是儿童犯罪的根源，容易导致儿童的错误行为，而严酷的纪律则会减轻，甚至消除儿童的这种行为，因此可以责骂、鞭打儿童，对儿童施行体罚也是应该的。这样的儿童观也体现在儿童文学作品中，比如我们能从金斯莱的《水孩子》中看到儿童承受各种肉体的、精神的折磨：小汤姆因为偷吃了糖果，全身就长出了海胆一样的毒刺①。在封建时代的中国，孩子是父母的私有财产，因此，在给儿童编写的童蒙课本如《二十四孝》②、《三字经》③等书籍中，就能读到"郭巨埋儿"、"吴猛恣蚊饱血"等可怕的孝顺故事。

　　中国儿童文学是伴随着五四新文化运动诞生的，受到了西方儿童文学的深刻影响。关于中国儿童文学中的儿童观问题，朱自强先生在《中国儿童文学与现代化进程》一书中，有严密的梳理。他认为在儿童观的问题上，早在20世纪初中国儿童文学的初创时期就有了周作人以"儿童为本位的儿童观"，也有鲁迅先生对于中国传统儿童观的批判和"救救孩子"的呼吁，但是，在真正的儿童文学实践中，我们的儿童观长期与周作人提出的"儿童本位"相背离，儿童文学沦为教育的工具或者政治的工具，一直到改革开放以后，历史进入新时期，甚至进入21世纪，我们的儿童观才又开始回归到"儿童本位"，儿童文学也开始向"儿童性"与"文学性"回归，呈现出从童心到成长、从教训到解放、从观念到心灵、从功利主义到游戏精神、从严肃到快乐幽默、从白纸说到种子、从短篇以中长篇的发展大趋势。儿童文学中的儿童观，也再一次回到20世纪初的出发点，并且开始了向新的现代性的追求。他因而对中国儿童文学的明天充满了信心④。

---

　　① ［英］查尔斯·金斯莱：《水孩子》，钟琪译，天津教育出版社2005年版，第142页。

　　② 《二十四孝》，全名《全相二十四孝诗选》，相传是元代郭居敬编录，一说是其弟郭守正，第三种说法是郭居业撰。由历代二十四个孝子从不同角度、不同环境、不同遭遇行孝的故事编集而成。由于后来的印本大都配以图画，故又称《二十四孝图》。

　　③ 《三字经》，中国传统蒙学读者，相传成书于宋代，已有700多年历史。全书共一千多字，由三字一句的韵文组成，内容包括了中国传统的教育、历史、天文、地理、伦理和道德以及一些民间传说等，表述生动而又言简意赅。

　　④ 朱自强：《中国儿童文学与现代化进程》，浙江少年儿童出版社2000年版。

从中国儿童文学的发展轨迹与创作实绩来看，朱自强先生的学理分析与历史总结无疑是正确的。但是，回望中国儿童文学曲折的发展历史，我们对于未来的儿童文学发展也不能不心生忧虑。因为一个国家的文学艺术，总是受到传统文化的深刻影响。曾经深刻影响甚至阻碍过中国儿童文学发展的一些观念，在未来也会成为新的阻碍。清醒地认识到这一点，我们在理论探索与创作实践中，便可以更加自觉地绕开暗礁，而让中国儿童文学在向文学性与儿童性的回归中，更顺利一些。

由于中国传统文化、政治生态与教育观念的影响与制约，中国儿童文学中的儿童观一直呈现着复杂的多重相面，这些因素过去曾经成为滞碍中国儿童文学发达的暗礁，将来也不会自行消失，它一直会作为一种文化基因而存在。

中国是一个有着五千年封建传统的国家。在传统文化中，"长者为尊"，而不是"幼者本位"。在家庭中，孩子属于父母的私人财产，"父为子纲"，因此"世上无不是的父母"是民间耳熟能详的家训，《弟子规》①也谆谆教导"父母呼，应勿缓。父母命，行勿懒。父母教，须敬听。父母责，须顺承"。在学校（私塾）里，需要"尊师重道"，"师"是有绝对权威的，"天地君亲师"，"师"的位置和"天、地"一起上了神龛。因为"师道尊严"，所以学生与老师的地位是不平等的，在学校里老师体罚学生更是天经地义。在广东民间，旧时私塾别名"卜卜斋"，"卜卜"就是孩子挨打的象声词，大家相信"不打不成人"②。在日常的生活中，老师或者以老师、家长为代表的"成年人"也是全知全能的，孩子是需要被教育、教管与教化的。正是在这样的观念影响下，才有了儿童文学中的"教训主义"存在。比

---

① 《弟子规》，原名《训蒙文》，中国传统蒙学读本。原作者为清朝康熙年间秀才李毓秀。全书分为五个部分，具体列述弟子在家、出外、待人、接物与学习上应该恪守的守则规范。后经清朝贾存仁修订改编，并改名《弟子规》。

② 张倩仪：《卜卜斋——不打不成人》，《另一种童年的告别》，商务印书馆 2001 年版，第 34 页。

如一度被视为儿童文学经典的《三只骄傲的小猫》① 就是一则典型的"教训主义"童话：放暑假的时候，猫妈妈发现自己的三个孩子功课没有学好，就想要它们补补课，变聪明一些。猫妈妈让三只小猫去抓鱼，三只小猫来到河边，发现没有带抓鱼的工具，就傻乎乎地坐在河边等着鱼来找它们。这时，一只老鼠看见了，就冒充"有学问的老爷爷"跟三只小猫谈天，告诉它们劳动是最没有出息的事情。三只小猫回到家里，跟妈妈讲了这一天在河边的见闻，猫妈妈听了大笑起来，批评它们不仅没有捉到鱼，还和老鼠交上了朋友，真是些无用的小傻瓜！在这个故事里，"猫妈妈"所代表的大人的角色是全知全能的，他们代表劳动经验与美好品德，而"小猫"所代表的孩子或者儿童是充满了缺点与错误、需要接受教训的。三只小猫从来没有捉过鱼，也不认识老鼠，犯错本来是情理之中的事情，但是作者没有站在孩子的立场考虑孩子成长与认知的规律，而是站在成人的角度，将成年人的知识与经验当作教训儿童的资本，体现了成人面对儿童居高临下的优越感。由此可见，儿童与成人地位的不平等，不是空喊几句口号能够解决的，甚至也不是一场文化运动能够革除的，而是根深蒂固地存在于我们的文化当中。即便是当今，本已作为封建糟粕革除的《弟子规》又再一次作为众多学校的读本而由孩子们大声朗读，大有复辟之势。

儒学与礼教一直是中国传统文化中的正宗。儒家文化讲中庸，要求人的行止要合规矩尺度，这和孩子的活泼好动的天性正好相违背。礼教与儒学在日常生活中对孩子要求严格，相信"勤有功，嬉无益"，反对儿童游戏。要求"谦虚谨慎，戒骄戒躁"，反对个性张扬。尚实尚用，抑制好奇心与想象力。这样的传统观念作为一种集体无意识而普遍存在，流淌在我们每个人的血脉里，它还会不时冒出来，影响我们的儿童观与儿童文学创作。所以，无论在哪个时代的儿童文学中，我们都能看到因骄傲、因三心二意而吃尽苦头的孩子，当然，大多数时候是拟人的孩子——如小花猫、大公鸡。比如金近先生创作于1952

---

① 严文井：《三只骄傲的小猫》，中国青年出版社1954年版。

的幼儿童话《小猫钓鱼》①　就集中体现了这一特色。小猫跟着猫妈妈学钓鱼，蜻蜓飞来了，小猫放下钓竿去追蜻蜓，蝴蝶飞来了，小猫又放下钓竿去追蝴蝶，结果，猫妈妈钓上了一条又一条大鱼，而小猫却一无所获。小猫问妈妈自己为什么钓不到鱼，猫妈妈告诉它做事情不能三心二意。小猫明白了其中的道理，就坐在河边专心钓鱼，蜻蜓和蝴蝶飞来了也不再追，不一会儿也钓上来了一条大鱼。活泼好动、好奇心强本来是孩子的天性，游戏是童年快乐的源泉，成年人却偏要孩子们放弃快乐原则，专心致志地学习"做事"（学习和工作）。这篇幼儿童话自发表之后一直深受家长和老师的欢迎，入选小学语文教材数十年之久，其深厚的文化接受土壤由此可见一斑。

　　中国文学传统深厚，但传统文学归结起来是"言志"与"载道"。所以，历来讲究文学的具体社会功用。政治家借文学来传达政治意图，革命家借文学来改变社会，隐逸家借文学以表明心志。比如梁启超在《论小说与群治之关系》中，提出了"今日欲改良群治，必自小说界革命始，欲新民，必自新小说始"的口号，这是"小说界革命"的开始②。不仅有"小说界革命"，还有"诗界革命"。即便是在新文学运动中出现的各种文学主张和流派，也都强调文学的社会功用。如文学研究会主张"文学为人生"。中国现代文学史上最早的儿童文学作品就是文学研究会的叶圣陶、冰心等作家创作的。叶圣陶的童话《稻草人》③　就是最典型的"文学为人生"的产物。在童话中，稻草人在一个夜晚目睹了瞎眼婆婆的稻田被蝗虫侵害、贫穷的渔妇无力救助自己病重的孩子、受尽欺凌的女子投河自尽三起悲剧，而稻草人因为是稻草做的，无力救助他们，只能目睹悲剧发生，最终自己也不堪重负倒在地上。很显然，这个童话表达了作家对半殖民地半封社会中劳苦大众的关注，承载了极其沉重的社会人生的内容，完全失去了童话的幻想与空灵。也正因为过于强化文学的社会功用，在战争年代，

---

　　①　金近：《小猫钓鱼》，1952 年由上海电影制片厂改编为动画片，后入选人民教育出版社出版的小学语文教材。

　　②　凌宇主编：《中国现代文学史》，湖南师范大学出版社 2006 年版，第 6 页。

　　③　叶圣陶：《稻草人》，上海商务印书馆 1923 年版。

有了《雨来没有死》[①] 这样歌颂小英雄的战争儿童文学，在新中国成立后社会主义建设的热潮中，有了《宝葫芦的秘密》[②] 这种反对"好吃懒做、不劳而获"的长篇童话，而在改革开放、张扬个性的新时期，有《我要我的雕刻刀》[③] 这样的"新问题小说"。即便到了2010年冬天的全国儿童文学创作会议上，我们的议题中也有"打造儿童精神高地"的新的历史使命[④]。卓有成就的儿童文学作家如曹文轩教授，在写作文质俱美的儿童小说的时候，也自觉地承担起了"儿童文学作家是未来民族性格的塑造者"[⑤] 的重任。作家们在写作的时候，往往都肩负着民族大义与社会责任，娱乐儿童倒在其次了。所以，周作人先生在20世纪初最看重的"无意思之意思"的作品我们的儿童文学中总是不多见，即使偶有出现，也不会被大多数教师与家长看重。

　　儿童文学和儿童教育有着千丝万缕的关系。儿童文学不一定要有教育性，但是，儿童文学总是在起着培养和教育儿童的作用。在为儿童编写的教科书中，很早就引进了儿童文学作品。比如童话、小诗、寓言、散文和民间故事。教育就是"传道、授业、解惑"，所以，既有人格塑造，品性养成，也有具体知识的传授。黎锦晖的儿童戏剧当年就不是为了娱乐儿童，倒是主要承担了传播白话文的任务。教育的对象是儿童，教育的最终目的是把儿童培养成什么样的人。长期以来，我们的教育方针都是使受教育者成为德、智、体全面发展的无产阶级革命事业的接班人，因此，在儿童文学中强调集体主义、爱国主义和品德教育，讲阶级斗争。集体主义、爱国主义总是高于个人的发展，作品中缺少儿童情趣、儿童个性和快乐因子就顺理成章了。而教

[①]　管桦：《雨来没有死》，《晋察冀日报》1948年。

[②]　张天翼：《宝葫芦的秘密》，中国少年儿童出版社1958年版。

[③]　刘健屏：《我要我的雕刻刀》，《儿童文学》1983年第1期。

[④]　中国作家协会全国儿童文学委员会编：《童年的星空——2010年全国儿童文学创作会议论文集》，接力出版社2011年版。

[⑤]　曹文轩：《为人类提供良好的人性基础》，《中国儿童文学的走向》，少年儿童出版社2006年版。

育问题又总是受到社会政治意识形态的左右。中国的儿童文学曾沦为政治的工具与教育的工具，当然是社会政治环境使然，但也未必不是在传统文化作用和集体无意识下的自觉选择。今天，因为儿童文学的受众基本上是正在学校和幼儿园里接受教育的未成年人群，又因为文学艺术的意识形态属性，教育与政治依然会深刻地影响当代作家的儿童观与儿童文学。

儿童文学创作是儿童文学作家个人的精神产品。每个儿童文学作家都有不一样的儿童观。而作家的儿童观又受到传统文化、教育观念、政治氛围与个人的知识结构、文学师承的影响。从 20 世纪 50 年代后期到 20 世纪 60 年代，随着当代中国文学"政治挂帅"，文学需要不断配合当时的中心任务和阶级斗争，自然就产生了"政治挂了帅，艺术脱了班，故事公式化，人物概念化，文字干巴巴"[①] 的 60 年代的儿童文学，也才有贺宜先生提出"儿童文学是教育儿童的文学"的主张，《小猫钓鱼》这种压抑儿童天性的作品才有了成为一个时代的经典的必然性。经过一百年的发展，尤其经过改革开放以来的拨乱反正与文学回归以及对西方众多经典儿童文学与儿童教育、心理学著作的译介，中国儿童文学中呈现的儿童观已经更多元、更开放、更回归儿童本位已经是不争的事实。但也并非当今所有的儿童文学作品都能如周作人先生所期望的对于儿童能起到"顺应自然、助长发达"[②] 的作用。比如从拍摄于 2005 年的儿童电影《童梦奇缘》[③] 中，我们依然可以看到对儿童幻想天性的否定。平心而论，在中国众多儿童电影中，《童梦奇缘》已经是一部相当有艺术水准的电影，但是，其中一个关键的情节是主人公渴望长大，电影的结局是这个渴望长大的孩子真的实现了梦想——长大了，但也迎来了自己的悲剧——无法再回到童年，只能迅速变老，进入老态龙钟的可怕岁月。还有一个关于雪人

---

① 茅盾：《60 年少儿文学漫谈》，《中国当代儿童文学文论选》，王泉根评选，接力出版社 1996 年版，第 231 页。

② 周作人：《童话略论》，收入《周作人自编文集——儿童文学小论、中国新文学的源流》，止庵校订，河北教育出版社 2002 年版，第 8 页。

③ 《童梦奇缘》，刘德华主演，中国香港，2005 年。

的非常唯美的故事，作家为了强化故事的感人效果，让雪人把做眼睛用的煤球取下来为老奶奶取暖①。作家在这样写的时候，只顾自己"言志"，而丝毫没有顾及儿童自身的感受，其实孩子在阅读故事时是常会把自己等同于那个可爱的小雪人的。而作家个人，也会随着时代与环境的变化，而自觉或者不自觉地改变自己的儿童观。最典型的例子当数陈伯吹先生。1960年以前，陈伯吹先生是最著名的"童心论"者，认为儿童文学应该以儿童为本位，应该有个性，有特色，坚持文学立场，但自从1960年遭到批判之后，他的儿童文学观念就发生了根本性的变化，强调儿童文学的教育工具性，认为"儿童文学创作，应该进行忆苦思甜的阶级教育，排除万难以争取胜利的革命传统教育，社会主义革命和社会主义建设的先进模范教育……总起来说，是革命的政治思想教育。文艺，从来就是改变人的思想的有力的教育工具……"②

正因为中国儿童文学中呈现的儿童观有着复杂的多重相面，一直受着传统文化基因、社会政治意识形态与教育方针、政策的制约，当代儿童文学中儿童本位的现代的儿童观更具有特殊的历史使命。

第一，启蒙民众的儿童观。朱自强先生曾用盗火的普罗米修斯来比喻周作人对中国儿童文学的贡献，尤其是他的儿童本位的儿童观对中国儿童文学的意义。对于今天的中国民众来说，儿童观依然需要启蒙。差不多一百年前，鲁迅先生曾经在《我们现在怎样做父亲》③中说，中国的父母对孩子应该"健康的生产、尽心地养育、完全地解放"。但这样的观念在今天的中国父母的心中还不普遍。陈志武教授曾经作过一项调查，中国父母生养孩子的目的，大多数并非为了爱，而是为了养老，或者家族的传宗接代。所以，以儿童文学中人性的、现代的、科学的、儿童本位的儿童观启蒙民众的儿童观，还是一个漫长的旅途，也有着特别重要的意义。

---

① 熊磊、熊亮：《炉火的故事》，四川少年儿童出版社2007年版。

② 刘绪源：《1960年，为何突然批判陈伯吹》，《南方周末》2012年5月11日第24版《往事》。

③ 鲁迅：《我们现在怎样做父亲》，《新青年》1919年11月1日第6卷第6号。

　　第二，保护儿童天性，激发儿童天赋的生长。正如蒙台梭利所说：儿童本身是一颗包孕了未来一切可能的种子，如果有相容的环境，这颗种子就会发芽并茁壮成长①。儿童文学是孩子们的恩物，优秀的儿童文学作品，像适宜的阳光、雨露与肥料，不违天时，借助地力，激发孩子天性中种子的生长，它们能起到保护儿童天生的好奇心、想象力，让儿童成长得更健康、更符合天性的作用。

　　第三，让儿童享受自己的童年，带给儿童快乐。童年期是一生中最重要的时期，但我们的传统文化往往忽略了这个时期，而孩子们由于在童年期处于幼小、被动的地位，得不到应有的尊重，往往都渴望长大，渴望超越自己的童年。好的儿童文学作品，科学的、现代的、人生的、儿童本位的儿童观，能够让孩子们正确认识自己的短处与缺陷，享受作为童年的存在与快乐，从而建立自信心。

　　第四，充分发挥儿童文学的审美作用，成为爱的教育，为儿童未来的幸福奠定基础。文学有其自身的审美功能。尤其是儿童文学对儿童性格的培养与塑造更有着特殊的作用，对于僵化与压抑的学校教育也有修正与补充的作用。正如郑渊洁所说，"狭隘的教育意义的童话像药，孩子得了病，吃上一片"，而"发展少年儿童的想象力的童话却是营养品，经常给孩子吃，能使他们体格健康，不生病"②。"对儿童的任何影响都会影响到人类，因为一个人的教育是在他的心灵的敏感和秘密时期完成的。"③ 而学校教育总有许多不完善处，尤其目前中国的学校教育因为学生学业负担过重、因为应试教育带来的恶性循环，不利于儿童天性的发达和创造力的保护。以科学的儿童观为原点创作的优秀的儿童文学作品，能解放儿童的天性，让他们获得在学校教育中缺乏的爱的教育。

---

　　① ［意］蒙台梭利：《童年的秘密》，马根荣译，人民教育出版社 2005 年版，第 23 页。

　　② 《与书做伴，让孩子快乐"阅夏"》，《青岛晚报》2012 年 7 月 10 日第 26 版《教育周刊·深度》。

　　③ ［意］蒙台梭利：《童年的秘密》，马根荣译，人民教育出版社 2005 年版，第 22 页。

　　儿童虽然古已有之，但儿童文学却是一种年轻的文学。一个国家儿童文学的样貌，和这个国家人民的富裕、民主的程度、现代化水平是息息相关的。当代的中国的儿童文学正走在繁荣发展的路途上，中国儿童文学中更开放、更多元、更贴近儿童本位的儿童观正在进入越来越多人的视野。终有一天，当儿童文学成为大众的人生哲学的时候，儿童的存在便会成为成人反省自身的一面镜子，儿童也就真正获得了解放，并且真正成了人类的希望所在。

作者简介

　　汤素兰：一级作家，湖南师范大学文学院教授，湖南省作家协会副主席，民进湖南省副主委，全国政协委员。曾获全国优秀儿童文学奖、宋庆龄儿童文学奖、冰心儿童文学新作奖大奖、陈伯吹儿童文学奖、张天翼儿童文学奖、湖南省青年文学奖、毛泽东文学奖、影响湖南十大文化人物等奖项。被评为湖南省德艺双馨青年文艺家，荣立省政府一等功。写作以童话为主，其作品优美风趣，深受专家和读者好评。代表作有长篇童话《笨狼的故事》、《小朵朵和大魔法师》、《阁楼精灵》、《小巫婆真美丽》、《奇迹花园》、《酷男生靓女生》系列等。有作品入选小学语文教材、幼儿园教材和"新语文"、"快乐语文"等极具影响力的课外语文读本。

中国当代儿童观与儿童文学观

北京师范大学文学院　陈　晖

内容摘要：中国的儿童文学观与世界儿童文学观的发展变化相关联，又因中国社会的历史进程而呈现特殊的发展性状。与西方儿童文学 20 世纪中期后逐渐淡化教育目的不同，教育一直主导着中国儿童文学创作和研究，是中国儿童文学观最重要的组成部分和影响因子。中国当下的儿童文学观念与儿童文学创作，显示出我们对今天的儿童和今日的童年存在认识上的某种偏失。正视中国儿童的生活和心灵现实，重视儿童与成人、童心与人性、童年与人生的本质关联，会让我们的儿童观更为客观真切，让中国儿童文学更多地摆脱说教意味及幼稚化倾向，具有和成人文学相同的书写人类生命体验、触及社会时代底蕴的思想艺术力量。

关键词：中国当代儿童文学　教育观　儿童文学观

一 "教育儿童的文学"：儿童文学的性质与意义诠释中的儿童观

世界各国的儿童文学观与儿童观之间都有着深刻的联系，中国的儿童文学观与儿童观因为中国社会的历史进程而呈现特殊的发展性状。近代中国"西风东渐"，开始吸纳西方儿童观的影响，五四新文化运动前后开始发端的中国现代儿童文学，直接肇始于外国儿童文学翻译潮流，将"本位的儿童文学"作为了起点。1919 年，美国实用主义教育家杜威访问中国，带来了"在整个教育中，儿童是起点，是中心，而且是目的"的教育思想，这一理论极大地影响了"五四"时期的中国小学教育界及儿童文学领域，周作人、郑振铎等就明确将儿童文学定义为"以儿童本位的，儿童所喜爱所能看的文学"，认为儿童文学应当"顺应满足儿童之本能的兴趣与趣味"①。儿童本位主义的儿童文学观包含对封建主义儿童观教育观的反叛与否定，在现代儿童文学诞生的特定历史时期具有积极进步的意义。五四新文化运动后，在左翼社会思潮的牵引下，中国儿童文学跟随中国现代文学主潮转向了"现实主义"和"教育主义"方向。1949 年新中国成立后，以政治思想及品德教育为核心的、"教育的"儿童文学观完全占据了主导地位，具有代表性的表述是"儿童文学是教育儿童的文学"，由鲁兵 1962 年提出，20 年后的 1982 年，鲁兵仍以这一表述作为书名出版了专著，并在卷首篇中开宗明义地论述了"儿童文学作为教育工具的实质"②。20 世纪 80 年代中期，伴随社会变革带来的思想转变，儿童文学界已有了向文学主体回归的讨论，儿童文学被定义为"适合于各年龄阶段儿童的心理特点、审美要求以及接受能力的，有助于他们健康成长的文学"③，在注重儿童文学读者的特殊性及其文学属性的同时，曹文轩等作家致力于倡导儿童文学"塑造民族未来性格"责任与使命，可以说是在更高的意义上诠释了儿童文学的教育性。进入 21世纪，中国儿童文学开始逐步呈现出教育与娱乐、文学与文化、艺术与技术、商业与产业的多元发展格局，而儿童文学要"促进儿童的精神成长"、"为儿童打下良好的人性基础"仍然是被广泛认同和接受的观念，"教育"仍然牢固地植入儿童文学包括创作、研究、推广、应用的各个领域并发挥着至为关键的作用。

纵观中国儿童文学观的历史变迁，与西方儿童文学 20 世纪中期逐渐弱化教育与训导目的总体趋向不同，"教育"一直是中国儿童文学观的中心构成与影响因子，是中国儿童文学创作与研究基本而核心

---

① 蒋风主编：《中国现代儿童文学史》，河北少年儿童出版社 1987 年版，第 10—11 页。

② 鲁兵：《教育儿童的文学》，少年儿童出版社 1982 年版，第 1—2 页。

③ 浦漫汀主编：《儿童文学教程》，山东文艺出版社 1991 年版，第 1 页。

的元素。"教育"在中国儿童文学性质、地位与意义上的主导，与儿童文学题材主题的紧密结合，对中国儿童文学内容形式的潜在制约，贯穿于百年中国儿童文学的历史现实，未来还会存续于中国儿童文学的发展进程中。"教育"在中国儿童文学观中的这种绝对"权重"，与中国数千年传统中"教育的"儿童观息息相关，也与中国几千年的文学教化传统相呼应。在"儿童需要被教育"的前提下，为儿童专门创作的儿童文学当然应该具有教育性，儿童文学工作者关注的只是"教育什么"和"怎样教育"，比如是"道德教育""情感和心理教育"还是"审美教育"，以及如何让儿童文学的教育"符合儿童身心发展欣赏趣味""寓教于乐"等。

20世纪90年代前后，随着世界范围内历史学、人类文化学、儿童学、儿童发展心理学等学科视阈的打开与交叉互动，国外的儿童文学界已然认识到，以人类童年期重新定义的儿童已不再被简单置于接受教育的地位，伴随对儿童与成人各自独立、彼此平等概念的更为深广的理解与阐释，现在的作家们已经"从长期的探索和错误中认识到"，"为儿童写作并不是把成人的思想、信条强加给儿童"，儿童文学创作"有待儿童的任意选择"，"其内容和结构应符合并激发儿童的兴趣"，儿童文学作者"应持有与儿童共鸣的思想和心绪"①。与世界同步接轨的中国当代儿童文学，受此启发也开始深入探讨赋予儿童文学教育内涵的必要性、程度与效能。或者我们终将认识到，儿童文学应该首先从性质与意义上回归文学本体，儿童文学不必把教育儿童当作首要的责任与义务，而应更多承担陪伴儿童成长、慰藉儿童心灵的使命。只有更多地卸下了那些道德、思想、人生观意义的教育负载，儿童文学最有价值的游戏精神和想象力才有可能获得更大能量的释放，作家创作才有可能赢得追求独立个性、创造性与诗性的更大空间，中国儿童文学也才能真正成为反映、记录我们时代我们民族儿童体验与童年印象的精神产品。

---

① 日本儿童文学学会编：《世界儿童文学概论》，郎樱、方克译，湖南少年儿童出版社1989年版，第9页。

二　"童心说"与"童年的消逝"：关于
儿童和童年的想象与现实

中国明代学者李贽著有《童心说》，认为"童子者，人之初也；童心者，心之初也"，认定"有闻见从耳目而入"，"有道理从闻见而入"，"以为主于内而童心失"①，这一中国古代的儿童观，表达了对童心形而上的、唯心的崇拜。童心崇拜其实是世界各国各民族共有的观念和思想，根深蒂固地留存于我们人类社会心理层面及世代沿袭的文化基因中。可任何时代的儿童观，不仅带有传承而来的集体无意识，还都是社会生活的产物，有着鲜明的时代特征。美国学者尼尔·波兹曼在20世纪80年代出版的《童年的消逝》中指出，"童年和成年的分界线正在迅速模糊"，"童年作为一个社会结构已经难以为继，并且实际上已经没有意义"，他认为在电视等电子媒介影响下，当代"儿童的价值和风格以及成人的价值和风格往往融合为一体"，"多数人已不理解、也不想要传统的、理想化的儿童模式，因为他们的经历或想象力并不支持这样的模式"②。这一学说提示我们，在文明发生异化、"童年消逝"的当下，许多传统的童年意象和观念，已不再具有普遍性或真实性。正是在"不得不眼睁睁地看着儿童的天真无邪、可塑性和好奇心逐渐退化"的"痛心和尴尬"中，世界各国儿童文学及文化研究者们亦不得不承认，那些关于儿童和童年的既往认知，那些植根于人们内心的童年印象，那些被视为成熟典范的童年创作艺术形态与模式，很多已不契合现今儿童身心发展的实际状况。即使儿童文学要坚守和捍卫童年，我们也要认识到所有关于童年的既有定见与过往经验，如果是主观的、虚幻的，很可能会限制和干扰我们对当下儿童现实的深入发现和表达，让作家的创作不能切近当代儿童生活的矛

① 李贽：《童心说》，霍松林主编：《古代文论名篇详注》，上海古籍出版社1986年版，第368页。

② ［美］尼尔·波兹曼：《童年的消逝》，吴燕莛译，广西师范大学出版社2004年版，第2—3、177—180页。

盾复杂，多元化及丰富个性。

人类的童年期涵盖着0—18岁年龄跨度，是一个漫长而不断发展变化、时刻受到环境刺激和影响的过程。我们一直遵循着的——在"儿童读者特殊性"的名义下——儿童文学的思想、艺术、美学标准，儿童文学的内容、题材、表现方法、审美趣味，包括儿童阅读与接受方面的看法和体认，很可能是经验主义、泛化和固化的，并不直接、准确、深刻地针对和联系着各个儿童年龄阶段，由此生成的儿童文学基本法则也难免失之于宽泛和笼统。比如我们中国儿童文学作家大都倾向于接受和认定："少年儿童具有天真纯洁的内心世界和向善的品格，明确而积极的思想主题对孩子更具有教育意义和感召力"；"儿童文学是给予儿童快乐的文学，叙述、描写要富有儿童情趣"；"儿童偏爱结构完整、脉络清楚的故事，儿童诗歌也最好有点情节"；"幻想文学比写实文学更契合儿童的兴趣和心理需要"；"表现社会阴暗面的题材、晦涩隐晦的主题、悲剧性人物命运不适合儿童欣赏"；"喜剧化人物、卡通造型、明丽的色彩风格更能得到儿童的喜爱"；等等。这些儿童文学观念反映在儿童文学理论研究与评论中，也显现在我们儿童文学众多作品的创作中，更成为儿童文学的指导性原则。相应的，我们的儿童文学创作似不擅长写实性地表现死亡、性、国家政治、社会阶级、人性罪恶等领域，对儿童关注的复杂社会及成人关系，对儿童外在和内在的矛盾纠葛，对儿童遭遇的困顿与误解，对他们焦虑、无助、不安、恐惧、压抑等情绪的刻画与表达也较为肤浅。就最近10年中国儿童文学创作来看，部分畅销儿童文学作品引领的"都市化"、"娱乐化"、"时尚化"渐渐成了流行方向与趋势，中国广大乡村儿童的生存状况、城市儿童的情感缺失与精神压力、社会转型期复杂错乱的文化教育环境及家庭关系对儿童的负面影响、留守失学及流浪儿童等特殊群体边缘化生活现实，还有包括青春性心理、校园暴力、家庭虐待、犯罪、吸毒、自杀、网络成瘾等在内的青少年成长敏感问题，我们的儿童文学创作显然缺乏深切的关注与深刻的表现，与此相联系，部分发表、出版甚至获奖的儿童文学作品招致了少年儿童读者"不真实""没意思""太幼稚"的反映与批评。

"童年消逝"与"童年异化"是当今时代与社会的现实，是我们无可回避、不能忽略的客观存在，即便我们拒斥其对我们内心童年情结的瓦解、冲击、破坏，一如既往地坚持对"童心""童真"的守望与信念，我们也需要真实面对、重新审视今天的儿童与今日的童年。中国的儿童文学创作者研究者，当前确实有深刻思考和全面检视儿童观及儿童文学观的紧迫的必要，我们要通过关注那些与儿童与儿童文化相关的社会学科研究成果，结合中国现今的时代、社会及文化环境的整体观察，对我们过往的儿童概念和童年观念进行认真梳理和甄别，着意辩证那些在各种社会力量作用下逐渐"消逝"和正在"生成"的童年征象，逐一探讨其对于儿童文学创作的启示和意义，我们要辨别出那些与童年本质相关的儿童精神表征，让我们儿童文学语境中的儿童观，更具有当代特征、更贴近客观真实、更具有开放性，更符合儿童的状态和他们自己的体会、理解与愿望。

三　"成人化"与"儿童化"：儿童文学创作的立场、角度与方式

是否"为儿童"、怎样"表现儿童"、是否"适合儿童"一直是儿童文学区别于成人文学的主要衡量标准。我们一般将儿童文学在内容和表达上缺乏对儿童读者的适应性和吸引力的状态称为"成人化"，而将"以儿童的眼睛看、以儿童的耳朵听、以儿童的心灵去体会"等贴近儿童的姿态与路径称为"儿童化"，我们认为儿童文学由成人创作的格局决定了成人作者通常需要通过"儿童化"让作品更适合儿童欣赏，并尽量避免带有"成人化"弊端。可是，自20世纪后半期开始，世界儿童文学的内涵、外延及概念理解都有了新的发展和变化，儿童文学作者、读者及阅读现实也随之改变，在此背景下，联系儿童文学中的"成人"与"儿童"角度与身份，所谓儿童文学"成人化"与"儿童化"有许多需要认真辨析的层面。

过去带贬义或批评意味的"成人化"主要是指将某个成人思想意念以抽象、机械、生硬的表现方式强加给儿童，是指代儿童文学创作中一种不圆熟、有缺陷的形态，一种对成人和儿童都缺乏吸引力的作品状态。"成人化"无关于"写成人"还是"写儿童"，无关于"成人写"还是"儿童写"——我们想必也见过儿童写作或创作中的"成人化"，而主要关乎于作者观察表现生活的角度与方式是否能被儿童的理解与接受，是否能与儿童读者达成理解、领会和共鸣。即使是严肃的成人话题与成人生活，只要具有儿童的立场与态度，有贴近儿童的视角，也可能被儿童很好地感知。世界儿童文学创作的历史和事实证明，一些没有设定给儿童读者的作品，因为作者对童心、童真、童趣的热爱和充分表达而天然具备了"儿童化"的特征，反而是一些本为儿童读者的创作因欠缺"儿童化"功力而流于粗略的"成人化"。"成人化"如果主要是艺术表现水平范畴的问题，就不应作为儿童文学的标志以屏蔽成人社会、切割儿童与成人生活，不应作为评判作品属性、衡量其是否合适儿童欣赏的标准或尺度，进而成为儿童文学题材、内容、主题及表现方法等方面的限制。

20 世纪中期后的世界各国儿童文学倾向于不再将儿童文学与一般文学截然分开，强调要考虑到儿童的理解力，却并不局限于儿童的生活或仅仅表现面向儿童的内容。比如在图画书领域，众多的西方当代作品会选择严肃认真地为儿童表现死亡、种族歧视、战争罪恶，表现社会与历史中残酷的事实与真相，表达人性的善与恶、矛盾与复杂。美国康涅狄格大学英语系副教授凯萨琳·凯普肖·史密斯在其《儿童图片文本中的民权运动》一文中，曾举例美国作家沃尔特·迪恩·迈尔斯的《又一道有待跨越的河》、卡罗尔·波士顿·威德福（Carole Boston Weatherford）的《伯明翰，1963》以及诺曼·洛克威尔的《与我们所有人相伴的难题》等作品，说明了多元文化理念下的美国儿童文学如何通过图像叙事，向孩子直观呈现充满血腥与恐怖的杀戮场景，以"实现'真相'的隐性诉求"，凸显"文化童真的幻灭"，并特别指出洛克威尔如何有意将"种族融合运动的复杂性与暴力性放置在一个甜美可人的小孩身上"，威德福作品如何在孩子无法实现的愿望中结束作品，让儿童读者"被置于信仰破碎和生命殒落的伤痛之中"①。2012 年 6 月，中国青岛中美儿童文学高端论坛上美国学者列举的众多作品，其题材与主题在我们看来都相当的"成人"，或者是他们完全没有考虑"儿童"与"成人"作为预设读者的界限与区分，或者就是他们设定与理解的标准和我们有很大的不同。我们似乎一直都特别强调儿童文学作品对于儿童读者特殊的针对性和适应性，以此对作家的儿童文学创作加以引导与限定。而以美国为代表的西方国家，除了特殊年龄段的婴幼儿文学，其少年儿童文学内容及表现上都趋于"成人化"。这其中有"童年消逝""儿童成人化"的时代环境作用，也有对儿童和童年整体而宏观的认识角度，儿童世界和成人世界毕竟是叠合、关联、交互影响着的，童年是人生的一个阶段，童心是人性的基本构成，儿童始终处在长大成人的社会化进程中。

20 世纪 80 年代班马等作家曾特别讨论过"儿童反儿童化"趋向，认为我们应该注意儿童读者是在不断成长中的读者，少年儿童对成人世界有着本能的向往、有着方向上的趋近。由此看来，儿童文学的"儿童化"程度与效果也有辩证的必要。对儿童读者而言，过度模拟儿童幼稚情态的儿童文学，未必能让他们感到特别的兴致，"低幼化"并不是实现"儿童化"的捷径，过于渲染儿童的无知与蒙昧，是对儿童天真的曲解，是对儿童的轻视、对儿童情感愿望的漠视。"蹲下来"写作在成人有是否能真正"蹲下"的困顿，在儿童则更有需不需要成人"蹲下来"的问题。作家创作如果执着于"儿童化"的方向，过于偏好表现儿童幼稚情态或情趣，又缺乏必要的审美提炼与提升，很容易陷入手法和表现上的狭窄、单薄与浅近，降低其儿童文学作品的艺术质量、减损其阅读欣赏的价值。

"成人化"与"儿童化"实际上也内在关联着儿童文学是"为成人"还是"为儿童"。无论是整体来看还是就具体篇目而言，儿童文

---

① Remembering the Civil Rights Movement in Photographic Texts for Children, Katharine Capshaw Smith, University of Connecticut. China-US. Children's Literature Symposium, 2012, Qingdao, China.

学都是既给儿童也给成人包括成人作家自己的。人类创作儿童文学给予儿童，陪伴促进儿童的成长；人类创作儿童文学给予自己，怀想和记录童年。安徒生童话题名"说给孩子们的故事"，但他明确指认他的童话"要写给小孩看，又要写给大人看"，认为"小孩们可以看那里面的事实，大人还可以领略那里面所含的深意"[⑧]。安徒生童话因此而包含人类生活中最重要的因素，生命、死亡、梦想、爱、美、理解、同情、勇气、奋斗、希望、欢乐、痛苦、悲悯……这些无疑是我们所有成人和孩子所应共同继承和拥有的、属于人类生存历史和现实中最有价值的那一部分思想成果，安徒生对人类本性的描写，足以唤起人们对自我的认知，这种认知可以超越时间、空间，超越儿童与成人文学的界限，达到哲学与人类文化的高度。儿童文学在这个意义上为成人和儿童共有，是理想而自然的状态。或者通过表现孩子、表现童年与童真，能打动成人，给成人以美好的体验与感受，给成人以启迪与教益，同样是儿童文学的使命与价值之所在。

当代儿童文学艺术成熟的标志就是它已经具有足够吸引成人读者阅读的表现力和水准，发展到成年人也可以尽情欣赏的程度。儿童文学在诞生之初力求以特定内容和艺术表现独立区别于成人文学，现在已逐渐融入成人文学成为整个人类文学的组成部分，即使幼儿文学（包括文学基础上创作的图画书），也有了兼容成人读者的层次和张力。卓越的儿童文学，是具有思想文化及审美意蕴的艺术品，是给成长中儿童、给未来的文学作品，需要经得起儿童成人后的回望，要能感动现在的儿童，还要让他们留存于心、在成长中持续收获一份长久的感动。世界优秀的儿童文学创作已经证明，不能感动成人的儿童文学作品，也未必可以期待其能感动儿童，而真正能感动儿童的作品，则必然能感动成人，至少感动他们中的很大一部分——所有的成年人都是曾经的孩子。

四　结语

我们要在关注儿童现实的基础上，从先进的儿童观出发，检视中国既有的儿童文学观，深切洞察儿童与成人、童心与人性、童年与人生的本质关联，进一步确立并提升儿童文学创作的艺术标准、文化价值和美学品质，让儿童文学拥有和成人文学同样的书写人类生命体验、记录时代社会的深度、高度和力度，赋予中国儿童文学新的当代品格和风貌，实现与世界儿童文学交融互动，促进共同发展与繁荣。

作者简介

陈晖（1965—），女，中国湖南长沙人。文学博士。北京师范大学文学院教授，博士生导师。主要研究中国儿童文学及中国现代文学。著有《张爱玲与现代主义》（2004）、《通向儿童文学之路》（2005）、《图画书的讲读艺术》（2010）。主编《儿童的文学世界》（2007）、《阅读世界儿童文学经典》（2011）、《经典绘本的欣赏与讲读》（2012）等教材。出版有童话集《小小的天空》（2000）、儿童小说《我的名字叫豆豆》（2005）等作品。

识辨一个国家的儿童观中的 "母题"对中国明代儿童成长 策略制定的文化批判与破解

广州市儿童活动中心艺术总监　班　马

内容摘要：公元 1400 年至 1800 年的四百年间，人类文明开始产生真正意义上的"儿童观"——它不但出现在西方（如欧美），也同时出现在东方（如中国）。这构成本文探讨之中的一个重要时间定位：16 世纪前后，中国明代也产生了专门针对儿童的初级"儿童观"。明代对儿童成长的设计观念，不但影响了此后的儿童文学，同时还派生出一系列文化"母题"①，从此奠定了中国儿童文化及儿童文学的发展基调。对这类"母题"进行文化辨识与文化批判，并由此对中国儿童文学"母题"进行重新认识和补充，正是本文的主要思路。

关键词：母题　身体性　明代

一　中外最早的"儿童观"与 人类"早期教育"的关联

对于中国"儿童观"的产生时代，我们将它放在从北宋起始并在明代中叶基本成形的这一时间点，理由主要在于"富裕"、"人文主义"、"社会管理"和"学校"四大方面。这一中国古代社会高度成

---

① ［美］斯蒂·汤普森（Stith Thompson），美国民间文艺学家，他在其著作《民间故事》中说："一个母题是一个故事中的最小元素，它具有在传统中延续和重复的能力。"

熟的高峰体现，再由明代得以重现并加以体系管理和文化建设。

在这里要特别提到明代与"儿童观"相关的，则正是"学校"（或称官学）在中国的首建以及"儿童教育"国家级别的介入：其一，至明代首次以官方规范在全国乃至乡里建立"学校"制度（15岁以下的童子要求送入社学），并在京都建立最高学府"国子监"。其二，由国家命定并推行的统一教材《四书》、《五经》等。其三，形成了影响深远的"八股文"的应考方式。其四，由官方理论家（理学家）制定出的一整套高度强调"教化"的教育理论体系。其五，首次出现一系列《幼学须知》（《幼学琼林》）、《蒙养故事》（《龙文鞭影》）以及《三字经》、《女儿经》等启蒙读物，引导儿童教育和儿童阅读行为，等等。

以上是在中国古代史之"明代"之前从来没有的。这些对有涉"儿童"的教养、启蒙、学校、文学以及身心成长指导规范等的重视和专门对待，其性质和范围实质上正可对等于当时基本同期的欧洲文艺复兴时期和思想启蒙运动的表现——我认为，两者都在16世纪左右开拓了人类对于"儿童"的重新发现和认识，事实上在当时的东、西方差不多同时开始了对"儿童观"的把握。也许，这是人类文明的走向到了脱离上古时代的浑然一体、由野而文、科学理性上升以及进入"分类"和"分工"的阶段性产物。

我们同时可以对此作出这样的透视：这种对"儿童"地位的特别对待以及派生出的"儿童观"（怎样对待儿童阶段），实质上具有十分明显的所谓"早期教育"的观念。

对这种从"全程"来对待"早期"的儿童期把握，我曾经以中国符号"一"来做释意：即一生万物，万物归一。或说，这个"一"的"发展线"虽是最简单的，却又可向着"遗传"和"未来"的这两个人生的端向而延伸。① 明代"对待儿童"的上述种种，我们从中正可以看出它的意图：那就是它非常看重儿童"早期"的养成、成形、定形的引导把控；同时，它也非常想要作用于一个儿童的与生俱

---

① 班马：《前艺术思想》，福建少年儿童出版社1996年版，第404页。

来（文化遗传）的人性的恶或善，包括它还虑及"灭人欲"的处理方式——你不能不承认，这的确也是一种"早期教育"的态度之一。我认为，这同时就构成了一种将要同"儿童文学"有关的"儿童观"。

在我看来，中国儿童文学在它的许多重大而又重复显现出来的"母题"表现之中，正是主要来自明代的儿童观的发生成形期。对于它的构成和倾向，我给予质疑与批评。对它如何在当代进行演进与重建，我认为应进行梳理和建设。

"母题"以其控制性、重复性的意义，总在深刻地提醒我们。同时却也要指出，明代并非涵盖了中国儿童"母题"的全部。

二　人类儿童的"母题"置放在16世纪前后的中外观察之中

中国儿童文学，它本身竟具有一个石破天惊但却又并未自知的历史研判之重大的时间点位：那就是它的观念生成期正好对应古代中国的文明衰落节点。或者说，正好命定在"人文主义"同"科学主义"的世界史分叉点。

对这一种中国与西方在发展方向之分野及其他时间节点，我曾在16年前的专著《前艺术思想》之中专以"儿童操作型思维"而考察探究，并已论证宋明理学以"内修"、"修身"的从身体性控制进入的"静"与"文"的儿童心性观念，必将在面对西方以"活动"、"动作"、"操作性"和"身体的开放"这种儿童生命"动"的观念之下而造成文明的悲剧结局。①

因而，作为一个儿童研究者和作家，我非常在意"儿童观"的这种"动"与"静"的不同性质。显然，也就十分关注一个公开"主静"的明代儿童思想观念的（儿童文学）结果。

我想以最简明的方式，来表达我对中西儿童文学差别的把握：

---

① 班马：《前艺术思想》，福建少年儿童出版社1996年版，第641页。

中国的"文"与西方的"百科"。

中国的"书生型"与西方的"身体性"。

以下再从 16 世纪前后的中、西方文化取向的某些重大符号性的表现行为，来凸显那些最终影响到文化母题的不同背景。

其一，中国自明代才为世瞩目的所谓"文人才子"，抑或"才子佳人"，其不仅基本覆盖了明清一代的文学环境，而且构成为当时的儿童、少年的类型和气质。然而，意大利文艺复兴的人文主义之表现却并不只在"文"，可以从达·芬奇的身上看到一种全面打开的"艺术"、"科学"、"发明"、"制作"等的知识世界，以及思想启蒙运动时期的《百科全书》知识革命。的确，明代的主张实在太"文"，类型定于"书生"。明代思想家将儿童故事全然纳入"伦理"的教化之中。

其二，16 世纪前后的中、西方思想家和教育家在儿童的"身体性"上的不同态度，可称达到水与火的根本差别。但首先要指明，两者其实在"儿童作用"的学理和功能之上都是同样高明的，也即明确于"身体"的进入性实质是作用儿童的最好进入方式（只不过各取方向而已）。正是在这个西方幼儿教育及其幼儿文学发端的时期，如可看到夸美纽斯对于儿童早期教育和读物指导所注重的体育、游艺、运动场及制绳工和马具匠、田野和森林的鸟、园艺等设计，充满着"动手"、"接触"和"户外"等的提倡（见《母育学校》、《泛智学校》）。而在以明代理学家为主导表现的一整套"管束"童年身体及其感觉器官的"非礼勿动"行为禁忌系统；提倡做人需要"收束"和"如履薄冰"、"战战兢兢"的身心状态；以及包括正是在明代创始并传恶名于世的有关少女"缠足"的恶法，诸如此类，都明确规定了这种"修身"的内向性质。不难看出，两种完全不同的"身体性"观念对于儿童文学的重大影响。

其三，哥伦布的四次远航（1492—1504），同明代郑和七下西洋的远航（1405—1433）这一中西文化对照的经典事例，对于我们在此探讨"儿童观"及其文化"母题"而言，则目的更在于提出这一问题：既然中国早已远航，如此显赫的海上行为为什么没有在明代及以后"被故事化"？而"海洋文学"以及"船"的母题却构成了西方儿童文学的重要组成部分之一？中国未能产生"海洋文学"的这个质问，除了针对所谓成人的中国主流文学之外，对中国儿童文学还可能更具有考问性。

当我们略作以上"16世纪前后"的中、西观察之后，应该可以提出这样的一个涉及"文化类型"的重大提问：更为重要的审视是在于它所派生出的一系列"母题"是何品质？有何效应？我们是否可以从母题群落之中寻找、揭示出某种最为主导而具深层影响的明代儿童文化模型？是否能够进一步提炼出"一个"关键类型，并论证它的"母题"出现率、重复率和影响控制程度？

我认为要把透视的目光直指"身体性"。

三　明代主静、阴柔化的儿童观 与"身体性"的内向

明代思想家准确地对准儿童的"身体性"，这才是文化的悲剧。

由此可以看到的正是一种历史的宿命——在16世纪前后，明代思想家所体现的"生命的内运作"这一思维模式，本质是和平的、内敛的、和谐的、自足的，是"圆"的。它也是在运动的，只不过它讲求的是内修，在自己内部运行并达到圆满。结果，它在文明的遭遇之中碰上的是西方的"操作型思维"，那是动物的、运动的、实验的、探究的、拆解的、组装的，是"动"的特征。

这种追索到"身体性"的儿童美学机理的透视，可以更深地揭示可能深藏在中国儿童文学观念之中的某些"母题"性质及其模式化了的文化原型。

宋明理学强调"内修"。"内"，显然也是一种文化。明代以"内"为精神把握的文化表现，可以说非常突出。

探讨明代针对儿童"身体性"的修身、内修的整套行为，就可更直观地感受到，它构成了一种儿童人类学和儿童哲学的"动作"的母题——一套向内而自足和自守的"文化动作"。

身体性，涉及了"空间"与"移动"。

身体性，涉及了"游"的儿童活动状态。

实际上，身体性正涉及"母题"与"动作"的关系。

四　从"母题"与"动作"的关系来凸显"游戏"的游历意义

当我们追索和破解源自明代的中国早期儿童观念，应可看出它给"儿童"划出的是一个内向性的"室内"的教养空间和文学空间。以至于令人有相当理由可以从明代思想家及其儿童文艺主张、儿童读物范围或是早期儿童文学的（伦理）故事和（道德）画本中得出这样一个结论：它们基本框定在以"家"为生活空间的范畴之内的明显表现。

中国传统儿童的"身体性"，主要体现在"家"的空间。"家"的确构成宋明儒家解释人生整个发展链条之中所谓"修身齐家治国平天下"的一个最实体的环节。因而明代官方的儿童故事或儿童画本，几乎可以归纳为"家教"范畴。

让我们来简明显示这其中的"身体性"规范和文化"动作"。

宋明理学的儿童思想或儿童态度，导致如下结果：

以"家"为儿童观之根基。

以"孝"为儿童观之标准。

以"禁"为儿童观之目的。

以"文"为儿童观之境界。

从以上这四大层面便可以看到：一是"室内"的基本空间。二是"静"的身体性。三是提升为仪式感的"文化动作"。

某种思想或某种观念，会与"动作"相关吗？

从宋明理学及其他的儿童思想观念来看，正可看出它作为一整套理论体系的深刻性，以及它恰恰也是在于使"观念"能够高明地体现为"动作"；或者说，形成一整套"仪式"化的文化动作。"礼"，实际正是一整套可操作的"动作"；中国儿童也即从小在"家"进行着这种身体性的、内化的操作型思维的训练养成，起居、庭扫、礼拜、揖让、进退、琴棋书画、非礼勿动……这套"文化动作"就是这样从"家"而可走向"庙堂"（国家系统），甚至在基点和机理上都不必更改。

这种"文化动作"，就必定会含有深层且有内核的"母题"。

当我们运用这种同"身体性"相关的"文化动作"来进行观照，并以此来透视中国在明代形成的高度"室内"性质的教育理念，以及其强调的"主静"的身心状态，还有那种几乎是把儿童读物和儿童的文学世界置于"家教"的伦理教化之目的——我就也试图从中提炼出某个最大的"文化动作"。

我想，我会选择中国的汉字："关"或者"管"。

这两个汉字，不但有动作性并还有区域性，近于"圈"之意。

与此相类，还有："内"、"守"、"封"。

我不懂英文是否有对应之词：enclose？

它应有"动作"、"区域"以及并非含有恶意的三重含义。

让我们还是从语义学转回在此所要研讨的母题上来——如果我们将上述明代儿童文化的最大"文化动作"锁定在一个"管"的上面，那么，我们便由此可以来得到这样一个破解：从明代早期儿童观念之中可以把握它的一个含有身体性和动作性及空间性的最大母题，那就是：

"家"。

及其延伸："家"——"庭园"——"家天下"。

及其他象征："门"的"内"与"外"的动作性。

至此，我想指出中国儿童文学传统精神缺失最大的一种文化动作，那就指向了本文以下所要探讨的一个有关"游戏精神"的重要"文化动作"，那就是"游"的母题。

"游"，正体现为儿童性、身体性、动作性及其空间概念。

五　对明代儿童观限制"游戏精神"的 "地理"角度分析

到这里，就可以将我们的探讨锁定在"游"的动作上

有关明代儿童观，它的"身体性"及其"家"的主旨与"地理"的关系。有关"游历"的儿童文学母题在中、西儿童文学发展史之中的不同表现以及儿童意义。有关"旅行"表现在儿童文学之中的成长含义和它的母题价值。

当我们重温 16 世纪前后的文艺复兴时期的幼儿教育思想及幼儿园的儿童教材、儿童活动和儿童设施的时候，可以发现"地理"的概念和操作方法竟然显得十分突出，而并不像中国人一般以为的"地理"与"儿童"似乎无甚关联。中国明代七下西洋的远航行为之后，相反出现的却是："地理"（如海洋）大封闭。全盘"文"的知识取向，以及对"身体性"的收束和以"家"为基点的教化。

再以下，我们就可以探讨有关"地理"的儿童观意义。

我认为，它实际上才是非常具体地和十分感性地相关于儿童的"游戏"及"游戏精神"；原理则很直接，因为"地理"就涉及了"外面"和"活动"：诸如动手、动脚、接触、发现、考察。显然，这里正可看出"地理"与"活动"的关系，以及"地理"与"游"的关系。

在中、西儿童观和儿童文学的早期发生状态之中，对此存在三大鲜明差别：

一在"儿童精神"——"动"与"静"。

二在"文学气质"——"户外"与"室内"。

三在"题材"——"旅行"与"道德"。

我由此这样判断并认为：这里最突出的在于中国缺少一种向外的和游历性质的旅行类儿童文学精神，我把它称为"游历"的精神，也是一种"离巢"的动作，也是一种"在外成长"的人生命运。

用儿童文本来透视它，那就是"在路上"。

用儿童美学来透视它，那就是"在外的成熟"。

用儿童心理学来透视它，那就是"活动与发现自我"。

用儿童哲学来透视它，那就是"我与世界"。

为什么要突出这样一个有关"旅行"的儿童文学题材的问题？它是否真有深层的，甚至相关"母题"的根由和意义？

我们可以从"儿童文学"这一门类的一系列更显而易见的本体的、原生性的和母题化的方面来检视一番：动物，探险记，历险记，强盗和海盗，森林童话，海洋故事，从神话到科学幻想……从荒岛到星球……我们从中正可以看到相关"游历"的母题。

我们甚至还可以从当代的电玩游戏的"模式"之中而来看出它的真正儿童性的、动作性的及其母题性：来自人类狩猎行为的"围捕"、"突围"、"追"与"逃"、"捕获"等的行为原型；来自人类深层记忆和身体感觉的"丛林"、"洞穴"、"隧道"、"迷宫"等的原始地理感，以至于我们还可以从儿童游戏和游艺，包括有如迪士尼游乐场模式之中看到来自人类深层的身体性经验的"坠落"、"吊起"、"崩塌"、"踏空"、"碰撞"、"解体"等心理学所称之为的原感……我们从中也正可以触及"游历"的母题。

"地理"的涵量，因人类和儿童的"游历"而显现。

儿童的"身体性"也因在"户外"而向世界打开。

（在此，我想要特别地提到美国学者、伊利诺伊州立大学的罗伯塔·特里茨教授有关青少年文学之中的"成长"、"身体"以及相关"旅行的隐喻"的精彩和极具启发的论述，并使我通过她对于哈里贝克·费恩的精细行为与语义的解读，可以更深地获得对上述涉及所谓"游历"的更好理解）。

"地理"与人类的"旅行"、"迁徙"直接有关，涉及文学之中的诸多史诗：长征（《出埃及记》），大迁徙（《奥德赛》），新世界（西部文学），追寻（《白鲸》），流放（《罗摩衍那》），等等。这是有着"人"的深刻根由的——就有如人类的"来"正是一个"走出非洲"的故事；而又有如人类的"去"又将是一个"踏上火星"的故事一样。就因为它穿透了"人类"和"文学"之间的一个最大的母题：

"人的旅行"。或者说，它也就体现"游历"正是人类的最大"动感"原型。

我坚持认为，儿童文学原本就更同"空间"相关：它注定就应该是谈天说地的，上知天文，下知地理，"人文"之外还有"百科"。"空间"的萎缩，"游历"的萎缩，导致了明代中叶以后中国儿童精神与外国相比日渐突出的萎缩甚至猥琐的不良面貌；可以说，完全丧失了春秋气质和汉唐风度。

但是，中国文学以及中国儿童精神原本并非如此，仅以"地理"之空间，仅以"游历"之阔大，其实恰令人印象深刻。如，真正深刻影响古代中国人心灵和文学感觉的"诗词"，唐诗尤其是初唐诗歌，被学者认为充满"少年气质"，正因为它早就有着"男儿志在四方"和"西部文学"的边疆气质。又如，中国早期的"人文"形象，春秋、秦汉之"士"，绝非明清一代"书生"所能比拟。比如，中国早期的"故事"内容，可以说满目的江湖、大漠与游侠。特别是中国上古时代的一部伟大作品《山海经》，正是神话、地理、旅行、百科、博物甚至隐含有关上古的中国人史诗般"大迁徙"的超大地理空间的旅行故事；它的内容除了大陆（《山经》）之外，还有海洋（《海经》）。这种中国神话传统和民间文学所对中国儿童的影响显然就绝非是后来的宋明理学的"腐儒"所能相提并论。

"室内"的气质，"文"的伦理精神，以及缺乏"游历"的户外活动空间——我们对此已经论证到它们的不良影响并直接作用到此后中国儿童文学的发展史，直至今天都能看到它极浓重的影子。

六　外国传教士的儿童文学传播
强化了明代儿童观的偏误

在中国儿童文学史的研究之中，曾经有一个非常大的判断错误（同中国其他学科是一样的），那就是总要把中国一切"现代"之开端定位在 1919 年前后的一场革命运动——"五四运动"之上。事实上，在"五四"甚至在晚清之前，中国儿童文学其实更早地在明代中期左右便已经直接受到了来自西方传教士的重大启蒙，以致还可以有这样的一个文学史论的更正：中国现代儿童文学的开端有相当的理由是可以放到明代中叶来做观察定位的（尽管这是被"外力"所打开的）。在此，如何探讨明代早期的儿童观同西方传教士所引入的儿童观之间的关系，也就是我们要在以下略加涉及的层面。

　　正是在16世纪，西方传教士以利玛窦为代表的耶稣会士1582年进入大明帝国。在中国现代文学研究者宋莉华的卓越专项研究成果之中，我们获知其实就在"儿童文学"上，传教士已然进行的传播和直接介入竟达到令人惊讶的程度①。比如，利马窦等人曾于1608年间已然译介了《伊索寓言》的部分内容；1875年在中国境内可称第一家的《小孩月报》由上海基督教清心书院主办，传教士范约翰（J. W. Farnham）编辑；同时，一系列"福音小说"被传教士尤其是女性传教士所翻译，甚至直接进行结合本地的创作，如英国伦敦会传教士绿慕德女士（Miss M. Lawrence）所翻译的著名的《小天路历程》（*The Little Christians Pilgrimage*）等；我们即能从宋莉华深入的历史研究和史料之中得出一个明确的概念——明代中期的部分中国儿童应该已经在接触现代意义上的"儿童文学"读物，并由此接受了西方某些"儿童观"的影响。

　　同时，在本文的探讨角度之下，我们是否可以观察到这样一个事实——那就是恰在明中叶的这两种"儿童观"其实竟然十分接近，以致还可以说，由传教士带进来的西方儿童文学读物在其内容选择和趣味倾向上实际上同宋明理学的儿童观念有着相当的吻合？

　　再进一步来提问：外国传教士来华时传播的西方儿童文学作品和观念其实也表现为因"宗教"因素而同样地局限在于"品德"、"做人"、"伦理"，以致包括竟然也是十足的"室内"和"阴柔化"的倾向？抑或可以理解，传教士以"落地"为传教首务的策略和姿态，也将导致他们带进的"首批"域外儿童文学读物的选择与倾向也必定会

---

① 宋莉华：《从晚清到"五四"：传教士与中国现代儿童文学的萌蘗》，《文学遗产》2009年第6期，第87—98页。

朝向"本地化"。

从而，这种传入的域外儿童文学的信息、类型及其儿童观，事实上是否也并未能全面体现文艺复兴运动和思想启蒙运动之后的西方儿童观念？传教士的儿童文学运用和传播事业除了应对其给予敬意和肯定之外，是否可指出它也有意或无意地局限了"儿童文学"的更大天地和更深主旨在中国的显现和展示呢？

如此说来，发生在明代的中、西儿童观的这一次儿童文学史上的交汇——西方儿童观的"传入"，与中国"本土"的儿童观，竟然形成了一种基本形态的"合流"。出于传教士的"宗教"和"道德"冲动，以及外国来华传教士必须顺应、揣摩和融入明清社会的主流思潮，以致实际上造成了这样的一个格局：它成为一次外来"传入"但却加固了"本土"的这种文化传播行为。

这一良好传播的本身因而未能形成一种改变结构的冲击力。

我认为，这一次由外来而对宋明理学儿童观的"强化"的偏误，的确加重造成了中国早期儿童观念及儿童文学发生状态的日后倾向，并进一步塑造了中国儿童文学在其基本精神之中的"阴柔化"的格调，也曾影响到晚清和五四新文化运动之后一度以"母爱"为儿童文学旗帜的局限性认识。

如，《安徒生童话》在中国的早期翻译选本，包括它以后在中国实际上是"被选择"的认同、评价和认知，突出的是宗教情怀的悲悯、温柔、花园和心灵抚慰；而中国人很少知道安徒生后期在工业革命发生之后的那些旅行家式的、飞越哥本哈根的，甚至有科幻色彩的童话。如，在中国20世纪初期开始被命名为现代儿童文学的主流作品之中，影响发散强烈的唯一文学精神就是"母爱"和《爱的教育》这类风格。有如，构成中国现代儿童文学作家的主力人物群堪称是"师范型"的教师，他们的气质正就是来自中国儒家以及理学传统的纯良、方正和诲人不倦的"先生"类型；这样的作家来源无可非议，只不过缺少另一种来自水手、植物学家、探险家或是"好玩的叔叔"和"顽皮的阿姨"的儿童文学作家类型，等等。

然而，与此同时却又有与上述完全不同的另一番景象和另一番作家身影出现在中国儿童文学发展史上。这另一种的显现，便正是本文所试图论证和求证的关涉于"身体性"、"户外"、"地理"和"旅行"等这一种势必要冲破以宋明理学为代表的中国儿童观念局促空间的力量。也仅在此略加提及，以示一二。

其中一重要时期，就在晚清，晚清的儿童文学。①

不必赘述，只略加扫描便可：我想首推的一位重要人物就是梁启超，他完全代表了古国文明与现代开放的完美结合，梁启超的中国现代儿童文学第一人的地位却并未为中国儿童文学史论所认定；除了他的《少年中国说》的这种精神宣言之外，他甚至在具体的文学翻译和文学创作实践上都与"儿童"大有关系，比如梁启超翻译改写的事涉少年历险的凡尔纳的科幻小说《十五小豪杰》，以及他创作的事涉政治幻想的《新中国未来记》等，实实体现出鲜明的"游历"风格；事实上如展读他的《少年中国说》，就会发现其中令人血脉贲张的恰是那种环游甚至飞行感的"漫游"气质。梁启超在当时还有一项领先行为至今也未被我们认识，那就是他对于"学堂乐歌"极尽推崇，其中便正在于事关儿童的"身体性"与"律动感"的儿童美学重要的行为教育原理。这些都曾表达在我的著作《前艺术思想》的一章"寻回梁启超"之中。②

晚清的儿童读物和儿童报刊的那种出自人的"健全"的精神，以至当时所打出的种种儿童旗号令我们现在都有点瞠目结舌，可略举一二。在1902年的《新小说》办刊宗旨之中，包括有冒险小说、探侦小说等（梁启超语）。晚清中国早已有了科幻小说、各类游记以及宣扬各种器具和交通工具等行动主义的读物。及至1911年辛亥革命之际，有《国民新灵魂》一文所提倡如下的完全向外和行动的"精神"，诸如"山海魂（探险精神），军人魂（勇武精神），游侠魂（重然诺、轻生死），魔鬼魂（秘密运动）"等等。不必多言，我们已可从中看到一番完全同明代知识分子截然相异的身心动感的气质，并尚

---

① 胡从经：《晚清儿童文学钩沉》，少年儿童出版社1982年版。

② 班马：《前艺术思想》，福建少年儿童出版社1996年版，第293页。

能成为今天中国人都不由敬畏怀想的所谓"晚清志士"或"民国志士"精神。试问这种"志士"岂是那种"文人"所能比拟？

综上所述可以发现，自晚清及民初以来中国儿童文化精神、中国儿童文学的儿童观都发生了真正重大的转折。

将中国明代的历史行为放到世界史的格局之中，尤其是观察到同期的欧洲历史行为，其实令人得出的判断却并不见得只是苛责，更多的还是感叹。本文不断提到明代与16世纪之交汇。实际上，这是一种世界史的相遇论。但这种巨大的相遇，还会深刻影响到儿童和儿童文学。

"母题"的原始、原生和原型的意义，才最大地同"儿童"更为相关。我想，我们更为推崇的方式，更应该是批判—破解—发现—重组—再建这种思路。

比如，"学校"与中国当代儿童文学的关系思考，为什么我们如今的校园文学简直就像是重新回到了明代的"蒙学"，还不就是封闭在"学校"的这个"圈"之内？因为只剩下了"读书"，以及"先生"与"学生"。让我们再来看一次晚清之"学堂"，它却得以结合西方新式学校和中国古代传统有如孔子之"六艺"、"郊游"之类，其实存在着一系列带有操作性的有如"远足"、"采集"、"采风"、"歌咏"、"演剧"及更多"体育"等这些学校的"行为"。再让我们想一下的话，就可确知上述种种，事实上全都与人类和儿童"母题"相关。

最后，我仅想以这种为了"再建"的思路，而再次重提我非常推崇的一个中国古代可以象征"百科"的符号性典籍——《山海经》。当我们回看神话，才知道我们回到了探讨"儿童文学"问题的更博大也更深远的母题型的思维空间，并获得更可靠的参照位置。《山海经》甚至超越了民族、地域、国界、大陆与海洋，给了我们博大的"地理"，伟大的"旅行"，人兽共处的"动物世界"，奇异地球的"植物世界"，千奇百怪的"妖"与"怪"，匪夷所思的"魔域"，深不可测的山中"精灵"，以及亦真亦幻的"海外奇谈"。无论它是"地理发现"之书，还是"巫"之书，还是"博物"之书，还是"神话"之书，都对"儿童"深有启迪。

超越明代，才知道中国也自有与世界相通的儿童母题。

作者简介

班马，本名班会文。原任教于广州大学，曾任广州大学儿童文学研究所所长。现任广州市儿童活动中心艺术总监。长期从事儿童美学和儿童文学理论研究。主要出版有《中国儿童文学理论：批评与构想》（1990）、《游戏精神与文化基因》（1994）、《前艺术思想》（1996，55万字，曾获"广州文艺奖"一等奖）。作品主要有长篇幻想文学《巫师的沉船》、《小绿人》、《少年暑假的野蛮航行》等。长篇写实小说《六年级大逃亡》等。散文集《星球的细语》等。《班马作品集》（十册）。

鲁迅,为何成为中国现代
儿童观的经典中心

中国海洋大学文学与新闻传播学院　　徐　妍

内容摘要: 鲁迅所确立的"立人"为指归的启蒙主义儿童观,作为鲁迅思想世界和文学世界的一部分,具有相对的稳定性,但又始终处于变动状态。但是,学界大多倾向于对鲁迅儿童观进行统一的、静态的描述,而对其内部的生成原因、变化过程、矛盾冲突,缺少考察和辨析。事实上,鲁迅之所以居于中国现代儿童观的原点位置,不是因为鲁迅对儿童观的阐释具有专业性和系统性,而是因为他对儿童观的体验和表达的深刻性、矛盾性、丰富性和复杂性,由此,开启并探索了中国现代儿童观的诸多要义。本文意欲以重新解读鲁迅为何成为中国现代儿童观的经典中心,并进而辨析当下中国儿童文学界对鲁迅儿童观不同面相的接受和理解。

关键词: 鲁迅　儿童观　接受

客观说来,鲁迅①"向来没有研究过儿童文学"②。他对儿童文学

---

① 鲁迅(1881—1936):原名周树人。中国浙江绍兴人。中国现代伟大的思想家、文学家,20世纪世界文化巨人之一。1918年5月,首次用"鲁迅"的笔名,发表中国现代文学史上第一篇白话小说《狂人日记》,批判了传统封建礼教文化的"吃人"本质,确立了以"立人"为指归的启蒙文学的使命,奠定了中国新文学运动的基石。鲁迅一生的著作包括杂文、短篇小说、论文、散文、翻译近1000万字。包括:短篇小说集《呐喊》、《彷徨》、《故事新编》;散文诗集《野草》;散文集《朝花夕拾》;杂文集《热风》、《坟》、《华盖集》、《华盖集续编》、《而已集》、《南腔北调集》、《三闲集》、《二心集》、《鲁迅儿童观的原点性与中国现代儿童观》、《准风月谈》、《伪自由书》、《集外集》、《花边文学》、《且介亭杂文》、《且介亭杂文二集》、《且介亭杂文末编》、《集外集拾遗》;书信集《两地书》;学术史著作《中国小说史略》和《汉文学史纲要》。

② 1936年3月11日鲁迅致杨晋豪的信,《鲁迅全集》第13卷,人民文学出版社1981年版,第325页。

的著述，不如周作人①起步早、数量可观、内容系统；也没有丰子恺②那样质地纯粹；甚至不及诸多"后来者"那样精力投入。但鲁迅的儿童观依旧堪称中国现代儿童观的经典中心。这样说，不是因为鲁迅对儿童观的阐释具有专业性和系统性，而是因为他对儿童观体验和表达的深刻性、矛盾性和复杂性，在从启蒙主义儿童观的确立到对启蒙主义儿童观的怀疑的观点转变过程中，法夸尔所说的"浪漫主义儿童的欧式概念"到马克思主义的"儿童……在一个不公平、阶级分化的社会中受到压迫"的观点的转变中，鲁迅开启并探索了中国现代儿童观的诸多要义。而且，随着时间的推移，特别是在 20 世纪 80 年代以后，鲁迅儿童观的矛盾性和复杂性，在中国儿童文学界更加凸显。然而，儿童文学界对于鲁迅儿童观的现代性特质虽然已有了不同角度的深入探讨，但是，基于某种学术语境的限制，学界大多倾向于对鲁迅儿童观进行统一的、静态的描述，而对其内部的生成原因、变化过程、矛盾冲突，缺少考察和辨析。在这样的学术背景下，本文意欲重新解读鲁迅为何成为中国现代儿童观的中心，并进一步辨析当下儿童文学界对鲁迅儿童观不同面相的接受和理解。

---

　① 周作人（1885—1967）：原名周櫆寿，中国浙江绍兴人，鲁迅的二弟。中国现代著名的散文家、文学理论家、翻译家、民俗学家，中国儿童文学研究的开拓者，"五四"新文化运动的重要代表。散文代表作有：《自己的园地》、《雨天的书》、《夜读抄》、《知堂回想录》等；文学理论代表作有：《中国新文学的源流》、《儿童文学小论》。"周作人在现代文学史上的影响之一，是于抗争的小品文之外，又分出闲适、青涩、充满趣味性、知识性的一脉散文来。"（钱理群、温儒敏、吴福辉：《中国现代文学三十年》，北京大学出版社 1998 年版，第 151 页）

　② 丰子恺（1898—1975）：原名丰润，后改名为子恺，中国浙江桐乡石镇人。中国现代著名散文家、画家、散文家、教育家、翻译家。从 20 世纪 20 年代中期开始创作散文，代表作有散文集《缘缘堂随笔》、《缘缘堂再笔》等。丰子恺"早期的写作与绘画作品倾向于对童年的描述与向往"（Barme 128）。他文学作品的特殊之处在于"以某种源自佛理的眼光观察生活，于相像之中发现事理，能将琐细的事物叙说得娓娓动听，落笔平易朴实，有赤子之心……"作者在看见人间的昏暗后，企图逃入儿童的世界，加上佛理的渗入，文章萧疏淡远，带着哲理深味，染有清淡的悲悯之色（钱理群、温儒敏、吴福辉：《中国现代文学三十年》，北京大学出版社 1998 年版，第 154 页）。丰子恺儿童图画书奖以其命名。

一　鲁迅儿童观的总体内容："立人"指归下 "儿童本位"的多种矛盾冲突

　　鲁迅儿童观的总体内容，可以概括为："立人"指归下"儿童本位"的多种矛盾冲突。这一总体内容是与 20 世纪中国现代知识分子在启蒙主义思潮中对"人"的发现而同步诞生的，[①] 也是鲁迅毕生追寻的"立人"思想的重要组成部分。其中，鲁迅和周作人作为中国现代儿童观的奠基人，有相通、也有差异。比较而言，二周都将"儿童"作为"人"的构成的原点和终点，但鲁迅儿童观的总体内容，自阐明现代儿童观始，就存在着更为深刻、复杂的矛盾冲突。这些矛盾冲突可以概括为："立人"的启蒙理想／"被吃"的儿童现实；"人之父"的教育者身份／"人之子"的被教育者身份；"娘老子"训导的儿童／"人国"期待的儿童。而且，随着鲁迅思想的变化，鲁迅儿童观中的矛盾冲突愈加激烈。在此，我拟以问题的方式、历时性地梳理鲁迅儿童观的生成、确立和演变，以此来辨析鲁迅儿童观总体内容的矛盾性和复杂性。

　　问题一，鲁迅的启蒙儿童观如何萌生？

　　近、现代之交，鲁迅的童年生活拥有快乐的记忆。"百草园"、"三味书屋"、《山海经》、鬼文化、"橘子屋"、曾祖母、长妈妈、漫画、画谱等构成了鲁迅自由、快乐的童年生活。童年记忆虽然缥缈，缥缈得难以对抗后来鲁迅所遭遇的灾变记忆，但毕竟为鲁迅生成了原初的"儿童"影像。[②]

----

　　① 姜新艳描述称中国的启蒙主义思想家致力于"广泛地引进西方思想，并批判性地评价中国传统。是他们将西方自由、平等、民主的思想，将西方的科学方法带到了中国。这些新思想成为反抗中国专制主义的有力武器"，先后开启了 1911 年辛亥革命和五四运动（473）。

　　② 鲁迅记忆中的"儿童"影像应该是如童年鲁迅那样顽皮、机智、自由、快乐、纯真的儿童形象。见鲁迅《朝花夕拾》部分篇章，《鲁迅全集》第 2 卷，人民文学出版社 1981 年版。

12 岁后，鲁迅经历了"家道中落"的伤痛性记忆，但也因此扩大了他的生活范围和阅读范围。皇甫庄、安桥头的外婆家、舅父家成为少年鲁迅认知乡土中国的一隅，也结识了乡土中国的少年，同时，还阅读了《荡寇志》《嵇康传》《红楼梦》等带有异端思想的作品。加上鲁迅敏感、丰富的个性气质，"家道中落"的灾变催生了他早熟的心灵。童年无拘无束的生活，对于鲁迅而言，结束了。少年记忆中的"乞食者"形象为他日后所确立的儿童观的生成注入了矛盾、复杂的因子，即鲁迅在少年时期目睹了"人"的多种面相。

青年时代，鲁迅先去南京，后到日本。留日时期的鲁迅，接受了达尔文的生物进化论思想和尼采的"超人"哲学，有一种"茫漠的希望：以为文艺是可以移性情，改造社会"①。所以，鲁迅将主要精力投放到东欧弱小国家的文学。但同时，在关涉儿童的阅读谱系上，鲁迅翻译了法国小说家凡尔纳的科幻小说《月界旅行》（1903 年 10 月日本东京进化社出版），发现了荷兰作家望·葛覃的童话《小约翰》（1906 年）。异域的思想文化生成了鲁迅儿童观的根芽。从这个时期开始，鲁迅的儿童观附着于"立人"的启蒙主义指归下。这也意味着鲁迅的儿童观在萌芽期就隐含着矛盾、复杂的冲突："立人"的启蒙理想与对"立人"启蒙理想的怀疑，以"孩子为本位"的设想与这一设想的难以实现始终纠缠在一起。

概言之，从鲁迅儿童观萌芽的初始阶段，"立人"的启蒙理想与"被吃"的儿童现实就构成了与生俱来的矛盾冲突，或者各说各话。

问题二，鲁迅如何理解"儿童"？

"五四"新文化运动时期，鲁迅属于大器晚成的思想家型作家。对于儿童观的阐释，鲁迅明显滞后于周作人。而且，鲁迅关涉儿童研究的文字数量颇为有限。自 1909 年鲁迅结束旅日生活至"五四"新文化运动前，鲁迅主要埋头于抄古碑、读古书。在儿童文学领域，鲁迅并未投入主要精力。除了 1913 年，因在教育部工作，草拟《拟播布美术意见书》，倡导"当立国民文术研究会，以理各地歌谣，俚谚，

---

① 鲁迅：《译文序跋集·序》，《鲁迅全集》第 10 卷，第 161 页。

传说，童话等"外，鲁迅只创作了儿童视角的文言体小说《怀旧》
（1912），抄注了儿歌六首①（1914）。此外，鲁迅便甘为周作人的儿
童文学研究"敲边鼓"了。譬如鲁迅在 1912 年 6 月 26 日的日记中，
记载收到周作人的《童话研究》一文。但是，鲁迅思想的深刻性、丰
富性和独特性，加上他语言的天才表达，使得他一经确立启蒙主义儿
童观，就"后来居上"，抵达了"五四"思想文化的制高点。

　　1919 年 11 月，鲁迅发表了第一篇正式阐释启蒙儿童观的杂文
《我们现在怎样做父亲》。这是一篇被"后来者"反复解读的中国儿
童文学的经典文本。在该文，鲁迅将"儿童"理解为"人之子"②，以
区别于传统封建文化中的"奴之子"或西方文化中的"神之子"。而
且，"人之子"在鲁迅的理解中，属于现代启蒙文化的范畴，具有历
史进化论和历史循环论的双重哲学谱系，需要在"人之父"③与"人

---

　　①　见刘运峰编《鲁迅全集补遗》，天津人民出版社 2006 年版，第 342 页。
　　②　"人之子"并非是指"父母的孩子"，而是指"'人'的萌芽"（参见鲁迅《热
风·随感录二十五》，见《鲁迅全集》第 1 集，人民文学出版社 1981 年版，第 296 页）。
"人之子"这一概念是鲁迅毕生从事的"立人"思想的重要组成部分。"人之子"的重心
所在是"人"，而不是"子"。"人"在鲁迅思想词典中，对立于中国传统儒家文化的
"君君臣臣父父子子"中的等级森严的奴性文化，也不同于"上帝之子"的西方《圣经》
文化。"人之子"即："人之子"在鲁迅的思想世界中，只能诞生在 20 世纪中国近现代
之交的特定文化语境下，是 20 世纪中国现代知识分子对自我身份的重新认知。在哲学思
想上，"人之子"来自鲁迅对生物进化论和历史循环论的双重接受。在生物进化论的思想
谱系中，鲁迅认为："人之子"必然代替"人之父"；而在历史循环论的思想谱系中，鲁
迅认为："人之子"也会成为"人之父"。如鲁迅所说："所生的子女，固然是受领新生
命的人，但他也不永久占领，将来还要交付子女，像他们的父母般。只是前前后后，都
做一个过付的经手人罢了。"（参见鲁迅《我们现在怎样做父亲》，见《鲁迅全集》第 1
集，人民文学出版社 1981 年版，第 131 页）所以，"人之子"与"人之父"是相互进化
关系，又是历史循环关系。
　　③　"人之父"：并非仅指生养孩子的父亲，而且意指懂得教育孩子成"人"的父亲。
"人之父"与"人之子"一样，都隶属于鲁迅的启蒙主义思想内容之中。"人之子"这一概
念还可参照法夸尔的解释：在 1918 年所著文章中，鲁迅提出"人之父"与"子之父"的
区别，"人之父"指"那些不仅生育孩子，而且还试着教育孩子的父亲"，而"子之父"指
那些仅"生育孩子，但却没有养育他们长大的父亲"，"在中国，我们有很多子之父，而未
来，我们希望只有'人之父'。"（引自法夸尔，59）。

之子"的话语关系中获得理解。这样，鲁迅的理解，似乎明确，实则多义、复杂，暗含矛盾和冲突。"人之子"这一话语单位的复杂性很似福柯所说"当有人向它提问时，它便会失去其自明性，本身不能自我表白，它只能建立在话语复杂的范围基础上"①。其中，鲁迅对"人之子"的理解最具矛盾冲突的一段话语便是："开宗第一，便是理解。往昔的欧人对于孩子的误解，是以为成人的预备；中国人的误解是以为缩小的成人。……第二，便是指导。……长者须是指导者协商者，却不该是命令者。开宗第一，便是理解。"在此，鲁迅一面体察"人之子"的现实处境并承担启蒙者对"人之子"的解放的职责："自己背着因袭的重担，肩住了黑暗的闸门"，一面想象"人之子"的未来图景："放他们到宽阔光明的地方去；此后幸福的度日，合理的做人。"② 在这段文字中，无论承担，还是体察或想象，"人之子"都处于"理解"与"指导"的矛盾、冲突中。"人之子"究竟是生物进化论的自然之子，还是"被教育者"？鲁迅所确立的启蒙主义儿童观本身就是一个矛盾、复杂的话语结构。

同样，在"五四"新文化运动阶段，鲁迅的小说《狂人日记》（1918）、《故乡》（1921）、《社戏》（1922）中；散文诗《自言自语》（1919）、《雪》（1925）、《风筝》（1925）中；杂文（1926）《热风·随感录二十五》、《热风·随感录四十九》（1919）、《热风·随感录六十三》（1919）皆反复表达了一位"人之父"对"人之子"的激励和担当、矛盾和困惑。

问题三，鲁迅如何理解"父子关系"？

"五四"新文化运动落潮后，特别是1927年"大革命"失败后，鲁迅的儿童观如同鲁迅最后十年的思想世界和文学世界中的任何一个话语单位一样，比"五四"时期更加缺少确定性、同一性的内涵。启蒙主义思想固然居于鲁迅儿童观的核心地位，却遭到了空前的轰毁。

---

① ［法］福柯：《知识考古学》，谢强、马月译，生活·读书·新知三联书店2003年版，第23页。

② 鲁迅：《我们现在怎样做父亲》，见《鲁迅全集》第1卷，人民文学出版社1981年版，第135—136页。

与此同时，随着鲁迅成为"三口之家"的丈夫和父亲，以及政治立场的"向左转"，鲁迅的儿童观中注入了日常生活经验的思想要素和马克思主义思想要素。但是，鲁迅儿童观中的各种思想要素并不兼容。而鲁迅儿童观中的所有矛盾，都集中在鲁迅如何理解"父子关系"的问题上。

　　1927 年"大革命"失败后，鲁迅关涉儿童观的文字主要集中在杂文和译文的序言中。鲁迅发表了《读书杂谈》（1927）、《新秋杂识》（1933）、《上海的少女》（1933）、《上海的儿童》（1933）、《我们怎样教育儿童的》（1933）、《从孩子的照相说起》（1934）、《玩具》（1934）、《看图识字》（1934）等杂文，还为望·葛覃的童话《小约翰》（1928）、班苔莱耶夫的童话《表》（1935）、高尔基的《俄罗斯的童话》（1935）、契诃夫的短篇小说《坏孩子和别的奇闻》（1935）撰写了译文的序言。在这些文字中，鲁迅儿童观的重要变化可以概括为：鲁迅一面调适"父子关系"的矛盾性，一面深化"父子关系"的矛盾性。鲁迅儿童观的复杂性超越了"五四"新文化运动时期。

　　比较"五四"新文化运动时期，鲁迅在"大革命"失败后的有关儿童的文字中，"人之子"的追寻之梦不断遭遇深度幻灭，而"人之父"的责任意识却无可奈何地愈加自觉。因此"父子关系"之间的复杂矛盾在"大革命"失败后，不仅没有任何缓解的迹象，反而更加凸显。在此期间，尽管鲁迅试图对"父子关系"的矛盾冲突进行调适，但收效甚微。"父子关系"的矛盾性，最明显地体现在"大革命"失败后的鲁迅杂文中。鲁迅虽然继续以启蒙主义思想批判传统封建文化对儿童的奴性规训，但同时更深地陷入"娘老子"训导的儿童/"人国"期待的儿童之间的矛盾、冲突之中。与成人为伍的"变戏法"的"孩子"、"上海儿童"、"上海少女"远比《孔乙己》中的"小伙计"、《风波》中的"六斤"距"人国"更远。鲁迅经由现实生活经验，目睹了"娘老子"训导的儿童如何挫败"人国"期待的儿童。但是，"人之父"的批判意识更加强烈。鲁迅不再集中于历史批判，同时转向社会现实批判。因此，鲁迅除了一如既往地运用启蒙主义思想批判传统封建文化对儿童的奴役，同时借用了马克思主义思想资源、从阶级性的角度、明快、有力地批判了现实社会中"高等华人"对儿童的虐杀。如杂文《冲》、《踢》、《推》。

与此同时，在此时期，鲁迅在谈及儿子海婴的书信世界中，又时时流露出无法抑制的"人之父"甘为"孺子牛"的幸福和温情。只是，这种难得的幸福和温情，仍然无法平息鲁迅儿童观中的矛盾性。相反，鲁迅的儿童观因亲情的融入更加复杂化了。譬如：鲁迅在《我们现在怎样做父亲》中所提出的父子之间"爱"的理念虽然不再抽象化，但也具象化为一种疲累的情感。①

问题四，如何理解鲁迅儿童观的独特性？

从"五四"新文化运动初始，至鲁迅逝世，鲁迅一直以怀疑启蒙主义的立场来坚持启蒙主义的儿童观。这种对启蒙主义的复杂态度构成了鲁迅儿童观的独特性。

正因为鲁迅始终在矛盾中坚持启蒙主义儿童观，鲁迅与周作人的儿童观日渐由同道而转向分离。周作人也是在"五四"新文化运动中发现"儿童"的，且在《人的文学》（1918）、《平民的文学》（1919）、《个性的文学》（1921）等文章中，如鲁迅一样主张"以孩子为本位"。但是，在"五四"新文化运动中，周作人并未如鲁迅一样以"人之父"的自觉意识深化儿童文学的启蒙功能，而是转向了儿童文学的基础理论研究工作。随着"五四"新文化运动的落潮，周作人连"五四"时期儿童文学的启蒙功能也消解了。周作人宁愿像一个童心未泯的"孩童"那样，流连于儿童文学的自由之境。

为了更好地理解鲁迅儿童观的独特性，我们仍不妨以德国现代思想家本雅明为参照。鲁迅与本雅明皆具诗人气质，在儿童观上，也颇相通：他们都爱儿童，爱儿童玩具，却都不将孩子奉为天使，而是正视儿童所具有的人性的正、负特征。本雅明一面赞美"读书的孩子"、"迟到的孩子"、"偷吃东西的孩子"、"乘坐旋转木马的孩子"、"不修

---

① 鲁迅在 1935 年 3 月 13 日致萧军、萧红的书信中说道："现在孩子更捣乱了，本月内母亲又要到上海，一个担子，挑的是一老一小，怎么办呢？"见《鲁迅全集》第 13 卷，人民文学出版社 1981 年版。

边幅的孩子"、"捉迷藏的孩子"①，一面担忧"从儿童身上能发现潜在的专制君主品质，缺乏人性的"特性②。与此相类似，鲁迅一面主张"救救孩子"，一面疑惑"没有吃过人的孩子，或者还有？"③（《狂人日记》）④；一面塑造了少年小英雄闰土形象，一面又刻画了闰土成年后的麻木。不过，比较二人，本雅明宁愿成为现代社会中儿童世界的体验者和观察者，以体验和观察的方式批判现代性带给儿童的负面因素；鲁迅虽有时堪称敏锐的体验者和观察者，但更多的时候则宁愿成为儿童世界的启蒙者，即"人之父"，以绝望的挣扎拯救儿童于"被吃"的处境。⑤

特别需要注意的是，鲁迅无论怎样以"人之父"的启蒙者身份批判历史与现实，都对自身绝不赦免。所以，"人之父"的话语单位从一开始在第一篇现代白话小说《狂人日记》中就带有原罪色彩。此后，鲁迅也反复剖解"人之父"的原罪心理。

总之，鲁迅从近、现代之交，在童年、少年、青年时代萌生儿童观，到"五四"时期在壮年时代确立儿童观，再到二三十年代在中、晚年阶段深化、调适儿童观，每一个过程对儿童观的理解都充满矛盾性和复杂性。而且，鲁迅儿童观的变化过程正是鲁迅思想与中国文化、中国文学的现代性进程一道由萌芽到确立，再到发展、演变的过程。

---

① 〔德〕本雅明：《单行道》，王才勇译，凤凰出版传媒集团、江苏人民出版社 2006 年版，第 67—73 页。

② 〔德〕本雅明：《本雅明论教育》，徐维东译，吉林出版集团有限责任公司 2011 年版，第 5 页。

③ 鲁迅：《狂人日记》，见《鲁迅全集》第 1 集，人民文学出版社 1981 年版，第 432 页。

④ 卡洛斯·罗哈斯曾说过，鲁迅多次提到的"吃人"不仅可以从修辞角度理解，或许还可以在医学角度来思想：他患有肺结核，最终因肺结核而死，而有时人肉据称可以治疗肺结核。

⑤ 鲁迅在批判"人之父"启蒙运动的过去和现在的时候，没有拒绝做"人之父"运动的启蒙者。所以在论述这个话题开始的时候就提出《狂人日记》的原罪说。《狂人日记》是中国现代文学史上第一部白话文短篇小说。之后在他的儿童作品中时常分析原罪的心态。

二 鲁迅如何"看"儿童：矛盾的启蒙视点①

鲁迅关涉儿童观的文字世界，可以被描述为一位"人之父"或启蒙者如何"救救孩子"的思想史诉求。自"五四"新文化运动以后，将儿童观置身于思想史的空间，是思想家型的文学家鲁迅自觉选取的思维方式。而在思想史视阈的现代性过程中，鲁迅先是经由童年、少年的自发性阅读，再到对西方个人主义哲学的汲取和思索，后又接受了马克思主义思想的影响（期间，历史循环论始终伴随其中）。然而，无论鲁迅思想历程伴随着中国文化与文学的现代性进程如何变化，鲁迅儿童观中的"立人"指归始终没变。正因此故，鲁迅看取"儿童"的视点一直选取启蒙视点。不过启蒙视点的内部充满矛盾，即启蒙视点呈现出由"儿童"视点向"成人"视点矛盾倾斜的症候。其原因在于，"立人"为指归的儿童观即是这样的矛盾性构成：儿童不能依靠自身发现"儿童"，只有成人视点的位置才能够发现"儿童"，并确立启蒙主义的儿童观。

我们需要进入鲁迅关涉儿童的文字世界来辨析鲁迅儿童观中启蒙视点的矛盾踪迹。这不是一件容易的事情。因为鲁迅文字世界中的"儿童观"是不确定的启蒙主义，表现方式也是不同的。然而，依据启蒙视点的切入角度，我们可以发现一些有趣的问题：鲁迅在不同时期对"儿童"观察、理解的视点存在变化。这是因为什么？如果从启蒙视点的角度，我理解为鲁迅在关涉儿童的文字中，一直纠结于"儿童"视点和"成人"视点的矛盾关系。

"五四"新文化运动之前的鲁迅虽然已经在留日时期就确立了"立人"的启蒙思想，但毕竟没有明确提出启蒙主义的儿童观。"五四"新文化运动之前，鲁迅关涉儿童的文字非常有限，分为两类。一

---

① 视点：原是绘画方面的概念，西洋画（立体画）把作者（即观察者）所处的位置定为一点，叫视点。"视点"在本文是指：鲁迅作为一位作家观察、描写他作品中的儿童时所处的位置。因鲁迅始终处于启蒙主义的写作立场，所以他观察、描写儿童的位置被称为"启蒙视点"。

类是"儿童文学"类，一类是"儿童教育"类。文学类只有文言体小说《怀旧》①、抄注的儿歌六首；教育类只有他作为教育部科员所起草的文件、公告《拟播布美术意见书》。其中，《怀旧》全篇选取儿童视角，整个内容都充满稚拙的童趣，"儿童"被理解为原初的自然天性中的顽童。而《拟播布美术意见书》② 一文中的"儿童"，则被理解为需要全面发展的"幼者"，在此，鲁迅只是恪守一位部属公务员的职责，③ 不必过度阐释鲁迅的启蒙意识。总之，"五四"新文化运动之前，对鲁迅而言，儿童视点和成人视点可谓各安其位，两不相扰。

　　"五四"新文化运动期间，鲁迅在《我们现在怎样做父亲》中正式表明了启蒙主义儿童观，同时也标志着他的儿童观正式选取了启蒙视点。这意味着以往鲁迅儿童观中儿童视点和成人视点持衡的状态结束了。"人之子"的儿童视点已经向"人之父"的成人视点倾斜，"人之父"的成人视点明显具有权力话语的强势位置。譬如小说《故乡》④ 虽然选取了少年视角和成人视角相交替的叙述方式，但小说中"儿童视角"下的"人之子"还是被替代于"成人视角"下的"人之父"形象。当童年的闰土和"我"在 20 年后变化为中年木讷的闰土和漂泊的"我"时，小说传达的不仅是眷恋之情，更有无奈、凄清之感。所以，五四期间，"儿童"被视为"将又不幸又幸福的你们的父母的祝福浸在胸中，上人生的旅路"的"幼者"⑤。"父亲"被看作"自己背着因袭的重担，肩住了黑暗的闸门"⑥ 的人。需要说明的是：

---

① 鲁迅：《拟播布美术意见书》，见《鲁迅全集》第 8 卷，人民文学出版社 1981 年版。

② 鲁迅：《怀旧》，见《鲁迅全集》第 7 卷，人民文学出版社 1981 年版。

③ 这一时期，鲁迅受其公务员角色的限制，对他来说没有必要去解释太多自己对启蒙主义的理解。

④ 鲁迅：《故乡》，见《鲁迅全集》第 1 卷，人民文学出版社 1981 年版。

⑤ 鲁迅：《热风·随感录六十三》，《鲁迅全集》第 1 卷，人民文学出版社 1981 年版，第 383 页。

⑥ 鲁迅：《我们现在怎样做父亲》，《鲁迅全集》第 1 卷，人民文学出版社 1981 年版，第 130 页。

"五四"时期的鲁迅，虽然自觉地选取了成人视点的启蒙主义儿童观，但不可否认他对"儿童"的理解存在着某种想象性的成分，甚至还存在着某种隔膜。

从"五四"到鲁迅逝世前，在鲁迅关涉儿童的文字世界中，成人视点与儿童视点之间的关系更加矛盾。随着文化环境的激变，鲁迅个人处境的不断变化，成人视点和儿童视点的位置不断变化：时而，在文化环境的烦扰中，"人之父"的成人视点依然居于主体位置；时而，在个我世界的闲静中，童年时期的记忆不可抑制地浮现出来，"人之子"的儿童视点被选取。譬如：《忽然想到（五）》（1925）、《这个与那个》（1925）、《读书杂谈》（1927）等一如既往地表达一位"人之父"对儿童的期待和祝福，而鲁迅在厦门期间"从记忆中抄出来"① 的《朝花夕拾》则重拾儿童的原初的影像。这个时段，儿童视点和成人视点，处于矛盾、摇摆、交替、渗透的状态。特别是，"大革命"失败后，鲁迅因对启蒙主义儿童观的幻灭曾经任由成人视点覆盖儿童视点。或者说，鲁迅严重怀疑真正的儿童视点是否存在。不过，严酷的社会现实使得鲁迅对儿童的思考不再满足于对"类"的想象话语，而是转向由"个"到"类"的具象话语。譬如《上海的少女》（1933）、《上海的儿童》（1933）、《我们怎样教育儿童的》（1933）、《从孩子的照相说起》（1934）、《连环图画琐谈》（1934）、《看图识字》（1934）等杂文，都在"类"中增加了"个"的具象感。

然而，这一阶段，不该忽视的是鲁迅论及儿童的书信世界。随着1929 年鲁迅为人父，鲁迅关涉儿童文字中的成人视点和儿童视点之间的矛盾冲突有时呈现出松动的迹象。成人视点和儿童视点时有叠合。鲁迅依然坚持启蒙主义的儿童观，但启蒙主义儿童观中悄然内置了一位"人之父"对"人之子"的"爱意"体验，进而使得鲁迅与儿童的隔膜在某种意义上有所消除。由于周海婴的出生，鲁迅成为真正的"人之父"，海婴则成了鲁迅儿童观得以实现的具体对象。这份"爱意"的获得，对于鲁迅儿童观的变化至关重要。以往鲁迅研究大多强

---

① 鲁迅：《朝花夕拾·小引》，《鲁迅全集》第 1 卷，人民文学出版社 1981 年版，第 230 页。

调鲁迅思想世界中"仇恨"的一面，是一个需要反思的问题。特别是，"爱意"，对于鲁迅儿童观来说，能够调适鲁迅儿童观中成人视点与儿童视点的矛盾冲突。由于"爱意"的收获，鲁迅转向从经验和体验的层面来理解"儿童"，而不是从理论的层面来想象"儿童"。而且，鲁迅开始从日常生活（区别于以往的社会生活）的角度，重新关注儿童的生物属性。譬如：在1930年2月22日鲁迅致章廷谦的信中，说道："海婴，我毫无佩服其鼻梁之高，只希望他肯多睡一点，就好。他初生时，因母乳不够，是很瘦的，到将要两月，用母乳一次，牛乳加米汤一次，间隔喂之（两回之间，距三小时，夜间则只喂母乳），这才胖起来。米之于小孩，确似很好的，但粥汤似乎比米糊好，因其少有渣滓也。"[1] 信中的鲁迅，与天下的"人之父"没有任何不同。假如说有什么不同，那也是鲁迅比一般的父亲更在乎"爱意"的给予。书信中，海婴完全是一个被鲁迅的"爱意"所"豢养"的幼小动物。此外，书信世界非常有趣地讲述了鲁迅为人父后的凡俗的一面：一向被视为精神界战士的鲁迅竟然在日常生活中很富有人情味儿地在朋友圈中不落下哪家生子时的迎来送往；不忘记为孩子购买玩具、收集玩具等琐屑事情。虽然有时，鲁迅也会在书信中向友人抱怨带孩子之累，但那些话语不过是对"爱意"的另一种理解与表达，听者不能完全当真。此种心情，就像一位获得宝物、欣喜异常的人，因不知如何珍藏宝物总要发出几声得意的"抱怨"一样。

三　鲁迅儿童观的哲学内核的矛盾性

那么，鲁迅儿童观的总体内容和启蒙视点为何如此复杂，充满矛盾？我以为，原因固然很多，譬如：鲁迅"被压抑的童年"一经被释放，将爆发出惊人的能量。但其中最主要的根源在于鲁迅思想世界的矛盾性。

进一步说，鲁迅位居中国现代儿童观中心位置的秘密部分就在于

---

[1] 鲁迅：《致章廷谦》，《鲁迅全集》第1卷，人民文学出版社1981年版，第4页。

鲁迅哲学内核的矛盾性。换言之，鲁迅哲学思想的内核不是由任何单一思想体系独撑，或几种思想的融合，而是由生物进化论与历史循环论矛盾构成。如果说生物进化论构成了鲁迅现代性维度中的主体哲学思想，那么历史循环论则构成了鲁迅反现代性维度中的主体哲学思想。

　　概括说来，如果将鲁迅儿童观的哲学内核的矛盾性放置在现代性或反现代性的维度中进行考量，就会发现，不管是生物进化论或启蒙主义目标，还是历史循环论或对启蒙主义目标的消解，它们之间始终处在一种矛盾、扭结的关系之中。一个非常特别的地方在于：鲁迅儿童观的哲学内核的矛盾与扭结的程度，往往依据鲁迅所置身的文化语境的变化、作品文体的不同、阅读对象的差异而或隐或显地存在着。

　　从文化语境来看，从"五四"时期到 1927 年"大革命"失败，鲁迅的儿童观是以生物进化论为主要哲学内核的，并以此支撑了鲁迅的启蒙主义儿童观；而"大革命"失败后，历史循环论不可抑制地从潜在状态中浮现出来，并构成"大革命"失败后鲁迅儿童观的主要哲学内核，进而使得鲁迅对启蒙主义儿童观产生空前的怀疑。这一隐秘，在 1932 年 4 月 24 日完成的《三闲集·序言》中明确表达："我一向是相信进化论的，总以为将来必胜于过去，青年必胜于老人，对于青年，我敬重之不暇，往往给我十刀，我只还他一箭。然而后来我明白我倒是错了。这并非唯物史观的理论或革命文艺的作品蛊惑我的，我在广东，就目睹了同是青年，而分成两大阵营，或则投书告密，或则助官捕人的事实！我的思路因此轰毁，后来便时常用了怀疑的眼光去看青年，不再无条件的敬畏了。然而你此后也还为初初上阵的青年呐喊几声，不过也没有什么大帮助。"① 当然，鲁迅思想异常复杂，我们很难辨析清楚生物进化论与历史循环论在不同时期的鲁迅儿童观中的确切分量。事实上，这两种充满矛盾的哲学思想，在鲁迅的儿童观中，常常此消彼长。

---

① 鲁迅：《三闲集·序言》，《鲁迅全集》第 4 卷，人民文学出版社 1981 年版，第 5 页。

　　我们还是依据鲁迅论述儿童文学的文字作比较。

　　"五四"新文化运动至"大革命"时期，鲁迅论述儿童文学的文字多集中在杂文集《坟》、《热风》和散文集《朝花夕拾》中，也散见于小说集《呐喊》、《彷徨》中。这个时期关涉儿童文学的文字，特别是这个时期杂文中关涉儿童文学的文字，大多观点鲜明、基调昂扬、语言晓畅、语义明确，充溢着励志的亮色。因以生物进化论为主要哲学内核，鲁迅明确地将"孩子"理解为具有进化意义的新生命。"孩子"作为新生命固然弱小，但生物进化论为"孩子"注入了免疫的"抗体"，不仅可以杀死"父亲"所携带的腐朽的封建文化的"病毒"，而且还可以借此让年轻的生命不断发展、壮大。类似这样的观点，在《热风·随感录》中有明晰的表达。在《热风·随感录五十七》中，鲁迅从各种复古主义的包围中突围出来，坚定地发出响亮的断言："杀了'现在'，也便杀了'将来'。——将来是子孙的时代。"[1] 在《热风·随感录四十九》中，鲁迅干脆将生物进化论理解为历史、生命发展、壮大的逻辑力量，并再次断言："凡有高等动物，倘没有遇着意外的变故，总是从幼到壮，从壮到老，从老到死。"[2] "我想种族的延长，——便是生命的连续，——的确是生物界事业里的一大部分。何以要延长呢？不消说是想进化了。但进化的途中总须新陈代谢。所以新的应该欢天喜地的向前走去，这便是壮，旧的也应该欢天喜地的向前走去，这便是死；各各如此走去，便是进化的路。"[3] "大革命"时期，鲁迅经历了"五四"落潮、"女师大学潮"期间文人之间的笔战、青年学生高长虹的背叛等事件，但依旧以生物进化论为思想武器，大声疾呼生命的更新和文化的变革，并如此断言："我想，凡是老的，旧的，实在倒不如高高兴兴的死去的好。"[4]

---

　　① 鲁迅：《随感录五十七》，见《鲁迅全集》第 1 卷，人民文学出版社 1981 年版，第 350 页。

　　② 鲁迅：《热风·随感录四十九》，同上书，第 338 页。

　　③ 同上书，第 338—339 页。

　　④ 鲁迅：《老调子已经唱完》，见《鲁迅全集》第 7 卷，人民文学出版社 1981 年版，第 307 页。

　　比较而言，"大革命"失败后，鲁迅论述儿童观的文字风格则有明显改变。文章的观点虽然明确，但语言多反讽、内容常多义，基调悲凉、色调沉郁，充溢着无可奈何的晦暗气息。鲁迅后期，因所经历的社会生活比以往更为凶险、严酷、苦痛，历史进化论挫败了生物进化论。虽因海婴的成长，鲁迅在论述儿童文学的文字中，平添了一副平和、温暖的日常化笔墨，如《玩具》、《我的种痘》等，但日常生活中的亲子之情只能是全部生活的一隅；也虽因生物进化论的影响的余绪尚存，但鲁迅的儿童观不可阻挡地被改变了。与"五四"时期鲁迅杂文中对启蒙儿童观的"热切"追求不同，"大革命"失败后的鲁迅杂文更倾向于对启蒙儿童观"无奈"地坚守。而且，启蒙主义儿童观内部的矛盾性裂痕更加凸显，内容的表达也更为隐蔽和多义。"大革命"失败后鲁迅儿童观的变化，在《我们怎样教育儿童的》、《新秋杂识》、《看变戏法》、《上海的少女》、《上海的儿童》、《从孩子的照相说起》等杂文中体现得最为明显。《我们怎样教育儿童的》论及了儿童教育与教科书之间的关系问题。该文的主要观点是：中国虽然进入了"现代"社会了，但儿童教科书非但没有因为新文化、新时代的产生而相应生成新观念，反而因袭着旧文化的教育观念，历史循环论在儿童教科书中有着顽强的生命力。如鲁迅在文中所说："就是所谓'教科书'，在近三十年中，真不知变化了多少。/忽而这么说，忽而那么说，今天是这样的宗旨，明天又是那样的主张，不加'教育'则已，一加'教育'，就从学校里造成了许多矛盾冲突的人，而且因为旧的社会关系，一面也还是'混沌初开，乾坤始奠'的老古董。"①在《新秋杂识》中，鲁迅的儿童观近乎绝望。鲁迅在"五四"初始阶段所提出的疑问："没有吃过人的孩子，或者还有？"，在此处得到绝望的回答："然而制造者也决不放手。孩子长大，不但失掉天真，还变得呆头呆脑，是我们时时看见的。"②《看变戏法》将"黑熊"和"孩子"并置在一起，作为被成人世界工具化、虐待化的对象。鲁迅

　　① 鲁迅：《我们怎样教育儿童的》，见《鲁迅全集》第 5 卷，人民文学出版社 1981 年版，第 255 页。

　　② 鲁迅：《新秋杂识》，同上书，第 270 页。

在此不仅亲手拆解了他以往信奉的进化论链条：动物——儿童——新青年——人——人国，而且拆穿了"戏法"的秘籍——"孩子"竟然与"大人"合谋戏耍"看客"，以赚足人气和财气①。《上海的少女》、《上海的儿童》和《从孩子的照相说起》虽然将"孩子"放置在西方现代文明的背景上，貌似被"进化"了，但传统封建文化的奴性价值观根深蒂固，"孩子"仍然不是自己的主人。"孩子"甚至出现了各种病态的"文明"的奇观：上海少女"精神已是成人，肢体却还是孩子"②；上海儿童或者"任其跋扈"，或者"使他畏葸退缩"③。中国儿童在中国的照相馆里照了一张相，也要"面貌很拘谨，驯良，是一个道地的中国孩子了"④。显然，历史循环论对于"大革命"失败后的鲁迅，较之历史进化论，更有说服力。

鲁迅儿童观的哲学内核的矛盾性，除了随着鲁迅所置身的文化环境的变化而变化，还与鲁迅所选取的文体有关。一般说来，鲁迅儿童观的哲学内核的矛盾性在小说文体和散文诗文体中的表现比在杂文文体和散文文体中的表现更为复杂。如果说杂文文体和散文文体中的儿童观的哲学内核是在写实的世界里表现其矛盾性，那么小说文体和散文诗文体中的儿童观的哲学内核则是在隐喻的世界里表现其矛盾性。比较而言，鲁迅杂文文体和散文文体的表现手法虽然多样，但都基于写实主义的总体写作原则之下，其儿童观的哲学内核的矛盾性相对来说处于显在状态；而小说文体和散文诗文体无论选取哪种手法，都基于现代主义的总体美学原则之下，其儿童观的哲学内核的矛盾性相对来说处于隐蔽状态。在此，我仅以鲁迅小说和散文诗创作最为集中的"五四"时期的作品为例。

"五四"新文化运动初始阶段，鲁迅确立了"救救孩子"的启蒙主义主题，但杂文和小说、散文诗对这一主题的表现方式很是不同。杂文《我们现在怎样做父亲》、《随感论二十五》和《随感论四十九》

---

① 鲁迅：《看变戏法》，《鲁迅全集》第 5 卷，人民文学出版社 1981 年版，第 318 页。

② 鲁迅：《上海的少女》，见《鲁迅全集》第 4 卷，第 564 页。

③ 鲁迅：《上海的儿童》，同上书，第 565 页。

④ 鲁迅：《从孩子的照相说起》，见《鲁迅全集》第 6 卷，第 81 页。

等通常以生物进化论为哲学内核，以直接的、励志的"呐喊"方式为
孩子提供一个"人国"的图景，为社会和读者增加一份热力；而小说
《狂人日记》、散文诗《自言自语》则以历史循环论为哲学内核，将
启蒙者悲凉的心境隐蔽地深含其中，让阴冷之气弥散在作品的缝隙
中，"彷徨"地暗中消解了"人国"实现的可能性。《狂人日记》显
在结构的哲学内核当然是生物进化论，但隐在结构的哲学内核则是历
史循环论。而且，越到小说的语义深层，历史循环论的哲学内核就越
破土而生。所以，结尾"救救孩子"的呼声与其说是"呐喊"，不如
说是"彷徨"；与其说是坚信，不如说是怀疑；与其说是信奉生物进
化论，不如说接受历史循环论。特别是常被忽视的散文诗《自言自
语》①，比杂文《我们现在怎样做父亲》仅仅早发表两个月，却完全
不见鲁迅对生物进化论的乐观期待。譬如：第三节中的"古城"，虽
然依据历史进化论设计了"老头子"、"少年"和"孩子"三个人物，
且传达了《我们现在怎样做父亲》中"自己背着因袭的重担，肩住了
黑暗的闸门，放他们到宽阔光明的地方去"的启蒙主义立场，但整体
上却隐喻了儿童无法获救的悲剧性宿命。"古城"无疑是古老的历史
文化的象征，但"古城"对于居住者来说不仅丧失了庇护作用，反而
使得他们面临被黄沙席卷的灭顶之灾。最后，"黄沙"将"古城"连
同"少年"、"老头子"和"孩子"一起埋没。可见，在"五四"新
文化运动初始阶段，鲁迅的内心深处非但无法虔信历史进化论，反而
陷入极度的绝望之中。只是，只有在隐喻的世界中，鲁迅才得以尽情
地表达他真实的绝望之感。

　　"五四"新文化运动落潮以后，鲁迅儿童观的哲学内核的矛盾性
厮杀得更为激烈，且真切地、深度地展现在鲁迅的小说和散文诗中。
《孤独者》借助于魏连殳对待儿童前后截然不同的态度，显然了鲁迅
儿童观的哲学内核的矛盾性。小说刚刚出场的魏连殳一向对人冷冷，
对孩子却"看得比自己的性命还宝贵。"但随着小说结构的深化，三
个月后的魏连殳对"孩子"的看法完全逆转："想起来真觉得有些奇

---

　　①　鲁迅：《自言自语》，见《鲁迅全集》第 8 卷，人民文学出版社 1981 年版。

怪。我到你这里来时，街上看见一个很小的小孩，拿了一片芦叶指着我道：杀！他还不很能走路……"当"我"则转而为孩子推脱时，魏连殳则彻底推翻了三个月前对孩子的爱意："我的寓里正有很讨厌的一大一小在那里，都不像人！""哈哈，儿子正如老子一般。"魏连殳对孩子的情感已由强烈的爱变为强烈的憎了。小说中安排的魏连殳对孩子态度变化的辩难叙事，实则意味着鲁迅在生物进化论与历史循环论之间的痛苦选择。如果说《孤独者》中儿童观的哲学内核的矛盾性充满了疼痛感，那么散文诗《风筝》中儿童观的哲学内核的矛盾性则是一种无痛的悲哀。长大的"弟弟"彻底遗忘了童年的风筝之梦，完全进入"成人"的行列中。可见，"五四"新文化运动落潮后，鲁迅经由一番痛苦的思想厮杀，儿童观中的哲学内核生物进化论日渐被历史循环论所挫败了。

此外，鲁迅作为一位对读者高度负责任的作家，往往针对不同的读者群而调整对矛盾性的表现尺度。《热风》和《呐喊》的读者群主要是青年，启蒙主义儿童观中"亮色"的一面便有所强化。即便鲁迅内心有晦暗的一面，也尽量表现得非常隐蔽。而对于原本写给自己的部分散文诗，如《颓败线的颤动》、《求乞者》、《风筝》等，启蒙主义儿童观中哲学内核的矛盾性则公开厮杀，且永无休止。

结　　语

鲁迅不是一位严格意义上的儿童文学研究者和儿童文学作家。但他所确立的"立人"为指归的启蒙主义儿童观不仅具有丰富的现代性内涵，而且还具有矛盾的现代性特征，可谓一个复杂、多义的意义世界。在中国现代儿童文学史上，无论"后来者"认同与否，都无法绕过鲁迅的儿童观。无论"后来者"如何解读鲁迅的儿童观，鲁迅所确立的"立人"为指归的启蒙主义儿童观都居于中国儿童文学的原点位置。特别是，在当下复杂的文化环境下，鲁迅的儿童观不再仅仅成为学术的研究对象，已经延展为中国儿童文学界的原点思想资源。

作者简介

徐妍，文学博士，现为中国海洋大学文学与新闻传播学院教授，兼任中国鲁迅研究学会理事。主要从事中国现、当代作家作品研究，鲁迅研究，中国儿童文学研究。出版专著《新时期以来鲁迅形象的重构》（安徽教育出版社 2008 年版）。在《文学评论》、《中国现代文学研究丛刊》等学术刊物发表论文一百多篇。论文《凄美的深潭——"低龄化写作"对传统儿童文学的颠覆》获得 2004 年第六届全国优秀儿童文学理论批评奖，专著《新时期以来鲁迅形象的重构》获得 2009 年山东省高等学校优秀成果一等奖。主持教育部人文社科研究项目"青少年写作现象研究"。

原点回归与拐点求索

——美国现实主义少年小说对少年主体身份的建构

南京师范大学　谈凤霞

内容摘要：对应着少年的生命状态，少年文学呈现出与一般儿童文学不同的美学特质，而其成就与创作者的少年观及如何体现这种少年观密切相关。本文通过几部校园题材的美国少年小说来管中窥豹，考察美国当代现实主义少年小说中反映的少年观。这类美国少年小说塑造少年形象的途径可概括为：生物性和社会性向度上的原点回归及儿童向成人精神转变的拐点求索，其核心是对少年主体身份的多向度建构。这些文本多采用互文对话的叙事策略和独特的话语模式来显现少年在同一性危机中主体身份建构的混杂性及艰难性。作家着意于塑造刚刚"上路"的少年思想者/挑战者形象，同时其创作又暗含了对隐含少年读者主体身份的积极建构，以表现少年的挑战来挑战少年读者，体现了毫不退避的现实主义写作姿态。

关键词：少年小说　现实主义　认同危机　主体建构　对话

对少年小说的关注在中国儿童文学界从 20 世纪 80 年代就开始了，当时引起争议的问题大多是与少年形象相关的敏感主题。经过三十多年的发展，中国少年小说——尤其是现实主义的少年小说创作中出现了一些令人瞩目的长篇文本（如曹文轩的《红瓦黑瓦》等）。但若放眼于西方势如破竹般发展的少年小说领域，会发现中国少年小说的整体爆破力还不够丰厚与强劲。少年小说所能达到的思想力度和美学高度与创作者的"少年观"休戚相关，什么样的少年观以及这种少年观在小说中如何被表现是决定少年小说成就高低的关键所在。美国在少年小说（Young Adult novels/ Adolescent novels）这一文类上，现实题材和幻想题材的创作各领风骚。相较而言，现实题材的少年小说更能真切地反映现实世界中少年的生命形态，因此本文选择美国当代校园生活为题材的几个重要文本来考察其"少年观"这一核心问题，以此来探索中国少年小说应该达到和可能达到的深广之境。

　　"少年"的英语词汇是 Adolescence，它来源于拉丁词 Adolescere，意思是"长大成熟"。人格心理学家埃里克森在《同一性与青少年危机》中指出，少年阶段处于"身份认同危机"。美国学者斯蒂夫·罗克斯波洛（Steve Roxborough）在 1978 年提出了少年小说是"危机小说"① 的命题。美国少年小说对成长危机的书写始终风起云涌，本文选择近年来几部获奖的校园题材少年小说作为主要研究对象：杰瑞·史宾尼利（Jerry Spinelli）的《星星女孩》（Star Girl），加里·施密特（Gary D. Schmidt）的《星期三的战争》（The Wednesday Wars），薛曼·亚历克斯（Sherman Alexie）的《我就是要挑战这世界》（The Absolutely True Diary of a Part-Time Indian）。此外，对照美国当代少年小说史上备受争议的一个文本：罗伯特·科米尔（Robert Cormier）的《巧克力战争》（The Chocolate War）。② 这四部小说共同的题材取向是：都反映当代少年的现实生活且主要是学校生活，故事内核是身份认同危机中的"战争"——个人与自我、与他人以及社会文化意识形态等的"战争"。本文选择文本力求注重当下性并兼及历史性，发现其趋向性并兼及差异性，试图通过"乌托邦"和"反乌托邦"两种

---

　　① Steve. Roxborough, "The Novel of Crisis: Contemporary Adolescent Fiction," *Children's Literature* 7（1978）: 248 – 254.

　　② 《星星女孩》的英文原著初版于 2002 年，《星期三的战争》和《我就是要挑战这世界》的英文原著均初版于 2007 年，这三部小说的中译本都出版于 2010 年。《巧克力战争》的英文原著初版于 1974 年，此后不断再版，而中译本 2012 年才出版。这些小说曾获美国纽伯瑞儿童文学奖或美国图书馆协会年度最佳青少年图书、《纽约时报》年度好书等奖项。《巧克力战争》虽曾名列禁书榜首，但在 1974 年就已被评为美国图书馆不朽青少年图书。

倾向的作品来考察少年小说对处于身份认同危机中的少年主体性建构的叙述，即作家如何看待和塑造少年——包括少年主人公以及隐含的少年读者。总体来看，美国现实主义少年小说在塑造少年主人公方面的途径是：立足个体生命内外真实的"原点"，捕捉其心理和精神"拐点"上求索的轨迹。

一　原点回归：生物性与社会性向度的交错

少年小说对个体生命"原点"的回归与儿童文学不同，后者更多表现为对自由、自在、自足的童心这一理想的人类生命起点状态的畅想，这也成为儿童文学被一些学者所诟病之处，如杰奎琳·罗斯（Jacqueline Rose）在她那本引起巨大争议的著作《〈彼得·潘〉或儿童虚构文学的不可能》（*The Case of Peter Pan, or the Impossibility of Children's Fiction*）中，通过对儿童文学的文本策略、角色刻画和价值立场假设等的结合分析，指出儿童文学将儿童（包括文中角色与文外读者）建构成无性的、纯真的、抗拒政治的（不管是儿童群体之间还是广大社会里的政治）一种生命现象。这番评论针对《彼得·潘》这一幻想类的儿童文学作品有一定的中肯性，但是对于表现生命临界点的少年文学并不适用。相比儿童文学，少年文学对少年生命"原点"的呈现更为真实甚至"赤裸"。对照罗斯对儿童文学的评判，可以如此概括美国当代少年文学：它们将少年建构成有性的、复杂的、介入政治的（不管是少年群体之间还是广大社会里的政治）。美国少年小说力求回到少年身处的"原点"——由生物性向度和社会性向度构成的坐标系，而且对之呈现得相当大胆、开阔。

（一）生物性向度上的纵深

生物性向度（这里用"生物性"取代儿童文学常用的"自然性"，是为了强调少年期生理变化给少年文学带来的冲击性变革）主要涉及自然情爱、身体/性以及生命的消亡等。这种生物性向度上的敞开式描写不是仅作为生物性意义的表层反映，而往往和社会性原点紧密相连，直指社会批判和少年主体身份建构的深层题旨。这些少年小说都光明正大甚或浓墨重彩地写了少年主人公自然萌发的对异性的爱恋和追求，真切细腻地写出了少年恋爱"战争"中的一波三折。这些富有浪漫气息的爱情元素同时又蕴涵着文化价值取向，多以爱情矛盾来折射不同世界观或人生观的较量。

美国少年小说对身体/性这一生物层面的袒露更有冲击力，身为"32 项大奖加冕之作"的《我就是要挑战这世界》尤为突出。14 岁的印第安土著少年阿诺"我"用"以此为傲"的口吻表白了自己的自慰行为和性欲望，用毫不避讳的告白剥下了文明社会的斯文外衣，梅洛·庞蒂说："世界的问题，可以从身体的问题开始。"少年阿诺对于身体欲望的大胆披露没有沦为低级的色情诉求，而是跟"世界的问题"相关——为被道德规范压抑的本能的性欲望正名。此外，少年阿诺的爱情不仅始于生物性向度之上，也同样腾挪于社会性向度之中。他赞叹骄傲的白人女生潘娜洛普美得叫人发狂的身体："这个妞相当的自我。但自我也是一种性感。……色欲真是叫人发狂啊。"[1] 身为在白人学校被歧视的印第安人，少年阿诺表面上津津乐道的"色欲"其实包含了对于种族平等的社会性诉求。对少年性爱的书写早在出版于 1974 年的《巧克力战争》中已有涉及，虽然此小说对少年情爱的聚焦让位于少年杰瑞与黑势力斗争的故事内核，但作者并不因为社会性问题的沉重而摒弃生物性向度，而是将少年在两个向度上的认知相扣连。杰瑞对性与爱的渴望和他的自我认知诉求与社会性处境的压抑紧密相关，他也正是在性爱的尝试和挫败中发现并确认了自己的身份。

一些美国少年小说还将性爱和沉重的死亡事件相结合，来互证各自真实的伤痛或混乱。《我就是要挑战这世界》中以性的感受来表达姐姐的死讯给少年阿诺带来的冲击力：来告诉"我"姐姐死讯的女老师怕"我"伤心而拥抱"我"，"我很震惊，但是心里并不难过。悲

---

① ［美］薛曼·亚历克斯：《我就是要挑战这世界》，卢秋莹译，陕西师范大学出版社 2010 年版，第 132 页。

痛并没有马上击中我，没有。我主要是对我，唔，因为拥抱而产生的生理反应感到不好意思。……真是可怕的性变态啊！"① 这里把性的兴奋感和死亡带来的压抑感并举，反映了"我"在感性与理性中的挣扎。这种失去亲人之痛与突如其来的性欲相撞的冲突，也发生在珍迪·尼尔森的《天空无处不在》的少女主人公身上，在失去姐姐的巨恸中，"突然间我满脑子想的都是做爱"②。对这类"不合时宜"的生理欲望的描写反衬了人物心底极端的痛苦和矛盾，达到了托尔斯泰擅长的"心灵辩证法"的力度。它长驱直入地表现了少年幽秘的身心世界，显示了作者的体贴心、洞察力及表现的勇气。

（二）社会性向度上的拓展

现实题材的美国少年小说对少年身处的社会性向度有着相当广阔的拓展，涉及族类（家族、种族、民族）、历史、政治、教育等多种社会问题，且灌注了强烈的批判意识。这四部以学校为故事背景的小说都以学校问题来折射各种社会现象。《星星女孩》的米嘉中学分明是社会的一个缩影，发生在同学群中的孤立异己事件显现了社会庸众对异己的冷酷无情的排斥和压制。《星期三的战争》通过越南女生和丈夫参加越南战争的女教师们的境遇批判了残酷的战争，这一包蕴批判意旨的战争背景是许多美国少年小说拓展其社会性向度的一个重要基点。小说以戏剧化情节讽刺了"小国独裁统治者"即无知的领导阶层与呆板的教育机制，也鞭挞了"囚徒预备班成员"即校园恶霸的行径。少年主人公与恶势力的斗争在《我就是要挑战这世界》和《巧克力战争》中有更为充分深刻的表现，但其主旨并不止于一般的正义与邪恶的简单较量。《我就是要挑战这世界》中，处于弱势的阿诺在先后就读的印第安保留区学校和白人学校均遭同学欺凌和敌视，阿诺和同伴之间的"战争"涉及的是印第安人与白人的种族之争。《巧克力战争》则笔力集中地揭示了学生黑帮以及代理校长为了自身利益而利

---

① ［美］薛曼·亚历克斯：《我就是要挑战这世界》，卢秋莹译，陕西师范大学出版社2010年版，第241页。

② ［美］珍迪·尼尔森：《天空无处不在》，崔蒙译，华文出版社2011年版，第1页。

用恶势力打击反抗者的卑劣行径，孤身作战的少年杰瑞最终被狼狈为奸的压制者所打垮。这部小说对阴暗面的暴露入木三分，常被作为一个对应着社会权力结构的政治寓言去解读。

除学校这个阵营外，家庭也拓展少年所处的社会维度，以或正或负的作用力来影响少年主人公的成长。《星期三的战争》和《我就是要挑战这世界》对家庭原点的书写较为突出：霍林那唯利是图的父亲对他的压制带来了他最后的反抗，而阿诺的印第安族人悲剧性的生存状况则刺激他去寻找新生活。少年在由家庭所带来的社会性向度上的成长，在以家庭为主要场景的小说（如《安琪拉的灰烬》、《布鲁克林有棵树》等）中有更集中的刻画。从美国少年小说的创作历史来看，对于社会向度的现实表现向来比较宽广，马克·吐温的《哈克贝利·费恩历险记》（1885）以少年旅途中的历险来展示驳杂的社会现实，塞林格的《麦田里的守望者》（1951）则从少年的游荡所见来映照堕落的成人社会。这些小说都真实地反映了少年主人公的多重社会境遇及其在危机中不同方式的挑战。

美国少年校园小说回归"原点"的叙事竭力拓展生物性和社会性组成的坐标系的深广度，尽可能还原、直逼个体生命与社会真相，真实地显示了少年生命的原生态在社会文化环境中的发展或变异，为少年的主体性身份建构提供了多个真切而坚实的维度。

二　拐点求索：在"互文"与"讲述"中建构

美国少年小说对生物性和社会性原点的交错互现，是为了更好地凸显少年人在身份认同危机这一"拐点"上的内外困境及蜕变，即寻找自我认同。英国思想家安东尼·吉登斯（Anthony Giddens）这样界定他提出的核心概念"自我认同"："个体依据个人的经历所反思性地理解到的自我。"[1]这几部少年小说叙事上都运用了各种策略，着意于

———————

① ［英］安东尼·吉登斯：《现代性与自我认同：现代晚期的自我与社会》，赵旭东、方文译，生活·读书·新知三联书店1998年版，第275页。

通过"对话性"来塑造在反思中建构主体身份的少年。巴赫金的对话理论之所以适用于少年小说，乃是基于少年小说中的少年主人公和巴赫金所探讨的陀思妥耶夫斯基小说主人公在形象本质上有很大的相仿性。这四部美国少年小说同陀氏小说一样，都关注主人公"生活中的危机与转折"，描写他们"站在门槛上的生活"。① 典型如《我就是要挑战这世界》，其英文题目是 *The Absolutely True Diary of a Part-Time Indian*。主人公身为"a part-time Indian"（部分时间的印第安人），寓含了两重身份可能带来的困境，阿诺的朋友高第一针见血地挑明了对阿诺在两个族群中夹缝中的斗争："生命的奥义，就是在'作为一个个体'或是'作为群体中的一员'两者之间不断地进行斗争。"② 这可以概括四部小说中少年主人公所进行的战斗的性质，他们的各种挑战均与身份认同焦虑相关。美国学者罗伯塔·西林格·特里茨（Roberta Seelinger Trites）认为："针对低龄儿童的儿童文学从本质上说是一种保守的文类，因为它强调的是现状的地位……而少年文学的意图则是激进的，常常传达给少年读者这样一个压抑性的意识形态：少年需要克服他们的不成熟，从获得少年的主体地位中成长为成年人。"③ 少年主人公在身份认同危机中的冲撞无疑会给少年小说平添某种程度的"激进性"，它不仅体现在对少年主人公身份建构的多向度内涵的掘进中，同时也体现在多向度的复杂的对话形式中，且此形式暗含着对隐含读者的挑战性建构。

（一）互文对话中的建构

对应着"拐点"上的少年形象，少年小说在叙事形式上注重表现其思想斗争的矛盾性，体现出或显或隐的对话性。所论的四个文

---

① ［苏］米哈伊尔·巴赫金：《陀思妥耶夫斯基诗学问题》，刘虎译，中央编译出版社2010年版，第78页。

② ［美］薛曼·亚历克斯：《我就是要挑战这世界》，卢秋莹译，陕西师范大学出版社2010年版，第159页。

③ Trites, Roberta Seelinger, *Disturb the universe: Power and Repression in Adolescent Literature*, Lowa City: University of Iowa Press, 2000: 54 – 83.

本中，与主人公发出"对话"的一个突出因素是互文本——主要是
引文文本（引用的文学文本和非文学文本），且大多具有经典性，
核心文本对互文本有着正向或逆向的指涉，意味着对某种经典或正
统意识的认可或背离。互文性在《星期三的战争》中表现得最为集
中，小说用了六部莎士比亚戏剧作为互文本，分别对应少年主人公
的各种现实处境和成长困惑；《星星女孩》中的互文本是一类富有
隐喻意义的文化文本——代表本初生命形态的原始生物头盖骨，启
示了少年对生命本色的认知；《我就是要挑战这世界》中，少年阿
诺与一些文学互文本（如托尔斯泰关于"幸福家庭"、欧里庇得斯
笔下的美狄亚关于"失去故土"的表达）展开争论，且还借助一类
特殊的文类互文本——以阿诺的口吻描绘的、充满反讽意味的漫画
插图，来凸显其不羁的批判性思想。此外，小说不仅设置了少年可
与之对话并得到引领的长者（多为教师），而且还设置了少年身边
具有先驱精神的同伴作为人物间的互文，如《星星女孩》中对少年
里奥形成映照的是秉持自我本色的星星女孩，《我就是要挑战这世
界》和《星期三的战争》中与"我"互文呼应的则是反抗庸俗、追
求自我的姐姐。这三部小说中互文对话的通达性带来了少年主体建
构的顺畅性：情感问题和思想困境最终都得以解决，在"拐点"上
成功跨越了认同危机。《我就是要挑战这世界》的结尾是洋溢着幸
福感的宣言："一切都很美好，不是吗？"这种带些浪漫色彩和理想
主义的励志之作在美国当代少年小说中占多数。

　　然而，一旦外在对话无法建立且内在对话矛盾重重，则会阻碍
少年主体的建构，这在《巧克力战争》中尤为突出。小说对少年认
同危机的处理方式与其他三部结局圆满的少年小说全然不同，它的
互文性体现为少年主人公愿望与结果的相悖性及其思想的分裂性。
小说中重要的互文本是 T. S. 艾略特的诗句："你敢扰乱宇宙吗？"
（出自《阿尔弗雷德·普鲁弗洛克的情歌》）① 借此互文本的映照，

① 这个互文本在西方常被用于少年小说，如少年小说作家 John Creen Sarah Dessen 也
在各自的小说 The Fault in Our Stars、Dreamland 中的诗歌里谈及。

杰瑞反抗销售巧克力的英雄壮举具有了某种史诗内涵，然而他不像传奇中的英雄那样可以战胜邪恶，而是因自己的坚决反抗而身心俱创，最终放弃"扰乱宇宙"，表明个人根本无力对抗腐败制度的严酷现实，是一出英雄的悲剧。杰瑞的身外身内始终没有达成一致的沟通性对话：没有引路的长者，也没有能真正激励他的同伴（无论是友情还是爱情），只剩下自我对话。作者多次聚焦于杰瑞对于自己"是什么"和"为什么"的追问，凸显其内在对话的紧张与焦灼。少年小说中互文本间的相仿性或相反性造成多元话语相交织，不仅使得少年主人公的曲折、复杂的主体性建构过程在对话中得以细致呈现，同时也给隐含读者提供了一个互文本，使其在对话性阅读与思考中促进自我的身份建构。

（二）话语讲述中的建构

　　注重少年主人公和隐含读者的主体建构的少年小说非常讲究叙事的话语策略。三部表达希望之作都采用了第一人称叙事话语，"我"既是叙事者也是主人公，这类个性化的视角可以充分地表现"我"看待世界和自我的态度，有利于挖掘复杂、幽微的内心世界。相较一般的儿童文学，少年小说更多地采用这种带有使读者能产生自我认同感的叙事人称。《星星女孩》采用了"我"渗透浪漫与伤感的追怀性话语，而在《星期三的战争》和《我就是要挑战这世界》中，"我"的讲述则显现了一种有意为之的调侃风格。相比之下，印第安少年阿诺这个"我"的话语声音更为生猛质朴，结合了粗野的贫民窟自然主义，体现出狂欢性的笑谑化特质。这种滑稽多讽的话语方式必会刺激读者与混杂的文本话语发生对话性思考。这两部调侃风格的小说叙事者频频对隐含读者"你"说话，或直接把"你"拉进故事现场，甚至把"你"也当作被讲述的对象，如《星期三的战争》中，"我"在看清了自己偶像的精神卑劣后痛定思痛："神死去时，通常都死得很艰难……他们是在烈火和痛苦中死去的，当他们从你心中离去时，会在你的胸腔里燃一把火。这比你能够说出的任何事情都要痛苦。而更痛苦的可能是，你不知道以后你的心里还能不能再住进另一位神。或者你是否想再要一位神?"① 这里的"你"具有模糊性:既是"我"在进行自我反思,也是在对隐含读者提出诘问,促使隐含读者加入激辩。

采用第三人称叙事的《巧克力战争》则用了另一种一般儿童文学罕见的叙事策略——人物聚焦,且是十三个人物角色的多元聚焦,它对小说中每个人物(不管是正面人物还是反面角色)的聚焦都抵达其内心深处,传递人物内在的多种"声音",反映其内心的焦灼、犹疑或矛盾纷争。这部具有解构性的小说体现了"后现代主义"②,它频繁转换视角的多元话语方式突破了单一视角和线性叙述的话语符码,使读者不能固定在一个位置上与某个人物完全认同,要求读者积极参与再判断、再辨析。

澳大利亚学者约翰·斯蒂芬斯(John Stephens)指出叙事话语可以编码读者的阅读立场,本文所论的四部少年小说都努力打破儿童文学传统中话语独白式的限制性理解,属于"允许读者作丰富的批评反应和自主思考"③ 的开放式文本。这些小说以饱含智慧的话语方式去表现少年主人公在构建主体性过程中的斗争,同时也颠覆了隐含读者被动接受的传统身份,创设了建构隐含读者主体性的立场,给阅读带来了巨大的挑战。

三　美国少年小说的现实主义战略:
以表现挑战来挑战阅读

一般而言,少年小说的主人公多为少年,隐含读者也多为少年。少年期的独特性征会使少年小说在叙述题旨、角度和语言上产生鲜

---

① 〔美〕加里·施密特:《星期三的战争》,高雪莲译,南海出版社 2010 年版,第91—92 页。

② Patricia Head, "Robert Cormier and the Postmodernist Possibilities of Young Adult Fiction", Choldren's Lvterature Assocvatvon Quartely, Vol 1, 1996:28 – 33.

③ John Stephens, "Analysing Texts:Linguistics and Stylistics", *Understanding Children's Literature* (2nd edition), Peter Hunt (ed.), London:Routledge, 2005:84.

明的文类个性。如何突破一般儿童文学的叙事范式和阅读习惯的限制、刺激少年读者的阅读思维，这是当代少年小说要面对的艺术难题。从上述四部美国校园题材的少年小说可以看出，这些作家采用了同一种战略：以表现少年在身份认同危机中的挑战来挑战少年读者。

　　米兰·昆德拉在《小说的艺术》中说："每部小说不管它怎样，都是在对一个问题做出回答：人的存在是什么，它的诗性在哪里？"如果说狭义的儿童文学中超拔出的是对纯美"童心"这一人类存在的诗性理解，那么少年文学呈示的"人类存在的诗性"则是"少年心"，即刚刚"上路"的生命姿态：少年在同一性危机中第一次开始了对自我的追问："我是谁？我从哪里来？我向哪里去？"狭义的儿童文学对此永恒主题的表现相对静态化、单纯化、明朗化，而少年小说的表现则往往充满了压抑性、焦虑感、不确定性。相比儿童文学中多见的"无忧无虑"的儿童主人公，少年小说中的主人公更多是"焦虑中的求索者"，因为他们汹涌的少年血更能敏锐地感觉到"权力与压迫"的存在，更渴望去"搅乱宇宙"。美国现实主义少年小说是少年在挑战中成长的宣言，把少年期当作一种旨在批判社会现存秩序的特殊表现空间，而少年主人公是尚在主体性建构危机中的求索者。小说围绕少年在同一性危机中的思（对外界）与反思（对自我）来表现少年的挑战，并以此来挑战隐含读者的主体身份建构。精神分析学家荣格在其著作《未发现的自我》中评价道："慢慢降临到我们心灵之中的洞察力似乎比完美的理想主义具有更持久的力量和长远的效果，而这种理想主义的命运不可能长久地继续存在。"① 若泛泛比较，这种"慢慢降临到我们心灵之中的洞察力"可以对应少年文学的心理气象，而"完美的理想主义"则是渗透于儿童文学的精神气质。美国少年小说中少年主人公的形象力度与其"思想形象"密不可分，这些刚刚"上路"的"少年思想者"，为广义的儿童文学领域开掘了一个富有

---

① ［瑞士］卡尔·古斯塔夫·荣格：《未发现的自我》，张敦福、赵蕾译，国际文化出版公司 2001 年版，第 73 页。

深度且颇具"硬度"的生命"岩层"。

容易引起争议的一个问题是：美国（以及英国、澳大利亚等西方国家）现实题材少年小说作家不回避"负面"现实的写作姿态。无论是"原点回归"还是"拐点求索"层面的书写，都体现了作家对少年生命成长现实的诚恳把握。作家们努力追求的现实性包括少年的生理现实、心理现实和社会现实的深广性、真切性以及成长的艰难性。美国学者丹尼斯·伯特霍尔德（Dannis Berthold）在其论文《〈苜蓿角〉的中爱情与死亡：爱丽丝·凯瑞的俄亥俄州边疆儿童生存图景》中分析了创作于19世纪中叶、面向儿童的《苜蓿角的孩子们》的现实主义成就，"作品中的儿童既是主人公又是叙述者，向我们呈现了一幅幅严酷甚至悲惨的生活场景。……凯瑞在揭示儿童所遭受的肉体虐待和精神困扰——诸如死亡、孤独和成人世界的漠不关心等主题时，用一种南北战争后诸如马克·吐温、斯蒂芬·克莱恩和萨拉·朱厄特等作家所更为广泛使用的现实主义创作手法表现儿童的生活"。由此可见，早期的美国少年小说就显示了批判现实主义的精神特质，这种不回避黑暗的现实主义手法至《巧克力战争》发挥得更加大胆。这部小说在1974年出版之前曾四次遭拒，作者罗伯特·科米尔说："生活并不总是公正而幸福的。结局幸福的书已经够多了。我觉得应该有空间留给反映真实世界的现实主义小说。我会写一篇警告，告诉人们那里有什么在等着我们。"① 他在《巧克力战争》的结尾就已经昭示了"有什么在等着"：小说以学生黑帮的两个头目在黑暗中阴冷的对话来收束，末尾的最后三个词就是"在黑暗里"（in the darkness），它洞察并直指道德体制的腐败和社会强权的难以改变，个人主体性的建构问题被悬置，是一部"传达绝望"的"反教育小说"（Anti-bildungsroman）②。英国儿童文学作家理查德·亚当斯（Richard Adams）和伯纳德·安西雷（Bernard Ashley）对少年文学可否反映现

---

① Elkin J. et al. , "Cormier Talking", *Books for Keeps*, 1989, 54：12－13.

② Trites, Roberta Seelinger. "Hope, Despair, and Reform：Adolescent Novels of Social Hope ", Vanessa Joosen and Katrien Vloeberghs（ed.）, *Changing Concepts of Childhood and Children's literature*, Newcastle：Cambridge Scholars Press, 2006, pp. 3－16.

实真相也提出过比较"激进"的看法，前者说："我们必须不惜一切代价告诉孩子真相，不只是那些会让肉体疼痛或让人害怕的现实，更重要的是那些根本无法解答的事情，即托马斯·哈代所说的'人类处境本质的严酷性'。"① 而后者进一步探讨："我们会要跟年长的孩子分享一些事情、争论一个话题，告诉他们邪恶被正义打败之前是什么样子……问题并不在于我们包含了什么，而在于我们如何包含它。"②"如何去包含它"涉及采用何种姿态和话语方式去进行艺术表现。一些学者在谈少儿阅读接受状况时指出："我了解到孩子们厌恶那些蹲下来跟他们说话或者为他们写作的人。他们渴望接受来自更成人化的方式的挑战。"③ 比起低龄儿童，少年读者的"挑战"需求更为迫切，"更成人化的方式"并非是"完全的成人化"，而是对一般儿童文学中迎合性的儿童化方式的反拨。也许，在贴近少年读者的人生经验和阅读智慧的基础上，对之构成某种程度的挑战，才是对少年的真正关怀、尊重与提携。美国现实主义少年小说体现了这种富有挑战性的叙述操练。

上文论析了以校园题材为代表的美国现实主义少年小说对少年身份的建构姿态与方式，相比较，中国当代少年校园小说创作风貌与之有所不同，如秦文君的《男生贾里》系列等少年校园小说多关注中学生活的轻喜剧兼及对社会现象的微词，多以轻松幽默为格调。整体而言，中国少年小说对少年生命在原点和拐点上的捕捉和追索还不够，存在一些不敢涉足的禁区——爱情、性、政治等，少年成长危机中的内外困境鲜有深入的关注，导致少年形象某种程度的单纯化、架空化甚或美化，缺乏有力度的"思想形象"。在"给予少年"的"少年小说"领域里，类似以"文化大革命"为背景的长篇成长叙事（如陈

① Adams, R., "Some Ingredients of Watership Down", *Children's Book Review*（1974）4, 3: 92 - 95.

② Ashley, B., "TV Reality—the Dangeres and the Opportunities", *International Review of Children's Literature and Librarianship*（1986）1, 2: 27 - 32.

③ Crouch, M. and Ellis, A., *Chosen for Children*（3rd edition）, London: The Library Association, 1977: 77.

丹燕的《一个女孩》①、曹文轩的《红瓦黑瓦》、常新港的《青春的荒草地》等）这样具有庄重的历史感和深广的现实主义力度的少年小说还不多见。但其实，在狭义的少年文学之外，与美国少年小说力度相仿、内容与少年相关的中国文本大量存在：一是成人文学中"关于少年"的小说，如苏童（自称深受塞林格的影响）的《少年血》系列、王安忆的《忧伤的年代》、王朔的《动物凶猛》、王刚的《英格力士》、刘恒的《逍遥颂》等，大多以"文化大革命"为故事背景，表现少年在政治动乱时期的骚动、迷惘、困惑，因其带有自叙底色而更显真切，具有锐利的批判性和反思意识；二是由少年作家创作的关于自身的少年写作，如韩寒的《三重门》、郭敬明的《梦里花落知多少》、落落的《尘埃星球》等，他们的作品书写少年生命中的爱、惑、痛与呻吟，多半带有自叙性、当下性和时尚性，也有一定的批判性（主要是针对压抑性的教育体制），这些作品因能引起共鸣而深受少年读者的追捧。已有美国学者把发生在当下中国的这一"青春书写"现象纳入少年文学中去分析，② 但也许是因为中国至今仍较"保守"的少年观——过分倾向于"保护"少年而非"挑战"少年——所致，后两类"关于少年"、"由少年写作"的小说文本尚未名正言顺地进入专门的少年文学视阈。我认为，这些有力度、有深度或有畅销热度的少年小说与美国现实主义少年小说美学风范相近，应该进入少年文学的研究范畴，对它们进行去芜存菁式的倡扬，会给"专门"的少年小说创作和研究带来新的视野和格局，也会带来新的挑战。中国少年小说的飞跃，亟须"挑战性"的少年观来激发。

---

①　陈丹燕表现动乱年代女孩成长的长篇小说《一个女孩》写于 1992 年她在德国慕尼黑青少年图书馆访问期间，德文译本《九生》在 1996 年获奥地利国家青少年读物金奖、德国国家青少年读物银奖、德国青少年评委金色的书虫奖，并获联合国教科文组织"提倡宽容"文学金奖。中文版于 1998 年由明天出版社出版，然而这一在国外赢得多项青少年读物奖的少年小说在中国似乎没有被冠以少年小说之称而发生影响力。

②　Karen Coats, "Young Adult literature: Growing Up, In Theory", Handbook of research on children and young adult literature, Shelby A. Wolf etc. (ed.), New York: Routledge, 2011, pp. 320 – 321.

作者简介

　　谈凤霞，文学博士，南京师范大学文学院副教授。主要研究方向为中国现代文学、儿童文学、儿童电影等，出版学术专著《边缘的诗性追寻——中国现代童年书写现象研究》，在国内外学术期刊发表论文数十篇，创作小说和翻译外国儿童文学作品多部，主持国家、教育部、江苏省、教育厅基金项目共四项，当前在研项目为"中英儿童文学比较研究"、"江苏儿童文学研究"。

讨 论 写 作

上海师范大学　梅子涵

内容摘要： 儿童文学的写作是有人生高度的写作。

成年的经验高度和艺术高度，写作中的情感和诗性，总是会把很多儿童也许缺乏的生命内容带给他们阅读，留进他们记忆。

为儿童写作不是蹲下的。要写得让他们能理解，喜欢，这不是蹲下，而恰好是站立高处的发现和艺术才华的体现。"蹲下"的提法很容易导致文学精神的矮化和语言、语气的幼稚，导致叙事的简陋。

儿童文学的写作讨论，最可靠的基础是对世界优良儿童文学的阅读。阅读着，写作着，接近着境界，我们宁可一直把自己看成是走在路上。

关键词： 儿童观　教育　高处

我想从我的小说《走在路上》[①] 说起。它写作于29年前。一个叫小远的孩子带着奶奶去看电影。电影快开始，时间来不及了，可是奶奶走得很慢。奶奶老了，走不快，小远一次一次回头催促、埋怨。每当这个时候，作家的叙述就离开这时的路上，回到以前的路上，那时是奶奶抱着小远，背着小远，那时奶奶有很多力气，小远在奶奶很有力气的爱里。作家用他的声音问小远：小远，这一些你还记得吗？小说的结尾，小远又回头想催促奶奶，朝着奶奶喊叫，但是他突然发现，奶奶老了，背佝偻了，于是他把声音咽下，朝着奶奶奔过去，

---

① 梅子涵：《走在路上》，《少年文艺》1984年第95期。

说：奶奶，我们慢慢走，时间来得及。小说在一个孩子清清楚楚的成长拔节声里结束。

站在今天，看 29 年前我的写作，表现的是怎样的儿童观？

小远和奶奶是走在路上的。"路上"在文学里很容易具备哲学意味，成为象征符号。儿童是很快地往前走，往前奔的，他们的前方总有游戏、渴望、"电影"在等候，他们走的时候，就像我们都喜欢的歌手张艾嘉那首情感很深的"母亲歌曲"《心甘情愿》里唱的："你心中不明白离愁，于是快乐地不回头。"他们走的时候，奔的时候，是可爱的，但是他们对于这条路上的很多秩序、规则、情感原理是不知道的，会无意地忽略。比如，小远就不知道应该牵着奶奶的手，他也不知道，他今天的力量是奶奶以前的力量给的，他今天的奔跑是奶奶昨天的怀抱给的，他甚至都不知道，当他渐渐长大，奶奶却在渐渐缩小，就像《马提和祖父》① 里的马提不知道爷爷会渐渐缩小，当爷爷最后变得像薄荷糖一样小的时候，爷爷的生命就只剩下最后的一口气。而这一些，我们写作的时候免不了就会告诉路上的孩子。我使用"免不了"这个词，因为我们很可能不是出于责任，没有那么正式，卓有计划，不是当成所谓的使命，文学家在故事里表现的很多愿望，往往是随情感和诗意而来，就如同《北极特快》② 开到孩子窗外，孩子是如梦的，其实那个带来礼物的老人也是如梦的，作家的"北极列车"不太会十分理性地飞驶它的轮子，它飞快地穿过树林和雪野，是情感和诗性的动力，但是他们又的确把无数的大真理、大哲学带到了童年和阅读者窗外。卢梭在他的时代，按照那时的生命平均长度，把人生分成四个四分之一，童年是第一个四分之一，所以我们免不了会带给这个四分之一。带给四分之一，就是带给后来的四分之三。所以儿童文学免不了就是为人生的。儿童文学是人生文学。

我在我的小说里是带到和告诉的。我在一系列（不是全部）小说里都免不了是这样。下面我不再出现"免不了"这个词。因为我已经

---

① Roberto Piumini, *Mattia e Il Nonnoi*, Italy：Einaudi Ragazzi, 2011.

② Chris Van Allsburg, "*The Polar Express*", Boston：Houghton Mifflin, 1985.

交代了我的论述语境。我的意思是，我会这样做，很多作家这样做，不是依靠详细的责任计划，而是依靠情感和诗性。情感和诗性又是他们的本能。本能让他们会这样地在他们的叙事里做到。

生命天真的"四分之一"中的儿童是需要成年人去告诉他们一些事情、规则和情感的。知道儿童具备什么，也知道他们缺少什么，这是成年人的儿童观里连续的两页。儿童文学作家需要以自己的文学叙事来参加书写这两页。欣赏、赞叹他们的天籁拥有是对他们的喜爱，告诉、带给他们缺少的东西更是对他们生命的尊重，是希望他们能够成长得被人尊重，让人的生命像人的生命。我这样说的时候，就自然想到那个"古典"的美丽故事《海的女儿》①。海的女儿坐落在丹麦的海里，其实那是一个真正的高贵的人的形象的坐落。我们站在她面前的时候，心里应该想到的是：这才是人！我们不认为她是鱼。她没有变成人，但是她实际上最完美地变成了。她在完美地变成的时候，我们才知道，我们的无数的人，其实是应该碎成泡沫的，沉入海底。这是一个真人文的故事，雕刻出的是真生命。而这个真生命的故事里是有教育，有引导，有隆重生命的诗意探讨的。

我们的确可以把这称为"教育"，也可以把这称为"引导"，称为"成长探讨"、"人生探讨"。我们是可以用文学的叙事来进行这样的探讨的，用儿童很愿意阅读，可以理解，能够得到感动和思量的儿童文学叙事来进行。这样进行的优良成果在世界儿童文学里有很多。这些成果也都成为儿童阅读的可信读本，为他们成长的路途、为人的路途提供过照亮，有的甚至直接成为他们优良人格的金丝线银丝线。

"教育"这个词在文学里，尤其是儿童文学里，不应当成为一个忌讳的词。因为"教育"这个词本身是伟大的。它是人类对自己的救赎和提高。我们应该非常原谅儿童文学在和教育结合中的种种不成熟，那往往不是教育的原因，而是文学的原因。是文学家没有掌握恰当的叙事，没有学会以最充分的趣味和情感把美好的心愿和方向给予

---

① ［丹］汉斯·克里斯蒂安·安徒生：《安徒生童话》，叶君健译，长春出版社2009年版，第21页。

年幼孩子，以至于他们面对着这样的美好心愿和方向时会无精打采。文学和教育的联合，是应该有足够的实验期的，尽管人类已经有了很多的优良成果，但是它还需要足够的继续实验。中国的儿童文学在80年代之后，对于"教育"表现出普遍的忌讳心理，甚至"取消主义"，在儿童文学里提教育，会被视为腐朽。我们以为这是我们文学成熟的表现，其实这只是我们走往成熟的文学的不成熟的表现。我们的儿童文学也是走在路上。

参加本次论坛的有美国教授和作家。我想到了美国儿童电视节目《芝麻街》。那也是世界最成功的儿童电视节目之一。1969年美国前商业部长的夫人创立这个节目的时候，是想为新移民没有机会进幼儿园学习的孩子创造一个在家可以收看的学前教育。在家里，看着电视，接受七岁之前的培育。所以它是非常标准的教育节目，教育电视。但是它又是用童话的布偶，用儿童文学般的故事，用歌舞的欢跃和声音来表达，把教育完全放在文学和艺术的方式里。它获得极大成功。1996年，美国CTW开始做中国版，我在主持全部剧本的写作中，完整学习了教育的文学艺术的方式，文学艺术地进行教育的成功可能。我们甚至能用幽默想象来编一个关于守恒定律的故事。我把这一次的制作参与看成是我自己走在路上的成长拔节。

当我们谈论儿童文学的可能的教育和引导的时候，我们会这样询问自己，我们有资格吗？成年人难道真的是站立在高处吗？安徒生在他的那个搞笑的皇帝故事里，不是所有的人都站在低处、底处，而唯有一个天真的孩子才站在高处，看出了事实和真名堂吗？

这样的询问很现代。他意味了人类不再把成年人看成是儿童的上帝。但是我们或许也需要探讨，那么一个为儿童写故事，写出成长脚下的路途的成年作家，他是不是应当站立在高处呢？如果他只是一个站立在思想和情感低处的人，那么他为儿童写故事的资格还有吗？

一个为儿童的阅读写作的人，一个以"童话"为自己的生活栽种，也为这个世界栽种的人，他可以同意自己是站立在低处的吗？

所以，一个儿童文学作家至少是应当渐行渐高的。我想到美国童话《夏洛的网》，蜘蛛夏洛知道很多事情，也有来自高处的爱和杰出灵感，是不是也取决于她是生活在屋子的房梁上的，而不是在低处的角落，优秀的儿童文学作家必须要有不俗的站点。

回到我前面的说法里，其实一个有强烈美好情感和隆重诗性的人，他已经是在高处，哲学会被他无意带来，形象的丰富性也会出乎他自己的意外。

玛利亚·蒙台梭利说，一个成人对儿童所讲的话会像刻在大理石上一样永远铭刻在儿童的心灵，所以成人应该仔细地斟酌他在儿童面前所讲的所有话。

其实成人也应该斟酌在成人面前所讲的话。可是还是要讲。何况，作家是必须讲话的，儿童文学也是一种成年人对儿童讲话的文学。如果他讲得很接近大真理，那么也是在对所有人讲。

安徒生的皇帝故事①，假如，现在真的有一个皇帝光着身体在街上行走，并且摆着耀眼的傻姿势，那么可能当所有的成年人都不敢如实说的时候，一个天真的孩子确实可能如实地脱口而出。但是现在不是在真实的大街上，而是在一个象征的童话里，这个孩子的如实的脱口而出其实是这个童话的叙事者说的，是安徒生说的，它具备形而上的意义，而真实大街上可能或必然的脱口而出却可能只是形而下的，只是直觉。这有着区别。

儿童会直觉地说出真相，会发出"天问"，他们天真、直接、接近零知识的幽默发问，富有哲学般的闪耀，但是毕竟不是哲学，马休斯说儿童是天生的哲学家，这个"哲学家"不是我们所说的那个哲学家。人类没有那么多的哲学家。几乎每个成年人其实也都是有自己的"天问"的，但那也只是问，而没有形而上的描述和阐释，没有严密逻辑和规定。恰好这些天籁的好奇和零星的发问只有接受了完整知识的引导和形而上的影响，儿童才有真正的成长，才能看清人生，看清意义，成为世界的一个好看的生命修辞。

写《走在路上》的时候我已经三十多岁。我陪着外祖母在路上

① ［丹］汉斯·克里斯蒂安·安徒生：《安徒生童话》，叶君健译，长春出版社 2009年版，第 39 页。

走，我想陪她看看外面，看看路上，她现在出门的机会比以前少。我生下来七天的时候，她来到我的身边，我是在她的爱里，在她的怀抱里和肩膀上长大的。可是走着走着我觉得她太慢了，而且东张张西望望，像个小孩。我就催她了，有些不耐心。于是突然间我发现，我的外祖母已经老了！那一瞬间我想起童年和长大的路上，一瞬间不会想到很具体，但是很长的一串，很多的具体瞬间中却汇成了一个大整体汹涌而来，从天而落，轰然便在眼前。我也像小远一样，什么也都不说，扶着外祖母，慢慢走，慢慢看，慢慢度过很珍贵的情感时间。我就在当天开始写这个包含了脚下行走和从前故事的小说。一些年以后，外祖母突然进入最后昏迷，送她去医院的救护车也是从这条路上开去，我想让车开得慢一些，但是没有可能。我抱着外祖母，我送走她，心里渺小无奈得没有一点儿力量。我在小说里让小远发现奶奶老了，让他咽下自己埋怨的声音，扶着奶奶慢慢走，这也不是生活路上的孩子的普遍真相，这是我的情感愿望和小说安排，我是诗性地把这个结尾给阅读的儿童，给他们的生活路。从这一点说，所有的表达美好的文学都是浪漫的，没有纯粹现实。

　　我是在三十几岁的年龄写的，站在长大以后的一个具体情感的诗性冲动里，而不是站在所谓的儿童角度，我没有蹲下来。在中国的教育里，也包括儿童文学写作里，"蹲下来"是一个带有理论性的词，被运用得很顺口。因为蹲下来和儿童就"平等"了，就是对儿童的"尊重"。很多的儿童电视节目，主持人几乎就是这样蹲了一辈子，声音蹲，姿态蹲，疲惫不堪地从年轻蹲到年老。可是任何的文学写作，都是一个人站在他的真实高度里写作，也恰好是他的真实高度，才决定了他能够看见童年看不见的真相，看见情感，看清楚自己所得到过的爱。安徒生写《枞树》，不是把自己矮化成小枞树，而恰好是他人到中年，心里无限感叹，才写出了小枞树不识一生短暂，只想当桅杆、当圣诞树的荒唐"浪漫"。他写《癞蛤蟆》①，当然也不是像癞蛤

①　［丹］汉斯·克里斯蒂安·安徒生：《安徒生童话》，叶君健译，长春出版社 2009 年版，第 162 页。

蟆那样趴在井底，匍匐水中，而是他早就智慧地站在井的外面，知道人生上升的意义，所以写出了一个金水桶般的故事。

其实不需要举这些例子。但是究竟为什么又偏偏要举？所有优秀的儿童文学，都是站在写作者的成年的高度里才拥有了灵感，拥有了特别的叙事才华和哲学知性，如果蹲下能写出，那么最能写出的就是儿童自己了。但是爱丽丝写不出《爱丽丝漫游奇境记》，写出的是坐在他对面的卡洛尔；格雷厄姆的儿子也写不出《柳林风声》，而是格雷厄姆讲给儿子听，写给儿子看。我的《女儿的故事》也是我写的，不是我女儿写的。

甚至为儿童写作要用浅语，只要一千多个日常单词也许就能为儿童写故事，这也都是像林良和老舍这样的优秀的文学成年人提出的，因为他们有高处的经验和艺术。

写儿童文学，绝对不是纯粹儿童角度的写作，儿童文学也不是蹲下的文学。我们是站立在成长后的高度，写着适合儿童阅读的故事，这样的高度的站立和对于儿童的理解、适合，才是儿童会真喜欢的，儿童文学应当是安徒生那个癞蛤蟆故事里从井的上面放下去的金色的水桶。

我的儿童文学写作仍旧走在路上，我尊重自己的成长路上的所有认识，所有学识，所以我愿意坦率说出，从这一点上说，我也是皇帝故事里的小孩。

作者简介

梅子涵，儿童文学作家，上海师范大学教授。代表作《女儿的故事》、《戴小桥和他的哥们儿》、《走在路上》、《双人茶座》、《蓝鸟》、《十三岁的故事》、《阅读儿童文学》、《相信童话》等。获得过全国儿童文学奖等奖项。

儿童性与儿童的观念

北京大学　曹文轩

内容摘要：本文对"儿童观"、"儿童性"、"儿童的观念"等概念进行了辨析，指出了它们各自的含义以及它们之间的关系。通过辨析与区分，指出：以往的一些论争，常常是因为将这些概念混为一谈的缘故。

本文将儿童文学分为三路，一路为"只迎合儿童性而放弃对儿童进行观念的植入"，一路为"契合儿童性，但也同时承载观念"，一路为"承载观念，并以观念改造儿童性"。并指出这三路选择的背后所存在着的不同的儿童观。

本文所作的"儿童文学读者是谁？"的发问，其用意在于进一步阐释"儿童观"、"儿童性"和"儿童的观念"等概念的含义与它们之间的关系。对"儿童文学不是必然的，而是被建构"的论证，毫无"儿童文学没有必要"的意思，而只是说，我们拥有构造最佳儿童文学的可能性。

关键词：儿童文学　儿童观　儿童性　儿童的观念

——

本文将主要论述的不是"儿童观"，而是"儿童的观念"。我们通常所说"儿童观"，是指我们如何看待儿童，而我们现在所说的"儿童的观念"是指儿童如何看待世界的。关于前者，我们的讨论已经很久也很充分了，而对后者的关注却始终未形成明确的意识。而我以为，这个问题与儿童观的问题息息相关。从某种意义上说，不讨论这个问题，实际上是无法深入探讨儿童观的问题的。

在讨论"儿童的观念"这个问题时，我们不得不注意到另一个非常容易与之混淆的概念："儿童性。"

儿童性是先天的，是造物主的事先设定，它是与任何一个儿童一起降生的。它是什么？或者说，它究竟包含了什么？不是三言两语说得清楚的。人类学家、儿童心理学家、精神分析学家，还有教育学家、哲学家，探究、分析了若干世纪，其著作堆积如山，但探究、分析还在进行。这个黑匣子里究竟有什么，似乎永远是个谜。有时会有一束亮光照进，让我们看到了一点，但倏忽就又是一片黑暗。模糊一点地说，它大概与欲望、人类的史前意识、集体无意识等概念有关。然而，我们似乎对其又并不感到十分陌生，仿佛对它是了如指掌的。那些专家学者们，那些儿童文学作家们在说到儿童性时不是说得头头是道吗？仿佛，所谓的儿童性，就是那么几点，是可以说得清楚的。

儿童性有过变化吗？

按理说，既然是一种本性，是不会有变化的。也就是说，从有儿童开始，它就存在着了。一代代儿童，都具有如此本性。也正是这些本性，使他们成为人——成长中的人。这些本性是他们能够成为大人的前提和条件。游戏欲望、占有欲望、渴求爱抚、害怕孤独、嫉妒……这一切，自有儿童，就一直存在于儿童。这一切，随着儿童长大为成人，其中一些，不加任何改变，依然故我，而成为基本人性；一些则有所改变，减少了某些元素，却又增加了某些新的元素，缩小和减弱了，或是生发和膨胀了；而又有一些，则渐渐淡去，直至消失。作为长大了的人，又有一些长期蛰伏在灵魂深处的东西开始破土而出，并开始顽强表现。这些东西——比如权力意志等，是在儿童时期就有了的，只不过没有像"游戏欲望"等那么明显与强烈罢了。

也许，一切成人的人性都是儿童性的延伸和变化。

我们到底能否识得儿童性？你曾经是儿童，就一定识得儿童性吗？你读过皮亚杰，于是就识得儿童性吗？儿童性究竟是怎么被我们知道的？一个成功的儿童文学作家又究竟是怎么知道儿童性的？在叹息黑匣子的神秘时，我们又确确实实地看到了我们的一些儿童文学作家十分准确地感应到了儿童性。这大概是因为造物主在设计黑匣子时，同时也设计了另一种机能：直觉。这是一种重要的同时也是十分奇妙的东西。它帮助我们发现了黑匣子和黑匣子里的世界。当然，这种直觉能力并非是什么人都有的，只是那些极少数的儿童文学作家才具备这种能力，正是这些能力，使他们成为优秀的儿童文学作家。

那么"儿童的观念"又是什么呢？

与儿童性不一样，儿童的观念是后天的——赤条条来到这个世界的儿童，是不可能带着对这个世界的看法、更不可能带着对这个世界的完整看法来到这个世界上——儿童无观。难道我们曾发现过儿童有先验的认识吗？所谓的儿童的观念，是成人根据他们的认识，利用各种各样的手段——其中包括儿童文学，灌输给儿童的。有时，看上去儿童的观念好像是他们自发的观念，这些观念甚至让我们感到惊讶，其实，这些观念无一不是成人所给予的。

长久以来，我们并没有将"儿童性"与"儿童的观念"这两个概念加以区别，而总是将他们混为一谈。旷日持久的论争，从现在来看，几乎是无效的——在概念混淆的情况下所发生的一切论争，都很难是有效的。这两个概念的混淆，再一次反映了我们思维的粗糙与模糊。

关于儿童，我们使用了两个意象，一为"黑匣子"，一为"白板"。以往，以为这两个意象是针对同一个对象而言的——只是对同一对象的不同看法。造成如此局面，其实就是因为我们将"儿童性"与"儿童的观念"混淆了。如果我们将黑匣子作为"儿童性"的描述，将白板作为"儿童的观念"的描述，也许这种争论就自然停止了。

我们承认这两者之间存在着关系——更准确地说，我们可以让它们之间建立关系。儿童文学的学问，也就是在如何确定它们之间的关系和如何建立它们之间的关系上。也正是在这个问题上，显示着一个成熟的儿童文学作家与一个不成熟的儿童文学作家的区别。

二

"儿童性"与"儿童的观念",犹如两只大鸟,始终盘旋在儿童文学作家的心野。在如何看待和处置两者之间的关系上,有几路儿童文学。

一路是:只迎合儿童性而放弃对儿童进行观念的植入。

这一路的儿童文学,其背后是"儿童至上"的儿童观在"作祟"。此类儿童文学要做到的唯一一件事情就是满足儿童游戏之欲望。对儿童进行观念的植入,在这些儿童文学家看来,是没有必要的,也是有悖"儿童至上"的理念的——儿童不仅不需要进行观念的植入,他们还可能是观念的输出者,他们是成人的老师,成人是被教育者。对于儿童来讲,一个儿童文学作家需要做的就是如何用自己的作品给他们带来快乐。我们已经无数次地听到了这样的看法。

这些作家实际上承认了儿童的精神世界并非是一块白板,不仅不是白板,而且还有许多我们成人所没有的思想和境界,这些思想和境界,其深刻、隽永,是成年人根本无法达到的,他们是先天的智者和哲人,成人应当老老实实地、谦卑地向由他们制造的儿童学习。这些年,我们总能在不同的场合听到一些儿童文学作家和一些儿童文学批评家在心悦诚服地诉说他们的心得:成人的老师——不,导师——是儿童。成人面对儿童时,要做出倾听和接受的姿态。

所谓"儿童文学就是给儿童带来快乐的文学",这样一种直截了当的有关儿童文学定义,就是在这样一种儿童观的影响之下诞生的。

大量的儿童文学作品,就是以"快乐"为指归的。"儿童至上"导致了"快乐至上"。

对此类儿童文学作品,当然不可做出贬义的判断。因为第一,写作此类作品的作家,也不都是因为持有"儿童之上"的儿童观才写下这样的文字的,他们仅仅是为了写一些让儿童感到快乐的作品,他们就是这样来理解儿童文学功能的;第二,即使持有那样的儿童观,写作那样的作品也是有益的——满足孩子的游戏欲望,同样也是有利于儿童的成长的。儿童文学拥有这一类作品，是天经地义的事情。这一类作品所具有的特殊美学功能，是不可忽视的。这方面的作品，也有许多经典。

又有一路：契合儿童性，但也同时承载观念。

写此类作品的儿童文学作家，自觉不自觉地承认了这样一个事实：儿童呱呱坠地时，只有生物性的意识而无精神性的意识，他们需要成人给他们植入各种各样的观念。只有植入这些观念，才能使他们成为真正的人，那个赤裸的婴儿，仅仅是作为一个人的可能性来到这个世界的，他们必须受到良好的观念的指引，才能化蛹为蝶。但他们在利用儿童文学进行观念植入时，始终很在意儿童性，竭力回避观念对儿童性造成伤害，认为，欲要植入的观念与儿童性之间不应构成冲突，应适合儿童性，与儿童性相谐不悖。

还有一路：承载观念，并以观念改造儿童性。

这一路儿童文学作家，表现出了强烈的主观能动性。他们不仅仅明确了一点——儿童的精神世界是以白板的形象出现的，还明确了另一点——所谓的儿童性并不都是合理的，它在许多方面需要改造，而改造的方式之一，就是通过儿童文学将有益的观念传导给儿童。

这一路的儿童文学作家在儿童观上，显然是与"儿童本位"的儿童观相悖的，至少是在潜意识中不接受该思想的。他们也许并不像某些人所批评的其儿童观是非民主的，但他们确实是在确定了民主的前提之后，将儿童当成另样的人来看待的：他们是人，但是未长成的人。他们不仅需要物质上的照料，还需要精神上的照料。他们是被教育者，而成人是教育者。这一关系，是一种天然关系，是世界秩序之一，是教育伦理，是不可怀疑，更不可颠覆的。就在这一点上了，他们经常性地要与儿童本位主义者发生冲突，甚至是激烈的冲突。

两者之间争论的焦点自然要回到儿童性上：儿童性是天然的——天然的是否就都是合理的？

相对于前两路儿童文学作家，这一路儿童文学作家会更多地强调儿童文学在儿童正确世界观的树立方面应当起的作用。改造、净化、抑制、提升等单词，都会成为他们叙述儿童文学意义的重要单词。他们坚决反对一个儿童文学作家毫无原则地充当儿童的代言人，为儿童性进行无条件的辩护，他们甚至指责那些一味顺从儿童性、迎合儿童性的同行以那样的文字喂养儿童是不负责任的行为，以致怀疑对方的写作目的和动机。

他们反对教化，但并不反对观念对儿童性的护理和冲击。他们承认儿童文学的愉悦功能，但反对只是以愉悦为功能。他们对儿童性并非熟视无睹，也会一样在写作之时始终体会儿童性以使自己的文字成为儿童所喜欢的文字，但也始终认为他们有责任通过他们的文字使儿童性中的不合理部分得到必要的阻遏和清洗，使儿童在阅读与欣赏的过程中接受人类文明理念的熏陶和洗礼。他们似乎很反感对儿童地位的过分抬高，对儿童精神世界的乌托邦式的夸耀，在指认儿童为"被教育者"方面坚定不移。

三

作为一个儿童文学作家，本人并不反对以儿童性为前提、以愉悦为审美取向的儿童文学创作。

我暂且丢开儿童文学、儿童阅读，在一般意义上谈一谈阅读。

我承认，从读书中获得愉悦，甚至以读书来消遣，这在一个风行享乐的时代，是合理的。对于一般的阅读大众而言，大概没有必要要求他们放下这些浅显的书去亲近那些深奥的、费脑筋的书。因为这个世界并不需要有那么多过于深刻的人。对于一般人而言，不读坏书足矣。我们所面对的是一个浅阅读时代，这个事实无法改变。但我同时认为，一个具有深度的社会、国家、民族，总得有一些人丢下这一层次上的书去阅读较为深奥的书。而对于专业人士而言，他们还要去读一些深奥到晦涩的书。正是因为有这样一个阅读阶层的存在，才使得一个社会，一个国家，一个民族的阅读保持在较高的水准上。

现在，再来说儿童文学和儿童阅读。

因孩子正处于培养阅读趣味之时期，所以，在保证他们能够从阅读中获得最基本的快乐的前提下，存在着一个培养他们高雅的阅读趣味——深阅读兴趣的问题。他们是一个国家、一个社会、一个民族未来的阅读水准。未来的专业人才，也就出于其中。如果我们不在他们中进行阅读的引导而只是顺其本性，我们就不能指望有什么高质量的阅读未来。

我曾在一次演讲中发问：儿童文学的读者是谁？

这听上去，是一个荒诞的问题——儿童文学的读者当然是儿童。可是，儿童在成为读者之前，他们则仅仅是儿童。他们是怎么成为读者的呢？什么样的作品使他们成为读者的呢？回答这些问题就远不那么简单了。我们可以毫不犹豫地说：那些顺从了儿童的天性并与他们的识字能力、认知能力相一致的作品使他们成了读者。可是有谁能确切地告诉我们儿童的天性究竟是什么？古代并没有儿童文学，但儿童们并没有因为没有儿童文学而导致精神和肉体发育不良。写《红楼梦》的曹雪芹没有读过安徒生，但无论从人格还是从心理方面看，都是健康的、健全的。鲁迅时代，已经有了儿童文学，他甚至还翻译了儿童文学，他与俄国盲人童话作家爱罗先珂之间的关系还是文学史上的一段佳话。但鲁迅的童年只有一些童谣相伴。然而，这一缺失并没有影响他成为一个伟人。从这些事实来看，儿童文学与儿童之关系的建立，其必然性就让人生疑了：儿童是否就必须读这样的儿童文学呢？儿童喜欢的、儿童必须要读的文学是否就是这样一种文学呢？这种文学是建构起来的还是天然的？但不管怎么说，后来有了一种叫"儿童文学"的文学，并使成千上万的——几乎是全部的儿童都成了它的读者。问题是：他们成为读者，是因为这种文学顺乎了他们天性，还是因为是这样一种文学通过若干年的培养和塑造，最终使他们成了它的读者？一句话：他们成为儿童文学的读者，是培养、塑造的结果还是仅仅是因为这个世界终于诞生了一种合乎他们天性的文学？一些儿童文学作家在承认了儿童自有儿童的天性、他们是还未长高的人之后，提出了"蹲下来写作"的概念。可是大量被公认为一流的儿童文学作家则对这种姿态不屑一顾、嗤之以鼻。E. B. 怀特说："任何专门蹲下来为孩子写作的人都是在浪费时间……任何东西，孩子都可以拿来玩。如果他们正处在一个能够抓住他们注意力的语境中，他们会喜欢那些让他们费劲的文字的。"蹲下，没有必要；儿童甚至厌恶蹲下来与他们说话的人，他们更喜欢仰视比他们高大的大人的面孔。

以上我们已经承认：儿童确实有儿童的天性——即所谓的儿童性。这是我们的经验告诉我们的。但经验也告诉我们：可培养、可塑造，也是儿童的天性之一。无须怀疑，应该有一种叫"儿童文学"的文学，但这种叫"儿童文学"的文学应该是一种培养他们高雅趣味、高贵品质，使他们更像人的文学，而不是一味顺从他们天性的文学。

"读者是谁"的发问，只是想说明一个问题：儿童文学的读者并不是确定不变的，儿童性固然不可忽视，但儿童也是可以被观念浸润而变化的，我们可以用我们认为最好的、最理想的文字，将他们培养成、塑造成最好的、最理想的读者和人。

作者简介

曹文轩，北京大学中文系教授，北京大学现当代文学博士生导师，北京作家协会副主席，儿童文学委员会副主任。主要作品有文学作品集《忧郁的田园》、《红葫芦》、《蔷薇谷》、《追随永恒》、《三角地》等；长篇小说《埋在雪下的小屋》、《山羊不吃天堂草》、《草房子》、《天瓢》、《红瓦》、《根鸟》、《细米》、《青铜葵花》、《大王书》、《我的儿子皮卡》等。学术性著作有《中国80年代文学现象研究》、《第二世界——对文学艺术的哲学解释》、《20世纪末中国文学现象研究》、《小说门》等。2010年人民文学出版社出版《曹文轩文集》（14卷）。其中《红瓦黑瓦》、《草房子》等被译为英、法、德、希腊、日、韩等文字。获省部级以上学术奖、文学奖四十余种，其中包含宋庆龄文学奖金奖、冰心文学大奖、国家图书奖、金鸡奖最佳编剧奖、中国电影华表奖、德黑兰国际电影节"金蝴蝶"奖、北京市文学艺术奖、中国台湾《中国时报》年度开卷奖、"好书大家读"年度最佳小说奖等。2004年获国际安徒生奖提名奖。2010年出版"曹文轩纯美绘本"系列，其中《曹文轩纯美绘本·痴鸡》荣获第十届输出版优秀图书奖，并在韩国翻译出版。

《苜蓿角》中的爱情与死亡：
爱丽丝·凯瑞的俄亥俄州
边疆儿童生存图景

丹尼斯·伯特霍尔德（Dennis Berthold）

李伟　译　李萌羽　校

内容摘要：爱丽丝·凯瑞是一位美国通俗作家，创作过诗歌、故事和小说，她曾于 1851 年至 1854 年出版过三部故事集和速写集。这三部故事集和速写集以她在俄亥俄州的蒙特赫尔斯农场地区的童年生活为蓝本创作而成，爱丽丝将该地区虚构为"苜蓿角"。1852 年卷已与十位中美学者的评论文章一起出版了中译本，她写的一些故事最近已经被收录进美国文学作品选集。女性主义学者认为凯瑞为美国内战之后兴起的女性区域主义小说开创了现实主义传统。随着凯瑞的名声在当代的增长，批评家们正逐步认识到她作为一位面向儿童读者、青少年读者以及成年读者的作家的重要性。

在她的第一部作品集《苜蓿角，或曰西部邻里旧事》中，凯瑞借助了一种成熟的叙事技巧：即以一个青春后期的青年人视角来观察年轻女性在童年时期遭遇的死亡和性。在几则故事里，儿童视角居于叙事的主导地位，并让读者以一种同情的，有时是自传性的视角，来审视 19 世纪二三十年代俄亥俄边疆地区儿童早期的成长。凯瑞从儿童的视角来描写儿童遭受的诸如死亡、孤独和父母的冷漠对待等精神困扰，追踪这些遭遇对长大了的叙述者（通常 17 岁或 18 岁）的影响。在描述儿童时，凯瑞是最早摒弃情感描写的作家之一，并采用了更现实的描述方式，这要早于马克·吐温、斯蒂芬·克莱恩和萨拉·朱厄特等战后作家。

关键词：儿童叙述者　现实主义　青春期　少年小说

一　爱丽丝·凯瑞之声名初显

我猜测，我的读者中很少有人听说过爱丽丝·凯瑞，她是19世纪50年代至60年代之间的一位美国通俗作家，创作过诗歌、短篇和长篇小说。然而最近20年，她的一篇小说成为美国文学作品选集必定收录的经典作品，批评家们把她视为美国现实主义文学兴起的先驱，她向我们表明，现实主义起源于女性而非男性写作传统。尽管凯瑞的诗歌仍然以情感为根基，但是她的速写和短篇小说预示了后来的以如玛丽·威尔金斯·弗里曼、汉姆林·加兰为代表的"现实主义区域文学"的出现，这些故事因限定在使用口语的普通人的日常生活中而成为边疆美学的显著先例。这些短篇的第一个系列《苜蓿角，或曰西部邻里旧事》与十位中美学者的评论一起，最近已经被翻译成中文。① 这是该部作品集唯一完整的现代版本，它足以证明凯瑞不断凸显的重要性。一系列相互关联的故事围绕着一个凯瑞将之命名为"苜蓿角"的小乡村展开，这一个系列作品为萨拉·朱厄特的《尖尖的枞树之乡》（1896）和舍伍德·安德森的《俄亥俄州的温斯堡》的叙事结构和主题探索提供了先见，并把对农场和乡村生活残酷的现实性描写同对工人阶级家庭和年轻人情感冲突的精神洞察结合在一起。

凯瑞一生都在创作"苜蓿角"神秘乡村的故事，继1852年的作品集之后又于1853年出版了另一部同名作品集，1854年推出了专门面向年轻读者的第三部作品集《苜蓿角的儿童》。这些尝试，虽然大部分并不成功，却揭示了凯瑞对表现年轻人生活的关注。这种对年轻人生活的表现在她1852年发表的苜蓿角故事系列中十分成功，这也是我的关注所在。尽管不少故事聚焦于成年人，但凯瑞充满同情地探

---

① 杨林贵、丹尼斯·伯特霍尔德主编：《苜蓿角，或曰西部邻里旧事》，见《美国内战前女作家爱丽丝·凯瑞研究》，东北师范大学出版社2012年版。

索了那些姑娘和年轻妇女们在初次遭遇爱情、心碎和死亡时的情感，并以这些前后连贯的情节组织故事框架。这些青春期的普遍状况使人信服，因为它来源于凯瑞童年时期在俄亥俄边疆的个人成长经历。凯瑞于 1820 年出生在距离辛辛那提北部 8 英里、靠近蒙特赫尔斯村的一个农场里，在九个孩子中排行第四。凯瑞的大量时间都花在做家务上，随着她的长大，还要抚养年幼的弟妹。她对兄弟姐妹之间的竞争有切身的体会，这种竞争通常是秘而不宣或者十分压抑的，然而，却在青少年的复杂情感中有决定性作用。凯瑞的姐妹中有两个在幼年就死去了，这在边疆地区是十分常见的事情；1833 年，姐姐罗达的死对她的触动尤深。凯瑞的母亲在 1835 年去世，父亲在两年后再婚，这使凯瑞亲身体验了伴随着继母以及扩大的家庭而来的压力，这是童话的常见主题，也是现代儿童文学作品中的支柱。尽管凯瑞对儿童、家庭和青少年发展表现出明显的兴趣，但在像《儿童文学的十五个世纪》或《国际儿童文学百科全书》中杰瑞·格里斯伍德的历史纲目等这样的标准儿童文学史中，凯瑞的名字从未被提及，其作品也未被纳入《诺顿儿童文学选集》。① 然而，凯瑞的作品却同诺顿文集中的"家庭小说"十分相符，正如露易莎·梅·奥尔科特在《小妇人》（1868—1869）中所设置的那样，情节以家庭和家乡为中心，它是这种体裁的"试金性文本"。② 当然，凯瑞早于奥尔科特 16 年，并且与奥尔科特不同，她将家庭置于美国文化边缘的孤独农场中的乡村小屋里，而不是新英格兰市郊安全的郊区住宅中。凯瑞笔下的儿童面临的危险更类似于马克·吐温笔下的少年汤姆·索亚和哈克贝利·费恩所经历的，他们的童年冒险使他们遭遇了杀人犯、小偷，并一再经历陌

---

① *Fifteen Centuries of Children's Literature：An Annotated Chronology of British and American Works in Historical Context.* Ed. Jane Bingham and Grayce Scholt. Westport, Connecticut：Greenwood Press, 1980；Griswold, Jerry, "The USA：A Historical Overview.", *International Companion Encyclopedia of Children's Literature.* Ed. Peter Hunt. 2nd ed. , Vol, 2. New York：Routledge, 2004：1270 – 1279；The Norton Anthology of Children's Literature：The Traditions in English. Ed. Jack Zipes et al. , New York：W. W. Norton & Company. 2005.

② *The Norton Anthology of Children's Literature*，2067.

生人、喜爱的人的死亡。更重要的是，凯瑞像马克·吐温描写青年男性一样描写青年女性，展示"青春期引发身体上的变化，在大部分人由儿童转入青少年再转入成年时，这种身体上的变化对他们有着深刻的情感上的影响"（见本论文集特里茨的论文）。她的这种使用儿童视角的写法，先于马克·吐温的《哈克贝利·费恩历险记》（1884）。简言之，凯瑞将美国边疆年轻女性的心理冲突和视角戏剧化，是一位被埋没的先驱。她在 18 世纪 50 年代至 60 年代之间的流行，为美国大多数知名的青少年小说作家铺平了道路。

　　凯瑞的重要性最先得到了女性主义学者的认可，她们推崇凯瑞的率真、自传式的坦诚和叙述的技巧。安妮特·科罗德尼在《苜蓿角》中发现了一种焦虑的现实主义，这同多产的卡洛琳·索尔的田园诗般的西部小说产生反差，卡洛琳是一个流离失所的东部人，她赞扬"未经腐蚀的、富饶的西部"神话，一种"人类社会自我重组的未经改变的花园"①。1987 年，朱迪丝·菲特里在她为凯瑞的一本短篇小说集所作的序言中提到了《苜蓿角》叙事手法的复杂性（《苜蓿角速写以及其他故事》38—42），并且在随后的一篇重要的文章中，阐述了凯瑞是如何用一个儿童的叙事意识"界定和关注乡村女孩的内心世界"②。对凯瑞的意义的重要申明发生于 2003 年，菲特里与玛乔丽·卜莱斯两位作者深信凯瑞开创了女性区域主义小说的新传统，比人们先前以为的几乎早了 20 年，远远早于玛丽·威尔金斯·弗里曼、罗斯·特里·库克和凯特·肖邦，更不用说像马克·吐温和威廉·迪恩·豪威尔斯这些男性作家。爱丽丝·凯瑞完善了"乡村速写"的艺术，创造了敏感复杂的人物肖像，即她所称的"农民阶级"。菲特里和卜莱斯注意到，通过生于斯长于斯的叙述者的视角，凯瑞"把我们留在了'苜蓿角'中，给我们充足的时间去认识、去看，看苜蓿角所看，于平凡中发现不平凡，于微不足

---

① Kolodny, Annette, *The Land Before Her: Fantasy and Experience of the American Frontiers*, 1630 – 1860, Chapel Hill: The University of North Carolina Press, 1984: 199.

② Fetterley, Judith, "Entitled to More than 'Peculiar Praise': The Extravagance of Alice Cary's Clovernook", Legacy 10. 2, (1993): 103 – 119.

道中洞悉其意义"①。

　　尽管这些学者没有重视《苜蓿角》速写集中的儿童角色，但他们的评价奠定了这样一个基础，即确立了凯瑞在 19 世纪儿童形象塑造中所做出的重要贡献：给那些无声者——她自传式的苜蓿角社区中的儿童——以叙述声音。在像小木屋一样直接朴素的散文中，凯瑞创造了逼真可信的叙述者，他们把读者带入不会表达内心情感的儿童和青少年的思想和情感世界中，和他们一起观察生活在 19 世纪二三十年代的冷酷无情、文化贫瘠的俄亥俄边疆的同伴、父母以及其他人怎样竭力维持着家庭。不同于纳撒尼尔·霍桑在《红字》中把小珠儿作为一种罪恶、报应和拯救的模糊象征，也不同于哈丽叶特·比彻·斯托夫人在《汤姆叔叔的小屋》中把小伊娃作为基督徒良心和道德改良的载体，凯瑞避免了感伤和老套的儿童角色刻画，在描述儿童在农村社区生活中所遭受的心理冲突上表现出了非凡的写作技巧。通过描写赤裸裸的肉体虐待和由夭折、孤独、父母的冷漠或缺失带来的精神困扰，凯瑞期待《哈克贝利·费恩历险记》（1885）、斯蒂芬·克莱恩的《威勒姆维尔的故事》（1900）和萨拉·朱厄特的《尖尖的枞树之乡》（1896）中的那种更自然地对待儿童的方式。后两部作品也是背景设置在小镇、故事互相交织的作品集。凯瑞同这些作家一样，只是较他们早了半个世纪，主要讲述了生活在这个被艰辛的劳作、僵化的宗教教条、不称职的学校、糟糕的医疗和过早的死亡充斥的地区中的儿童们所遭受的内心困扰。

二　《外祖父》的儿童视角

　　《苜蓿角》中的第一个故事《外祖父》，是凯瑞阐发这一复杂叙述方案的最好例证：它邀请读者从儿童的视角观察事件。这个故事由一个大约 18 岁、没有提及姓名的少女叙述，以她对短暂生命中所目睹

---

① Fetterley, Judith and Marjorie Pryse, *Writing Out of Place*: *Regionalism*, *Women*, *and American Literary Culture*, Urbana: University of Illinois Press, 2003: 174.

的生与死的无止境的变化的沉思作为叙述的开始，一连串的思绪把她带回到祖父去世的那天。同凯瑞笔下的许多故事一样，事件发生的年代和日期是模糊的，但内在的迹象表明，叙述者的祖父去世时，她只有七八岁。几乎不为读者所察觉，故事的意识中心由年长的框架叙述者转移到儿童叙述者——即小时候的她——身上，我们第一次见到她时，她正透过窗户往屋里看，向我们描述了屋内的家庭画面。像电影中的场景切换一样，年长的叙述者的画外音引入儿童作为第二观察者，儿童也从远处观察她的家庭，并逐渐控制了叙述。儿童叙述者融入事件，从她的角度评价事件，读者开始从她的视角而非长大的她的视角观察这些事情。

　　当奥利弗·希尔豪斯给孩子的母亲带来一条不好的消息时，尽管小女孩没有读那张纸条，却知道出事了，因为她看到母亲在默默地看纸条时流泪了。小女孩不明白她所见到的情形，因担心整晚都处在煎熬中。第二天早晨，母亲告诉她，她祖父快去世了。孩子恳求同母亲一起去祖父家。当她们到达时，小女孩遇到了发生在成年人之间的另一件令她感到困扰的事，她目睹一对恋人——她的姑姑卡洛琳和祖父面粉厂的雇工奥利弗·希尔豪斯之间的私密谈话。框架叙述者的记忆也因之将死亡与爱情这两种截然相反、儿童很难理解的重要事件联系在一起。然而在边疆地区，孩子们其实很早就接触了这类事情，凯瑞笔下的框架叙述者清晰地讲述了这些故事，来阐释她自己对死亡、爱情和人性更为成熟的思考。《苜蓿角》中许多故事的主人公都是和叙述者有着相似经历的年轻女性，这使凯瑞的作品在其不事雕琢的表层下隐藏了一种心理的深度。例如，当孩子看到她那快要去世的祖父"苍白、乌青、阴森"的脸时，她经历了"可怕的一刻；我靠在坟墓黑暗陡峭的边缘；第一次感到我也终有一死，我很害怕"①（21）。这种简单、直接的措辞，增强了儿童情感的真实性，触动了读者，使之感到事情似乎就发生在儿童的面前，而非年长的叙述者的回忆中。

---

① Carey［sic］, Alice, *Clovernook or Recollections of our Neighborhood in the West*, New York：Redfield, 1852. Further references to this edition are cited parenthetically in the text.

　　卡洛琳姑姑温柔地护着孩子离开了祖父垂死的现场，把她带到了磨坊。在那里，希尔豪斯正等着卡洛琳，要告诉她，自己没有经济收入与她结婚。卡洛琳似乎早已预料到这个坏消息。同孩子对消息的不好直觉和对祖父"阴森"面容的夸张反应相比，孩子没有参透这对恋人谈话的真实意图。女孩说，她不是"很喜欢"奥利弗把"他的胳膊环绕在她姑姑的腰间"，当她姑姑把手放在奥利弗手中时，叙述者以小女孩幼稚的方式这样理解这个动作：她将其比作姐姐温柔地抚摸弟弟（23）。而孩子对祖父的去世所产生的更为强烈的情感认同，很可能是缘自她所受到的宗教熏陶，但她对奥利弗和卡洛琳之间的爱慕则因没有类似背景参照而无法产生情感共鸣。由于一直将注意力放在卡洛琳的身上，奥利弗忘记往磨坊的送料斗里填送谷物。他返回去工作时，将新收的谷物倒入送料斗中，并苦笑着说，"挣的这点钱连给孩子买件连衣裙也不够"（23）。叙述者以为奥利弗所说的"孩子"是指她，因为她是在场的唯一孩子，这正是一个沉浸在自我世界中的儿童所能理解的极限。实际上，奥利弗说的是他和卡洛琳婚后可能会有的孩子，奥利弗在此清楚地表明了金钱是他们结合的唯一障碍。凯瑞的《苜蓿角》中的孩子对死亡比对爱情懂得更多，凯瑞向我们展现了这种情形如何继续影响着与框架叙述者同龄的年轻人。这也是为什么年长的叙述者会在故事一开头就思考死亡，为什么她对祖父去世的那天记得如此真切，为什么能回忆起一个男人和一个女人设法结婚时的每一个动作的原因。同样这也是凯瑞以《外祖父》开篇的原因：预示故事集爱情和死亡的主题，并提醒读者注意故事叙述的复杂性，超越简单的现实主义叙述，揭开农村边疆生活给人们带来的心理影响。

　　祖父去世后，他的遗嘱公布，由奥利弗继承磨坊、农庄和一半农场，条件是他要娶卡洛琳。奥利弗当然很愿意。但孩子记不起那次婚礼的情景，框架叙述者只记得她一直有一个"卡洛琳·希尔豪斯姑姑"，即拥有了奥利弗姓氏的姑姑。凯瑞赋予框架叙述者讲述故事的权力，并在目睹将死之人对儿童产生的持久影响上给予了深刻的洞察，但她同时限制了儿童和年长叙述者对于爱情、婚姻以及两性关系理解。在维多利亚时期的美国，这样的限制对一位现实主义作家来说是可预见的，他们与具有暗示性作用的儿童形成对照，如霍桑笔下的小珠儿，当她拉着父母的手站在他们中间，处在那著名的午夜绞刑架的场景中，她就在她不贞的母亲和父亲之间铸造出一条电路。对亚瑟·丁梅斯代尔这个深感内疚的牧师来说，"似有一股不同于他自己生命的新生命的激越之潮，激流般涌入他的心房，冲过他全身的血管，仿佛那母女俩正把她们生命的温暖传递给他半麻木的躯体。三人构成了一条流通的电路"①。而凯瑞的作品里则没有这样含有象征意义的性的启示，她笔下的儿童也不能改变大人们的生活。凯瑞作品里的大多数孩子，如果他们能度过儿童时期并享受到成人生命中的爱情、婚姻和两性生活的满足，就是比较幸运的了。

三　儿童的精神世界：开篇故事系列

《外祖父》有两重任务，一是作为《苜蓿角》的引言；二是作为有开放结构的、关于儿童遭遇死亡的六则系列故事的引言。每一则故事都采用了和《外祖父》相似的叙述策略，视角跟随着儿童叙事者的成长，从大约 8 岁一直到 16 岁。在表现童年认知和面对早亡的复杂情感上，每一则故事都独具特色，有三篇故事因以儿童为意识中心而引人注目。在《光影之间》中，叙述者回忆起，10 岁的时候，她拒绝和 7 岁的茱莉亚一起玩，而与一个 12 岁的小女孩跑走，丢下孤零零的"小茱儿"（30）。茱莉亚在当晚生病发烧，几天后死去，这给叙述者留下了萦绕难去的负疚感。虽然她也生病发烧，但她活了下来。她那不成熟的、孩子气的因果观念，以及难以名状的神的审判观念，导致她为茱莉亚的死承担起非理性的责任。《莎拉·沃辛顿的自尊》以叙述者阅读她的童年伙伴莎拉的讣告为开篇："遭受了痛苦的疾病，年仅 19 岁 3 个月零 11 天（39）。"这则简短的讣告唤起她一连串的思绪，带她回到三四年前的夜晚。那时她们 15 岁左右，叙述者

---

① Hawthorne, Nathaniel, *The Complete Novels and Selected Tales of Nathaniel Hawthorne*, E-d. Norman Holmes Pearson, New York: The Modern Library, 1937: 174.

取笑莎拉迷恋一个老男人并鼓动她去约见他，当然，莎拉从没约见过他。一个青春期少女如何向一个比她大 20 岁的男人表露情意呢？那晚，莎拉把自己早逝的预感告诉了叙述者，而这种预感变成了现实，文中的叙述者像《光影之间》中的叙述者一样，痛斥自己犯下的"罪过——没有任何预谋的错误，那不过是缘自孩子气的无知和突发的情绪"（40）。她夸大的责任意识表明，叙述者与《光影之间》中 10 岁的叙述者一样，仍然是不成熟的，处于青春后期的她们还没有形成健全的成人因果观念。

这些故事的开篇都弥漫着一种阴森的气氛，而在《维尔德明斯一家》中，这种哥特式的气氛达到了顶点，这则故事是最近被复原并被编入选集中的凯瑞的另一作品。① 这次处于青春期的叙述者控制了整个故事，没有提及长大的自己，因此形成一种更完整的意识，通过少女用自己的语言讲述这个故事。当"一个由三人组成的家庭——一位老妇人、一个青年男人和一个约 14 岁大的孩子"（48）——搬到当地墓地边上空空的小屋，叙述者看到炊烟再次从那户人家的烟筒里袅袅升起时，她很高兴，这是家庭安乐的传统象征。在欢迎新来者的简短拜访之后，她发现这并不是一个典型的家庭，事实上，屋子里三个人之间的关系是不明了的。她提到那个"老妇人"时，称她是一位"母亲"，但是她从没有推测老妇人是谁的母亲，她也从未见过这位"母亲"，除非她也是"女管家，或者"那位最后出现的、"我以为就是母亲的人"（48. S1. S5）。叙述者发现，年轻人总是在黄昏时去墓地，在玛丽·维尔德明斯，"一位逝去的美丽少女，过错无多而报应太重"的坟前吹奏长笛（49）。无须借助凯瑞直白的解释，我们意识到，这个年轻人是孩子的未婚父亲，他带着孩子，同自己的母亲，即岳母一

---

① *The American Tradition in Literature*, ed. George Perkins and Barbara Perkins, 10th edition, Volume 1 (New York: McGraw-Hill, 2002) was the first major anthology to include "The Wildermings", which is also reprinted in such specialized anthologies as *American Gothic: An Anthology* 1787 – 1916, ed. Charles L. Crow (Oxford, UK: Blackwell Publishers, Inc., 1999) and *Women's Work: An Anthology of American Literature*, ed. Barbara Perkins, Robyn Warhol-Down, and George Perkins (Australia: McGraw-Hill, 1994).

起归来，为他离开玛丽、没有承担起缔结婚姻的责任而赎罪。"过错无多而报应太重"这句话来自《李尔王》第三章第二节第 60 行，在维多利亚时期，这句话通常用来形容那些被爱人引诱又遭抛弃的"堕落的女人"，尽管道德犯罪也是罪，却值得同情。我们还不清楚孩子是如何受到父亲的监护，这位父亲又去了哪里，但看来他再次步入了犯罪的情景中，因为女儿得了一种怪病即将死去，这种怪病将孩子和她的母亲连接在一起。叙述者第二次到小屋拜访，想要安慰一下生病的孩子，她惊恐地发现，孩子的眼睛"仍然睁着"，却已经死了。正如"女管家"所说，"孩子的一生从未闭上过眼睛——他们说，她的母亲在等待一个永远不会回来的人时死去了，而这个孩子从一开始就一直警觉着、从没睡过"（55）。母亲和女儿之间这种奇异的连接多么离奇，因为它与识别孩子与父母关系的惯常特征是如此不同，就连医治孩子却从未见过她睡觉的乡村医生也认为这很"奇特"（54）。这个故事中所有人物的关系和行为，包括叙述者，都是模糊的、隐秘的、非理性的。朱迪丝·菲特里评论道①，"我们从没有在《维尔德明斯一家》中找到新邻居神秘氛围的根源"，这使其成为凯瑞的一篇较为缺少现实性的一则故事；然而，叙述者是一个未成年少女，尤其是一个在之前故事中出现过的角色，从她的视角来看，性犯罪的可能性在她的意识中是遥远的。对和较有经验的情侣卡洛琳和奥利弗·希尔豪斯相似的成年读者而言，他们比未成年叙述者更能得出一个对此事件貌似合理的解释。

四　从童年到成年：结尾故事系列

《苜蓿角》以儿童视角开篇，之后，凯瑞开始使用更多不同的视角，一般采用全知视角，有时故事套故事。在八篇紧密交织的强有力的系列小说的最后，凯瑞回到儿童遭遇死亡和对之后个人发展的影响的主题，以此结束了这个系列。凯瑞再次借助无名的框架叙述者，讲

---

①　"Entitled to More than 'Peculiar Praise'"，106.

述了姐妹俩——艾丽和丽贝卡·哈德利的故事。丽贝卡 15 岁,艾丽 12 岁,凯瑞把妹妹作为故事的意识中心,并从年长的她身上反映童年创伤对她的影响。这次读者们应该熟知凯瑞的叙述技巧并意识到她真正关心的既非无名的框架叙述者,也不是少女丽贝卡,而是艾丽,《外祖父》中那位叙述者的更为精心塑造的升级版。我们跟随艾丽从 12 岁到 25 岁,看着她从一个对性充满疑惑的懵懂孩童成长为一个不愿接受单身生活的沮丧女人。在死亡和爱情上,她也先经历了死亡,然而比《外祖父》中孩子经历的更具毁灭性。艾丽和丽贝卡关系亲密,像凯瑞在故事的开头说的,"姐妹俩","用一种超越爱的爱"(270)爱着。这句话源自埃德加·爱伦·坡的《安娜贝尔·李》(1849),一首关于一个年轻男子哀悼他早逝的爱人的流行诗歌,巧妙地预示了哈德利姐妹俩的一生,不同的是这个故事是女性对男性的哀悼。姐妹俩一同进入当地的学校学习,丽贝卡爱上了校长,一个身患重病的年轻人。但这个年轻人还没有来得及充分表达他对丽贝卡的爱意就去世了。就像《外祖父》中的孩子一样,艾丽和她的同学在校长临终之前探望了他。但是,有更多性意识和情感纠葛的丽贝卡,在校长死后,才能在晚上单独前往探望他。凯瑞用全知视角讲述了丽贝卡令人震动的悲痛情感抒发:"阴暗的小屋里,冷风吹过敞着的窗户,窗户下跪着一个悲痛的少女,她垂下的头发拂着她的脸庞,她的嘴唇轻吻亡者的嘴唇。"(287)而这个场景无疑被人看到了,因为当地很快散播着一个谣言:丽贝卡和校长暗地里订婚了。艾丽完全有可能看到了这一幕,抑或是"社区大众"看到的,那种社会叙事构成了舍伍德·安德森在温斯堡镇的象征和威廉·福克纳在杰弗逊小镇的表达,这在盛传着关于艾米莉·格雷厄森小姐的谣言的《献给艾米莉的玫瑰》(1930)中更明显。凯瑞精妙操控视角的技巧,明显早于这些知名的作家,她把爱伦·坡的意象同农村生活现实交融在一起的做法也是如此。丽贝卡因校长的去世而悲痛欲绝,几个月后,她也去世了,她的墓碑上简单地刻着"丽贝卡·哈德利,十五岁七个月零五天"(300)。的确,俄亥俄州边疆能给予儿童的人生是恶劣的、残酷的、短暂的。

下一个故事跳过 13 年，艾丽的母亲和另一个姐妹去世后，家里只剩下了现年 25 岁的艾丽、15 岁的妹妹佐伊和一个不担事的父亲。在边疆地区，死亡削弱了父权制的统治，由于缺少男性继承者，哈德利的名字有从苜蓿角抹去的危险。然而，在这个女性化的家庭里，凯瑞有理由更多地关注艾丽。艾丽现在是当地学校的一位老师，尽管她对婚姻的期许在快速消退，但她获得了哈姆斯戴德先生的爱意。45 岁的哈姆斯戴德先生是一个富有的鳏夫，他以热情和冷漠相交织的烦扰方式追求着艾丽。与奥利弗·希尔豪斯向卡洛琳解释为什么他不能娶她不同，哈姆斯戴德先生没有向艾丽做丝毫解释，就突然不再拜访艾丽，并搬到了城市和另外一个女人结了婚。佐伊跟附近村里艾丽儿时的一位朋友订了婚，艾丽则居住在一个小镇里，学着接受一种单身女人的生活。凯瑞想让我们相信，"艾丽得到的比她希望的要多"（340）。然而，那些仅仅是维持生活的最低保障而已，她所追求的精神上的平静，却为"内心流血的伤口所搅扰，只有死亡的尘埃才能使之平息"（342）。

五　儿童叙述者赋予女作者以力量

凯瑞把儿童作为叙述者，给予儿童一定意义上的"独立存在"，这就是汤素兰所认为的，中国儿童文学中的儿童观在从儒家模式向西方模式转变的过程中的主要特征（参考汤素兰的论文），它也为儿童在成年之后为何会遭受精神困扰这一问题提供了合理的解释。在《苜蓿角》中，儿童遭遇了死亡和爱情这些难以理解的事情，这能伤害他们的人生。在孩子遇到精神危机的时候，由于家长的冷漠和麻木，未能给予孩子成长所需的教导，给他们造成了永久性的伤害。人们不可能不对凯瑞的作品进行自传体式的解读，因为她也经历了她所深爱的妹妹的去世和被年长的恋人拒绝。但不像艾丽或者她笔下的其他女性角色，凯瑞通过在小说中重温这些悲伤，为自己创造了一种全新的人生，成为纽约的一位事业成功的通俗作家。她故事中的儿童所遭遇的爱情、死亡和其他动荡的情感事件，向我们展示了边疆生活的严酷，其叙述艺术开创了现实主义的手法，以此来审视边疆生活对儿童的影响以及对他们成年所带来的心理伤害。

作者简介

丹尼斯·伯特霍尔德是得克萨斯 A&M 大学英语教授，该校埃普赖特本科卓越教席教授，他教授 19 世纪美国文学、海洋文学和哥特式文学。他的学术研究重点范围是关于影像、跨国性和视觉艺术的文化政治学，包括从查尔斯·布洛克登·布朗到航海家约书亚·斯洛克姆等作家。他与他人联合主编研究惠特曼和霍桑的著作，他的论文发表在《威廉与玛丽季刊》《美国文学史》《十九世纪文学》等刊物，还出版了若干关于麦尔维尔和航海小说的评论和随笔集。他近期发表的专著是《美国复兴：赫尔曼·梅尔维尔和意大利的文化政治学》（俄亥俄州立大学出版社 2009 年版）。2012 年，他和杨林贵教授合作编撰了的爱丽丝·凯瑞的《菖蒲角》的中文译本，这其中还包括十篇中美学者的论文。

劳埃德·亚历山大的《派典传奇》：
透过英国之镜想象美国儿童

罗伯特·伯尼希（Robert Boenig）　　何卫青译

内容摘要： 分析劳埃德·亚历山大的《派典传奇》系列小说对美国儿童的书写，是一件颇具挑战性的事，因为这套书非常英国化。实际上，"派典"（Prydain）是布利吞的英国凯尔特人对"英国"一词的叫法。该套书大致基于中世纪威尔士的神话故事集《马比诺吉昂》（*Mabinogion*）。书中的事件发生在中世纪一个幻想的威尔士空间中。"中世纪"一词是16世纪欧洲人的发明，是一个具有蔑视性的词语。这个时代是希腊和罗马的古典主义黄金时代和16世纪人文主义的新黄金时代（一个更现代的叫法是"文艺复兴时代"）之间的桥梁。在中世纪的千年里（约公元450—1450年间），美国跟这一时期形塑了欧洲的那些意识形态——基督教教义、骑士精神、骑士爱情等等——没有任何关系。让美国与中世纪的英国神话和文化发生联系的，主要是亚历山大选择的文学参考：20世纪中叶三位著名的英国作家以中世纪为背景的儿童奇幻小说。这三位作家是：J. R. R. 托尔金、C. S. 刘易斯和 T. H. 怀特。像亚历山大一样，这三位作家都是把儿童或儿童式的人物置于某种似乎不可能完成的追寻中，在这些追寻中，儿童或儿童式的人物肯定有一番探险经历，但更重要的是，他们在面临比遇到的龙、妖魔、怪物以及邪恶的亚师更可怕的道德困境时，逐渐获得成熟。

所以，在猪倌塔兰和埃莲薇公主的故事中，体现了怎样显而易见的美国性呢？我认为，答案也许可以在这里找到：与世袭而来的贵族特权相比，亚历山大执着地偏爱辛勤工作（在人物命运中的作用）。尽管美国 19 世纪末和 20 世纪资本主义严酷的历史现实和暴发户新贵的出现必定使情况稍有不同，但美国的自我形象常常专注于这类叙事：一个人会因为个人的优点而非继承来的权利获得经济或社会地位的提升。塔兰有着高尚的道德价值，他清楚地认识到，劳动比权力和地位的上升更能使他高贵，凭着这些，他的生涯参与了上述叙事。我在这篇论文中所使用的是比较/对照（comparative/contrastive）的方法。通过分析这个系列作品中同样出现在上面提到的英国作家小说中的情境和主题，我将对亚历山大的人物如何以显而易见的美国方式解决问题并建构等级体系进行描述。这种美国方式，是刘易斯的《纳尼亚传奇》、托尔金的《魔戒》和怀特的《石中剑》中的人物所不具备的。

　　关键词：《派典传奇》　幻想文学　美国价值观　美国儿童

一　《派典传奇》的英国背景

　　分析劳埃德·亚历山大的《派典传奇》系列小说对美国儿童的书写，是一件颇具挑战性的事，因为这套书非常英国化。"派典"（Prydain）是布利吞的凯尔特人对"英国"的称呼。该套书大致基于中世纪威尔士的神话故事集《马比诺吉昂》①（亚历山大阅读的应该是 19 世纪夏洛特·盖斯特夫人的译本）②。《派典传奇》中的事件发生在中

---

① 见 Jeffrey Gantz 译, *The Mabinogion* (Harmondsworth: Penguin, 1976)。

② Lady Charlotte Guest 译, The Mabinogion from the Llyfr Coch O Bergest and Other Ancient Welsh Manuscripts, with an English Translation and Notes, 3 Vols. (London: Longman, Brown, Green, and Longmans, 1849); 见 Norma Bagnall, "An American Hero in Welsh Fantasy: The Mabinogion, Alan Garner and Lloyd Alexander", The New Welsh Review 2 #4 (1990): 25 - 29.

世纪早期一个幻想的威尔士空间中。[①] 威尔士是现今被称为英国的国家的一个山区，公元 5 世纪末 6 世纪初盎格鲁—撒克逊人入侵后，被击败的不列颠凯尔特人就逃到了那里。"中世纪"完全是一个欧洲词语，是由 16 世纪欧洲的人文主义者发明的一个词，是对居于希腊和罗马的古典主义黄金时代和 16 世纪人文主义新黄金时代（一种过于沾沾自喜的叫法是"文艺复兴时代"或文化的"重生"）之间的一段时期的一种轻蔑叫法。在中世纪的千年里（约 450—1450 年间），美国跟这一时期形塑了欧洲的那些意识形态——基督教教义、骑士精神、骑士爱情等——没有任何关系。

亚历山大（这是一个威尔士姓）于 1924 年出生在美国的大城市费城。像家庭同样遭受经济危机的中国作家鲁迅[②]一样，亚历山大也在成长中经历过艰辛。他的父亲曾经是一名富有的证券和股票经纪人，在 20 世纪 30 年代的大萧条中破了产，亚历山大就成长于贫困破产的中产阶级和工人阶级苦苦挣扎的 30 年代。第二次世界大战爆发后，亚历山大加入美军，在战争的最后几个月曾在德国南部作战，在此之前，他的部队驻守在威尔士。大概就是在这里，亚历山大获取了有关地貌学的知识，并了解了这片土地上的文化，这些对其后来创作的《派典传奇》产生了巨大的影响（见 Bagnall，25）。

但是，比起亚历山大了解的威尔士文化遗存和第一手的威尔士知识，还有无疑对这部作品产生更重要影响的另一种英国元素。处于这重重的威尔士"关联"最高层的，是亚历山大跟稍早一代作家的文学联系——他们是 20 世纪中期，创作了以中世纪为背景的儿童奇幻小说的著名英国作家：J. R. R. 托尔金、C. S. 刘易斯和 T. H. 怀特。像亚历山大一样，这三位作家都是把儿童或儿童式的人物置于某种似乎不可能完成的追寻中，在这些追寻中，儿童或儿童式的人物肯定有一番探险经历，但更重要的是，他们在面临比遇到的龙、妖魔、怪物以及邪恶的巫师更可怕的道德困境时，逐渐获得的成熟。

---

① Elizabeth Lane, "Lloyd Alexander's Chronicles of Prydain and the Welsh Tradition", Orcrist 7（1973）：25 – 29.

② 徐妍：《鲁迅，为何成为中国现代儿童观的中心》，见本书前文。

对一些日期做一下回顾可能有助于理解这种文学影响。亚历山大在 1964 年出版了《派典传奇》的第一本《三之书》，接着以一年一本的速度出版了其他几本：1965 年的《黑锅》，1966 年的《利亚城堡》，1967 年的《流浪者塔兰》，1968 年的《高王》。① 托尔金在 1954 年和 1955 年出版了《指环王》系列三部曲，美国紧接着就出版发行了其精装本。20 世纪 60 年代中期，平装本的《指环王》也在美国出版，这差不多正是亚历山大的《派典传奇》出版的时期。亚历山大是托尔金作品的早期读者，在平装本发行之前，他就读过，他也承认托尔金对自己作品的影响。例如，在 1985 年米歇尔·欧·唐诺对其进行的一次访谈中，亚历山大说他把自己书中的丹之子（统治着派典，反抗黑神魔阿拉文的勇士家族）描绘得"几乎像《指环王》中的小精灵"② 一样。他也承认夏国的构思有点"托尔金的味道"（Turnell，230），夏国是丹之子来到远古的派典之前所在的地方，在《派典传奇》结尾，他们又返回了夏国。托尔金书中，重要的小精灵诺多家族，也是从永恒之地维林诺穿越到远古的"中土"，与黑神魔马果瑟（Morgoth）展开对抗，并在作品的结尾又返回了那儿。在《派典传奇》中还有更多托尔金作品的"回响"，下面列出的只是其中的一部分：戈杰（Gurgi），其半人半兽的特性以及对吃的专注让人想起托尔金的咕噜姆（Gollum）；③ 托尔金作品中被黑神魔马果瑟腐化成邪恶者的兽人和亚历山大作品中黑神魔阿拉文用大锅制成的魔怪武士也相似；亚历山大的鸟怪瓜瓦泰恩（Gwaithaint）的作用在某些方面与托尔金的《双塔奇兵》和《王者归来》中的戒灵（Ringwraith）骑的飞兽怪类似。比这些具体的角色塑造更重要的是，托尔金的正义角色与

---

① Lloyd Alexander, The Book of Three (New York: Henry Holt, 1964, 1993); The Black Cauldron (New York: Henry Holt, 1965, 1993); The Castle of Llyr (New York: Henry Holt, 1966, 1993); Taran Wanderer (New York: Henry Holt, 1967, 1993); and The High King (New York: Henry Holt, 1968, 1993).

② Michael O. Tunnell, The Prydain Companion: A Reference Guide to Lloyd Alexander's Prydain Chronicles (New York: Henry Holt, 1989, 2003), p. 230.

③ 见 Nancy-Lou Patterson, "Homo monstrosus: Lloyd Alexander's Gurgi and Other Shadow Figures of Fantastic Literature", Mythlore 3 #11 (1976): 24-26。

黑暗之王索伦（Sauron）以及更邪恶力量的抗争，正是亚历山大的正义角色与黑神魔抗争的原型。在两位作者的作品中，我们都体验了善恶之战，而世界的命运也都悬而未决。

刘易斯的七卷本《纳尼亚传奇》出版于 20 世纪 50 年代早期。亚历山大的作品也使人想起这些较早的英国儿童奇幻小说。两部书的书名首先就会唤起读者的联想："××传奇"，既用于纳尼亚后来又用于派典，这就建立起了一种联系。① 亚历山大的《派典传奇》对任何刚读完《纳尼亚传奇》，正愁接着读什么的儿童都会产生一种吸引力，因为他们读纳尼亚传奇读得意犹未尽。这两部作品都涉及追寻，追寻的历程都有儿童（既有男孩也有女孩，而这一点在托尔金作品的追寻中却不怎么明显）参与，也主要是由儿童主导。亚历山大的儿童也像刘易斯作品中的儿童一样，在学习、成长、变化和成熟，男孩和女孩之间也有许多争执，因为那些女孩要努力使别人认可她们也是真正的追寻者。

另一个对《派典传奇》产生重要影响的作品是 20 世纪英国作家怀特的《石中剑》。这本最早于 1938 年（托尔金的《霍比特人》出版后一年）以单行本的方式出版的儿童小说后来成为怀特全面重述亚瑟王故事的系列小说《永恒之王》（*The Once and Future King*）的第一本（该系列出版于 1958 年）。迪士尼曾在 1963 年将《石中剑》搬上银幕，这一年正是亚历山大出版他的《派典传奇》第一本《三之书》的前一年。怀特书中，童年时代名叫"瓦特"（Wart）的亚瑟王与亚历山大的塔兰之间有着极大的相似。② 两者都是由乡村人家抚养长大的孤儿，都受到魔法师的指导（瓦特的梅林，塔兰的道本）；两个男孩都不知道自己的血统家世（尽管不像瓦特一样，塔兰自始至终都不知道自己的身世，这一点我们后面还要提到）；他们都曾被预言会有不一般的命运；两个男孩后来的确都成为其领土的"高王"；他们还

---

① See James S. Jacobs，"Lloyd Alexander：A Critical Biography"，Diss. University of Georgia，1978；Tunnell，Prydain Companion，p. 47.

② See Judith N. Mitchell，"The Boy Who Would Be King"，*Journal of Popular Culture* 17 # 4（1984）：134 – 138.

是个孩子的时候，都必须从事卑琐的工作，忍受那些社会地位明显比他们优越的大男孩（《石中剑》中的凯，《黑锅》中的厄尔迪伊）的嘲弄。

二　亚历山大对英国幻想文学的评论

那么，在列举《派典传奇》与中世纪及现代英国的各种渊源和相似之处之后，我们能够在哪些地方找到塔兰身上的美国性呢？诺玛·白格纳尔曾颇有说服力地论证塔兰是一个美国英雄，因为随着他的逐渐成熟，他身上体现了所谓的"美国梦"：

> 是什么使主人公成为美国而非英国英雄呢？主要原因在于，无论"美国梦"的内涵以什么样的方式呈现，它都认为，作为美国人，我们能够成为我们想要成为的那种人，只要我们愿意付出努力，卑贱的出身并不能阻止我们取得成功和威望，塑造我们命运的只能是我们自己。（Bagnall，26）

我赞同对塔兰的这种阐释，尽管对塔兰身上究竟体现了多少上述引文中最后一句话所说的"我们塑造了我们自己的命运"，我还有所异议。在《派典传奇》系列小说的大部分篇章中，塔兰都是由一群追寻者相伴的，他们必须互相帮助互相关怀，没有他们的相伴，塔兰是不可能成功的。因此，尽管认为白格纳尔的阐释很有道理，我还是想补充说明，通过塑造塔兰，亚历山大的作品起到了评论对他产生重要影响的英国著名幻想小说家的作用。

扫一眼刚刚提到的厄尔迪伊对塔兰的轻蔑嘲弄将是一个很好的开始。在《黑锅》的开篇，塔兰正在照料母猪亨文（这头猪能神奇地预言未来），对她的照料是塔兰在整个《派典传奇》中唯一的职业，直到最后他成为派典之王。而目前他不过是个"猪倌"（退休勇士科尔是猪倌领班，他的农场一旦有巫师道本加入，就变成了凯厄道本）。厄尔迪伊是一个小领主的王子，被凯厄道本的地方议会召去谋划夺取黑神魔阿拉文的黑锅（阿尔文用这个黑锅创造不死的战士，即黑锅勇士）。厄尔迪伊对塔兰一点尊重之意都没有，认为他们之间存在着深深的社会鸿沟。"嘿！你这猪娃！"他的长篇演说以此开头：

> "嘿，猪娃，"他又叫道，"这里是凯厄道本吗？"
>
> 骑马人的语气和举止令塔兰很恼火，但他克制住自己的怒气，礼貌地一鞠躬，回答道："是的。""不过我不是猪娃，"他补充说，"我叫塔兰，是猪倌。"
>
> "猪就是猪，"陌生人说，"猪娃就是猪娃，去告诉你的主人，我来了。"他命令道，"告诉他我是朋拉卡的儿子厄尔迪伊王子……"
>
> "你自己告诉道本去吧！"塔兰拽着正往泥地里钻的亨文，回头应道，"要不然你就等着，我干完活再去。"
>
> "你小心点！别太不懂规矩，"厄尔迪伊回答，"不然等着挨揍吧！"（《黑锅》，第5—6页）

由此看出，《黑锅》一开篇，我们就面临着阶级和特权的冲突。当然，我们会站在塔兰一边，因为厄尔迪伊粗鲁傲慢，更重要的是，我们已经知道塔兰是派典传奇的英雄。从《三之书》中，我们了解到塔兰证明了自己的勇敢，并且得到贵族的尊敬，特别是得到"派典最强大的英雄"（Tunnell, 125）丹之子吉未帝昂的尊敬。

塔兰和厄尔迪伊的冲突贯穿《黑锅》大部分篇幅，它既不是特别的美国化也不是特别英国化。但我认为，英国的幻想小说家会以不同于亚历山大的方式处理它。怀特的《石中剑》快结尾处，有一个类似的情节：凯刚刚被封为骑士，瓦特是他低一个等级的随从，而他们曾经作为朋友和玩伴相处了好多年。现在，凯突然开始拉大他与瓦特之间被认为应该有的社会距离，因为，他得知瓦特原来是自己的父亲埃克特爵士的私生子（这一说法不久就被证实是错误的）。是凯的父亲的私生子这一情况，注定瓦特不能拥有与他合法出生的哥哥凯一样的平等地位。在作为骑士参加第一场骑马比武时，凯把剑落在旅馆，他命令瓦特回去把剑替自己取来，"喂，跑腿的"，凯嚣张地说：

> "快骑回旅馆把我的剑取来，要是你及时赶来，我赏你一个先令。"

瓦特顿时脸色发青，看上去似乎要抽打凯。然后，他说道："我马上去，主人……"

"居然给我钱！"瓦特心里忿忿着，"以为我这头该死的破驴，不如他那头伟大的舵手，竟然还叫我跑腿的！噢，梅林，给我点耐心和力量吧，免得我把他肮脏的先令摔在他脸上！"①

在这儿，我们看到了基于贵族世袭特权的权威，正如我们在《黑锅》中厄尔迪伊的言辞中看到的那样。凯爵士和厄尔迪伊王子都用侮骂他人作为宣示自己优越性的方式，这种优越性来自我们现在所称的"阶级"，不过两者之间存在着显著的差别。瓦特以表面的服从和被迫的谦卑回应侮辱，而塔兰要求时间以完成自己的工作，这种要求在某种程度上，是对尊重自身劳动的诉求，无论这种劳动在厄尔迪伊看来多么低贱。请注意，瓦特回答凯的言辞显示了一种他所感受到的不得不干体力活的羞辱，他管他骑的动物称为"该死的破驴"，而把凯的坐骑称为"伟大的舵手"。厄尔迪伊与塔兰只要近距离接触就会发生冲突，而且这些冲突在《黑锅》中从未得到解决，但是凯与瓦特的冲突却几乎马上得以解决，而且结果并非对凯有利。瓦特返回旅馆，发现门锁上了，但他发现了神秘的石中剑，而只有合法的王位继承人才能拔出这把剑。由于国王乌瑟·彭德拉根（瓦特真正的父亲）最近去世，王位空缺。瓦特拔出了剑，从而证明他就是乌瑟失踪已久的继承人，也证明了他是英国之王亚瑟——爵士凯的主人。亚瑟王将永远不必再骑"该死的破驴"了，而贯穿《派典传奇》始终，塔兰都对自己所从事的工作充满了自豪。

---

① T. H. White, *The Once and Future King* (New York: Ace Books, 1987), p. 202.

　　受到忽视的青年英雄只有通过种种考验才能证明自己的高贵，这是欧洲神话、民间传说和中世纪叙事中常常出现的主题。① 青蛙变王子、马洛礼的加雷斯爵士起初只是厨房里的洗碗小童、丹麦人哈夫洛夫在其王室血统被发现之前，是木材搬运工（Boenig, 89），② 还有许多其他的例子显示了一种欧洲、特别是英国式的解决貌似低等"阶级"英雄问题的方式：他们的高贵身份必须被验证，然后才能进入曾经拒绝他们的特权阶层。多次的阅读体验，使得这些叙事的读者已经把这种高贵化的过程看成了奇幻文类的本质元素。正如威廉姆·汤普生指出的，塔兰从猪倌到高王的逐渐转变可以说是他具备男子气概和走向成熟的开始（Thompson）③，或者说是美国梦的一种体现，亚历山大也清楚地说过他的作品是对英国儿童幻想小说传统的颠覆。

　　随着《派典传奇》故事的发展，塔兰越来越对自己的身世产生怀疑。他没有家人，看起来是个孤儿，后来我们发现了真相：他的的确确就是个孤儿。他对解开自己身世之谜的渴望随着对埃莲薇公主爱情的深入而变得更加强烈。毕竟，他知道，一个普通的劳工男孩是不可能迎娶公主的。对身世的追问是《派典传奇》第四卷《流浪者塔兰》的主题（Tunnell, 245—250）。追寻身世之旅引导塔兰踏上了无论在地理上还是情感上原本都不可能到达的土地。读到《流浪者塔兰》的一半，读者像塔兰本人一样，惊讶地发现一个叫卡德可的穷苦牧羊人极有可能是他的父亲。尽管在得知这个情况后，塔兰极其失望，但他还是留在卡德可的农场，履行孝道，帮助穷人。这既不是塔兰希望的结果，也没有契合读者在阅读民间故事、中世纪叙事以及 20 世纪英

---

　　① See Joseph Campbell, The Hero with a Thousand Faces. 3rd ed. （Novato, California: New World Library, 2008）; Jan de Vries, Heroic Song and Heroic Legend （London: Oxford University Press, 1963）; Natalie Babbit, "Fantasy and the Classic Hero", School Library Journal 34 #2 （1987）: 25 – 29; Marion Carr, "Classic Hero in a New Mythology", The Horn Book Magazine （October 1971）: 509 – 510; and Tunnell, Prydain Companion, pp. 140 – 141.

　　② See Robert Boenig, C. S. Lewis and the Middle Ages, （Kent, Ohio: Kent State University Press, 2012）, p. 89.

　　③ William Thompson, "From Pig-keeper to High King: Initiation and the Aristocratic Hegemony in Lloyd Alexander's 'Prydain' Chronicles", Diss. University of Alberta, 2004.

国幻想小说等时形成的对这一文类的阅读期待。直到后来，卡德可无法再承受良心的折磨，向塔兰承认自己撒了谎，自己并不是他的父亲，我们心中的阅读期待又再次被唤醒，以为事情的发展会符合这种期待。

然而，这种期待最终也没有得到实现。塔兰的流浪并没有把他带到一个他所期待的城堡，他既不是该城堡失踪已久的王子，也不是怀特笔下梅林那样的智者（梅林了解自己的本性）。塔兰来到的，是派典的康莫斯地区，这儿没有君主，有的是在1891年莫里斯的乌托邦社会小说《乌有乡消息》中所描绘的那种社会主义形式的农业和手工业。[①] 在那儿，塔兰得以学习打铁、纺织、制陶以及服侍那些并没有高贵血统的熟练工人。塔兰在康莫斯地区的逗留增强了他与我们美国人所称的"工人阶级"的联系。"工人阶级"是一个社会学家和富人会轻蔑地用到的词，但是美国人会带着某种自豪说出这个词，比如我自己，我的父母就是勤劳而薪资微薄的劳动者。在这卷小说的结尾，当道本告诉塔兰，他将永远不知道自己身世的时候，亚历山大其实是在告诉他的读者，无论塔兰拥有什么样的高贵品质，那都是道德修炼的结果，而不是遗传来的；塔兰在猪圈里、铁匠铺里、织布机上以及陶窑里的劳动是光荣的而不是丢脸的。实际上，人们可以把塔兰职业的这种描述看成是对西方弗洛伊德主义以及英国幻想小说的颠覆。它和中国作家及哲学家周作人的反弗洛伊德立场是一致的。[②]

所有这一切，如果放在20世纪中期的英国奇幻小说中，都会显得不协调，我们可以通过简单地考量一下托尔金和刘易斯作品中的实例来说明这一点（前文已经就怀特的《石中剑》谈论过这一问题）。在《指环王》中，当困顿的、身处危险的霍比特人在布雷的旅馆找到一个暂时的避难所时，阿拉贡首次出场，但他是以一个疲倦、不怎么体面、绰号"大步"的流浪汉形象现身的，以至于弗罗多怀疑自己

---

① William Morris, News from Nowhere, ed. Stephen Arata（Petersboro, Ontario: Broadview Press, 2002）.

② 朱自强：《"人的文学"的思想起源——论周作人的"儿童的发现"》，见本书。

"遇见了一个无赖"①。"大步"帮助了霍比特人，而后者对这个看起来出身低贱的流浪汉产生了怀疑，直到后来碰巧收到他们颇为信赖的朋友、巫师甘道夫的一封信。这封信向霍比特人解释说，"大步"的确就是阿拉贡，是刚铎和伊里道尔王位的继承人。"他真正的名字是阿拉贡……无冕之王。"（Tolkien, 182）尽管阿拉贡的鼎力帮助揭示了其道德的高尚，但使其赢得霍比特人信任的决定性因素，却是他的血统。

在《纳尼亚传奇》的第二本《凯斯宾王子》②　中，主人公凯斯宾——这部书正是以他的名字命名——刚开始并不知道自己是纳尼亚的王位继承人。像塔兰一样，凯斯宾是一个孤儿，他邪恶的叔叔米兹篡夺了他的王位。在本书的开头，米兹就谋划暗杀凯斯宾。凯斯宾被告知自己的血统后，就立即从他叔叔的宫廷逃跑了。不过他必须说服"真正的纳尼亚人"（他们因为拒绝效忠国王米兹而被认为是不法之徒）相信他的血统，才能得到他们的帮助以夺回自己合法的王位。凯斯宾的血统是通过獾和两个小矮人之间的对话揭示出来的，起初小矮人表示怀疑，但是獾肯定地说：

> 我是一个畜生，是的，一只獾而已。我们不会改变。我们坚持。我得说，好事将近。这是纳尼亚真正的王：一个真正的王，正来到真正的纳尼亚。而且，如果小矮人忘记了，我们畜生还记得，除非亚当的儿子做王，否则纳尼亚永远都不对劲。（Lewis, 65）

阿拉贡或者凯斯宾如果不是真正的王位继承人，而只不过是铁匠、纺织工、陶匠或者猪倌，很难想象他们能够成功地通过一系列考验。

《派典传奇》里其他人物形象的塑造，也显示了小说处理塔兰血统问题时特别的"美国方式"。国王非非（fflewddur Fflam）更愿意做

---

① J. R. R. Tolkien, *The Fellowship of the Ring* (Boston: Houghton, Mifflin, 1965), p. 175.

② C. S. Lewis, *Prince Caspian* (New York: Collier Books, 1970).

一个诗人；科尔是著名的勇士，却引退当起了农夫和猪倌，因为比起英雄的生涯，他更看重这样的生活。更重要的是，埃莲薇的确是一位出身高贵的公主，并拥有与生俱来的魔法，但在《高王》结尾，她却找机会放弃了这些，和塔兰一起留在了派典，而其他的王子和魔法师则离开派典向夏国返航。换言之，《派典传奇》的次要人物中存在着一种放弃的模式：对基于出生和特权的社会优越性的不同程度的放弃，可以说，这是一个民主化的历程。

三　道德的价值与王族的血统

卓伊剑上的题词是《派典传奇》的主题，它起初遭到误解。在《三之书》中卓伊剑首次被发现时，埃莲薇——既是公主，又是女巫——是这样阅读剑上残缺不全的文字的："拔出卓伊剑，唯有通过王族血统，去统治，去战斗……"（《三之书》第 86 页）。短语"王族血统"结果只是部分题词的一种可能的翻译，而且是不正确的。在《高王》中，吉未帝昂正确地理解了这个短语：它不是"王族血统"而是"高贵的品质"（《高王》第 22 页）。《高王》的高潮情节中，塔兰用卓伊剑杀死了黑神魔阿拉文，拯救了派典。至此，我们知道塔兰拥有的不是王室血统而是诸多高贵的品质——道德而非谱系传承给予他使用卓伊剑的权力。是行动而非血统，使塔兰有资格成为派典之王。正如汤素兰所言，强调道德的发展既是中国儿童文学也是美国儿童文学的一个特点。[1] 亚历山大强调的是一种微妙的道德化，其中并不涉及说教训诫，因此避免了陈晖所说的儿童文学的陷阱。[2]

那么，在猪倌塔兰的故事中，体现了什么样显而易见的美国性呢？答案也许可以在这里找到：与世袭而来的贵族特权相比，亚历山大执着地偏爱辛勤工作（在人物命运中的作用）。尽管美国 19 世纪末和 20 世纪资本主义严酷的历史现实和暴发户新贵的出现必定使情况

---

① 汤素兰：《中国儿童文学中儿童观的多重相面与当代使命》，见本书。
② 陈晖：《中国当代儿童观与儿童文学观》，见本书。

稍有不同，但美国的自我形象常常专注于这类叙事：一个人会因为个人的优点而非世袭来的权力获得经济或社会地位的提升。19世纪霍雷肖·阿尔杰的许多叙事，就讲述身份卑贱、所处环境严酷的人，因为诚实和勤劳而获得成就并过上舒适的生活，它们也许是情节老套的亚文学，但所呈现的个人命运模式与塔兰的殊途同归。这种显而易见的美国神话（从困苦走向成功）的一个变体，就是刻在纽约港自由女神像上的艾玛·拉撒路的诗句：

> 把你，
> 那劳瘁贫贱的流民
> 那向往自由呼吸，又被无情抛弃
> 那拥挤于彼岸悲惨哀吟
> 那骤雨暴风中翻覆的惊魂
> 全都给我！
> 我高举灯盏伫立金门！

美国文化中的许多东西已经否定了这个神话，从几乎存在于美国历史第一个百年的、破坏了美国道德基础的奴隶制，到种族主义、性别歧视和经济压迫；尽管为解决这些问题已做出了连续不断的努力，但今天它们依然存在。尽管如此，这个神话仍然有着不屈不挠的韧性，有时甚至能够激发行动。罗斯福总统——一个特权家庭之子，其家族通过资本主义投机增值其世袭而来的财富——英国贵族身份的等价替代品，他在19世纪30年代启动一项立法程序，以使穷人摆脱贫困，这个法案尽管有过修改，但在今天仍然有效。阿瑟·米勒在1949年写了一出悲剧：《推销员之死》。① 剧中，主人公威利·洛曼（其名字意为心惊胆战）取代了在欧洲传统悲剧中常常出现的贵族主人公形象。阿瑟·米勒的同时代作曲家阿龙·科普兰，1942年应辛辛那提交响乐团指挥尤金·古森之邀，创作了《凡人序曲》。颇具讽刺意味的

---

① Arthur Miller, *Death of a Salesman* (New York：Viking, 1949, 1967).

是，尤金这个姓起源于希腊语，是"高贵的出生"的意思。传统上，序曲这种音乐形式主要是用来赞美国王和王子，而不是普通百姓的。科普兰试图重新定位这一曲式，他通常被认为是最具美国特色的作曲家。当代小说家理查德·鲁索以专门创作工人阶级小说成名，他早期的小说《莫霍克人》是个很好的例子。①他讲述自己在大学时代的一个暑假，如何在建筑工地劳动，如何对一个工友（从事艰苦劳动是其永久工作）承诺说，将来有一天他会写关于这位工友那样的人的小说。我和鲁索都是工人阶级的儿子，是接受教育弥补了我们经济和社会方面的不足。但是劳埃德·亚历山大的经历要更曲折一些。如前所述，20世纪30年代的大萧条使其父亲的财富蒸发殆尽，而他的写作为其摆脱经济困顿开辟了道路。亚历山大塑造的人物塔兰参与到了一个显而易见的美国神话中，这部分是因为他颠覆了英国神话。

作者简介

　　罗伯特·伯尼希，在罗格斯大学获得英语博士学位，是美国得克萨斯 A&M 大学英语教授，专攻古英语、乔叟、中世纪英语神秘主义、威廉·莫里斯和 C.S. 刘易斯。他已发表12部著作和约50篇文章，主要著作有：《盎格鲁—撒克逊的灵性》（保利斯特出版社，"西方性灵丛书·经典名著"之一）、Broadview 版的乔叟《坎特伯雷故事集》（与安德鲁·泰勒合编，现已出第二版）、威廉·莫里斯版《世外之林》（Broadview 出版社）和专著《C.S. 刘易斯和中世纪》（肯特州立大学出版社）。他的部分论文发表在《金属镜——中世纪研究杂志》、*JEGP*、《乔叟评论》、*Neophilologus*、《文艺复兴和宗教改革》、*Neuphilologische Mitteilungen*、《威廉·莫里斯社会期刊》、*Mythlore* 和《七：英裔美国文学评论》等期刊上。他曾担任 *Studia Mystica* 期刊编辑，目前是年刊 *Medievalia et Humanistica* 的编委会成员兼书评编辑，是 Broadview 版英国文学选集——一个结合印刷和数字元素的创新性选集——的撰稿人。

---

① Richard Russo, *Mohawk* (New York：Vintage, 1994).

比较文化语境中
伊丽莎白·富尔曼·刘易斯的
《长江上游的小傅子》(1932)

肯尼斯·基德 (Kenneth Kidd)

柳晓曼　刘涵译　罗贻荣校

内容摘要：1933 年，伊丽莎白·富尔曼·刘易斯于一年前出版的小说《长江上游的小傅子》赢得了久负盛名的美国纽伯瑞儿童文学奖。作为第一部获此殊荣并由此赢得大量读者的描写现代中国的美国作品，自有其重要性，但这部以 20 世纪 20 年代的重庆为背景的现实主义成长小说并没有引起学者们的关注。这本书只受到过严厉的批判，那是因为它的"文化自负"，而它的价值主要是作为一个"历史的"中国的写照。本文在美国作家主导的"异国背景故事"以及同时期中国儿童小说的语境下考察了《小傅子》，这种"异国背景故事"通常是由女传教士作家或者曾经是传教士的女性作家所写。虽然《小傅子》从未被翻译成中文，但我猜测刘易斯也许不仅受到她所从事的传教工作的影响，也受到了中国关于童年和儿童文学的政治性意义的公众舆论的影响。《小傅子》为读者展示了一张复杂多元的快照，它记录了中国迅速现代化的同时又保存了自身传统文化的过程。尽管《小傅子》持着反对共产主义赞成资本主义的观点，但它也受到了中国文学和哲学传统的影响，它高度赞扬了中国工艺，这在小傅子的铜匠师傅唐身上体现出来。本文尝试建立一个中美儿童文学比较研究方法的模型。

关键词： 纽伯瑞奖　传教工作　中国儿童文学

一　引言

1933 年，伊丽莎白·富尔曼·刘易斯于一年前出版的小说《长江上游的小傅子》赢得了久负盛名的美国纽伯瑞儿童文学奖。① 《小傅子》是赢得这个奖项的"关于中国"的第二部儿童作品，第一部是阿瑟·博维·克里斯曼的《海神的故事》（1925 年）。《海神的故事》是一部中国民间故事集，而《小傅子》则是一部背景设置在 20 世纪 20 年代的重庆的现实主义成长小说。13 岁的傅云发，又名小傅子，在他父亲去世以后，和他的母亲傅比比一起从乡村搬到了重庆，成为铜匠唐的学徒。这个故事主要是片段式的，讲述了小傅子在这个城市以及城市周遭的冒险经历以及在那位既是师傅，又亲如父亲的唐的指导下走向成熟的过程。的确，这部小说以五年后唐收养小傅子并且让他继承自己的生意作结，小傅子还受到了教他读书写字的邻居王先生的庇护。

尽管《小傅子》广受欢迎，并因为纽伯瑞奖的认可得以不断再版，但它却被学者们所忽略。② 对当代读者而言，它可能显得老套或者更糟。实际上，培利·诺德曼在他 1988 年的《朱迪·布鲁姆〈超级乳脂软糖〉中的文化自负和现实主义》一文开头，对刘易斯的作品进行了犀利的评价。文中写到主角小傅子"令人敬佩是因为他只凭天生的聪明劲就看透了中国先辈们十分荒谬、固执狭隘、平庸过时的价值观。他天生热爱自由，憎恶迷信，生来就带有美国式

---

① Lewis, Elizabeth Foreman, *Young Fu of the Upper Yangtze*, 1932, Illustr. Ed Young, Introd. Pearl S. Buck, New York: Bantam Doubleday, 1990.

② The General Sentiment about *Young Fu* in Bibliographic Summaries is that its Value is "Historical." See, for instance, Irene Smith, *A History of the Newbery and Caldecott Medals* (New York: The Viking Press, 1957), 87; and Alethea K. Helbig and Agnes Regan Perkins, "Young Fu of the Upper Yangtze," *Dictionary of American Children's Fiction*, 1859 – 1959: *Books of Recognized Merit* (Westport, CT: Greenwood Press, 1985), 588.

的资本主义灵魂"①。诺德曼还说："《小傅子》中表现出来的文化自负是相当明显的：1933 年以来我们的价值观改变了很多，以至于从前一定会被视为对普世兄弟之情的宽容祈愿的描写，现在却赤裸裸地显示出它令人尴尬的偏见。"

　　和诺德曼一样，T. 莫里斯（2011）进一步发现了该书对资本主义精神和创业精神的肯定。② 有一次，小傅子因为被骗买了一块不值钱的镭表盘手表（美国制造）而负债，他通过卖自称为"龙气"的雪给稀里糊涂的城市居民来让自己获得补偿。莫里斯指出，这个情节和其他一些片段把小傅子定位为一个年轻的资本主义者，时刻准备利用任何机会，必要的时候甚至利用他人。这种赌注对小傅子来说当然是很大的。他没有爸爸又很贫穷，他的妈妈由于缠脚可选择的工作很有限。人生不易，活着就是目的。但莫里斯理所当然地观察到小傅子"利用了他日益增长的世故圆滑"，他"懂得金钱和胆量这两个不可分割的美国品质，它们是一种野心家经济的决定因素"。

　　然而莫里斯也表扬了刘易斯通过描绘中国社会使美国文化陌生化的能力。莫里斯写道："《小傅子》的大量内容通过中国人的视角观察美国人，描写中国人对美国习俗的困惑，以此教美国读者了解文化差异的存在。"莫里斯接着说："这不像看起来那么容易掌握，刘易斯却驾驭自如。"我同意这一观点，并发现与诺德曼相比，这本书对待美国文化的态度更矛盾，而对待中国文化的态度则较为积极。例如它讲到了一面世就引起震动的辟邪镭表盘手表是美国制造的。小傅子和小说中的其他中国角色把外国人描述得卑劣丑陋，在这样的贬低中我察觉到了作者的一些愉悦情感。小傅子所秉承的，和刘易斯自身一样，具有两面性：他既是一个传统主义者又是一个改革创新者。他从属于两种经济：中国学徒制的传统小手工艺经济和自我奋斗白手起家的暴发户经济。小傅子对外国人、"火龙"等传统思想提出了质疑，但他

①　Nodelman，Perry，"Cultural Arrogance and Realism in Judy Blume's *Superfudge*"，*Children's Literature in Education* 19. 4（1988）：230 – 241.

②　Morris，T.，http：//www. uta. edu/english/tim/lection/110101. html Blog entry，dated January 1，2011. Accessed 3/10/2012.

仍效仿他的长辈。小傅子对中国传统文化时而远离时而接近。我并不否认对其文化自负的指控，但我认为刘易斯也在用一种较为赞赏和亲近的眼光来看待中国文化。

接下来，结合美国儿童文学在美国国内的发展状况和同一时期的中国儿童文学的状况，我将对《小傅子》的语境进行更具体的解读。《小傅子》是一部为以英语为母语的儿童读者创作的美国儿童读物，它是刘易斯传教工作的结果。正如我的中国同行们在本书中强调的那样，无论如何，儿童文学在20世纪早期的中国获得了广泛的社会关注。人们普遍相信，中国的命运取决于成功的儿童教育，而这在某种程度上要通过文学来实现。据我所知，虽然《小傅子》从来没有被翻译成中文，但我们可以推断出，这部小说与刘易斯的基本观点可能受到了她旅居国外时发生在她周围的有关儿童和儿童文学的公开而热烈的讨论的影响——这些讨论发生在报纸上、杂志上，发生在学校和大街上。① 被诺德曼看作自命不凡的美国主义也很可能对中国的儿童观负有一定的责任。毕竟在这一时期，美国和中国对童年的理解大部分是重叠的。要对《小傅子》是激进的还是保守的，或者它的思想意识是"中国的"还是"美国的"这些问题下结论并非如此容易。

二　美国传教的女作家和"以异国为
　　背景的现实主义小说"

正如鲁思·希尔·威杰尔斯证实的那样，写作关于域外国家和人民的儿童书籍在20世纪30年代十分流行，威杰尔斯描绘了关于"以

---

① "Newspapers and magazines", writes Mary Ann Farquhar, "have featured articles on the subject since its genesis in the twenties" with "debates, reviews, and discussions of policy change" concerning childhood still "conducted continuously in the main newspapers and adult magazines on literature" (6). "Ironically," she notes, "the absence of any systematic study of children's literature in China is due precisely to its ideological importance" – meaning that the public conversation has long been so rapid-fire that scholarship has little chance of catching up. Farquhar, Mary Ann. *Children's Literature in China：From Lu Xun to Mao Zedong*. Armonk, N. Y.：M. E. Sharpe, 1999.

异国为背景的现实主义小说"的引人入胜的历史，《小傅子》既是一个例子又是一个模版。① 《小傅子》获得纽伯瑞奖对这一文类的兴起起到了推波助澜的作用。该奖项第一次颁奖是在 1922 年，它反映和强调了对"以异国为背景的现实主义小说"的兴趣。在早期的纽伯瑞舞台上，历史虚构小说、民间故事和以 15 世纪的克拉科夫、17 世纪的英国为标题的"外国背景"文学占据主导地位，《小傅子》中描绘20 世纪早期的中国一样如此。

像早期获得纽伯瑞奖的那些作品一样，这一时期大多数关于中国的美国作品都是由在国外担任传教士的女性所写。刘易斯出生在巴尔的摩市，在马里兰艺术学院学习艺术，在纽约圣经神学院学习宗教。从 1917 年到 1918 年，她为上海的妇女外国传教士协会工作，然后在南京从事教学工作，那之后她成为重庆一所地区学校的负责人。在南京时，她遇到了在长江上游担任卫理公会传教士的约翰·亚伯拉罕·刘易斯，后来成了她的丈夫。在生病返回美国之后，她开始写以中国为背景的小说和短篇故事，《小傅子》是她的第一部著作，那之后有《红明，新中国的女孩》（1934）、《中国远征军》（1937）、《华人略影》（1938）、《试管和龙鳞》（Test Tubes and Dragon Scales）（1940，与乔治·C. 巴兹尔博士合著）、《台风为何而起》（1943）、《打虎要靠兄弟帮》（1956）。

威杰尔斯对 20 世纪 30 年代一大批其他写中国儿童的女性作家进行了归类，她们中有多萝西·罗伊、埃莉诺·弗朗西斯·拉铁摩尔和玛丽·布鲁斯特·霍利斯特。她也提到了伊丽莎白·西格的《中国历史的盛会》（1934 年），在《小傅子》出版两年之后出版，这是为西方儿童写作的第一本关于中国历史的书，（西格自己评价）这是"第

---

① Viguers, Ruth Hill, "Part Four: The Golden Age, 1920 - 1950", Cornelia Meigs, E-lizabeth Nesbit, Anne Eaton, and Ruth Hill Viguers, *A Critical History of Children's Literature: A Survey of Children's Books in English from Earliest Times to the Present*, *Prepared in Four Parts Under the Editorship of Cornelia Meigs*. Illustr. Vera Bock. New York: Macmillan, 1953, 427 - 603. Viguers reports that in the 1930s, "the good realistic stories of children of other countries greatly outnumbered the stories of everyday American children" (440).

一本重要的为儿童所写的关注中国文化的书"（515）。在20世纪40年代，还有别的一些作者如亚瑟·海利和科尼莉亚·斯宾塞，继续将目光投向中国。顺便说一句，科尼莉亚·斯宾塞是格蕾丝·赛登斯特里克·约基的别名，向儿童介绍中国的书籍《中国造》的作者，也是赛珍珠两部传记的作者，她和赛珍珠如同姐妹。这些作者几乎全是女性，都是传教士或者传教士的孩子。斯宾塞，或叫她约基，在中国度过了大部分时光，直到1935年返回美国后才开始写作。罗伊出生在中国，是一个卫理公会传教士的女儿。霍利斯特来自一个传教士家庭。

我们可以将刘易斯同比她更著名的同胞和中国专家赛珍珠进行比较，赛珍珠的普利策获奖小说《大地》也是以革命前的中国为背景，它出版于1931年，比《小傅子》早一年。① 虽然目标读者不同，但《大地》和《小傅子》有着一些有趣的相似情节。《大地》也是一个成长故事，虽然它把故事的主人公——勤奋的农民王龙放在了旧时代。和小傅子一样，王龙重视学问，只不过他是为他的儿子们而不是为他自己谋求良好的教育。小傅子和王龙都重视艰苦劳动和勤勉工作。对待革命，像小傅子一样，王龙同样只听不从。与小傅子相似，王龙是个谨言慎行的人，但也抓住了机会，到了过分利用机会的地步。

《大地》的成功在于它激起了美国人对20世纪30年代中日甲午战争前的中国人的同情。与此同时，赛珍珠被指责带有文化自负，甚至种族歧视。最近，布鲁斯·艾斯普林和丸田浩主张赛珍珠在那个时代是进步的。② 他们指出，赛珍珠利用她的知名度去吸引人们关注中国妇女权利、国际和种族间的儿童收养，以及迅速发展的美国民权运动等问题。丸田浩和艾斯普林关于赛珍珠的许多论断也可用于评价刘易斯。刘易斯和赛珍珠一样，"在努力解决对于中国的通行的误解的

---

① Buck, Pearl S., *The Good Earth*, 1931. New York: Washington Square Press, 1958.

② Conn, Peter, *Pearl S. Buck: A Cultural Biography*. Cambridge: Cambridge University Press, 1996; Esplin, Burce W., "The Joy of Fish to Swim Freely: Pearl Buck, Social Activism, and the Orientalist Imagination", *Graduate Journal of Asia-Pacific Studies* 3: 1 (2005): 12 – 23.

同时，巩固了她基于美国想象的对中国的特有关注"（14）。刘易斯和赛珍珠一样，从中国文学中的简约主义和结构松散的风格中获取灵感，例如罗贯中 14 世纪的小说《三国演义》和《水浒传》（Esplin 16）。和赛珍珠一样，刘易斯的著作倡导资本主义，而没有刻意传播基督教说教。刘易斯所传的福音，是用对家庭和传统的尊重进行调和的个人机遇。我也把赛珍珠定义为跟刘易斯一样的儿童文学作家，她也为 1972 年再版的《小傅子》作序。对这两个女性作家的扩展性比较研究将会是很有价值的。

不管怎样，女性作者创作的关于中国的"以异国为背景的现实主义小说"或许可以被理解为传教工作的延续，这种模式也适用于别的种类的外国背景故事。如果把为儿童写作当作一种传教工作，在某种程度上通过儿童文学向它的年轻读者灌输殖民思想并使其皈依，那么也有更直接的把传教工作转化为儿童文学的事实。这种工作大部分是由新英格兰的"女文人"完成的，她们大多是白人中产阶级，是受过教育的图书馆员、出版人和编辑，例如卡罗琳·休因斯、奥古斯塔·巴克、安妮·卡罗尔·穆尔、伯莎·马奥尼、梅·马西和路易斯·西曼·贝克特尔。在 20 世纪初期，她们极其有效地倡导儿童文学。杰克琳·埃迪甚至把她们的工作描述成缔造帝国，她在副标题中就使用了这种自大妄想之词，并在引言中评论说，"扩张、殖民、权威、冲突和合作的内涵使'帝国'成为一个有用的比喻"（12）。① 就其本身而言，伊迪并不认为童书作者是女文人（"bookwomen"），但是这绰号非常合适她们。毕竟，刘易斯和她的同伴不管是在国外传教时还是回国后，她们的工作都为建造一个美国儿童文学帝国助了一臂之力。作家的职业，特别是儿童文学作家的职业不像图书馆员、教师或社会工作者那么正式，但她们同样做出努力并振兴了 19 世纪的社会改革和社会工作传统。为儿童写作成为从事教育和促进社会发展的另一种重要方式。

---

① Eddy, Jacalyn, *Bookwomen: Creating an Empire in Children's Book Publishing*, 1919 – 1939, Madison: University of Wisconsin Press, 2006.

对于写作"以异国为背景的现实主义小说"的女作家来说，通过将她们的传教工作写进作品，既延续了在国外的传教工作，同时又将其转化为"为"儿童写作的事业。作家身份也维持了传教工作道德甚至精神上的需要。刘易斯讲述她自己故事的方式使她必须写到中国。威杰尔斯坚持认为，对于刘易斯和其他作家来说，创作的动力就是渴望继续其传教工作。① 《小傅子》的获奖或许可以被理解为对传教工作转化成儿童文学的一种肯定。

三 中国儿童文学背景下的《小傅子》

李利芳说，中国童年的"发现"，对于努力推动中国现代化，是至关重要的。② 通过不同的政治平台，童年被理解成社会改革的关键和隐喻。中国的情况和美国相似，童年也被看成是公民与国家建设的关键。李利芳指出，早在 1920 年，对童年的浪漫化理解就被调动起来服务国家建设，这一点在"文化大革命"期间达到顶峰。③ 汤素兰的文章描绘了一个相似的模式，指出儒家式的对童年的态度是如何逐渐让步于儿童中心论的。她也将中国儿童文学描绘为随着 1919 年 5 月 4 日开始的新文化运动而获得新生，后来有了一个描绘性的术语"五四"，五四文学就是受到那场运动的启发并与运动相关联的文学。玛丽·安·法克哈（Mary Ann Farquhar）确信，"随着鲁迅和一些别的作家创作出第一批白话文儿童文学作品，五四时期或内战时期（1918—1935），成为了中国现代儿童文学的形成时期"。她声称，

---

① "Rather than an ambition to become a writer", writes Viguers, "it was her love and admiration for China and the Chinese people that had impelled her to write" (528).

② Lifang Li, *Subjectivity and Culture Consciousness in Chinese Children's Literature*（《论中国儿童文学的主体性与文化意识》），收入 John Stephens ed. *Subjectivity in Asian Children's Literature and Film*，79 – 94，New York：Routledge，2013.

③ "The ideal child", emphasizes American scholar Xu Xu, has consistently been "an important trope for Chinese nationalism" (402). Xu Xu, "'Chairman Mao's Child'：*Sparkling Red Star* and the Construction of Children in the Chinese Cultural Revolution", *Children's Literature Association Quarterly* 36. 4 (Winter 2011)：381 – 409.

"从它形成之日起，中国的儿童文学就是激进和充满忧虑的"（10）。

　　鲁迅①（1881—1936）和他的弟弟周作人（1885—1967）是这一时期童年和儿童文学最主要的倡导者。最初鲁迅是周作人的助手，但据徐妍所说，鲁迅"超越了他的弟弟"，领导了五四运动。在1919年，鲁迅发表了一篇奠基性论文，这篇论文可以被翻译成《我们现在怎样做父亲》（法克哈）和《今天做一个父亲需要什么》（徐妍）。这篇文章针对儒家思想中对父子关系的态度（附：鲁迅是反对孔子的，"针对"是一种贬义，他要针对孔子思想然后攻击它），采用了"启蒙者"主题。鲁迅更倾向于社会分析，而周作人对美学和心理学更感兴趣。②鲁迅和周作人都从西方思想中获得启发。朱自强认为，周作人更接近于西格蒙德·弗洛伊德和斯坦利·霍尔。③鲁迅渐渐地脱离了将儿童看成单纯天真者的浪漫主义观点，取而代之的是强调儿童的社会性弱点。鲁迅去世之后，只有毛泽东可以称为儿童和儿童文学理论的领军人物。④

　　中国的儿童文学大体上可以分成传统、儒家时期、五四时期、"文革"时期和"文革"后时期。五四时期和"文革"时期的儿童文学都抵制儒家文化。在五四运动之前，中国的儿童书籍是教育性的，最著名的要数《三字经》，它是儿童的语言识字课本，使用三字短语向儿童介绍了中国历史和儒家思想（法克哈，14）。这本书和《百家姓》、《千字文》一起被熟知为"三百千"并构成了儒家的基础性教科书（法克哈，14）。这些教科书被认为是教育性的读物并且与考试系统以及精英社会紧密相连。在摒弃儒家遗产时，鲁迅、周作人和其

---

①　Lu Xun was the pen name of Zhou Shuren.

②　Zhu Ziqiang (in this volume) proposes that Zhou Zuoren was deeply sympathetic not only to the plight of children but also to the situation of women in a patriarchal culture, and sought to adapt Western humanist thought to progressive ends.

③　Another major Western influence for both men was the American educational theorist John Dewey, who lectured in China for two years and whose emphasis of child-centered pedagogy resonated with May Fourth ideals (Farquhar 30 - 1).

④　Mao Zedong valued the quick and efficient delivery of ideas, which, while problematic in some respects, helped legitimate genres such as fairy tales and comics.

他革新者并没有做出重建中国之类的努力。

与此同时，正如本书的撰稿者们所言，儒家文学一直延续至今。而且，某些思想贯穿了这四个时期。积极向上的、有思想的儿童的观念是五四文学和"文革"文学共享的儿童观，这种儿童观与儒家思想并非完全不相容。而且，我们可以从一些五四文学中看到（比如在叶圣陶的童话故事里），一种早期共产主义者的对生活的残酷性的强调，甚至"文革"后的文学继续受到这些早期传统的影响。

刘易斯生活在五四运动时期的中国。《小傅子》将强调死记硬背和顺从长辈的传统儒家文化与肯定个人成就和能力的五四儿童读物结合在一起。《小傅子》中的传统/儒家思想是非常明显的。一些章节的题目取自中国传统格言："万事开头难"、"有志者事竟成"（这仅仅是目标的问题）、"骑虎难下"、"欲穷千里目，更上一层楼"。"经典语录，代代相传，成为日常习语的一部分"，刘易斯写道（19）。除了传统文化，这些俗语也和日常生活一起走进了她的故事。

充当着小傅子的父亲角色的唐和王也喜欢这些俗语。唐过分看重小傅子的实践教育，王充满学者气，但两人都指导了他的道德教育。我们更经常看到唐，他对于小傅子来说更明显地是父亲的角色。但我们首先接触到王，王和小傅子以及他的母亲非常亲近——他住在他们的楼上——他的角色同等重要。刘易斯写道："他很穷，但那善良又充满智慧的表达方式，让一个最年轻的中国人也能联想起一个拥有着古老智慧的人。"（10）"从修长的指甲上可以看出王的学识，这是一种没有从事过体力劳动的标志。"从一开始，王就给小傅子留下了很深的印象，小傅子跟随唐做学徒不久，就开始跟随这位学者识字。王教小傅子读书是因为小傅子说话恭敬和"表情乖巧、聪明"（10）。王说："你很能干，很好，我看得出来。"（17）①

没有到城市里任何一所私立学校就读——"在拥挤的街道上的店铺之间，一个小小的、灯光暗淡的房间里，在一位德高望重的学者的

---

① This mutual recognition of goodness is reminiscent of the fiction of American author Horatio Alger, Jr. , whose good-faced boy protagonists arouse the interest of male mentors.

指导下"，用着"两千年前就使用的相同的科目和方法"（40）——小傅子在夜间向唐学习。刘易斯表明，严酷的现实生活给小傅子打下了塑造品格的坚实基础。他不是在沉闷的课堂上背诵和记忆课文的消极被动的学生，他想要变得博学，精通一种行业，他是一个不断走向成熟的人。王这样开始他的教学，他说："应该和所有好学生一样，从《三字经》的第一句学起：'人之初，性本善'。"（54）与此同时，在城市街边的铜器店里，小傅子通过观察和实践来学习，这种互动式的方式是鲁迅和约翰·杜威所提倡的。

当王问他为什么想学习，小傅子回答说"为了获取财富"（54）。王因此训斥他道："我竟然把古代智慧教给一个只想要用它来挣钱的人！你不知道知识才是最受人尊敬的财富吗？它要传授给那些想学习如何生活的人，而不是想获得财富的人。没有智慧单有财富有何用？"（54）虽然这本书主要关注于小傅子的职业训练，但《小傅子》也很重视智慧的培养和品格的完善。正如他的师傅唐一样，小傅子将学会如何制造一只精美的壶以及如何生活，这些孕育着真正的"财富"。

虽然《小傅子》赞同儒学，但它也将中国和美国传统里都有的更为现实主义的、以促进社会进步为使命的写法跟某种对叙事的重视结合起来。刘易斯没有回避困难的话题和场景。在小傅子到达重庆后不久，他目击了一个士兵残忍地杀害一个小工，然后他被强迫继续做死者曾做的沉重的工作。士兵是一种持续的威胁，有一段时间小傅子害怕出门。霍乱和斑疹伤寒蹂躏着民众，火灾和洪水带来了新的挑战。在一次和唐的旅行中，小傅子以机智骗过了那些登上唐的船只试图抢劫他们的危险强盗。一次又一次，小傅子死里逃生。这些插曲使我们很难把《小傅子》仅仅看成一个勇敢的男孩在大城市成长的愉快故事。

四　所有权这一小问题

尽管《小傅子》引起了人们对穷人在现代社会里的危险和困苦的

关注，但是它并不符合 20 世纪 30 年代中国儿童文学中共产主义品格的主流。① 刘易斯更赞成民族主义运动。她提到了民族主义者在南京建立政权的尝试，并且赞扬了孙中山的"爱国精神和政治风度"（125）。唐是她的代言人，他详细地解释了民族主义者的改革计划——"在改革计划中，甚至穷人也可以享用好的交通，医疗和教育"。他接着说道，"这些都很好，但我认为，他们这些想法的价值还有待证明"（125）。

刘易斯强调，由于政治不稳定，农业不再安全也不再赚钱。小傅子和先于他的唐都被迫离开乡村到城市寻找庇护与机遇。他们对故土充满留恋。"那里看起来很美"，唐一度这样说，他其实是暗示如今那里并没有那么好，因为遍布乡村的士兵的存在。唐的铜器店成为一个讨论社会政治事件的地方，在某种意义上成了小傅子的学校。在这里，这个男孩见到了第一个外国人，也第一次接触到外国思想。虽然城内也有士兵在巡逻，也存在威胁，但铜匠店提供了一个类似于避难所和教导的地方。刘易斯认为，这是一个保留了传统中国的地方，也是一个可以教育学徒的地方。

刘易斯的资本主义不是"新潮"的，而是高雅的，它根植于小生意的道德规范，跟一些美丽有用的物品（而不仅仅是拿来卖钱的东西）联系在一起。刘易斯对共产主义的批评迅速转向对传统小生意而不是资本主义本身的捍卫。显然，题为"所有权这一小问题"一章开篇写到小傅子在街上听到一个年轻的共产党人谈论受压迫的"世界工人"（164），并建议他们"劫富济贫，只有这样才能解放世界"（166）。小傅子拿不准如何理解这一场景。刘易斯通过五花八门的人物提供了各种各样的回答，包括王先生，接着又上演了唐和他店里的一个雇员的冲突，那个心怀不满的雇员名叫魏，他从一个出师的徒弟变成了一个共产党人，唐解雇了不听话的魏。唐推测因为这件事可能惹上了麻烦，所以安排小傅子在夜间看店，果然，

---

① For a discussion of the three stages in the ongoing transformation of Chinese children's literature over the last century, see Wang Quangen in this volume.

魏在夜间闯进小店。小傅子化险为夷，打败了忘恩负义的魏。在魏闯进来之前，小傅子正在以欣赏的眼光打量着这个小店。刘易斯写道："每件物品都在清晰地倾诉着他的创造者的心声，好像他的名字就刻在上面一样。"（174）小傅子想道，"唐是一个艺术家，他浪费时间做生意真可惜"（175）。刘易斯捍卫的不仅是私有制原则，还有艺术与他工作之间的"本质的"联系——据马克思所言，这已被现代社会大量的劳动摧毁。

这一章节同时也暗示了刘易斯渴求唐所代表的那种手艺人的身份。和后来也成了唐的小傅子一样，唐也既有企业家的头脑，又植根于手艺人的传统。一个刘易斯那样的女传教士作家写出一个阿尔杰式的男性成长故事和男性专属社会的故事是一件很有趣的事情。唐的铜器店是一个男性专属空间，通常，我们读到，一个像小傅子那样的学徒夜晚甚至要睡在那里。

刘易斯看起来不仅仅喜爱甚至是理想化了这个小店的空间和店主的智慧。也许这是女文人们斯文的心理社会空间的重铸或镜像。刘易斯用自己的形象塑造了唐，把创作看成是一件要传递给下一代的重要手艺。她对唐的认同使她把创作看成传教工作这一观点复杂化。

"所有权这一小问题"也是一个文学问题。描述另一种文化可能会产生所有权方面的麻烦，特别是，这种描述是传教工作的结果；高估刘易斯作为一个作者的能力无异于将唐的手艺跟社会经济改革并列。然而，正如我希望表明的那样，《小傅子》表现的不仅仅是文化自负。它为读者提供了一张复合快照，记录了现代中国在迅速现代化的同时也保存了自己的传统文化。即使刘易斯依然信奉资本主义和美国观念，但她同样看重传统的中国手艺和学问。她暗示，年轻的美国读者可以从小傅子身上学到很多东西——关于中国，关于美国，关于他们自己。

作者简介

肯尼斯·基德是佛罗里达大学副教授和英语系主任。著有《培育美国男孩：男孩学和野性童话》（明尼苏达大学出版社2004年版）和

《弗洛伊德在〈绿野仙踪〉：精神分析学和儿童文学的十字路口》（明尼苏达大学出版社 2011 年版）。与西德尼·多布林合编《野生的东西：儿童文化和生态批评》，同米歇尔·安合编《飞越彩虹：同性恋儿童和年轻成人文学》。从 2004 年起，担任美国儿童文学协会季刊的副主编。

如我般黝黑、美丽而伤痕累累：
兰斯顿·休斯诗歌绘本中的
对照与黑色美学

米歇尔·H. 马丁（Michelle H. Martin）

马宏伟译　李萌羽校

内容摘要： 非裔美国作家兰斯顿·休斯以他为成年人创作的诗歌著称，同时也创作了大量的儿童诗歌作品。鉴于其创作在成年人与儿童群体中的影响力，美国出版了大量有关休斯生平与诗歌创作的儿童绘本。本文主要探讨 2002 年休斯 100 周年诞辰至 2012 年十年间出版的六部有关休斯及其诗歌创作的绘本。运用 20 世纪 60 年代儿童文学作家汤姆·菲林斯提出的黑色美学标准，本文作者马丁分析了这六部当代绘本如何呼应黑色美学的各个特征，揭示这些观念在新世纪依然与美国黑人的生活密切相关。马丁将六个绘本分为三类：第一类是将休斯诗歌转化为视觉语言的作品，第二类是将休斯诗歌背景化的作品，最后一类是诗意表达对休斯生平与创作敬意的作品。通过对六部绘本细节的分析，对文本与绘本艺术关系的阐释，马丁试图探索当代艺术家们如何运用色彩、时间和空间的对照来表现黑色美学特征。

关键词： 非裔美国人　绘本　兰斯顿·休斯　诗歌

2002 年，托尼·梅迪纳出版了一本由 R. 格雷戈里·克里斯蒂制作的诗歌绘本《献给兰斯顿的爱》，里面收录了十四首有关兰斯顿的原创诗歌。绘本集中的一首诗这样写道："哈莱姆是我世界的一切/黝黑、美丽而伤痕累累。"梅迪纳这一关于伤痕的比喻点出了休斯儿童诗歌创作的某些特征。根据中央社网站，"伤痕由皮下血管撕裂或破裂导致，通常是由碰撞或跌倒造成的"。"血液渗透到皮下组织形成青黑色。"此外，伤痕还会呈现出一系列颜色："包括紫黑、红蓝或黄绿色。"中央社网同时还指出："伤痕有时候容易在家庭内部出现。"①如同某些伤害会造成伤痕，美国黑人儿童生活中的创伤经常在事件发生后会持续相当长的一段时间。康狄·卡伦曾经在他的《事件》这首诗中描述过类似的现象，诗中成年主人公回忆他 8 岁时游览巴尔的摩的经历。②旅行期间，一个"并不比他再白一点"的白人儿童竟然喊他"黑鬼"。"我看到一个完整的巴尔的摩/从五月到十月/那些发生在那里的所有/是我仅有的记忆。"休斯还在《旋转木马》一诗中描写到一个类似的冲突，诗中的小主人公询问游戏管理员哪里是旋转木马的黑人座位区，因为在南方他必须坐在最后面。③然而，在旋转木马游戏里，并不存在这样一个位置。于是主人公继续问："那哪一匹马是/黑人小孩的马？"正如伤痕以各种各样的颜色呈现，有时候情感及精神伤害带给儿童和年轻人的创造性反应也是多种多样的。正如"伤痕有时候容易在家庭内部出现"，浮现在休斯诗歌以及有关他个人生活与诗歌创作的绘本中的伤痕比喻，都有力地呼应了他那破碎的家庭关系和儿时所经历的悲伤——所有这些都强烈影响到他"黝黑而忧郁"的儿童诗歌创作。④

　　20 世纪的大多数时间，非裔美国人是美国最大的少数民族群体。尽管如此，每年出版的儿童读物中由黑人创作和描写黑人的作品却仅占极少数。例如，2011 年美国出版的约 5000 本儿童读物中，只有 79

① "Bruises and Blood Spots Under the Skin", WebMD, http：//firstaid. webmd. com/tc/bruises-and-blood-spots-under-the-skin-topic-overview. Accessed 30 August 2012.

② Cullen, Countee, "Incident", www. poemhunter. com/poem/incident. Accessed 31 March 2012.

③ "Merry-Go-Round：Colored Child at Carnival", *Poetry for Young People*：*LangstonHughes*. David Roessel and Arnold Rampersad, Eds. New York：Scholastic, 2006. 36.

④ WebMD. Ibid.

本是由非洲裔美国作家创作的，有123本是以黑人为描写对象的。这在美国儿童读物中所占比例分别为1.58%和2.46%①，而2010年美国人口普查显示非洲裔人口占14%②。显然，在这个领域还存在非常大的需求。恰如汤素兰在本次研讨会论文中呼吁中国儿童文学要"以儿童为中心"，美国文学也在寻求为美国黑人儿童提供在书本中认识自己、认识本族文化和历史特征的机会，以增强其多元化。20世纪60年代期间，黑人学者、作家和艺术家们开始要求更平等的文学话语权。但是在四十年前，非洲裔诗人兰斯顿·休斯和阿纳·伯恩特姆斯——休斯的终生合作伙伴同时也是一名诗人和作家——是第一批在主流（白人）出版社出版他们大多数作品，并且成功地为混血儿童读者进行创作的作家，因而奠定了他们在非裔美国儿童文学作家群中的突出地位。不过因为休斯诗歌在美国文学中的经典地位逐渐超越伯恩特姆斯，休斯的诗歌在美国儿童群体中影响日大，鉴于其在今天的流行程度，大量关于作者生平和创作的儿童读物得以出版。接下来论文将会关注几部近期出版的绘本，特别是几部运用和阐释休斯诗歌而不仅仅涉及其生活琐事的作品。

　　与阿纳·伯恩特姆斯并驾齐驱，并被同时冠以美国黑人文学之父头衔的休斯总是习惯在悲伤、抑郁而非愉悦之时进行创作，尤其是儿童诗歌的创作。于是这一甜蜜而略带酸涩的味道，这一介于快乐和忧郁之间，徘徊于愉悦与痛楚间隙的矛盾性总是浮现在休斯的儿童诗歌作品中，一切都那么顺理成章，当代艺术家和作家们为休斯儿童诗以及有关休斯文学和生平而作的绘本也都保持了这种苦乐参半的格调。这一"黝黑而忧郁"的格调并不是休斯作品独有的，它在美国文学各流派中都有表现，因为它对黑色美学来说是不可或缺的。在本论文集中，包括汤素兰和方卫平在内的几位中国学者讨论了儿童美学和它们

① "Children's Books By and About People of Color Published in the United States", Cooperative Children's BookCenter. http：//www. education. wisc. edu/ccbc/books/pcstats. asp. Accesssed 8 September 2012.

② "The Black Population：2010, 2010 Census Briefs", U. S. Census Bureau. http：//www. census. gov/prod/cen2010/briefs/c2010br-06. pdf. Accessed 8 September 2012.

在中国不同历史阶段的发展演变；也提到黑色美学，尤其是非洲裔美国儿童的美学问题受到的美国"特殊境遇"的强烈影响，比如种族奴役制度和贯穿19—21世纪的美国黑人争取自由与平等的斗争。

1972年，朱利安·梅菲尔德这样描述黑色美学：

> 对那些必须创作的人而言存在着一种黑色美学，这是他人绝对无法从我们这里偷走的，它存在于某些比嬉皮话、黑人服饰、天然的头发或者有关"灵魂"的无聊讨论更重要的东西里面，它存在于我们的种族记忆中，存在于有关我们是谁，我们曾到过何方的不可动摇的信念中，并且从这里生发出我们最终将去向何方的问题。我们曾到过何处呢？曾踏过一条极其艰难的漫长道路。①

当梅菲尔德从宏观上描述黑人艺术中的黑色美学时，艺术家和绘图家汤姆·菲林斯创立了美国黑人儿童文学的具体标准。芮丁·西姆斯·毕肖普的《我们的自由：美国黑人儿童文学发展史》（2007）写道：菲林斯强调该类作品应该具有"艺术效果"，应当体现出"黑色表达的精华"②。菲林斯认为一部作品必须用以下九个基本标准来检验：

> （1）反映黑人生活苦乐的同步意识；（2）传达一种令我们积极面对生活的不可战胜的力量和尊严，这也是我们极力想传递给孩子们的；（3）包含赋予黑色表述以张力的独创性……；（4）在情感层面上唤起观众并给予智慧启示；（5）邀请读者的参与和介入；（6）揭示足以表征黑色关系的规律；（7）根据黑人的内在需要创造出赋予旧形式以新生活内涵的连接点；（8）体现在我们生活和艺术中固有的某些"舞蹈意识"的证据……；（9）用书面文字记录我们丰富的口头传统所具有的生命和活力。

---

① Mayfield, Julian, "You Touch My Black Aesthetic and I'll Touch Yours", *The Black Aesthetic*. Ed. Addison Gayle, Jr. Garden City: Anchor, 1972. 26.

② Bishop, Rudine Sims. *Free Within Ourselves: The Development of African American Children's Literature*, Westport: Greenwood, 2007. 89.

　　基于菲林斯提出的黑色美学的标准，本文主要讨论 2002 年休斯 100 周年诞辰至 2012 年十年间出版的六部有关休斯及其诗歌创作的绘本。其中的三本使用了休斯诗歌作标题并通过艺术创作对它们进行了视觉"翻译"：一本是由查尔斯·R. 史密斯配图的《我的族人》①（2009），一本是由 E. B. 刘易斯画水彩插图的《黑人论河流》②（2009），另一本是由布赖恩·科利尔制作的多媒体拼贴画插图的《我，也是美国人》③（2012）。像史密斯的《我的族人》一样，由罗伯特·伯利创作并由伦纳德·詹金斯绘图的《兰斯顿的火车之旅》也收录了《黑人论河流》，但不同之处在于，本书还为读者们描绘了休斯创作这首诗的背景和动机。最后两部绘本，一部是威利·佩尔多莫创作，由布莱恩·科利尔绘图的《兰斯顿访谈录》④（2002），另一部是托尼·梅迪纳创作，由 R. 格雷戈里·克里斯蒂绘图的《献给兰斯顿的爱》⑤（2002），艺术家们通过绘本向诗人表达了极富诗意的赞誉。无论绘本通过转换或背景化表现休斯的诗歌，或表达对作家创作的敬意，也不论读者群的年龄如何，所有的绘本通过视觉的、文学的和历史的对照创造性地凸显了黑色美学的重要特征，它们不仅指涉休斯创作时的时代特征，也与美国当代生活密切相关。

一　视觉翻译

　　查尔斯·R. 史密斯的绘图本《我的族人》和 E. B. 刘易斯的水彩绘本《黑人论河流》两书，因为借助生理和艺术层面的对比强调了美

---

① Hughes, Langston, *My People*, Photographs by Charles R. Smith. New York：Atheneum Books for Young Readers, 2009.

② Hughes, Langston, *The Negro Speaks of Rivers*, Illus. E. B. Lewis. New York：Jump at the Sun, 2009.

③ Hughes, Langston, *I*, *Too*, *Am America*, Illus. Bryan Collier. New York：Simon & Schuster Books for Young Readers, 2012.

④ Perdomo, Willie, *Visiting Langston*, Illus. Bryan Collier. New York：Henry Holt and Company, 2002.

⑤ Medina, Tony. Ibid.

国黑人生活中美丽与伤痕并存的本质，因而出色地诠释了被菲林斯描述为"赋予黑色表述以张力的独创性"的特质。① 为了体现此独创性，史密斯注重色彩选择，用图像创造出对比感，并对这首短诗每一个文字的位置都进行了精心安排。值得注意的是，史密斯特意选择了棕褐色图像，并且以黑色代替白色作为照片的主要背景，毫无疑问这一选择是具有隐喻性的。当画面中出现美国黑人儿童和成年人特写时，史密斯刻意设置了丰富的对照：老与幼，黑与白，严肃与微笑，前脸与后脑勺，男人与女人。正如他在后记中以《谁是我的族人?》为标题指出的，史密斯是真的想把这部作品视为一次对休斯文字的图像"翻译"而不仅仅是对它的解释。确立这个目标后，他决定，在书中采用只描述黑人形象的方式来向休斯在 20 世纪 20 年代末的创作意图致敬："纪念他对自己黑皮肤兄弟姐妹的骄傲……当时黑人在社会上还不被认可的时候。"② 因此，在通过视觉形象生动地展现休斯诗歌艺术的同时，在图像处理上也延续了休斯在"简单的研究"中短短33 个词所传达的简约优雅感。③

为了实现这一目标，史密斯用和休斯排列其文本相同的方式来排列他的图片，这样安排尽管有时候显得不太协调却能令人会心一笑："夜晚如此美丽/一如我族人的眼睛。"④ 此前人们习惯上会将夜晚、黑色与恐惧、未知联系起来，但是休斯在诗中却特别强调黑夜的魅力。史密斯对此也做了艺术化的选择，他将"夜晚"与"美丽"分离开来加以表现。第一双页中，"夜晚"背后延展开一幅有着丰满嘴唇的黝黑男子的面部特写，他双眼紧闭但面带平静的微笑，而在下一页，同一男子出现在相同位置，但眼睛是睁开的，眼中盈满灿烂的笑意。同一个男人形象进行对比产生了独特的效果，它促使读者思考相同的个体竟然也可以是如此多变的。其实美国黑人群体内部一直存在着"肤色等级论"或叫族内种族主义的历史——一种可追溯到奴隶时代的偏见，即认为肤色浅

---

① Bishop 89.

② Smith n. pag.

③ Ibid.

④ Ibid.

的优越于肤色深的——它使得用来搭配"夜晚"的第一幅深肤色男子的形象显得稍有贬斥或侮辱的意味。毕竟，如果一个黑人称呼另一个黑人"如夜晚般黝黑"，通常看来并不是一种称赞。但是史密斯在下一个形象旁搭配了休斯的诗句"美丽"，巧妙地将夜晚传达的消极意味去除掉，使读者不会局限于第一印象或外貌来思考这个人是谁。接下来，史密斯又通过给休斯的诗句"美丽是骄阳"搭配特别的图像进一步挑战传统模式。在"美丽"这一页中，史密斯设置了一幅开怀大笑的孩子和有可能是孩子祖父的图像，祖父同样在笑，两人的脸都朝向书的夹缝。尽管按照传统搭配方式，比如在罗伯特·弗罗斯特的《金钱不能拥有一切》中通常用"日出"来搭配诞生和年轻，用"日落"来搭配衰老与死亡，在下一页史密斯却用一个仰视的小女孩形象（她同样出现在封面中）搭配"是"，右页采用一个同样仰视的黑人老妇的形象来搭配"骄阳"。在这里，史密斯再一次采用了打破常规的方式刺激读者，促使读者试图更多地探寻面前这些黑人到底是谁。在史密斯将注意力主要集中于个体面部图像时，他还在书页边缘添加一些纵横交错的小边框，这些边框中的面孔是在大图像中出现过的那些孩子或成人的。总之，史密斯的艺术工作意图传递这样的理念：尽管美国黑人因为他们在皮肤骨骼、毛发纹理、鼻子、牙齿和眼睛上的差异而一直被人为地打上了马赛克，但他们本身都是美丽的，并且值得作为一个独立个体得到承认。史密斯这本书是为纪念休斯诗歌想要实现的理想而作的，然而如果 20 世纪 20 年代没有那么多身心饱受摧残的黑人，休斯就不会创作这些诗歌，而若美国黑人儿童和成年人不再需要这一信念，史密斯的作品也就不会在 2009 年显得如此重要并被读者接受。2010 年这本书赢得科利塔斯科特国王奖（颁发给本年度由黑人作家或绘本家创作的有关和平主题的青少年文学作品），事实表明，这一信念至今仍然不可或缺。

　　史密斯在色彩、形象和文本上的对照都在强调"赋予黑色表述以张力的独创性"，E. B. 刘易斯在《黑人论河流》中则通过运用时间与地点的对照来强调这一张力。① 封面图片看上去像一对祖孙正在桥

---

① Bishop 89.

边的河上钓鱼，这一景象令人感觉到刘易斯可能想要给诗歌创造当代背景。但是事实很快证明并非如此。刘易斯以"我懂得了河流"作为绘本开端，搭配一个高举双手、置身水中的深色皮肤老妇人的形象，她手中擎着一只可以令船破浪而行的桨或杆。老妇人的种族和国籍是模糊的，她的年龄也是模糊的，因为一件衣服掩盖了她编织起来的长发，但是她的肤色则表明不论她生活在什么地方或什么时代，她深肤色的族人早已与她周围的水流紧紧联系在一起。下一幅绘图背景有些类似，描绘的是被荒原包围的河流，但图像中焦点人物的年龄却与前面一幅形成对照：从侧影来看画面中的是一个又高又瘦的裸体男孩，他正驾着一条船划开一条水路。抛去男孩的年龄，文本想要传达的是，"我了解像世界一样古老的河"①。他同样是一个透过本族历史与这水紧密连在一起的人。刘易斯通过这些郁郁葱葱的水彩绘图，一语双关地强调出时间和地点的变化并未改变水流在黑人生命中的重要地位。尽管读者们无法识别老妇人那满是皱纹却坚定的双手举的到底是一只陶壶还是金属壶——这些细节可以帮助我们猜测她生活的具体年代。但这会促使读者从表层意义上去体会休斯的诗歌，"比人体中流淌的血液还要古老"②。刘易斯的自画像同样有相似的双关意义。在一幅充满质感的黑色背景上，他低着头，或站或跪，水流过他祈祷的双手或穿过他的臂膀和胸前，荡起层层涟漪。那些从来没有见过刘易斯或者他的相片的人绝对不会认为这是一张自画像，但是即便那些认识他的人也很难立即将他从广阔的黑色背景中识别出来。对任何时代的任何人来说，"我的灵魂已如这河般深邃"。

当休斯的诗歌从幼发拉底河写到尼罗河，从密西西比河再写到"古老昏暗的河流"，这些河流的意象不约而同地展现了水对于全世界黑人是多么重要，水关系到他们的食物、生存、逃亡、娱乐和精神的重建。刘易斯的绘图为我们展现那些在浅滩旁嬉闹的黑人儿童，他们的头发或扎或编；在草屋旁，一位母亲哄着她的孩子在树林间的吊床上睡下；四

---

① Lewis n. pag.

② Ibid.

个男人在湖边拉起渔网，旁边是古老的埃及金字塔；一个光着肩膀、湿淋淋的美国黑人站在水中唱歌，背景是一条船。同样的，史密斯的《我的族人》在展现美国黑人生活的伤痕面时，并不局限于诗歌表面，而是挖掘其深层的含义，刘易斯让休斯的诗歌通过他的图像发出声音，这些声音暗示了世界黑人们面临的发生在河流附近的某些矛盾冲突。画面上呈现的是一双踩在泥泞中的褐色苍老的脚，非洲印花礼服悬在脚边，这一形象总使我想起发生在许多非洲国家的荒漠化，其中大部分要归咎于殖民主义的影响和发展。与密西西比河有关的两幅绘图清晰地回响着美国黑人奴隶的挣扎，特别是那些生活在美国南方的黑人。绘本最后一幅图像将第一页中的老妇人处理为半透明的形态，使她成了宛如幽灵般的形象，这一变化表明这个直视读者的女人不仅是美国黑人，更是美国本身。这一可能性使"我懂得了河流"中"我"的所指有了更广阔的外延，同时强调出在人类历史上，有色人种的生命是如何与那一方土地特别是水流紧紧联系在一起的。

与刘易斯类似，布赖恩·科利尔在他的休斯诗歌绘本《我，也是美国人》中也设置了时间与空间的对照，但是科利尔同时为诗歌提供了新的阐释，这一做法不仅凸显了黑人试图提升自我的颠覆性方式，也再次提醒我们这样一个事实，美国国旗同样属于非裔美国人。为达到这个目的，绘本"揭示足以表征黑色关系的规律"，"从情感层面唤起观众"（毕肖普，89）。在这部插图丰富的绘本中，科利尔将美国国旗的意象——这一意象贯穿全书，有时是完整的有时仅是一角——与普尔曼搬运工的工作和他们帮助沿途黑人工人传播知识的独特方式连接起来。根据玛利亚·费施的《前往更好一站的漫长旅途》一书，1867年乔治·莫迪摩尔·普尔曼制造了被称为"宫殿"式火车的普尔曼车，车上专门雇用曾经的黑人奴隶作为搬运工，普尔曼要求他们必须"年轻漂亮，身材高挑，识字，并且……黑色（可能为强调他们处境的'他者'性）"①。搬运工有机会接触乘客遗留下的杂志、报

---

① Fish, Maria, "A Long Ride to a Better Station", *San Francisco Chronicle* (Sunday, July 4, 2004). http://www. sfgate. com/books/article/A-long-ride-to-a-better-station-709771. php? cmpid = emailarticle&cmpid = emailarticle#page-1. Accessed 8 August 2012.

纸、书籍和其他文字材料，他们除了自己阅读之外还将这些资料从车尾散播到黑人生活和工作的农田与社区。他们甚至还会散布已被南部各州禁止的《芝加哥卫报》之类的出版物。① 因此，尽管休斯的诗歌并没有涉及这些内容，科利尔通过他的诗歌绘本将这些种族和社会历史的动态景象展现在读者面前。

此外，科利尔绘本还经常运用美国国旗的意象，以此来强调国旗对非裔美国人尤其黑人儿童所具有的重要意义。对国旗意象的强调甚至在绘本展开之前就已经开始了：扉页上是飘扬在风中的国旗图案——四颗星和四段条纹。绘本开端就有国旗，它是整幅插画的一个薄薄的涂层，接下来在展开的绘图中，一个表情严肃的搬运工直视读者，脸上印有透明国旗标志，在他后面是正在准备工作餐的同伴，而旁边配有一行字，"我是你深肤色的兄弟"（休斯《我，也是美国人》）。科利尔运用了蓝色天空和火车上红白条纹遮阳棚的对比，从而使国旗意象显得格外生动，当搬运工将杂志从车尾扔下来，一个小女孩在棉花田中捡到一本，上面有类似红白条纹旗的图案，这一景象意在强调，搬运工分发文字资料的同时也传播着自由。当场景转换到当代美国城镇，一个更为突出的旗帜图案映入眼帘，上面写有"此外"两字。以相同的方式，接下来的画面中，曾在前面棉花田中出现的小女孩抓着一张从火车中扔出的纸，一群现代黑人儿童追逐着正在飞舞的纸片，其中一片新闻纸上清晰可见一行标题"布赖恩·科利尔历史阐释"。这篇文章出现在 2011 年 3 月 6 日 "索尔兹伯里大学的学生之声"运动的传单上；如同他之前的普尔曼搬运工一样，科利尔也在向年轻人传播着知识。② 绘本的结尾，一位年轻的美国黑人男孩正和他的母亲乘坐通勤火车穿过城市，他透过一幅展开的透明国旗条纹图案

---

① Adams, Thomas Jessen, "Brotherhood of Sleeping Car Porters", *Encyclopedia of AfricanAmerican History*, 1896 to the Present: From the Age of Segregation to the Twenty-first Century, edited by Ed. Paul Finkelman. Oxford African American Studies Center, http://www.oxfordaasc.com/article/opr/t0005/e0178. Accessed 24 August 2012.

② Taylor, Erin, "Bryan Collier Illustrates History", Salisbury Flyer. 38. 17 (March 6, 2011): 2 – 3. http://issuu.com/salisburyflyer/docs/issue17. Accessed 31 August 2012.

看着读者。在这幅插图中，科利尔想说，男孩正"透过［旗帜］窥视着不可知的未来"，他继续写道："对我来说，这代表了自从普尔曼搬运工的时代以来，甚至从休斯时代以来非洲裔美国人已经走了多远，并且我们的未来会有多么辉煌。"一个沉思儿童形象带来的视觉冲击令我们想起科利尔的另一部绘本《马丁的大话》（in *Martin's Big Words*）（2007），书中一个小女孩裹在一幅破碎的美国国旗中，表情严肃地看着读者。① 这一形象出现在林肯总统被射杀之后，她的神态以及和国旗的关系暗示，国旗和它所代表的自由令孩子非常的失望，而且表明她渴望着未来能够好起来。《我，也是美国人》试图表明，美国在保障非裔美国人以及黑人儿童的自由方面已经有了进步。

二　休斯诗歌的背景化

因为史密斯、刘易斯和科利尔"转化"休斯诗歌的绘本锁定了那些幼小儿童的形象，他们的作品比伦纳德·詹金斯绘图，罗伯特·伯利创作的《兰斯顿的火车旅行》更加微妙地涉及了美国黑人生活黑暗而痛苦的实质。这本书更倾向于表现休斯诗歌《我懂得了河流》中体现出的快乐和痛楚，这首诗是某个夏天诗人坐火车到墨西哥看望他的父亲时写的。但与史密斯和刘易斯的绘本相比，此书更强调了黑色美学的不同侧面。兰斯顿的《火车旅行》"传达一种令我们积极面对生活的不可战胜的力量和尊严，也是我们极力想传递给孩子们的"，并且"从情感层面唤起观众"②。简单来说，这部绘本试图捕捉"兰斯顿·休斯开始相信自己是一名作家"的时刻。③ 开篇，休斯大踏步地穿过哈莱姆的街道，享受着人们和他们多彩生活散发出的"活力"，当时他正去参加他第一本诗集的签售会。"我在人行道上踢踢踏踏地跳着小舞。是的，我是个诗人！""现在我懂得了，但是曾经有一段时

① Rappaport, Doreen. *Martin's Big Words*: *The Life of Dr. Martin Luther King*, Jr. New York: Jump at the Sun/Hyperion, 2007.

② Bishop 89.

③ Burleigh n. pag.

间我并不确定。丝毫不确定。"① 这里提供了一条线索，说明休斯的生活曾经一度陷入低谷，他为第一本书的出版付出了坚强的毅力并克服了许多障碍。还有其他类似的提示出现，当休斯追忆他乘火车前往墨西哥探望他久已疏远的父亲时曾经提到，他的父亲在他小时候抛弃了他和他的母亲，他的祖母将他养大，也因此使他深深地懂得了贫穷无处不在，就像他从车窗外看到的"焦油纸窝棚"和"破烂鸡舍"，还有代替父母将他养大的那个"小村落"。他在诗中还反思在火车旅行中所看到的密西西比河对于附近奴隶们的深远意义。他的思绪通过全世界的河流扩散开来，这些河流是与黑人密切相关的——不论是积极的还是消极的："我突然意识到我族人的历史流向这一刻，流向了我。是的，我仿佛感觉到自己也曾经在这泥泞的河岸边生活过。不知何故，不知何处。我听到这些灰蒙蒙的河流在翻滚和歌唱。是真的，是真的，我懂得了河流。"② 然后他飞快地在父亲写给他的信的背面写下了这句："诗歌就如雨后的彩虹，你不这样觉得吗？如果你不快一点，它就转瞬即逝。"③

　　绘本作家伦纳德·詹金斯主要通过改变绘本中青年休斯的位置从而在视觉上唤起读者的情感，比如一个剖面图像，或休斯在火车窗镜面中对自己倒影的观察。第一幅图像中出现了休斯对河流的思考，画面中休斯与读者是面对面的——那目光带着些许对抗但又杂糅了沉思及古怪的表情。除了远远地坐在他后面过道中的女子，整个画面中他是孤独的。詹金斯的多媒体图像由此强调了诗人本身以及他艺术的孤独本质，但同时也清楚表达了他作为一个年轻人的意图，那就是将"我的族人"和他们的经历间接呈现在美国面前。第三幅图像，休斯坐在那里凝视着"我映在玻璃上的脸，一遍遍默念这首诗"④。将刚写完的诗刻印到记忆里，有助于休斯说服自己，他能，并且确实可以自称为一个诗人。事实上，车窗正如一面镜子向我们展示了有关年轻

---

① Burleigh n. pag.

② Ibid.

③ Ibid.

④ Ibid.

休斯的更多的东西。无独有偶，莫瑞斯·森达卡也喜欢在他的绘本
《肯尼的窗户》①（1956）和《原野在何方》②（1963）中运用窗户的
意象，通过窗户为主人公提供一个让他从体弱多病的童年自闭中逃脱
出来的途径，休斯则透过火车车窗来遥想一个超前于他目前生活的未
来。③他眼中的未来包括实现他的理想成为一名诗人；他眼中的过去
则通过旅行途中经过的那条大河，将自己跨越历史与黑人种族联系在
一起。既然镜子意象在儿童文学中总是成为某种转折信号，标志着儿
童通过镜子进行自我观照并认识自我，火车窗同样指引休斯进行了自
我探索——这是一段引领他拒绝野心勃勃的父亲为他安排的职业，树
立远大目标并最终成为作家的过程。芮丁·西姆斯·毕肖普也曾在他
20 世纪 90 年代发表的文章中谈到了有关镜子与窗户的理论，这篇文
章题为《镜，窗与滑动玻璃门》：

> 有时候书籍如窗，它会为我们展示或真实或虚构，或熟悉或
> 陌生的世界图景。这些窗户也是滑动的玻璃门，读者只有透过想
> 象力走进去才能成为作者创造或再创造的世界的一部分。当光照
> 合适时，窗户也会成为一面镜子。文学将人类经验变形并反馈给
> 我们，在这反馈中我们将看到自己的生活和经验乃是更大范围内
> 人类经验的一分子。④

尽管那扇休斯用来望向外面的窗户也成为一面镜子，在绘本中它

---

① Sendak, Maurice. *Kenny's Window*, New York：Harper, 1956.

② Sendak, Maurice. *Where the Wild things Are*, New York：Harper & Row, 1963.

③ Firth, Shannon, "Becoming Maurice Sendak：A Children's Author Grows Up", Finding Dulcinea：Librarian of the Internet. 22 March 2012. http：//www. findingdulcinea. com/news/entertainment/2009/october/Becoming-Maurice-Sendak-A-Children-s-Author-Grows-Up. html. Accessed 5 September 2012.

④ Bishop, Rudine Sims, "Mirrors, Windows, and Sliding Glass Doors", *Perspectives*：*Choosingand Using Books for the Classroom* 6. 3 （Summer 1990）：xi. Rpt. In "Multicultural Literacy", http：//www. rif. org/us/literacy-resources/multicultural/mirrors-windows-and-sliding-glass-doors. htm. Accessed 8 September 2012.

并未被当作一个代指书籍的隐喻，但休斯从他从小生活的贫穷状态中逃离出来并获得了巡游世界的眼光和对世界黑人困境的理解，依靠的正是书籍和文学。但是，同样是在一本书中，读者与休斯的故事相遇——这肯定了毕肖普的假设，那就是书籍会扩展儿童的视野。因此，当詹金斯通过休斯的三种不同视觉形象来唤起观众情绪，包括他在火车窗或镜中的倒影，伯利也透过这一令人感动的故事抓住了休斯生活中具有转折意义的一瞬，"传达一种令我们积极面对生活的不可战胜的力量和尊严"①。

三　诗意的丰碑

也许不同于任何其他绘本，威利·佩尔多莫和布赖恩·科利尔的拼贴画绘本《兰斯顿访谈录》"根据黑人的内在需要创造出赋予旧形式以新生活内涵的连接点"，"体现我们生活和艺术中固有的某些'舞蹈意识'"②。在这个充满诗意的小故事中，不涉及任何冲突，一个小女孩梳着编发，穿着她"最喜爱的粉红色上衣"和父亲一起去拜访休斯在哈莱姆的住所。③ 从读者对她的介绍中我们知道，她像兰斯顿一样渴望成为一个作家，因此她从一开始就在胸前抱着一个笔记本，手中拿着一支笔。书中，佩尔多莫和科利尔始终将休斯的过去和小女孩的现在重叠，使年轻的读者看到休斯与一个当代儿童内心世界的相关性。例如，当书中写道："他坐在窗边/写着关于旅行的诗/穿过辽阔的大海/他可以告诉你/非洲对我意味着什么。"这时小女孩正站在休斯的阳台上，她俯瞰下面的街道，又抬头仰望天空，天空是一幅非洲大陆的投影拼贴画。④ 她手中拿着一部魔景机⑤，一个给孩子们带来虚幻和陌生感的复古玩具，这似乎在暗示，休斯大多数描写心灵之旅的

---

① Bishop 89.

② Ibid.

③ Perdomo n. pag.

④ Ibid.

⑤ Viewmaster，一种透过镜片可以看到3D图像的玩具。——译者注

诗歌将帮助儿童形成超越现实环境的眼光。在表现休斯高级住所内部的插图中，科利尔通过将休斯的生活投射到其公寓摆设上来（从而）"赋予旧形式以新的生活内涵"：他的打字机，活页乐谱架，手稿碎片，休斯六个不同生活阶段的照片，还有一只盛有一个可能是在非洲买来的镶满了白色贝壳的碗。① 女主人公蹲下来观察休斯的一部打字机，这时她的父亲正将手指穿过她的编发，我们可以想象她对自己成为作家的渴望，以及当她参观休斯的私人空间时产生的灵感，因为正是在这里诗人写出了她喜爱的诗作。如果按照通常所说的，一个好的作家首先必须是一个好的读者，这个孩子显然已经吸收了大量的知识，文中佩尔多莫借叙述者之口用第一人称叙述写道："兰斯顿/兰斯顿/休斯兰斯顿/写诗/如同爵士/歌唱如同爱情/哭泣如同忧伤。"年轻叙述者的话回忆了休斯过去的生活和她现今的处境，明确反映了黑人美学中的"舞蹈意识"："我也写诗/写爱情/写嘻哈/我爱我老爸/爱我老妈/我爱嘻哈乐/我爱跳房子/我爱跳大绳/可我讨厌接吻游戏/很讨厌。"② 休斯是一个"人民的诗人"，他歌唱普通大众，穷苦人，描写被视为低级形式的爵士音乐和每天的日常生活。③ 同样的，他年轻的仰慕者也写到了儿童每天司空见惯的活动：听嘻哈，跳跳大绳，玩接吻游戏。因此，儿童叙述者鼓励读者将过去与现在放在一起审视。她提到休斯对其所知道的日常生活的表现，以此强化休斯的写作意图在今天的持续相关性。

《献给兰斯顿的爱》被作者托尼·梅迪纳称为"一个哈莱姆诗人对另一个所献上的敬意"，作品开头写到休斯的童年而结尾写到其临死前的某个事件，使得整部作品极富对照性。④ 同时，本文涉及的另一绘本则呼应了黑色美学的许多独特之处，这本书代表了梅迪纳诗歌创作的深度、广度和多样性，几乎涵盖了汤姆·菲林斯为美国黑人儿童文学所提出的黑色美学的所有标准。在《忧郁的小男孩》中，梅迪

---

① Bishop 89.

② Perdomo n. pag.

③ Perdomo Author's Note.

④ Medina Introduction.

纳将一首描写放任牛羊四散而兀自沉睡的牧童的童谣转化为一首忧郁风格的诗作，诗歌用第一人称视角描写被白人小孩排斥的小休斯为求安全独自坐在角落里，看着他主要的监护人、年迈的奶奶入睡。考虑到他的处境，尽管叙述者/休斯还年幼，他却有太多悲伤的事。受到休斯《苏阿姨的故事》启发，梅迪纳写了一首《奶奶的故事》，诗歌描写的就是休斯在诗中虚构的一个人物形象。但是梅迪纳并没有忙着对《苏阿姨的故事》的虚构性或真实性下结论，而是在作品中为我们提供了许多生动的细节，比如休斯的奶奶，玛丽·派特森·莱瑞·兰斯顿，将休斯裹在满是弹痕的披肩里，给他讲约翰·布朗突袭哈珀渡口的故事，就是在那里，她最后一任丈夫刘易斯·谢里登·莱瑞被杀死。尽管《苏阿姨的故事》讲述（了）那段奴役岁月，但作品毕竟还保留了一点乐观的格调，到了《奶奶的故事》，作品则"面对面"地向年轻休斯提供一种更具现实主义的描绘。这种强硬派的现实主义风格在《我一点也不喜欢我的父亲》中显得尤为突出。这首诗为我们展现了一种自传式的休斯与父亲充满摩擦与纷争与疏离的关系，诗歌还描写父亲对其他黑人的暴力与愤怒情绪，父亲对休斯想要成为诗人的梦想的打击（尤其是他要描写那些被父亲所鄙视的人物），父亲对他的遗弃等，从而表现了他父亲的族内种族主义观念：

> 我在哈莱姆给他寄了一封信
> 选择写诗而不是上大学
> 而他做得更绝
> 从来都未曾回复我

　　萦绕休斯一生的孤独成为梅迪娜诗歌的经常性主题，插画家克里斯蒂更是通过不断展示休斯，特别是幼年休斯在视觉与身体上与他者的疏离强化了这一主题。

四　结语

　　本文简短回顾了为什么在新千年之际，一些当代作者和绘本作者选择为年轻的读者再现兰斯顿·休斯的生活和作品，这一事实表明，当绘图作者们竭尽所能地利用各种媒介和技术来吸引儿童、作家们也尽量使绘本通俗易懂又趣味盎然时，他们仍然将 40 年前汤姆·菲林斯确立的黑色美学作为美国黑人儿童文学体裁不可或缺的一部分。并且这些书籍也如休斯儿童创作那样关注更大范围内的不同儿童读者群，它们用这位伟大黑人艺术家生活的各个方面来启迪所有儿童，尤其是美国黑人儿童，鼓励孩子们回顾往昔从而更好地理解过去，最终更好地理解他们现在的生活。

作者简介

米歇尔·H. 马丁博士在克莱姆森大学英文系教授儿童和青少年文学 12 年，于 2011 年 8 月成为南卡罗来纳大学图书馆与信息科学学院的"奥古斯塔·贝克尔基金儿童文学教席"教授。她于 1988 年获得威廉与玛丽学院学士学位，1991 年获得北伊利诺伊大学户外教师教育硕士学位，1997 年获得伊利诺伊州立大学"儿童与青少年文学和写作"专业的英语博士学位。她的著作有《褐色的金子：1845—2002 年非裔美国儿童绘本的里程碑》（Routledge 出版社 2004 年版），与克劳迪娅·纳尔逊合编《性教育学：1879—2000 年英国、澳大利亚和美国的性教育》（帕尔格雷夫出版社 2004 年版）。她的文章发表在《狮子和独角兽》、美国《儿童文学学会季刊》、《桑科法：非洲儿童与青少年文学期刊》、*Obsidian III*，以及其他一些刊物上。马丁博士目前正在撰写一部批评性研究著作，研究 19 世纪 20 年代到 60 年代，阿娜·邦特蒙普斯和兰斯顿·休斯作为朋友兼合作者单独或者合作发表的青少年文学作品。

贞德，美国少女英雄

帕米拉·R. 马修斯（Pamela R. Matthews）

罗贻荣译

内容摘要：圣女贞德是 15 世纪法国历史上的一位女英雄，20 世纪成为圣者。在美国有关圣女贞德的著作中，明确为儿童而作，或者甚至由儿童或者青少年自己创作的作品构成重要的一部分。有以幼儿为读者的图画书，以女孩、女青年为读者的小说，甚至还有以圣女贞德为题材的电视节目，例如有一档电视节目表现一条给圣女贞德当仆人的狗，还有一档节目描写一位加利福尼亚女青年听到了神的声音。

1776 年通常被奉为美国正式立国之年，自那以来，圣女贞德一直鼓舞着美国人民。那一年，在独立战争处于低潮的日子里，托马斯·潘恩写下了他著名的《美国危机》一书的第一篇文章，借助拯救祖国的"少女"贞德的形象，激励美国人民对独立事业要抱有信心。尽管在 18 世纪后期和 19 世纪早期，圣女贞德还没有像后来那样广为人知，但她已是国家认同和反抗政治压迫的象征。

在 19 世纪，圣女贞德由敢于反抗的民族主义者的象征转变为一个较为复杂的形象，兼备虔诚与天真无邪，女权主义和重构的爱国主义。1841 年，圣女贞德出现在纺织女工杂志《洛威尔月刊》中，其主编哈利叶·法利（爱拉）就谈到这位少女圣者，她认为贞德比 400 年后的自己享有更高的威望和影响力。从那时到 1896 年布泰·德·蒙韦尔的图画书《圣女贞德》中的军中女英雄，以及马克·吐温的《巾帼英雄贞德传》中的女版哈克贝利·费恩，作为美国少女英雄的圣女贞德，记录了一个新生国家的信念——一个充满无限可能、机遇和希望之国度——的成长轨迹。

关键词： 贞德　美国精神　少女英雄

一　引言

圣女贞德是 15 世纪的一位法国农家少女，她曾率领一支军队，结束了敌人对奥尔良的围困，并在 1429 年成功地把查理七世扶持为法兰西国王。她的形象以惊人的频率出现在美国文学和文化中。① 在中国，圣女贞德也相当知名，有时被用来与两位中国女性作比较，分别是先唐传说中的花木兰和 20 世纪初的秋瑾。在美国，已知的首次提及圣女贞德（法语作 Jeanne d'Arc，英语作 Joan of Arc）的文献见于 1776 年托马斯·潘恩发表的著名的《美国危机》的第一篇。在那篇写于独立战争士气低落之时，鼓舞反殖民主义者为了美国的反英事业团结起来的战斗檄文中，潘恩借助了拯救祖国的"少女"贞德的形象。② 独立战争时期以来，美国人借助贞德这个青春而又纯洁的形象，来表现从宗教和政治自由到妇女权利，到个体权利——包括儿童的个人权利——以实现变革。贞德一直是随笔、传记、戏剧、音乐和电影等创作的题材。直至今日，年少的贞德仍是幼儿绘本、少女和女青年小说以及成年人小说的女主角。她甚至成为通俗电视节目的主题，一个儿童电视节目把一只狗描绘成圣女贞德的仆人，另一个黄金时段播出的电视节目描写一个加利福尼亚少女在神的声音的指导下处理当代

---

① There are hundreds of reputable accounts of Joan of Arc's life. For two relatively recent sources of biographical and historical details, see Mary Gordon, *Joan of Arc* (New York ： Viking, 2000) and Marina Warner, *Joan of Arc：The Image of Female Heroism* (NY：Knopf, 1981).

② Thomas Paine, "*American Crisis*, Number 1, December 19, 1776" in *Collected Writings of Thomas Paine* (New York：Library of America, 1984).

道德问题，而神的声音只有她能听见。① 值得注意的是，不但在改编自花木兰故事的动画电影中，而且在汤婷婷（具有开创性的美籍华裔作家之一）的作品中，贞德都有着重要影响。②

　　如果说圣女贞德从 1776 年开始激励美国人民，那么她成为美国文化风景的永久组成部分则是在漫长的 19 世纪，此后直到今天，她的影响一直经久不衰。通过对三部不同的作品进行简要分析，我将提出，圣女贞德的民族主义热情和孩童般的天真无邪融为一体，使她成为理解美利坚合众国这一"新生"国家的完美媒介。作为美国少女英雄的圣女贞德，记录了一个新生国家对自己作为一个为所有人提供无限可能、机遇和希望的国度这一信念——有时是怀疑——的成长轨迹。

二　《洛威尔月刊》中的圣女贞德

　　圣女贞德在某些出版物中的出现并非广为人知，比如 1841 年的《洛威尔月刊》。在马萨诸塞州的洛威尔，有一份由那些在当地著名的纺织厂工作的所谓"打工妹"自己创办的刊物《洛威尔月刊》。在一篇题为《圣女贞德》的文章里，年轻的撰稿人兼主编哈利叶·法利（笔名"爱拉"）谈到同龄的历史人物圣女贞德，后者似乎有那种威

---

①　There are dozens of examples. For those mentioned here, see the children's television show Wishbone, which featured an episode titled "*Bone of Arc*" based on Twain's version of the story: "*Bone of Arc*," Wishbone, VHS (Public Broadcasting Service, 1995). For younger women readers, see Barbara Dana, *Young Joan* (New York: Harper Collins, 1991) and Nancy Garden, *Dove and Sword: A Novel of Joan of Arc* (New York: Scholastic, 1995). For adult viewers and readers, see the television series *Joan of Arcadia*, DVD (Paramount, 2003 – 2005) and Pamela Marcantel's relatively recent novel for adults, *An Army of Angels: A Novel of Joan of Arc* (New York: St. Martin's Press, 1997). Late-twentieth century picture books for children include Josephine Poole (illustrated by Angela Barrett), *Joan of Arc* (New York: Knopf, 1998) and Diane Stanley, *Joan of Arc* (New York: William Morrow, 1998).

②　Maxine Hong Kingst on, *The Woman Warrior: Memoirs of a Girlhood Among Ghosts* (New York: Vintage International, 1976) and Tripmaster Monkey: *His Fake Book* (New York: Vintage International, 1990); Mulan, Dir. . *Tony Bancroft and Barry Cook* (Walt Disney Pictures, 1998).

力和特许权力，可以博得政治家、皇室成员甚至圣人们本人的尊重。对法利来说，身为一个热爱文学的工厂女工，贞德是一个复杂的形象，既令人羡慕，又应该仔细审视，因为她违背了传统的女性特质。[①]

　　法利能写出这样的文章，不仅源于她的个人经历，也源于洛威尔纺织厂的经济与文化现象。马萨诸塞州的洛威尔镇纺织厂建于 1822 年，洛威尔镇就是特意为该纺织厂而建，该纺织厂是美国第一家"总产量工厂"（total production factorery）的延伸，靠近波士顿，为弗朗西斯·卡波特所有。[②] 新建的小镇被设计成营利企业兼社会实验场所。洛威尔纺织厂的工厂主反对他们在欧洲劳工状况中看到的不公平，决定要培养一支有教养、品德高尚、勤奋工作的劳工队伍。他们通过雇用75％的女工并发给她们同时期全美国妇女所能得到的最高工资，部分地达到了这一目标。因为这一工资只是男性平均报酬的一半（Eisler，15），所以对工厂主来说利润仍然更高。那些女工们以当时的标准都受过相当好的教育，也都辛勤工作。1833 年，洛威尔储蓄所记录了约 1000 名工薪族总共 10 万美元的存款（Eisler，16）。工厂配建了公寓（未婚女工有权利在此居住），这使洛威尔成为美国"第一个有规划的工业社区"（Eisler，22）。

　　在那期间，工人们不但勤勤恳恳工作，而且受到了相当良好的教育。大部分在洛威尔纺织厂工作的女性都完成了基础教育，工厂还强调雇员要不断地自我完善。例如技工与劳工阅览室（1825）都对女性开放，参观者与时事评论员还时常记录下工厂女孩们博览群书的阅读习惯。工人们还可以上夜校，除有名的讲师（如拉尔夫·瓦尔多·爱默生）外，还有指导语言与音乐学习的教师。文学社团在洛威尔纺织厂十分盛行，它们甚至为形成有助于《洛威尔月刊》诞生的气氛做出了贡献。《洛威尔月刊》的副标题是"原创文章宝库，专由在纺织厂积极工作的女性所作"。该刊从 1840 年开始出版，1841 年开始可以

---

①　"Ella"（Harriet Farley），"Joan of Arc"，in Benita Eisler，ed.，*The Lowell Offering*：*Writings by New England Mill Women*，1840 – 1845（New York：W. W. Norton & Company，1998），115 – 122.

②　Benita Eisler，Introduction to *The Lowell Offering*，13，15.

订阅。（Eisler，34）

　　法利在文章开头当然既谈到她自己也谈到圣女贞德："每当……我读到一些女性的名字，环境或者她们自己的意愿将她们带入如此公开的公众视野，我便抑制不住想要更多地了解她们。她们走上战场或者大会堂，是出于自主选择，还是迫不得已？"（Eisler，115）法利家里有九个兄弟姐妹，她离开在新罕布什尔州的家来当女工挣钱养家。①在发表于《洛威尔月刊》的那些虚构的书信中，法利提到自己时不止一次使用"乡巴佬"——或者如她自己所说，"乡下佬"——粗鲁、不如别人穿着体面、"过时"（Eisler，46，47）等词汇。她是出于自主"选择"在洛威尔纺织厂工作还是"迫不得已"受雇于此，不得而知；很可能是二者兼而有之。

　　法利赞美圣女贞德所代表的独立自主带来的可能性，比如说，由一个农家姑娘"乡下佬"成长为工薪族、作家兼主编，或者说从一个害羞的乡下外来妹变成工厂女工的领导者，与此同时，她也质疑这些自主选择对一个女人来说是不是适当的，这也许是为了向自己解释，她为什么没能取得更大成功。如此，一位为《洛威尔月刊》撰稿的工厂女工贡献给人们的，是对个人自主选择的有限性的冷静反思，特别是对那些有乡村或者工人阶级背景的年轻女性。即使圣女贞德也体现美国价值观为年轻女性，包括法利自己的自我完善和社会层级流动所提供的可能性，哈利叶·法利还是利用圣女贞德来质疑这些价值观。

　　法利绝不是19世纪中叶唯一对圣女贞德感兴趣的人。法利在《洛威尔月刊》发表那篇文章后的几年里，美国出版了若干部部分或者专门以年轻人为读者（虽然像《洛威尔月刊》一样，但它们并不是特为儿童而作）的著作。②1854年，一位匿名译者翻译的阿尔封斯·德·拉马丁的《圣女贞德》在美国发表，1858年，法国历史学家朱

---

①　Rodier，Katherine，ed，"Harriet Farley"，in *Dictionary of Literary Biography*，Vol. 239：100 - 106，electronic odatabase（Detroit：Gale Group，2001）.

②　Nadia Margolis，*Joan of Arc in History，Literature，and Film：A Select，Annotated Bibliography*（New York：Garland，1990），passim ；Pamela R. Matthews，"Glasgow's Joan of Arc in Context"，Mississippi Quarte rly 49，No. 2（Spring 1996）：214n.

尔斯·米什莱颇有影响的《法国史》一书中的《圣女贞德》章节在美国出版单行本。① 有人认为，米什莱是第一个在提及贞德时使用"民族性"一词的人（Warner，266），那时，欧洲和美国的读者都乐于接受米什莱帮助塑造的圣女贞德精神的标志性特征——爱国主义。

三　为美国儿童创作的圣女贞德

不过，让 19 世纪美国读者对圣女贞德产生兴趣的不只是法国作家。除了 19 世纪中叶拉马丁和米什莱著作的翻译本，若干贞德的传记或者生平特写也在美国出版：1839 年 G. P. R. 詹姆斯的《圣女贞德》、1854 年戴维·巴特利特的《奥尔良少女：圣女贞德生平》、1864 年一位无名作者的《奥尔良少女：圣女贞德的历史回忆》、1876年废奴主义者莎拉·莫尔·格里姆克的《圣女贞德传》、1880 年珍妮特·塔基的一部将贞德写成一个十足的维多利时代姑娘的颇受欢迎的传记《圣女贞德："少女"》、1886 年美国总统格罗弗·克里夫兰的妹妹罗斯·伊丽莎白·克里夫兰的《圣女贞德》、1896 年受欢迎的维多利亚时代小说家奥利芬特夫人（玛格丽特·奥·威尔逊）的《圣女贞德：她的生与死》（see Margolis；Matthews，214—215n）。在这些让文学和文化学者入迷的历史著述中，还有一本出版于 1896 年的《圣女贞德》，作者是洛威尔纺织厂的创建者弗朗西斯·卡波特·洛威尔，马戈利斯将其描述为"通常被视为美国最出色的圣女贞德传记"（Margolis，127）。19 世纪，圣女贞德已成为一位美国少女，不亚于其在法国的地位。

1896 年，两部表现圣女贞德作为 19 世纪美国少女英雄的感召力的重要作品，一部是影响了美国文化对圣女贞德形象塑造的法国童书，另一部是美国最著名的小说家之一马克·吐温的一部展示了贞德所象征的价值观的小说，即她作为代表机遇和可能性的形象，以及那

---

① Alphonsede Lamartine, "Joan of Arc", in *Memoirs of Celebrated Characters* [anon. trans.] (New York；Harper's, 1854)；Vol. 2；49 – 119；*Jules Michelet, Joan of Arc, the Maid of Orléans* (New York；Stanford & Delisser, 1858).

种潜能不足的人物形象所象征的价值观。1896 年，法国奥尔良艺术家路易斯-莫里斯·布泰·德·蒙韦尔在法国出版了《圣女贞德》，此书已被认为是第一部现代儿童绘本①，一年后被译成英文。尽管布泰·德·蒙韦尔的《圣女贞德》直到 1918 年才在美国出版（Margolis，113），但它早已为美国人所知：作者蒙韦尔 1899 年来到美国展览他的作品，并接受蒙大拿州参议员威廉·A. 克拉克的委托，以《圣女贞德》的插图为蓝本，创作了六幅大型系列室内墙壁镶板画。② 这些镶板画是为装饰克拉克位于纽约第五大道的府第设计的，现在陈列于华盛顿哥伦比亚特区的科克伦美术馆。③

在《圣女贞德》的原版序言中，蒙韦尔写道，他要"为儿童创作一部他那个时代震撼人心的、描写法国光荣历史的绘本"。④ 法国当时仍然沉浸在 1870 年至 1871 年普法战争惨败的痛苦中，无论是《圣女贞德》的插画还是文本，都歌颂这位令人鼓舞的法兰西少女带领她的祖国战胜英国统治者。正如复制版《圣女贞德》的序言中评论的那样，蒙韦尔插画中的士兵都身着 19 世纪 90 年代的法国军服，而贞德和其他人物却身着中世纪服装。⑤ 从视觉上看，这一设计就是要借圣女贞德的感召力，继续像过去那样激发法国人民的爱国主义情感和民族自豪感。文本和绘画表现贞德的纯真、卑微的出身、独立自主以及信仰，这成为该书的显著特征。想象一下，同样的图画，被以大得多的画面，更为丰富的色调画在镀金时代一位产业大亨府第的墙壁上，你就会意识到圣女贞德有多么广泛的感召力。她既卑微，又勇敢、坚

---

① Barbara Bader, *American Picture Books from Noah's Ark to the Beast Within* (New York：Macmillan, 1976).

② Anita Silvey, ed., *Children's Books and their Creators* (Boston：Houghton Mifflin, 1995), 75.

③ Joan of Arc panels, Corcoran Gallery in Washington, D. C. Electronic exhibition catalog at http：// www. corcoran. org/exhibitions/past/joan-o f-arc-

④ Selma G. Lanes, *Down the Rabbit Hole：Adventures and Misadventures in the Realm of Children's Literature* (New York：Atheneum, 1971), 223.

⑤ Gerald Gottlieb, *Introduction to Louis-Maurice Boutetde Monvel, Joan of Arc* (New York：Pierpont Morgan Library and Viking Press, 1980), 10.

定、富于感召力，是谦逊，同时也是力量的象征。那些插画既表现了信念上的坚定不移，也表现了前进力量的势不可当。它们似乎在提醒读者，要向前而不是向后寻找鼓舞人心的力量。对贞德进行平民主义赞美，是为强调人民的支持。甚至最后一页描绘贞德在火刑柱上的画面，也变成了不朽的象征而不是死亡；贞德似乎是在向天堂飞升而不是在遭受火刑，是得到永生而不是被毁灭。

四 美国最为驰名的圣女贞德——马克·吐温的《巾帼英雄贞德传》

蒙韦尔的爱国主义情怀和对未来的信念，在同年出版的马克·吐温的《巾帼英雄贞德传》一书中得到延续。蒙韦尔的《圣女贞德》旨在重新唤醒战败后的法国年轻读者的民族自豪感，与当时法国国情相对应的，是美国人民的团结精神在南北战争之后经受的创伤；蒙韦尔描绘贞德所代表的前进力量，与之相对，马克·吐温相信圣女贞德是永恒的纯真与纯洁的象征。正如蒙韦尔描绘的贞德一样，马克·吐温也把火刑柱上的贞德描绘为永生而非毁灭：叙述者给读者留下的贞德的最后形象，是一个"有着优雅的、美丽无瑕的青春"的贞德。①"时间与衰朽止步于"她完美的身体；她周围的一切因她而"不朽"（436）。"坚定和勇气"战胜了她短暂的对"遭受火刑而死的恐惧"，这种坚定和勇气"将永驻人间，直到尽头"（429）——直到时间的尽头，大概可以如此解读。

马克·吐温将蒙韦尔描绘的爱国主义和哈利叶·法利对圣女贞德的个人反应（圣女贞德的社会层级流动似乎比法利自己的更有说服力）结合起来，赋予他笔下的贞德一种让他既能抵御个人绝望又能抵御民族焦虑感的力量。她的纯洁和天真形成了一座堡垒，能够抵御民族分裂的混乱（内战和之后）和个人烦恼（经济问题、爱女苏西的死

---

① Mark Twain [Samuel Clemens], *Personal Recollections of Joan of Arc by Sieur Louis de Conte* (Her Page and Secretary) (San Francisco: Ignatius Press, 1989), 433.

以及日益衰老带来的考验）。1904 年前后，吐温开始身着全套白衣，以示"举世污浊而我独清"，他在一封信里这样解释说。就在那一年，他写了一篇关于圣女贞德的文章，在文中他将少女时代（girlhood）描绘为一种"财产……，价高而又尊贵"，"出淤泥而不染"。① 吐温不仅将贞德视为"爱国主义的化身"（Personal Recollections 438），也将她视为足以战胜卑污和死亡的永恒的纯洁。对吐温来说，贞德是民族与个人之不朽的守护神、她是超物质力量的化身。

五　结语

圣女贞德不断出现在美国文学与文化景观中，作为美国少女英雄的贞德，她是一个标尺，衡量着美国人对于美国这个充满机遇之国的态度。对哈利叶·法利（"爱拉"）来说，贞德既提醒年轻女性她们有可能拥有一种什么样的力量，同时又提醒她们，也有让人痛苦的例外，就是这种例外限制法利本身获得那种力量。布泰·德·蒙韦尔塑造的贞德专以儿童为读者，她代表着民族自豪感和重新获得的对一个民族的信念。对法国人民来说，她可以愈合因普法战争惨败而留下的创伤。在美国内战后经济发展时期那位富翁府第壁画上的贞德，也许代表着个人成功和国家兴盛之间的联系。对吐温来说，贞德代表纯真、清澈，能够抵御绝望（无论是个人的还是国家的）甚至死亡。贞德的故事是一个美国少女英雄的故事，她身上有着那种自相矛盾的力量，她既唤起一个国家的乐观主义精神和对自己的信念，同时也质疑事情是否真的如此简单。

作者简介

帕米拉·R. 马修斯是得克萨斯 A&M 大学主管学术事务的副教务

---

① Mark Twain [Samuel Clemens]，"*Saint Joan of Arc*：An Essay by Mark Twain"，in *Personal Recollections of Joan of Arc*，451. The letter is quoted in John Cooley，ed. *Mark Twain's Aquarium*：*The Samuel Clemens Angel fish Correspondence* 1905 – 1910（Athens，Georgia：University of Georgia Press，1991），92.

长，英文教授。写过有关埃伦·格拉斯哥的书籍与文章。埃伦·格拉斯哥是20世纪小说家，普利策奖得主，居住于弗吉尼亚州的里士满。帕米拉·R.马修斯的著作有《埃伦·格拉斯哥和一个女人的传统》（1994年）和《完美伴侣：埃伦·格拉斯哥与女性通信选集》（2005年），均由弗吉尼亚大学出版社出版。自孩提时代起，圣女贞德就是令其着迷的话题。

懦弱的男孩和勇敢的女孩：
战后美国儿童文学中贝芙莉·
克莱瑞的儿童性别化典范

克劳迪娅·米尔斯（Claudia Mills）

张　璐译　罗贻荣校

内容摘要： 对美国儿童图画书的大量研究表明，此类作品往往过多表现男主人公形象，并将男性人物塑造为主动的，女性人物塑造为被动的。然而，针对更高年龄段的读者的分章小说（chapter books）① 中却出现了一种截然不同的模式，涌现出一批强悍而勇敢的女孩形象和与之形成对比的不幸而焦虑的男孩形象。在近期的小说系列中，朱妮·琼斯和克莱门婷，以及与之对照的阿尔文·何和"小屁孩"就是如此，后者大受欢迎的日记就叫《小屁孩日记》。这一趋势的起源尚存争议，我认为它可以上溯到 20 世纪中期，贝芙莉·克莱瑞创作的具有深远影响的亨利·哈金斯和雷梦拉小说系列。克莱瑞故意将亨利塑造为一个平凡的男孩，而不是传奇式的冒险英雄。只有通过他的狗里布西的帮助，或是小邻居雷梦拉的不幸事故，有趣的事才会降临在他身边。到雷梦拉有了自己的小说，以她为主人公的小说系列出版之时，"雷梦拉式"人物类型已经清晰地建立起来了。我认为雷梦拉开始支配亨利，同时亦是勇敢女孩开始支配不幸男孩的关键时刻出现在《讨厌鬼雷梦拉》的"雷梦拉的订婚戒指"这一章节，

① 指篇幅中等、分章、带插图、一般针对 7—14 岁儿童的故事书。因照顾儿童的注意力和理解力特点而分章，并因此得名。为区别于中国传统"章回小说"，故译为"分章小说"。——译者注

雷梦拉成功地挑战了亨利作为"交通协管员"的男性权威。而将强势的女性人物与弱势的男性人物相对比这一文学趋势，之所以能在美国儿童文学中得以延续，我认为其原因还在于，这是在教育界"男孩危机"现象引发热议的情况下，对"坏小子"带来的日趋强烈的文化焦虑的反拨。我的结论是，这一趋势也与克莱瑞本人的持续影响有着直接联系。

关键词：贝芙莉·克莱瑞　性别　男性权威　文化趋势

关于美国儿童图画书的大量研究，常集中在凯迪克奖（Caldecott）① 获奖作品这样一个比较容易界定的范围，这些研究表明，此类作品往往过多表现男主人公形象，并将男性人物塑造为主动的，女性人物塑造为被动的。② 然而，针对更高年龄段的读者的分章小说中却出现了一种截然不同的模式，涌现出一批强势而勇敢的女孩和与之形成对比的不幸而焦虑的男孩。在近期的小说系列中，朱妮·琼斯③和克莱门婷④，以及与之对照的阿尔文·何⑤和"小屁孩"就是如此，后者大受欢迎的日记就叫《小屁孩日记》⑥。

这一趋势的起源尚存争议，我认为它可以上溯到 20 世纪中期，贝芙莉·克莱瑞创作的具有深远影响的亨利·哈金斯和雷梦拉小说系列。贝芙莉·克莱瑞是 20 世纪后 50 年最受欢迎和广受赞誉的美国作

---

① 美国为儿童图画书设立的奖项，图画书读者一般为年龄较小的初识字儿童。——译者注

② Hamilton, Mykol C. et al., "Gender Stereotyping and Under-representation of Female Characters in 200 Popular Children's Books: A Twenty-First Century Update", Sex Roles 35 (December 2006): 757 – 765. Print. Turner-Bowker, Diane M., "Gender Stereotyped Descriptors in Children's Picture Books: Does 'Curious Jane' Exist in the Literature?" Sex Roles 35 (October 1996): 461 – 488, Print.

③ Park, Barbara, *Junie B. Jones*, New York: Random House, 1992, Print.

④ Pennypacker, Sara, *Clementine*, New York: Hyperion, 2006, Print.

⑤ Look, Lenore, *Alvin Ho: Allergic to Girls, School, and Other Scary Things*, New York: Schwarz & Wade, 2008, Print.

⑥ Kinney, Jeff, *Diary of a Wimpy Kid*, New York: Amulet, 2007, Print.

家，她于 1916 年生于俄勒冈州麦克明维尔市，在笔者写作本文时，她依然健在。克莱瑞对美国普通中产阶级的童年生活细节的观察细致入微，堪称"面向儿童"的儿童文学主导趋势的一个缩影，我们的几位中国同事（如汤素兰、方卫平、徐妍和王泉根）在本论文集中也探讨了这一问题。在她的回忆录《来自扬希尔县的女孩》（1988）中，克莱瑞记录了她童年的一些对她的成长产生影响的事件：她的童年先后在俄勒冈州扬希尔县乡间农场和波特兰度过，并笼罩在大萧条带来的贫困以及飞扬跋扈的母亲与战战兢兢的父亲争执不休的阴影下，[①]小贝芙莉在为感恩节晚餐准备的白缎台布上印满墨手印（5），并从中获得满足，还试图用徒步环游世界来证明地球是圆的（"贝芙莉，接下来你还想做什么？"母亲叹息道［32］），而祖父给她 5 分钱来让她"安静地坐 5 分钟"（57）。克莱瑞在她的回忆录中记载的很多事件都出现在不同的雷梦拉小说中：在一个被雷梦拉叫作"砖厂"的游戏里，她把旧砖捣成粉末（93 及下页，《勇敢者雷梦拉》[②]），她为一首关于"黎明的曙光"的奇怪的歌的歌词迷惑不解（98 及下页，《讨厌鬼雷梦拉》[③]），她还因为无意中听到老师叫她"讨厌鬼"伤心不已（126 转下页，《雷梦拉·昆比八岁》[④]）。在《儿童文学评论》翻印的雷梦拉创作说明中，克莱瑞声称雷梦拉体现了她自己的性格与个性中受压抑的成分："我很克制，而雷梦拉正好相反…… 我只是在心里想象可以怎样大吵大闹，而雷梦拉则是直接采取行动，大吵大闹…… 我也逐渐意识到雷梦拉也代表了我喜欢通过小说来详细展现的自己性格的另一面。她之所以受到欢迎，我觉得，正是基于这个事实：她是每个孩子性格的一面。"[⑤]（《贝芙莉》，52—53）

---

① Cleary, Beverly, *A Girl from Yamhill*: *A Memoir*, New York: William Morrow, 1988, Print.

② Cleary, Beverly, *Ramona the Brave*, New York: William Morrow, 1975, Print.

③ Cleary, Beverly, *Ramona the Pest*, New York: William Morrow, 1968, Print.

④ Cleary, Beverly, *Ramona Quimby*, *Age* 8, New York: William Morrow, 1981, Print.

⑤ "Beverly（Atlee Bunn）Cleary", *Children's Literature Review*, Vol, 18. Ed. Gerard J. Selnick, Detroit: Gale Research, 1985. 34–62, Print.

克莱瑞对雷梦拉的塑造，是对所有孩子想要"踢打、尖叫和为所欲为"这一隐秘的破坏欲的夸张的回应（《贝芙莉》53），与之相反，亨利被故意塑造为一个普通的、完全典型的男孩，而不是一个与众不同的冒险英雄。由于克莱瑞有意识地塑造一个缩小到普通孩子大小的平凡主人公，每部小说中发生的有趣的事主要通过他的狗里布西的滑稽行为，或通过他生气勃勃的小邻居雷梦拉的不幸意外而降临到他头上。到雷梦拉有了自己的小说，以她为主人公的经久不衰的小说系列出版之时，"雷梦拉式"人物类型已经清晰地建立起来。我认为雷梦拉开始支配亨利，同时亦是其后几十年来的美国儿童文学作品里勇敢女孩开始支配不幸男孩的关键时刻出现在《讨厌鬼雷梦拉》的"雷梦拉的订婚戒指"这一章节，雷梦拉成功地挑战了亨利作为"交通协管员"的男性权威，并运用了新生的、对立的女性权力。

一　"从来没有有趣的事发生在亨利身上"

在她的回忆录系列《来自扬希尔县的女孩——自立篇》①（1995）中，克莱瑞讲述了她离开家进入加利福尼亚州安大略市的查菲初级学院学习，之后到加州大学伯克利分校攻读英国文学学位的经历，她在伯克利写的令人捧腹的室内聚会备忘录使她在大学宿舍里十分有名："请别在晚上道别时流连不去，斯特宾斯正是由于在门前台阶上拥吻同伴而败坏了名声。"（128）这件事告诉她写作的要义，也即后来她所看到的詹姆斯·瑟伯所说的"最好的幽默源于人们熟悉的生活"（128）。在本杰明·雷曼教授的一堂"小说"课上，她记住了一个短语，这个短语伴随她整个作家生涯，也促使她开始密切关注普通美国人的童年特征："'生活的细枝末节'，那些让小说贴近现实的细节。"（151）在回忆录结尾，克莱瑞在华盛顿大学获得图书馆学学位，之后获得第一份工作——在华盛顿州亚基马市担任儿童图书管理员，又叛逆地嫁给一个因信奉天主教而被她的父母诟病的男人，并于1950年

---

① Cleary, Beverly, *My Own Two Feet*, New York: William Morrow, 1995, Print

出版了她的第一部小说《亨利·哈金斯》。

　　在《亨利·哈金斯》50 周年纪念版的前言中，贝芙莉·克莱瑞这样解释这本书的由来（在《自立篇》也有类似陈述）①：一天，身为图书管理员的克莱瑞和一群"阅读能力低下的活泼儿童"交谈时，对方提出这样一个问题："为我们这样的小孩写的书在哪儿呢？"克莱瑞将这些孩子描述成"出生于中低收入家庭的男孩，住在由旧房子、草坪和绿树成排的街道组成的社区，没有骇人的冒险经历，但自己会制造刺激"（HH 3—4）。克莱瑞放弃了在她第一部儿童小说中写一个女孩的设想——"忘了女孩吧"（HH 4）——她运用想象塑造了亨利·哈金斯这一人物，有意将其塑造为平凡而普通的中产阶级小镇男孩。在蕤及内金牌奖（Regina Medal）领奖致辞中，她提到曾经自问："为什么描写普通中产阶级孩子和宠物的通俗而生动的小说几乎销声匿迹了呢？"（《贝芙莉》35）而亨利的特征正是他非同寻常的平凡。

　　亨利·哈金斯系列中的每一部小说都以亨利对自己缺乏冒险经历的人生的思考开始。第一部小说《亨利·哈金斯》在首页就告诉读者："除了六岁那年切除扁桃体，七岁那年从樱桃树上摔下来弄断胳膊以外，从来没有……有趣的事发生在亨利身上。"（HH 7）就连之前发生过的趣事——扁桃体切除和那起意外事故——也不是亨利制造的，而是他作为病人或受害者经历的；注意亨利如何表达对于"发生点儿激动人心的事"（HH 7）的渴盼。为了推动小说情节展开，接下来亨利会遇到即将成为他挚爱伙伴的小狗里布西。尽管里布西常常招致不幸，作者仍有意地将其描写成一只普通的狗，正如克莱瑞在前言中所言，那是"一只普通的城市杂种犬，因为关于狗的小说似乎总是描写血统高贵的田园犬"（HH 4）。

　　这一系列其后出版的小说同样以这种方式开篇。在《亨利和碧泽丝》开首，亨利向母亲抱怨："我确实希望什么时候这里能发生点事

---

① Cleary, Beverly, *Henry Huggins*：50th *Anniversary Edition*, New York：Harper Collins, 1950/2000，Print.

儿。"① （HB 11） 母亲把他打发到他的朋友罗伯特家，希望罗伯特"能找点儿事做"，然而罗伯特同样无能为力："我爸说要是我去你家，也许你能找点儿事做。"（HB 12） 由此可见，不只是亨利陷入了无聊的境地；整个男孩群体同样陷入了困境，他们等待某件事情发生，等待他人主动地给他们单调的生活带来冒险因素。在《亨利和里布西》开篇，亨利想做"一件不一样的事，一件他从未做过的事"②（HR 8）；然而当他有机会坐在父亲车里，车库里油乎乎的千斤顶把车抬起来时，这一幕同样显得无聊："被一只油乎乎的千斤顶抬起来，并不像他想得那么有趣"（HR 22）。在《亨利和送报线路》开篇，亨利能想到的活动只是"剥开旧高尔夫球外皮，看看里面是什么"③（HPR 7）："这不是件有意思的事儿，可是在找到更好的事儿以前，能让他有事可做。"（HPR 7） 在《亨利和俱乐部》一书中，亨利每隔5分钟开一次冰箱门，希望能找到什么，与此同时他的母亲则劝他"请找点儿事做吧"④（HC 10）。

尽管克莱瑞声称她将着手写一个"自己制造刺激"的男孩，然而刺激却成了他百无聊赖的生活的插曲，它只是发生在亨利身上，而不是由他自己制造的。尽管亨利确实主动地建立了俱乐部，并找到一条送报线路，真正的刺激却是借助里布西，甚至多是通过雷梦拉的帮助才出现的。看看这一事实：亨利的父亲没有教导他别惹麻烦，而是教他让里布西别惹麻烦（HR 33）；而他和碧泽丝一直在设法使雷梦拉别惹麻烦，却失败了。

贯穿整个小说系列，亨利在其从事的活动中，一直努力证明自己具有男性权威和特权。他渴望买"一个用尼龙线缝制、镶鹿皮条的牛皮足球。克利基塔街上的每个男孩都想拥有"（HH 57）。他为买自行车攒钱，然而当碧泽丝在警局的拍卖会上为他拍下一辆自行车后，却发现它有一个不可原谅的缺陷：这是一辆女式自行车，而

① Cleary, Beverly, *Henry and Beezus*, New York: William Morrow, 1952, Print.

② Cleary, Beverly, *Henry and Ribsy*, New York: William Morrow, 1954, Print.

③ Cleary, Beverly, *Henry and the Paper Route*, New York: William Morrow, 1957, Print.

④ Cleary, Beverly, *Henry and the Clubhouse*, New York: William Morrow, 1962, Print.

亨利 "绝不会在玫瑰节游行时骑一辆女式车" ①（H&B 148）。《亨利和里布西》的情节是通过一个问题推动的，即亨利在陪同父亲踏上爷们儿垂钓之旅之际能否证明他的价值；在这次的垂钓之旅中，他最终徒手捕获一条 25 磅重的大马哈鱼。在《亨利和送报线路》中，他试图通过获得一份 "送报员" 的课余工作，一份和 "女孩们做的蠢事" 大不一样的 "重要" 工作（HPR 11），来完成一个男性成长仪式。在《亨利和俱乐部》中，他建立了男性隐私保护区，和同伴们一起，拒绝了碧泽丝提出的为会所缝制女性化的窗帘的建议（HC 117），并且张贴了一张清楚直白而不得体的启事："女孩禁入——说的就是你。"（HC 124）

　　尽管亨利努力参与 "重要的" 男性化活动，雷梦拉却总是阻挠他的计划，或是把他锁在他自己的俱乐部里，或是像 "小影子" 般在送报线路上跟着他。这两个事件均发生在《亨利和俱乐部》——亨利小说系列的最后一部，此后克莱瑞把关注点投向了雷梦拉。在本书中雷梦拉的确在谋夺亨利的男性特权：她闯入女性禁入的男性空间，参与仅由精英男性从事的活动。作为圣诞礼物，雷梦拉索要并获得了一个属于自己的《日报》送报员包："上面甚至还用红线绣着 '看《日报》' 的字样。是绣上去的！真可怕。"（HC 169—9）男性气概的终极象征被女性化的刺绣所亵渎，对亨利来说，这显然标志着令人担忧的性别僭越。而压倒骆驼的最后一根稻草是雷梦拉在亨利的送报员同伴面前宣布："现在我也能当你们那样的送报员了。"（HC 169）

　　为了躲避雷梦拉的捣乱，重新获得自己作为送报员的特权，亨利向更高形式的男性权威请求帮助。他想到假扮圣诞老人，对着雷梦拉的烟囱用 "低沉的嗓音喊道，吼吼吼，雷梦拉·哲拉丁·昆比，别在亨利·哈金斯的送报线路上捣乱了，要不什么礼物也不给你。吼吼吼"（HC 150）。最后他打算给雷梦拉最喜欢的电视节目明星谢里夫·巴德写信："如果有一个人能让雷梦拉听他的，这个人一定是谢里

---

① Cleary, Beverly, *Beezus and Ramona*, New York: William Morrow, 1955, Print.

夫·巴德。"（HC 152）谢里夫·巴德竟然真的在节目中对亨利的来信做出回复："雷梦拉，倘若你在送报线路上别再对……亨利·哈金斯捣乱，老谢里夫·巴德会非常、非常高兴的。"（HC 161—62）有谁比一个西方执法者①更适合做男性权威的典范呢？唉，正是由于雷梦拉听从了谢里夫·巴德的指示，她才会一言不发地追随亨利，模仿他而不是和他对着干。

然而，正是雷梦拉擅长捣乱的天赋，最终解决了亨利小说系列最后两部中亨利面临的中心问题。在《亨利和送报线路》中，是雷梦拉持续不断的挑衅使得另一个男孩将自己的送报线路拱手让给亨利。而在《亨利和俱乐部》中，是雷梦拉执意纠正一个弄错亨利姓名的客户，才使其在向报社写信称赞亨利的送报工作时正确拼写了亨利的姓名。

亨利小说系列的最后一部以亨利赢得父亲认可，目标达成作结。亨利迫不及待地想知道他的父亲而不是母亲对于表扬信的反应。的确，母亲只是关注客户不怕麻烦为亨利写表扬信的善举："皮尔森夫人为你做了一件多么好心的事啊！"（HC 190）而父亲则给了他一直企盼的男性家长的赞许："亨利，我为你感到骄傲！"（HC 190）亨利享受着父辈的赞许："父亲说为他感到骄傲，这句话他等了很久。"（HC 190）

然而，这只是日薄西山的男性权威的回光返照。因为以雷梦拉为主人公的小说即将问世，男性权威将面临决定性的颠覆。

二　讨厌鬼雷梦拉

以雷梦拉为主人公的 7 部小说中的首部直到 1968 年才面世，在它前面还有 5 部以亨利为题的小说，1 部碧泽丝和雷梦拉为题的小说，以及 1 部以里布西为题的小说。《讨厌鬼雷梦拉》的封套这样宣称：

---

① 原文为 Sheriff，作为人名译为"谢里夫"；在英语中亦有"执法官"之意。——译者注

"贝芙莉·克莱瑞终于给了雷梦拉·昆比一本自己的小说。"伴随着雷梦拉小说系列的出版，克莱瑞获得的文学赞誉上升到一个新的水平，这个系列中的两部获得纽伯瑞图书奖提名，它们是《雷梦拉和爸爸》(1978)① 及《雷梦拉·昆比八岁》（1982），这为 1984 年克莱瑞凭借《亲爱的亨肖先生》获得纽伯瑞图书奖铺平了道路。② 我们需要注意，在《亲爱的亨肖先生》中利·博茨称自己"只是个平凡的男孩"(14)，还说"我觉得你们也可以说我是全班最中等的男孩"（15）。克莱瑞继续将她笔下的男孩塑造为主要以平凡著称的人物。值得注意的是，在该书获纽伯瑞图书奖之后的领奖发言中（《贝芙莉》59），克莱瑞与听众分享了她的想法，称这一次她想写一本关于男孩的书，因为"女孩似乎已经控制了儿童文学领域"——而这一切恰恰是因为她创造了不屈不挠的人物雷梦拉·昆比。

在此我想重点探讨雷梦拉小说系列的第一部，《讨厌鬼雷梦拉》，它标志着对亨利男性权威的决定性颠覆，以及雷梦拉能够与之抗衡的力量的确立。随着雷梦拉在自己作为主人公的小说中占据中心地位，这部小说开篇和亨利小说系列开篇的对比得以彰显。雷梦拉不会感到无聊；她总是兴致高昂："她是一个不能等待的女孩。生活是如此有趣，她要弄明白接下来会发生什么。"（RP 11）雷梦拉不会等待有趣的事降临；她会为自己的人生制造乐趣，擅长通过她招牌式的"闹翻天的大惊小怪"独行其是（RP 12）。在热情和兴奋程度上，雷梦拉不只和亨利形成对比，也和她的玩伴、小男孩豪伊形成对比，后者显然在幼儿园入园第一天一点儿也不兴奋："这就是豪伊的麻烦，雷梦拉感觉到。他从来都兴奋不起来。"（RP 14）

雷梦拉进入幼儿园时，亨利·哈金斯已经获得了代表小学男生权威的最高职位：成了一名"交通协管员"（RP 15）。在 20 世纪中叶的美国，"女交通协管员"和"女送报员"一样罕见；指挥交通和送报纸都是仅限男性参加的活动。为了加强这一职位的男性权威，亨利

---

① Cleary, Beverly, *Ramona and Her Father*, New York：William Morrow, 1977, Print.

② Cleary, Beverly, *Dear Mr. Henshaw*, New York：William Morrow, 1983, Print.

甚至对正在从事威严的成年男性工作的成年男子行使权力："他常常拦住混凝土搅拌车和木材运输车。"（RP 83）此外，交通协管员们还迈着军人的步伐前进，"一、二、三、四！一、二、三、四！"（RP 91），并严格按照军人标准，"在雷梦拉正前方，亨利像一个真正的士兵那样动作迅速地向后转"（RP 84）。

然而正是在展示准军事化的男性气概这一点上，亨利又一次遭受雷梦拉的决定性挫败。正如过去滑稽模仿他送报一样，现在她又滑稽地模仿他指挥交通，并紧随其后行进，"尽可能紧贴着他的帆布鞋"，逗得其他孩子都笑了起来（RP 86—87）。当亨利试图"再像军人那样后转一次"，却被雷梦拉绊倒了（RP 87）。为了检验他的权威，她还故意走下马路牙子"看亨利会怎么办"（RP 84），并且用貌视权威的态度刻板地遵守他提出的规定。在亨利告诉她应该站在路沿上之后，她"两只脚后跟都站在路沿上，可是脚尖却悬在排水沟上方。亨利没法说她没站在路沿上，只有干瞪眼的份儿"（RP 84）。在第五章"雷梦拉的订婚戒指"中，雷梦拉策划了亨利男性权威地位的最终瓦解。

标题中的"订婚戒指"指的是雷梦拉缠绕在手指上的一只虫子，雷梦拉将其命名为订婚戒指，使得幼儿园的男孩都害怕她会与自己订婚。该章充斥着性别暗示，比如因为雷梦拉不得不穿霍伊丢弃的棕色雨靴（"棕色雨靴是男孩穿的"）（RP 103），她一直很痛苦。当她终于得到一双"漂亮的红色雨靴，女孩的雨靴"时，她激动极了（RP 111）。在一个美丽而泥泞的雨天，雷梦拉不顾亨利的命令——"雷梦拉，你回来！你会有麻烦的！"——想看看雨靴"在泥里表现如何"（RP 115）。雷梦拉俏皮地用交通协管员行为守则来反制亨利，提醒他"交通协管员在执勤时不能说话"（RP 115）。当雷梦拉确实应验了亨利可怕的预言，陷在泥里之时，亨利大叫道："我跟你说过了吧"——由于大叫"违反交通规则"，他通过自身的违规削弱了他立誓维护的交通规则（RP 117）。雷梦拉的老师宾尼小姐向亨利发出解救雷梦拉的召唤："'那个男生！'宾尼小姐叫道：'交通协管员！'"（RP 120）正是出于交通协管员的职责，甚至仅仅由于他的性别角色（"男生！"），亨利不得不无视交通协管员的集合哨，加入解救雷梦拉的行动。雷梦拉"被一个高大强壮、穿黄雨衣的交通协管员所救",这种感觉让她满心欢喜,她将订婚戒从手指上取下,对亨利大喊道:"我要嫁给你,亨利·哈金斯!"（RP 126）这导致亨利最后一次违反交通协管员的规定:"尽管交通协管员应当站得笔直,亨利看上去快要缩进雨衣里,就像恨不得钻进地里一般。"（RP 126）

就这样,雷梦拉削弱亨利的男性权威,到了恨不得让他消失的地步。雷梦拉通过滑稽模仿他的权威、挑战他的权威,借用他的权威性职位的守则来反制他,最后,借助婚姻与家庭这一对立的女性领地,颠覆了男性的准军事化权威领地。尽管婚姻本身常常被作为男性家长体制受到挑战,雷梦拉还是使用女性化的婚姻话语一手策划了亨利最终的落败。

三　雷梦拉的遗产

雷梦拉小说系列出版后的几十年里,将生气勃勃的传奇女孩称为"又一个雷梦拉"已屡见不鲜。实际上,即使在以雷梦拉为主人公的小说空间里,比如《雷梦拉和妈妈》中,雷梦拉听到人们把刁蛮的小薇拉·琼称为"翻版雷梦拉"（33）时也会怒不可遏。① 克莱瑞于2011 年获得《洛杉矶时报》图书奖终身成就奖,该报一篇文章在评论这一事件时就宣称:"没有克莱瑞,也许就不会有朱蒂·布鲁姆,不会有芭芭拉·帕克,后者的朱妮·琼斯看上去像雷梦拉的直系后代;不会有梅根·麦克唐纳,即'朱蒂·穆迪'小说系列的作者;甚至不会有……杰夫·肯尼的《小屁孩日记》。"② 一个文学博客作者这样写道:"讨厌鬼雷梦拉是第一个。在朱妮·琼斯之前,就已经有讨厌鬼雷梦拉了。"③ 另一位博客作者如是赞扬萨拉·彭尼佩克的克莱门

① Cleary, Beverly, *Ramona and Her Mother*, New York: William Morrow, 1979, Print.

② Ulin, David L., "Beverly Cleary's 'Exceptionally Happy Career'", *Los Angeles Times*, 17 April 2011, Web. 20 August 2012.

③ "Ramona the Pest Was First", *Pass It On*: *Thoughts from the Sunnyvale Public Library*, 6 Dec. 2011, Web. 20 Aug. 2012.

婷小说系列："克莱门婷是全新的雷梦拉。"① 随着关于勇敢而活泼的女孩的分章小说系列不断涌现，这样的类比在网络上比比皆是。

与这一切形成鲜明对比的是，同等受欢迎的描写男孩（或者说，至少是描写那种像上述小说中的女主人公那样，在周围环境留下印记的男孩）的分章小说系列的匮乏。"小屁孩"小说系列毫无疑问是受人欢迎的，然而它的标题说明了一切。② 即便充分发挥想象力，也没有人会将雷梦拉·昆比，或她在文学作品中的后代称为懦弱的孩子。在有活泼的男孩出现的小说中，比如在杰克·甘特斯的乔伊·皮格萨小说系列中，男孩往往被病态化：乔伊失控的行为源于他患有多动症。③ 事实上，懦弱的男孩也正在被病态化，当下畅销的勒诺·卢克小说系列，比如《阿尔文·何：对女孩、学校和其他可怕的事物过敏》一书中，阿尔文·何是如此害羞，以致整日不发一言。在学校，阿尔文自述："我不能思考。不能阅读。不能微笑。不能唱歌。不能尖叫。我甚至不能说话……没有人真正知道我为什么在学校彻底失声。"（5）

儿童小说中的这种文学趋势——勇敢的女孩和懦弱的男孩——很难说反映了文化现实。在当今美国中小学，出现问题行为并引发麻烦的男孩数量大大超过女孩。国家教育统计中心的统计数据表明，早在幼儿园阶段，男孩就在课堂上表现出更多的破坏性行为；他们被诊断出患有多动症的概率比女孩高 5 倍，男孩考试不及格或辍学的概率也大得多。④ 即使在克莱瑞生活的时代，她在《来自扬希尔县的女孩》中记录的男孩们"糟糕""可怕""吓人"的不良行为比女孩们的类似表现要严重得多。进入青春期后，克莱瑞学校里的男生"说脏话，

---

① "Clementine Is the New Ramona", *Pragmatic Mom*, 21 Sept. 2010, Web. 20 Aug. 2012.

② 《小屁孩日记》标题中的"Wimpy Kid"有"懦弱的孩子"之意，又译"小屁孩"。——译者注

③ Gantos, Jack, *Joey Pigza Swallowed the Key*, New York: Farrar, Straus & Giroux, 1998.

④ "Understanding and Raising Boys", *PBS Parents*, n. d. Web. 20 Aug. 2012, Print.

有些脏话我们都听不懂。他们把小镜子塞到科迪斯帆布鞋鞋带下面，再把脚伸到女生裙子下面"（172），互相解开绒布短裤的扣子，并且对"每一个由于胸部发育衬衫开始鼓起的女生"大声起哄（195）。今天引起广泛关注的教育界"男孩危机"凸显出这样的事实，在很大程度上是男孩而不是女孩正在遭受现实生活中的不幸。①

　　或许，塑造制造麻烦的女孩和深受其害的男孩这一文学趋势是对现实的学校和家庭中令人困扰的儿童性别模式的一种反拨。与行为堪称完美的模范生的故事相比，淘气的孩子们的故事读起来更有趣，然而，如果这些不当行为是现实生活的可怕再现，就不那么有趣了。可以说，如果我们曾经很欣赏令人捧腹的汤姆·索亚②、哈克·费恩③以及使托马斯·贝雷·奥尔德里奇扬名的"坏小子"④，那么我们现在生活在一个与过去相比更危险和充满妥协的世界，在这个世界里，给我们带来欢乐的不再是"坏小子"，取而代之的是更为无害的"坏女孩"。当然，也可能只是因为我们现在对坏小子的不良行为更认真对待，克莱瑞的男同学不当的性举动如果发生在今天，会被当作性骚扰而受到惩罚。对"坏小子"日趋强烈的文化焦虑，也许是这种与现实相反的文学模式得以流行的可能的原因。

　　另一个原因可能是贝芙莉·克莱瑞的持续影响，克莱瑞创立了一个典范，对其他作者产生了不可抗拒的影响，即使他们可能毫无察觉。她塑造面向儿童的人物的非凡能力，获得了广泛赞誉和大量效仿，作家们不但模仿她对儿童思想、感情和活动恰如其分的观察，也

---

① Sax, Leonard, *Boys Adrift: The Five Factors Driving the Growing Epidemic of Unmotivated Boys and Underachieving Young Men*, New York: Basic Books, 2007, Print. Sommers, Christina Hoff, *The War Against Boys: How Misguided Feminism Is Harming Our Young Men*, New York: Touchstone, 2006, Print.

② Twain, Mark, *The Adventures of Tom Sawyer*, Hartford, Conn.: American Publishing Company, 1876, Print.

③ Twain, Mark, *The Adventures of Huckleberry Finn*, New York: C. L. Webster, 1885, Print.

④ Aldrich, Thomas Bailey, *The Story of a Bad Boy*, Boston: Ticknor and Fields, 1870, Print.

模仿她对比鲜明的性别化描写，其中最令人难忘的当属她对亨利和雷梦拉的刻画。作为一名儿童文学作家，我发现自己也在不自觉地延续这种模式，即塑造强势的女性人物（《了不起的迪娜》和其后同系列的 3 部小说中的迪娜①）和懦弱的男性人物（《奥利弗·奥尔森如何改变世界》②，以及我近期的梅森·迪克森小说系列③）。我从未对自己说："对，贝芙莉·克莱瑞塑造亨利和雷梦拉时就是这样做的。"但是，我是读着这些我喜欢的书长大的。我的小说中出现的男孩身上都有亨利·哈金斯的影子；而女孩都有雷梦拉·昆比的影子。在这一点上，有着无法否认的大量证据，我不是孤军作战。

作者简介

克劳迪娅·米尔斯在韦尔斯利学院获得文科学士学位，在马里兰大学获图书馆学硕士学位，在普林斯顿大学获哲学博士学位。她是科罗拉多大学博尔德分校哲学副教授，目前在印第安纳州格林卡斯尔市德堡大学普林德尔伦理研究所担任罗伯特和卡洛琳·弗雷德里克杰出伦理学客座教授，任期两年。她发表了很多关于儿童文学道德和哲学主题的学术论文，包括对莫得·哈特·洛弗莱斯、埃莉诺·埃斯蒂斯、路易莎·梅·奥尔科特、贝蒂·麦克唐纳和罗莎蒙德·杜查顿的评论。她还为小读者创作了 50 部小说，如最近出版的《分数 = 麻烦！》（Farrar, Straus & Giroux, 2011）、《梅森·狄克逊：篮球灾难》（Knopf, 2012）、《零容忍》（Farrar, Straus & Giroux, 2013）、《凯尔西·格林，阅读女王》（Farrar, Straus & Giroux, 2013）。她的儿童小说已被译成多种语言，并获得很多奖项，其中包括入选少儿图书馆协会和学术图书俱乐部精选图书，获得美国图书馆协会年度最佳图书提名等。

---

① Mills, Claudia, *Dynamite Dinah*, New York：Macmillan, 1990, Print.

② Mills, Claudia, *How Oliver Olson Changed the World*, New York：Farrar, Straus & Giroux, 2009, Print.

③ *Mason Dixon：Pet Disasters*, New York：Knopf, 2011, Print.

1912 年版《知识全书》中的
男孩和女孩形象

克劳迪娅·纳尔逊（Claudia Nelson）

刘　涵译　罗贻荣校

内容摘要：《知识全书》最初以《儿童百科全书》为名在英国每半月出版一部，后来以 10 卷本被译成包括汉语在内的外国译本。《知识全书》在美国出版时篇幅增加了一倍，在 1910 年到 1964 年期间以 20 卷本由格罗利尔公司销售。格罗利尔的美国版被定位为一部旨在帮助美国家庭的著作（第 1 卷第 7 页），它同时也体现了该书编撰者这样的信念：儿童读者应该成为受过良好教育的世界公民。此书还可以作为这样一个样本：其"儿童"观与当前中国的儿童与儿童文学理论有很重要的相似之处。

这套书的编撰者似乎想到了读者不会从第 1 页径直读到第 6310 页，而是会专注于某些感兴趣的领域；为了使这样的专门化阅读更容易，选文结尾处会有一行比如"下一个自然故事从 269 页开始"的结束语。因此《知识全书》在某种意义上表明了编撰者们预见到儿童作为一个群体出现多样化的可能性。然而，即使从结构和体例上看，《知识全书》虽然承认，一般而言儿童、成年编撰者和世界公民可能会表现出形形色色各不相同的观点和兴趣，但这套书在塑造读者性格方面所做的不懈努力却十分单一，与当今中国所强调的、曹文轩所表述的儿童观相似："用我们认为最好的、最理想的文字，将（儿童）培养成、塑造成最好的、最理想的读者和人。"《知识全书》编撰者预料很少有人会觉得整套书都吸引人，任何读者都会让他/她自己仅仅关注合用的那一小部分信息，于是在那些涉及道德说教的地方，他们就从头到尾不厌其烦地重复同样一套价值观，以免有任何读者错过这套说教——不管隐含读者是美国人、英国人还是中国人，6 岁还是 16 岁，男性还是女性。本文特别感兴趣的正是这最后一个问题：关于该书编撰者们对性别的理解，书中讲述的故事告诉了我们些什么。

关键词：非小说儿童文学作品   说教   性别   《知识全书》

一   引言：对"儿童"概念的跨文化思考

本论文集许多中国同行的稿件表明，多年来中国学者花费了大量精力致力于在"儿童"是什么这一问题上达成共识，这（种努力）反过来影响了人们对儿童文学使命以及儿童文学怎样才能最好地实现这些既定目标的看法。诚然，正如王泉根那篇论文详述的那样，这种共识会为适应不断变化的社会而变化，而且使命和方法的问题还可能引发激烈的辩论。然而在当今的中国，正如曹文轩在他的论文中所表达的，主流的观点似乎认为儿童文学的目的是要"用我们认为最好的、最理想的文字，将［儿童］培养成、塑造成最好的、最理想的读者和人"①。在这样的语境下，人们会较少关注儿童的个性，而更倾向于关注他或她学到的以及/或者读者会从故事中获得的经验教训。与约翰·洛克（1632—1704）所持的观点相同，这种观点（approach）假定儿童生来如一块白板，时刻准备被成年人书写；并且这些白板都如出一辙。

被我们奉为经典的那些美国儿童文本，作为一个整体，对洛克的观点似乎相当敌视，因为他们通常赞美儿童的个性。因此，举例来

---

① 关于儿童与成人间关系较为平等的观念，见本论文集朱自强的论文。感谢中国海洋大学的徐德荣，他帮助我澄清了对该段要点的理解。

说，作为一个作家，马克·吐温备受赞赏的原因之一就是哈克·费恩和汤姆·索亚是不可互换的（他们俩有截然不同的观念、经历、个性），并且他们似乎也不仅仅是要体现吐温那个时代所认为的儿童最好应该具备的品质。尽管这种对个性的强调绝非普遍——和中国一样，美国儿童文学也包含了许多这样的作品：甚至连中心儿童人物都是模式化的待教育或有待培养的"儿童"，虽然这些不是我们所认同的杰作——但是长久以来美国作家是因创造出个性化人物形象而非通用人格模板而受到赞赏。

　　然而教育理论家则不是这种情况，他们的任务是找到可行的抽象概念使众多儿童获益。20世纪初的美国教育家如约翰·杜威或G.斯坦利·霍尔的影响力也许在某种程度上恰好归因于他们乐于为儿童寻找一个通用人格模板；如果一个理论家能够提出有说服力的论据说明"所有的儿童都需要X"或者"儿童可以被分成Y种不同类型的学习者，他们可以从这些不同种类的教导中获益"，这个理论家就很可能影响教学实践。教育理论家无疑是为成年读者写作，然而杰出代表人物如杜威和霍尔的思想却至少影响了他们那个时代的一些儿童作家的作品。

　　在这些作家中，有许多作家专门创作非小说作品，如果我们要找出似乎持单一"儿童"观点的成功的美国儿童文学作品，我们也许会发现审视非小说作品非常有用，因为非小说作品是这样一种体裁：通常将说教作为其公开且自然的使命，臆设儿童读者不但乐意学、愿意学，而且是一大群头脑相似的青少年的一部分。正如米歇尔·马丁和凯瑟琳·凯普肖·史密斯的论文指出的，成年人努力使儿童适应与世界的难以搞定的关系，在这种努力中，美国非小说作品一直十分重要。如果说小说作者常常寻求掩盖他们的说教计划，或者在某些情况下可能他们自己都没有意识到这一点，那么非小说作品的作者则不大可能有要创造出生动独特的人物形象的压力，而更可能有要让读者得到教化而提高的压力。这种让读者得到教化而提高可能通过提供知识来尝试达成，也可能通过传播特定文化要求儿童遵守的行为规范来尝试达成。这一点，汤素兰在本论文集中关于"成为好学生、好孩子的标准"的讨论提供了中国语境下的例证。

二　介绍《知识全书》

在这篇论文中我提供了一个案例，研究一部（主要是）非小说的作品如何处理读者反应理论所定义的隐含读者的问题，出现在该案例中的是一部跨国合作编撰的作品，距今已有一个多世纪的历史。[1] 由于我要探讨的作品，即 1912 年版《知识全书》面向的是儿童读者，通过评估它的隐含读者，可以发现一种对儿童观念的理解，该作品的编撰者就是以这种理解来进行创作的。在某些方面，这种理解与当今中国的主流观念十分相似，正如选材的方法也与当今中国强调的要创作的曹教授所说的"最好的、最理想的文字……最好的、最理想的读者和人"惊人的相似。《知识全书》最初于 1908 年到 1910 年间以《儿童百科全书》为名在英国每半月出版一部，很快，该书便传播到其他国家，出现其他版本。在英国，《知识全书》仍然以丛书的形式又发行了几年，但也能找到由教育图书公司出版的一套 10 卷的版本，并且被译成了法语、意大利语、西班牙语和汉语。在美国，由前任高中校长霍兰·汤普森（1873—1940）带领的英美编辑团队为这套跨越大西洋的书籍新增了大量关于美国的内容，这套书以 20 卷的更长篇幅自 1910 年起由格罗利尔公司发行。[2]《知识全书》以此种形式一直出版到 1964 年，并成为许多美国中产阶级家庭的必备书籍。值得注意的是，虽然教育家主要关注说教的非小说作品，《知识全书》的编

---

① 沃尔夫冈·伊瑟尔创造了该术语，在《阅读活动：审美响应理论》（约翰·霍普金斯大学出版社 1978 年版）中将隐含读者阐释为一种文本"构造"预含"使文学作品产生效果所必需的一切情感——这些情感不是由外部客观现实所造成，而是由文本所设置"（34）。

② 克莱德·威尔逊在威廉·S. 鲍威尔编撰的《北卡罗来纳州传记辞典》（教堂山：北卡罗来纳大学出版社，1979—1996，网址入口 http://docsouth. unc. edu/nc/thompson/bio. html，accessed 2 August 2012）里有关霍兰·汤普森的条目中，特别指出汤普森的父亲曾是公立学校的长久督学。尽管汤普森接着成了纽约市立大学的历史教授，但他显然仍对幼儿教育理论与实践颇感兴趣。

撰者们似乎比吐温及其他经典的美国儿童文学作家更乐于从"儿童"的意义上思考，他们试图对"儿童"做跨越国界与历史的定义，正如我在下文中论述的那样。

　　20 世纪 60 年代，童年的我就熟悉《知识全书》，因为我父亲在 20 世纪 30 年代也是在这套书的陪伴下成长起来，并且将它传给了子辈，随后又传给了长孙。①《知识全书》不仅对 20 世纪初的儿童有吸引力，对 20 世纪 30 年代、60 年代，甚至 21 世纪的儿童也有吸引力，从 1912 年美国版本的序言判断，众编撰者对这样的看法应该会感到欣慰而非意外——书的序言强调了众编撰者为照顾到不同年龄段、不同性别和不同自然环境下的读者所做的努力。虽然这是一部意在支持"……受到（不良的）经济和社会影响威胁的美国家庭"（第 1 卷第 7 页）的著作，但 1912 年的格罗利尔版本同时也没有忘了照顾到大英帝国的居民。霍兰·汤普森在编辑序言中提到，"英国和美国的编撰者们……编著了一部图书，它不但面向澳大利亚人烟稀少的牧场上牧羊的男孩，同样也面向宅在纽约公寓里的女孩"（第 1 卷第 8 页）。此外，这套书的内容表明了众编撰者的观念：儿童读者应该了解非英语国家的历史、文化以及/或者当代生活，以成为受过良好教育的世界公民；该书在索引部分有几个词条提及中美、中亚、锡兰，还有墨西哥的查普尔特佩克、祖鲁国王塞奇瓦约、乍得、迦勒底，而中国则占了最大的篇幅。

　　该书的编撰策略是要照顾到不同的读者群，从幼儿到青少年，还有他们的成年监护人，这就要求该书囊括众多不同的体裁类型，以满足各种各样的爱好和阅读能力。每一类型，或者说"分科"，都有自己的编选者。分科有限但却多样；全书分为七个主要学科，即地质学、地理学、人类和非人类生物学、传记、文学、手工艺和"学校课程"。材料的编排体例从头到尾都致力于娱乐与教益的融合，因此"学校课程"使用诸如"与钢琴仙子的又一场游戏"这样的标题，而

---

　　①　这套书传给了年长的孙辈，而我和我兄弟的孩子比较年幼，所以我们都为自己的家庭购买了这套书的早期版本。我母亲在童年时期也拥有这套书。

童话故事却附加具有说教意义的批注。① 那些看起来妙趣横生的故事和富有教益的故事融为一体，例如把汉斯·克里斯蒂安·安徒生的一则讽刺故事置于七则简短的"中国故事"之前，"中国故事"意在说明"中国的故事书充满了好学少年聪明伶俐和锲而不舍的有趣故事"（17.5344），无疑编撰者期待读者能效法这些品质。总的来说，这套书臆设了渴望获得知识的读者，只要这些知识按孩子喜爱的方式呈现出来即可。正如书中所指出的那样："这本书主要是由那些自己有孩子、并从孩子身上学会了如何教导孩子的人所写。"（3.779）

　　值得注意的是，这套书似乎想到了没有读者会从第 1 页径直读到第 6310 页，他们只会关注某些感兴趣的领域。甚至为了使这样的专门化阅读更容易，选文结尾会有一行比如"下一个自然故事从 269 页开始"的结束语。总体来看，《知识全书》想到了隐含的儿童读者并不是单一的，而是多样的，因为众编撰者已考虑到儿童作为一个群体可能呈现的多样化。然而，即使从结构和体例上看，《知识全书》虽然承认儿童、成年编撰者和世界公民通常可能会体现出形形色色各不相同的观点和兴趣，但这套书在塑造读者性格方面所做的不懈努力却十分单一。编撰者预料，只有极少数读者会觉得整套书都吸引人，任何一个读者都只会让自己关注合用的那一小部分信息，于是在那些涉及道德说教的地方，编撰者们从头到尾不厌其烦地重复同样一套价值观以免有任何读者错过这套说教。不管隐含读者是美国人、英国人还是中国人，6 岁还是 16 岁，男性还是女性，他或她都被期待拥有某些特定的美德。如果某一读者决定跳过"中国故事"，那么他/她就因此错过了康的故事（8 世纪中国原作中孙康和车胤的故事的混合，见李翰《蒙求》），康因家境贫寒买不起灯油，但是，在冬天的夜晚，他待在屋外，利用雪地反射的月光读书；在夏天的夜晚，他收集萤火虫，利用荧光读书，最终他做了职位很高的官（17.5344），但即便错过

---

　　① 该策略在当今的美国儿童非小说作品中仍被采用。最近罕见地有几部带有非小说倾向的儿童绘本被列入《纽约时报》畅销书单，其中一部是 2011 年出版的《晚安，晚安，施工现场》，由雪莉·达斯基·林克编写、汤姆·立顿德绘制插画，该书描述了一个施工现场各种卡车的功能，但同时这些卡车被画上了困倦的眼睛和有时还抱着玩具熊的双手。

这个故事,读者还是可以通过完成一个手工艺项目或者练习弹钢琴,来培养勤奋刻苦的精神。此所谓条条道路通罗马,不同读者可以通过不同渠道达到相似的目标,不管是男孩还是女孩。编撰者如何理解男孩和女孩的性别,这一点正是我这篇论文主要感兴趣的问题。

三 《知识全书》的男孩和女孩读者

从"该做的东西和该做的事情"分卷的提要可以看出,对读者采用不分性别的策略是编撰者们通常的做法。"只学习,不玩耍,聪明小伙也变傻——聪明小妞也会变傻",作者(大概是该分科的编撰者H. G. 弗莱明)在开头这样写道,继而又写道:"男孩用小工具箱学会要做的东西,而女孩是用针线和灵巧的手指。"(2.333)然而,即使假定男孩和女孩有不同的禀赋和技能,但在他们接下来的发展中,却都要被敦促培养勤奋、整洁和谨慎的品质。即使认定某些被推荐的小制作是专属某一性别的——"男孩木匠"要制作工具箱和变戏法用的"魔术火柴盒",而他的姐妹学习如何制作小红帽玩偶——而其他东西,例如万花筒、莎士比亚出生地的硬纸模型,却或隐或显是不分性别的。即便如此,性别角色也许仍然是各司其职。一个标题为"制作雪橇"的条目展示一个男孩和女孩共同分享已完成的制作,但是图中却是男孩坐在前面操纵。这一条目还将雪橇称作"瑞士,挪威及加拿大男孩和女孩"都普遍拥有的东西,但后来的描述中不分性别的"儿童"就被认为是男孩了,这时游戏变得更依靠体力,一个男孩抓住另一个男孩的脚踝,因此"几个雪橇就变成了一个有时……比任何火车跑得还快的长长的列队",并且常常在雪地中翻倒;然而即便到了这儿,在文字描述中这些男孩还是不分性别的"儿童"(8.2349—50)。

与此相似,一般情况下,这套书并没有尝试着根据性别设立不同分科。众编撰者有可能假定,跟男孩相比,更多女孩会被童话故事吸引,这类故事成为某些分科的显著特色,比如"儿童故事书"这一分科——然而,即使是这样,以下事实似乎能说明编撰者的良苦用心:

那些故事之间总夹杂着一些涉及科学知识的选文，比如第 7 卷，在"白雪公主和七个小矮人"以及其他虚构故事之间插入有关"太阳的奥妙"和"嘴巴和牙齿"的条目。这些材料交叉排版，横贯两页的版面常常一半是虚构作品，一半是事实材料，每一篇开头配上插图，其结果是：倾向于事实的儿童（按模式化观念，男孩?）在寻求事实性材料时，可能会发觉自己的目光慢慢地移向了旁边更富于想象的内容，然而他倾向于想象的姐妹也许会从相反的方向经历相反的过程。大概他们每人都能从中获得编撰者们认为有价值的东西。

并不是说我们有理由认为书中所有的事实性材料都以男孩为对象，所有的虚构故事都以女孩为对象。第 7 卷中还概述了查尔斯·狄更斯和弗雷德里克·马里亚特——一位为男孩写作的作家——创作的"名著"，目的在于为经典名著吸引新的读者群；而接下来几页有关巧克力的历史和经济影响的地理选文，是以一名成年男子向一个小女孩讲故事的形式呈现出来。而且，所附工厂生产流程的照片——不只是巧克力生产，还有图书出版等等——不仅描绘了女工，也有男工，这从视觉上提醒人们：两种性别的活动范围并不像习惯上认为的那样是分隔开的。

四　金子般的事迹与金子般的人生

但是在《知识全书》所有的分科中，传记大概是最为明显的意在塑造性格的部分，因而，也可能与我的这篇论文最为相关。"金子般的事迹"通常是自我牺牲和人道主义的英雄行为，对这些行为的概述也一如既往地突出其性别模糊的特征。从这些故事看来，要成就英雄行为首先要甘于忍受而非斗争。例如第 3 卷"金子般的事迹"选集里有一则故事，讲述了俄国贵族的一名仆人把自己投向一群饿狼，以便他主人一家可以逃生；还有一则故事，讲述了一群意大利孩子为了拯救整个乡镇的居民，心甘情愿做小镇敌人的人质（一群持有火矛的天使的介入，才使这些孩子逐一获救）；第三则故事讲述了从前有个叫比阿特丽丝的殉道者，她从河里捞出兄弟们的遗体按基督教仪式安葬，后来被法庭以"拒绝崇拜神像"之名判处绞刑（3.964）。这种从俄国到意大利，从成年人到儿童再到青少年，从男性到男女混合再到女性的转换，告诉读者书中描述的价值观都是普遍适用的。

这套书中还有其他内容也产生了同样的效果，比如中国经典《二十四孝》中的选文：男主人公整晚卧在结冰的河上，求得鲤鱼献给狠心的继母；又或者男主人公以身饲蚊，希望蚊子喝饱了就不会再叮咬双亲（19.6003）。还有一个时间更近的中国英雄，他的英国雇主在昆士兰边境的家被怀有敌意的本地人毁掉后，他和雇主及雇主的婴孩逃到一个无人居住的小岛上避难，为了雇主和婴孩的存活，他忍饥挨饿节省食物，最后饿死；虽然"在救援到达之前，那位母亲和婴孩也死了"，但这桩逸事还是用了"拯救女主人的雇工"做标题（6.1734）。同样，我们还在第 1 卷读到：1437 年，凯瑟琳·道格拉斯——王后的侍女——为了救苏格兰国王詹姆士一世的性命，把自己的胳膊当门闩插进门闩环，将企图杀害国王的刺客挡在门外（1.240），虽然此举并未成功保护国王，但书中强调凯瑟琳的这一义举成就了她高贵的断臂。读者大概能够从这些故事中得出结论，无私（自己越受虐越好）在任何伟大的文化中，对任何性别来说，都是令人敬佩的。

其他取材于民族历史的故事也遵循类似的模式。一场关于 13 世纪末英格兰国王爱德华一世早年生活的讨论指出：爱德华未登基时，曾作为一名十字军战士东征巴勒斯坦，当时，"他年轻的妻子埃莉诺恳求能与他同行。尽管爱德华告诉了她旅程会有多危险，住在船上或帐篷里会有多不舒适，但埃莉诺最终还是随他前行"。埃莉诺的自信、冒险精神、好与丈夫争辩以及毫不示弱的性格并没有被谴责为不当的女性品质，而是受到了认可，因为这些品质使埃莉诺挽救了丈夫的生命。一名刺客携带有毒的匕首潜入帐篷行刺爱德华，"埃莉诺冲向前去从伤口中吸出毒液，看到丈夫恢复过来，她欣喜万分"（3.747）。如果不是埃莉诺甘愿放弃了自己所属的女性领域，而投身于属于男性国度的战争中，一场国家悲剧就已经发生了。不过值得注意的是，埃莉诺当机立断的能力与敢于自我牺牲的精神是同时展现出来的，而后者雄辩地证明了前者的正当性。读者会意识到把毒液吸进嘴里是很冒险的事，也意识到埃莉诺以她这样的举动证实了自己随时可以为丈夫牺牲性命。她有可能被视为精力充沛的美国拓荒女的原型，渴望见识新的世界，甚至渴望与丈夫一起经历危险；但是，为了避免让传统读者觉得这种品质不适合女性，这个故事指出，舍己为人才是埃莉诺最重要的品质。

与此相反，安德鲁·杰克逊的简要自传起初似乎是为了突出这位未来领导人的男子气概——安德鲁·杰克逊于 19 世纪 30 年代初任美国总统。有关杰克逊的一桩轶事讲述了"有着一头浅棕色头发的愤怒小孩"怎样挑战一群年纪比他大的男孩，因为他们未经允许就碰了他的玩具，这桩轶事奠定了"（这个）孩子的生活基调"。"我摔他时，四次中就能摔倒他三次，但是他被摔后绝对会站起反抗。"很久以后，其中一个"男孩"这样谈起他："他甚至在那时候就已经是拼命三郎，绝不轻言放弃。"（3.792）接下来是更多关于杰克逊勇敢好胜的故事。然而，语调却在选文中间发生了显著变化。读者被提醒道：杰克逊"火暴脾气导致了他许多轻率鲁莽的行径，以至于对他的事业造成了不良影响"，他的总统职位连任竞选以失败告终，"因为政敌利用他的急躁脾气赢得了选举"（3.793）。自负只有和自制——第一次世界大战前的时代所推崇的男性和女性都该拥有的美德——联袂才符合社会美德标准。

而且，作者明显感觉到了缓和榜样人物好勇斗狠的必要。我们转入美国参议员托马斯·哈特·本顿记下的一桩逸事。一天傍晚，本顿去拜访杰克逊，发现他正抱着一只羔羊和一个学步的小孩，"小孩看到羔羊在外面受冻便啼哭不止，恳求杰克逊把羔羊领进来，杰克逊为了哄孩子就把羊领了进来，那个孩子是他领养的儿子，那时还不到两岁。残忍的人是不会那么做的"（3.793）。正如在一次课堂讨论中我的一个学生对此提出的看法：那一瞬间让人联想到的不仅是基督徒的神态——这个小男孩领着一只羔羊和一头（人类）狮子——而且是体现 19 世纪和 20 世纪初基督精神的神态，人们常常很容易赋予这种神态以温情色彩。因此值得注意的是，尽管一直强调杰克逊的好斗精神，此处对他的描绘不仅表现他承受温情，而且自身充满温情。杰克逊也是一个无私的人，他最关心的并不是自己，而是家人。因此，我们应该不会惊讶选文开头"一个有着浅棕色头发的愤怒小孩"最后变成了伤心欲绝的鳏夫，妻子去世 20 年后（实为 17 年——译者注），把妻子的照片"挂到脖子上的项链上"后死去，面带对妻子的疼爱之情："枕在枕头上的脸显得很平静。这个暴躁、勇敢的男人的精神得到了安息。他要回——家——回到她的身边。"（3.793）如果英格兰的埃莉诺因为她作为自主个体在公共领域发挥作用的能力而受到赞美，那么安德鲁·杰克逊则因为归顺私人领域而使形象得到弥补。他"脖子上的项链"就标志着此处真正的"火暴"是有家庭温情的火热。

五　结论

回顾一下本文开头众编撰者的承诺：《知识全书》会支持"……受到（不良的）经济和社会影响威胁的美国家庭。"（第 1 卷第 7 页）这套书能够为 1912 年的读者提供经济帮助大概与其提供的事实资料有关；有的孩子从这部作品论述的文科和理科知识中获得了基本功的训练，编撰者们很可能合乎逻辑地认为这些孩子是准备上大学的，并且日后会成为专业人士。但这套书可以为读者提供社会保护的想法，可能才是当今学者感兴趣的。1912 年，人们普遍谈论美国家庭面临的"威胁"，那些威胁包括"种族自杀"（受教育阶层的低出生率）、离婚以及父亲因为仅仅承担经济角色而在情感上跟家庭渐行渐远的感觉。《知识全书》并没有直接谈及其中任何弊端，但是表现出旨在减少那些弊端的强烈态度。对孔子的重视就是此种态度的一个例证，孔子所强调的父母和子女之间的关系在多卷书中受到了赞许。但是，我想指出的是，对雌雄同体（androgyny）的不断强调也是此种态度的一个例证。这套书的隐含读者，与其说是那些想成为有教养的男人和女人的男孩和女孩，毋宁说是那些共享知识和价值观、能够带着对彼此的理解和欣赏互相交谈的男孩和女孩。儿童读者被鼓励仿效那些编撰者——也就是那些"男人们",请记住,是"那些自己有孩子、并从孩子身上学会了如何教导孩子的人"——通过学会将儿童的知识培养视为两个性别的共同使命,参与到拯救美国家庭的行动中。

既然,正如我们从书中引述的那些故事应该表明的那样,1912 年版《知识全书》如此包罗万象地涉及了许多既不是儿童也不是美国人的人物,那么,关于美国儿童观,这套书能告诉我们些什么呢?我想指出《知识全书》很有趣的一个方面:这套书暗示,重要的并不是书中的主人公,而是文学作品的阅读者;然而,这套书同时又暗示,尽管儿童非常重要,但是应该教育他们不要把目光局限在自己身上,要运用他们的想象力优雅地从一个世纪移动到另一个世纪,从一个国家移动到另一个国家,同时学会赞赏那些重要人物——他们的行为举止表明他们甘愿把别人的利益放在自己的利益之上。显然,关于可能被视为过着 1912 年典型的美国中产阶级儿童生活的孩子的词条基本没有;在这些编撰者的定义中,"知识"显然更多地是由有关他人的知识构成,而非有关自己的知识。《知识全书》对某些特定美德怎样超越历史时期、阶级立场、性别和国籍的强调告诉人们,通过撇开个别国家、时期、社会阶级的身份标记而欣然接受基于美德的群体认同,美国和美国儿童的确能得到最好的服务,他们的形象也能得到最完美的表现。

作者简介

克劳迪娅·纳尔逊是得克萨斯 A&M 大学英语教授,博士生导师,美国 2012—2013 届儿童文学学会主席。出版的著作包括:《男孩将成为女孩:女性伦理和 1857—1917 年英国儿童小说》(罗格斯大学出版社 1991 年版,获得美国儿童文学学会评论性图书奖荣誉奖);与琳恩·瓦隆合编《女孩自己的:1830—1915 英裔美国女孩文化史》(佐治亚大学出版社 1994 年版);《隐形人:维多利亚时期 1850—1910 期刊中的父亲身份》(佐治亚大学出版社 1995 年版);与安·萨姆纳·霍姆斯合编《母性本能:1875—1925 年英国对母亲身份和性的描述》(麦克米伦出版社/圣马丁出版社 1997 年版);《小陌生人:1850—

1929 年美国社会收养和寄养现象概观》（印第安纳大学出版社 2003
年版，获美国儿童文学学会评论性图书奖）；与米歇尔·H.·马丁合
编《性教育学：1879—2000 年英国、澳大利亚和美国的性教育》（帕
尔格雷夫出版社 2004 年版）；《维多利亚时期英格兰的家庭关系》
（普雷格出版社 2007 年版）；《早熟的儿童和孩子气的成人：维多利
亚时期文学中的年龄倒置》（约翰·霍普金斯大学出版社 2012 年
版）；与苏珊·B.埃格诺尔夫、朱莉－玛丽·斯特兰奇合编一套 5 卷
本的《1780—1914 年英国家庭生活》（皮克林 & 查托出版社 2013 年
版）。

儿童图片文本中的民权运动

凯瑟琳·凯普肖·史密斯（Katharine Capshaw Smith）

孟　岗译

内容摘要：本文重点研究沃尔特·迪恩·迈尔斯（Walter Dean Myers）的《再渡一条河：一个美国黑人的相册》（1995 年）和卡罗尔·波士顿·威德福（Carole Boston Weatherford）的《伯明翰，1963》（2007 年）。他们探索通过图像叙事展开的文化史建构。图像叙事的形式在组织图像/文本架构上具有灵活性的一面，但同时又难以摆脱读者习惯于将影像阐释为"真相"的隐性诉求。为了唤起当代的社会行动，迈尔斯和韦瑟福德重新考量 20 世纪 60 年代中期纯真在文化上的失落。他们拒绝把民权运动搁置在纪录片式的停滞状态。他们的文本呼吁年轻人将民权运动看作未完成的、持续性的使命。

关键词：种族　意识形态　历史　美国黑人　摄影

民权运动的开展是美国 20 世纪最有意义的政治进步。作为一种基础深厚的抵抗种族主义的社会和政治进程，该运动涉及全国范围内（但或许尤其在南方腹地）的抗议和非暴力不合作运动。作为一个形塑当代美国人身份认同的运动，它被以各种形式向年轻人进行了表述：从小说到散文，从诗歌集到运动参与者的回忆录。这些给孩子们的文本试图向他们阐释那个时代的真相，并向当代读者倡导那次运动所象征的平等和民主。

而本文所关注的图片书恰恰是民权运动的重要表征。摄影图片图书流行于 20 世纪 90 年代，很大程度上因为它们能够通过这些黑白意象将种族关系具象化，并呈现"真相"。在民主理想的紧要关口，一本图书中表述的"真相"会变成民族认同的"真相"。图片书籍在让年轻人牢记那次运动上具有重要作用。正如汤素兰在本论文集中提及中国儿童文学时所说，政治制度从内容和形式上都广泛影响着给年轻人的文本。在美国，关于民权运动的图书表述的是 20 世纪中期兴起的政治运动的原初时刻，但是这种表述当然也是 20 世纪 90 年代和 21 世纪初的意识形态的折射。鉴于我的论文同样关注意识形态在政治认同方面形塑图书，因此，我的论文与王泉根、朱自强和徐妍等学者关于政治史和儿童哲学家对于中国儿童文学影响的研究有相通之处。民权表征作为批评分析的主题应该引起中美学者们的特别关注，因为它引发人们探索政治、意识形态和历史如何作用于儿童文学。这些议题也引发了两个国家的批评家们的强烈兴趣。

一　再现民权

在美国人的普遍的想象中，民权故事包含几种明显的标志，这些标志从意义和反响上改变着叙事。正如蕾妮·C. 罗马诺（Renee C. Romano）和利·雷弗德（Leigh Raiford）在《美国人记忆中的民权运动》中所提及的："尽管有很多读者都在声称对于民权运动有'真实'的记忆，但事实上存在着一个可以称之为共同记忆的东西，一个关于此运动目标、实践、胜利以及其最终遗产的主导性叙事。"①（xiv）民权运动的遗产已经被广泛展现在艺术展览、小说、诗歌、街头符号、纪念碑以及商业和政治之中。即便人们对民权叙事的用法和表述不尽相同，"共同记忆"的观念却是对的，即便对于民权偶像的政治和文化方面的利用各有不同，但是偶像本身却依然存在着。在整个美国，关于民权时期的共识或许在教室里得以最清晰地表述。在教室里，通过成人们所喜爱的图像来表述抗争：学生们了解到有关种族

---

① Eds. Renee C. Romano and Leigh Raiford, *The Civil Rights Movement in American Memory*, Athens: University of Georgia Press, 2006.

隔离的罪恶，联合抵制的胜利，马丁·路德·金的伟大领导。马丁·路德·金的生日或许是一种全国性的假日，但没有任何地方比孩子们在教室里对这个节日的庆祝更为正式。童年成为共识得以形成的时期。

对于罗马诺和雷弗德以及其他从事民权文化生产的批评家来说，有着相对于这种共识更为另类的特点。当然，路德·金是最杰出的人物，罗莎·帕克斯（Rosa Parks）是他的女搭档。但是人们在很大程度上是通过"我有一个梦想"的演讲及其被刺杀而对金加以想象的，而不是通过他对越南战争的抵制或者他的"穷人运动"。换句话说，人们再现的是缩减版的路德·金。他仅仅通过早期的抗议和殉难而为人所知。一个让路德·金和民权运动家喻户晓的原因是对他在1963年"我有一个梦想"演讲的流行阐释，该阐释认为演讲的高潮在于激发人们对未来的想象而非对当前行动的呼唤。正如路德·金演讲稿的作者和社会活动家文森特·G.哈丁（Vincent G. Harding）所观察的，演讲中反贫困的语境被从大众的意识中清除了。人们赞同演讲中提到的那种浪漫化未来中黑人白人儿童手拉手共同前行的愿景，却忽视了演讲中对于即时性和实质性行动的强调。哈丁认为："的确如此，他演讲中提到孩子的部分是最被人误解和误用的部分。"① 被脱离出语境的时候，演讲中最著名的语句被抽象了：比如，那句"我梦想有一天，我的四个孩子将在一个不是以他们的肤色，而是以他们的品格来评价他们的国度里生活"经常被右翼政党用来反对把种族主义视为评价一个国家道德地位的因素，而事实上，路德·金的这句话是在呼吁人们关注当时种族和贫困问题对于儿童生活的影响。第二段非常有名的语句被人们广泛引用，却忽视了里面隐含着的社会和物质上的不公正：

今天，我有一个梦想。我梦想有一天，亚拉巴马州，尽管有

---

① Harding, Vincent, "Re-Visiting King's 'I Have a Dream' Speech", 5 September 2010, http://www.veteransofhope.org/blog.php.

着恶毒的种族主义者，尽管它的州长对联邦法令满口异议、横加指责，但有朝一日，就是在亚拉巴马，黑人男孩和女孩将能与白人男孩和女孩携手并进情同手足。今天，我有一个梦想！

除去那些邪恶的、野蛮的种族主义者和他们充满仇恨的修辞，以及南部政府的压力，只剩下一种立足于儿童情感视角之上的美国乌托邦。正是路德·金《我有一个梦想》演讲的这种愿景占据了美国人的想象。种族友善将落户于未来的乌有之乡，不是建基于对品性的考虑，而是建基于无种族歧视的想象文化。

而且，将路德·金看作运动的象征导致了某种妥协。路德·金作为领袖的个体性抹杀了无数个体的艰苦工作，而恰恰是这些无数的个体为了追求平等英勇奉献。然而对于孩子们来说，路德·金被很好地置入了他们所关注的叙事之中：一个单独的个体对抗邪恶的种族主义，去解决压迫问题，为了他所热爱的集体而去改变政治和社会景观。这看上去像是一个童话故事，或者一本童书。正如爱德华兹·P. 摩根（Edward P. Morgan）① 和其他评论家贴切地指出的，无论是作为政治上的保守派还是文化上的新闻名人，路德·金作为个体主义者都与美国理想很合拍。但是路德·金的独特性也通过儿童文学的修辞来对年轻人言说着。虽然路德·金为了事业而牺牲，但人们一致认为，他的生命改变了世界。正义战胜邪恶，我们取得了一个美满的结局，因此小学生会在种族混合班里（或者在理论上可以种族混合的教室里）庆祝他留下的遗产。他不能被人们遗忘，因为他已经被写进了校史。对年轻人来说，他就是民权运动的代言人。

另一个与儿童相关的共同记忆是种族融合，这个观念明显存在于黑人男孩女孩和白人男孩女孩手拉手的感人修辞中。然而，是学校践行种族融合理论，虽然这不是全国性举措，但它是集体记忆中取得的成就。黑白混校表现了儿童的勇气和成就，主导了当时的民权运动。

---

① Morgan, Edward P. , "The Good, the Bad, and the Forgotten: Media Culture and Public Memory of the Civil Rights Movement", *The Civil Rights Movement in American Memory*, Eds. Renee C. Romano and Leigh Raiford, Athens: University of Georgia Press, 2006, 137 – 166.

它让路德·金的梦想部分得以实现，并成为走向种族和睦的第一步。它也可以被人们目证、记录、拍照和铭记。黑白混校在这种共识性叙述中实现了社会融合，就像儿童的单纯视角教会大人们超越他们自身的成见。黑白混校不仅体现在学校范围之内，它同样作为一种拯救儿童的共同记忆而存在。其优势在于它确证了路德·金梦想的实现。它搁置了平等和斗争等问题，让美国学校里的孩子们最终的"幸福终点"得以实现，无论他们所在的教室里实际上是否还有"别人"。黑白混校主题的呈现或缺失通常彰显着儿童文本的政治意识形态和社会投入。

形式、政治和再现是沃尔特·迪恩·迈尔斯（Walter Dean Myers）和卡罗尔·波士顿·韦瑟福德（Carole Boston Weatherford）图片书的中心议题。迈尔斯和韦瑟福德以抵抗黑白混校故事垄断的方式，来回应着来自民权叙事的压力。此前，共识性故事一直被用来稳定、限制以及商品化这种社会进步。我对这些著作是否关注民权运动的未竟之业尤为感兴趣。和杰奎琳·多德·霍尔（Jacquelyn Dowd Hall）一样，我在寻找着印证民权运动是一种实际上比在公共话语中呈现的更为复杂的叙事的征象。霍尔认为："我想让民权运动更为困难。更难于将其赞誉为美国民主的自然进程，更难于将其设置为一个令人满意的道德故事。最重要的是，更难于被简化、利用和控制。"[1]（1235）儿童文本如何利用图片文本形式来阐释那些标志性图像？他们的创作动机是为了向人们提供一种批判性视角并激发批判性阅读吗？他们是如何与民权共识性叙事以及儿童文本中普遍存在的"完美结局"做抗争的？

二　沃尔特·迪恩·迈尔斯（Walter Dean Myers）

沃尔特·迪恩·迈尔斯（Walter Dean Myers）的《再渡一条河》

---

① Hall, Jacquelyn, "The Long Civil Rights Movement and the Political Uses of the Past", *The Journal of American History* 91. 4 （Mar. 2005）: 1233 – 1263.

（*Walter Dean Myers*）（1995）以家族影集的形式，跨时代地再现了从奴隶时期到现代的黑人民权活动。他加入了多德·霍尔的纪念"民权运动的漫长历史"项目，而不是仅仅局限在 20 世纪 60 年代早期。迈尔斯提供的图像大多来自他的个人收藏：通过将人们熟知的照片与不为人知的照片并置在一起的方式，迈尔斯革新了美国黑人社会进步事业的叙事方式。尽管迈尔斯在卷末索引部分有时候会对原始照片的出处和背景有所说明，但他从来没有用叙述语言指明照片中的个人身份。就像一个档案保管员一样，迈尔斯将那些被遗忘的无名黑人的图像，与那些黑人历史上的"大人物"平等并置在一起。这种并置可以让读者重视那些被忽略的人们，牢记那些不知道名字但形象却存活在印刷页面上的人们。读者或许会认出，比如，杜克·埃林顿（Duke Ellington）、詹姆斯·鲍德温（James Baldwin）和玛丽·白求恩（Mary McLeod Bethune）的照片，但是迈尔斯在文本中并没有对他们特别详加说明。他们与那些被时间湮没身份的个体肩并肩坐着。而且，这种策略要求读者进行批判性实践：读者试图在那些形象中进行辨识，即便她因为无法辨识那些无名之辈而受挫。因此，读者意识到将历史具体化的可能，同时也意识到无法辨识那些有历史价值（与那些知名黑人英雄和女英雄们并列出现）但贡献遭到抹杀的人们的损失。有名和无名的人们都通过意象而变得具体化，但他们又被一种叙事抽象化了，这种叙事通过拒绝命名的方式而唤起集体性的"我们"的观念。通过将其个人收藏汇编成一种视觉档案，迈尔斯使黑人读者想象把自己的家族照片与美国黑人民权运动的故事设置在一起。他的策略不仅是要在配置文本上显示出"制作者的手"，更要求读者参与人物身份鉴别并参与他的项目，以复杂心情感受无数无名个体在民权运动的历史洪流中的默默贡献。迈尔斯同样改造了种族暴力的历史形象，对抗原有的那种遮蔽暴力或者截取民权运动历史的感伤化版本。他展示了一张有两页宽的关于 1925 年 3K 党在华盛顿集会的照片。这张照片在白人至上主义和民族国家之间建立了视觉关联：我们看到国会大厦像个幽灵一样在游行队伍后面隐约可见，它（国会大厦）的白色与 3K 党的头套和袍子交相映射。这幅图像立即将种族暴力从抽象带入了具体：一个带着狗的暴徒站在一个被用私刑处死的黑人面前拍照。成人或许对私刑图像比较熟悉，但孩子们（那本书的读者）却未必。这幅图像本身就是对抗性的，因为所有的暴徒都面对着照相机。中间的人看起来尤其嚣张。左边暴徒的手摸着吊人的柱子，急切地将他们与暴力地点建立起关联，由此来确认他们的权力和意识形态。在被吊死的人身上可以看到暴力的影子，正如暴力威胁穿越图片进入今天读者的空间。迈尔斯的叙事强调了种族主义是一种有意识的选择；他用中间断开的一句话来作为3K党和私刑图像的旁白："那些因为我们的肤色而仇恨我们的人们/自豪于他们的仇恨。"（100，103）在这种情形下，种族友善的理想变得不可能。

将3K党游行和私刑图像引入一个"家庭"影集使种族暴力的来源具体化了。这本书出版于洛杉矶种族暴乱不久后的20世纪90年代中期。该书强调暴力是白色固有的特质，即便这种暴力没有被充满仇恨的团体背后幽灵般若隐若现的政府权力的象征物合法化，也已被它忽略了。就像全国有色人种协进会采用被谋杀黑人的图像来推动反私刑运动一样，[1] 迈尔斯通过语言将我们的注意力重新引向白人的种族仇恨而非被迫害的黑人。诸如艾米·伍德（Amy Louise Wood）[2] 等评论家对迈尔斯著作中的私刑图像进行了有力的阐释，由于死亡看上去就像睡眠，所以他们特别关注了"请不要醒来"这句口号（209—210）。但是迈尔斯没有指明被谋杀者的名字（查尔斯·黑尔），没有指明图像的时间（1911年），也没有指明事件发生地点（佐治亚）。他对私刑照片的重置抽象化了黑尔；迈尔斯不指明书中图片的主体，因为他没有所有主体的名字。相反，私刑图像强化的是白人的仇恨而不是某个人的死亡。因为这幅图像将焦点集中到那个牵狗白人的注视上，迈尔斯让他的读者回报以对抗性注视。雷弗德（Raiford）[3] 通过

---

[1] See Raiford's Chapter on Reframing Lynching Photographs.

[2] Wood, Amy Louise, *Lynching and Spectacle*：*Witnessing Racial Violence in America*, 1890 – 1940, Chapel Hill：University of North Carolina Press, 2009.

[3] Raiford, Leigh, *Imprisoned in a Luminous Glare*：*Photography and the African American Freedom Struggle*, Chapel Hill：University of North Carolina Press, 2011.

讨论重置活动家们拍摄于 20 世纪 20 年代的对黑人执行私刑的图片，来"重构黑人反过来对不公正遭遇的注视"（60），那些受私刑的黑人个体直面着白人暴徒。但是在这里，迈尔斯将他的读者放在了对抗的位置。私刑受害者的匿名性质没有减弱犯罪的罪恶性，相反，时间、主体和地点的抽象可以让读者直面图像。我们不再局限于某一具体时刻或者某个人的死亡，因为无论何时，这幅画面都能唤起我们对白人种族仇恨和白人暴力的反抗。读者由此进行抵抗。

当迈尔斯用图片再现 20 世纪 60 年代的民权运动时，他的作品涵括了对黑人社区包容性和持续性呼吁。在两页宽的 1963 年华盛顿游行的图片中，迈尔斯让图像扩展到书页的边缘。这幅图像再现了游行人群的规模和多元性，尤其是在年龄和种族方面。那幅 3K 党游行图像中个体远离镜头，模糊他们的脸孔在某种意义上是对游行队伍的意识形态的拒斥，而这幅图像可以让读者思考人群的细节以及他们的数量。尽管大多数人面朝着镜头，往演讲者方向观看，有些人则脸朝向一边，甚至有的为了跟人交谈背朝照相机。主体注视的多样性诉说着场景的活力：主体的特殊性折射着他们个体的理性考虑。人们或许会把这幅画面的效应与暴徒私刑场面中的目光的单一性相比较。单一的白人仇恨唤起的是一种愚昧感，然而这个游行场景中的多样性却意味着复杂性、个人的投入以及深思熟虑。图像中的标语延续着对民权的承诺："我们为每个人的权力而前进，能走多久就走多久。"尽管这张图像发生在特定的时空之中，但游行的口号表明，为了平等，这一运动会永远坚持下去，这是一个穿越到当代读者空间的口号。迈尔斯为图像提供的说明也指明了跨越时间的连续性："我们奋斗了很久，我们还得继续。"（136）这句话反对那种把民权运动从时间上截至 20 世纪 60 年代早期的做法。这句话包含着人们历经几百年抵抗之后还要继续为权利抗争的挫折感，以及当代的读者或许能够体验到的某种感伤。

就像他重在再现民权运动的大众参与，迈尔斯拒绝强调某个特殊的个人。这不同于有些书常常抹平路德·金和罗莎·帕克斯等人的复杂性。由于迈尔斯的目的是要表现黑人家庭在民权运动中的付出，他因此赋予运动英雄以人性性化。他并列呈现了路德·金和马尔科姆·艾克斯（他们俩经常被描绘成意识形态上的对手）微笑的图片。路德·金微笑着温柔地拥抱着妻子。当迈尔斯展现华盛顿 1963 年大游行时，他的图像中出现的是人群而不是偶像人物路德·金在发表他的"我有一个梦想"的演讲。马尔科姆·艾克斯既不是怒气冲冲也不针锋相对，这是以往被简单化处理的民权运动叙事所呈现的他的典型形象。迈尔斯拒绝将领袖变成偶像；他们变成了个体的人，就像在逛超市的人，身处于和他人的关系之中。这些领袖们看上去和蔼可亲、充满喜悦。迈尔斯以暗示的方式提到了"我有一个梦想"的演讲，他改造而非重复了那个演讲："有人引领着我们，他们会把我们领到山顶。"（138—139）正如迈尔斯拒绝把某个黑人英雄推到读者面前让他们辨认，对路德·金演讲的暗示要求读者记起登上山顶的理想，但并不是想要把那句话的含义直接告诉给读者。这种暗示促使读者想起那个演讲，但是读者必须对"带我们登上山顶"这句话有自己的理解。于是，文本再次导向了与读者的合作和开放，这是对以往民权叙事俗套的抵制。①

　　迈尔斯对争取民权的描述从根本上看具有一种公共性。他不是通过新闻性的摄影框架而是通过家庭模式来再现运动领袖，比如路德·金等人。在这部非裔美国人的家庭相册里，甚至它的集体第一人称"我们"的使用，也是对群体努力的一份坚持。很显然，迈尔斯是通过不断展示异性恋核心家庭的图像来记录黑人"家庭"，这或许是在对抗 20 世纪 90 年代关于黑人家庭生活中父亲缺席的话语。在阶层方面，迈尔斯展现的家庭具有非常明显的多元性。迈尔斯强调各方面在干预制度性权力的共同努力，无论是黑人棒球联盟运动员，还是在得克萨斯的黑人小镇理缇格（Littig）的邮政局长和他的家庭，抑或是在赫伯特号驱逐舰上的水手。在此书的最后部分，紧跟着民权运动图

---

①　The next images are of black soldiers in Vietnam, a gesture that might signal King's resistance to the war, since Myers's language describes the conflict through Biblical language (echoing Psalm 55, verse 18) that insists on its antagonism to blacks: "He has delivered my soul in peace from the battle that was against me." (140)

像，迈尔斯将历史上的无名孩童和家庭的照片与当代的图片交织呈现。他的叙事将民权叙事从 20 世纪 60 年代早期抽离出来，指出争取平等之战从黑奴时代一直延续至今："我们的眼泪已经被擦干，让我们用自己的眼睛去看被讲述的故事／我们的心灵也已经被打开，透过心灵就是生活的甜蜜胜利，／我们呵护着这胜利，就像呵护延续着几个世纪的圣火。"（142—145）迈尔斯将民权运动放置在一个长远的视野中，在他看来，民权斗争是黑人生活中一种持续性的而非仅仅存在于 20 世纪 60 年代的特殊事件；他同时也强调生活的胜利，这种生活是复杂而完整的。迈尔斯指出，斗争是黑人生活的持续特性，而那种"甜蜜的胜利"也是维系黑人家庭的自尊自爱的胜利。马尔斯提到兰斯顿·休斯（Langston Hughes）和罗伊·德·克尔瓦（Roy De Carava）的图片书《生活的甜蜜》（*Sweet Flypaper of Life*）①，在这种措辞里，人们一定会发现两种对黑人家庭生活的探索和赞美之间的类似。

《再渡一条河》认为争取民权是黑人家庭的事业，是母亲、父亲、孩子共同追求的事业。我将拓展玛丽安·赫西（Marianne Hirsch）的家庭照片功能理论来辨析文本的能动作用。赫西认为，"把某张图像看作家庭式的图像，将产生一种特定的阐释或观看视角，同时也是一种交往视角，通过这一视角，我们融入图像当中并将图像移植到我们自己的家族叙事中"②（93）。依据赫西的理论，家庭图片具有一种亲和效应，我们把自己放在家庭照片中，或者在自己的家庭与所看图像间建立关联。在迈尔斯的书中，读者见证了数百个黑人家庭用生活来书写"胜利与忍耐"的故事（151）；我们由此意识到，正如迈尔斯所说的，"征途一直延续"（151）到今日。他的文本呼吁非裔美籍读者意识到她的家庭与其他黑人家庭经验上的延续性。种族融合在迈尔斯的叙事中是缺席的，迈尔斯将激进主义定位在黑人家庭之中（而非在白人的认可与合作中），同时他也在视觉上将激进主义从受难黑人

---

① Hughes, Langston and Roy DeCarava, *The Sweet Flypaper of Life*, New York：Simon and Schuster, 1955.

② Hirsch, Marianne, *Family Frames*：*Narrative*, *Photography and Postmemory*, Cambridge：Harvard University Press, 1997.

儿童的图像中抽离出来，而这原本是民权话语最为熟悉的部分。此外，迈尔斯的文本还包括那些被隔离的生活空间的图像——西部和南部的黑人小镇、北方城市的市区、南方的农村，这对认为融合是民权斗争出路的观点是一种对抗。隔离本身并不一定是邪恶，但它可以产生邪恶。[①] 对迈尔斯来说，种族隔离的空间，包括黑人家庭，变成了民权斗争的胜利源泉。迈尔斯勇敢对抗民权运动的统一叙事，他尤其不接受民权叙事强调种族融合、种族友爱以及民权故事的完满结局。相对 20 世纪 90 年代对于黑人社区的普遍描述，迈尔斯的文本断言黑人集体的生存能力是社会变迁的一种手段。就像陈晖在本论文集中强调的，应该有一种文学来认可儿童对或许是某些人所认为的"成年人"话题的投入，就像美国民权运动和其他文化和政治历史中某些重要时期这样的话题。对于民权故事，迈尔斯给他的儿童读者提供了一个拒绝简单化的版本。

三　卡罗尔·波士顿·韦瑟福德
(Carole Boston Weatherford)

卡罗尔·波士顿·韦瑟福德面对的是民权运动时期具有标志性意义的一个事件，即造成四个黑人女孩死亡的 1963 年第 16 街浸信会教堂的爆炸案。在她的图片文本《伯明翰，1963》中，韦瑟福德以虚构的第一人称视角重访了爆炸地点：她虚构了一个快满 10 岁的孩子被卷入反抗运动。缅怀死者的经典格式要数马丁·路德·金在三个女孩葬礼上的《给被害孩子的悼词》[②]。在他的演说中，金将个人转化为

---

① For more on revaluing segregated communities, see Tim Libretti's discussion of John Sayles's films and Toni Morrison's *Sula*. Libretti, Tim. "Integration as Disintegration: Remembering the Civil Rights Movement as a Struggle for Self-Determination in John Sayles's *Sunshine State*", *The Civil Rights Movement in American Memory*. Eds. Renee C. Romano and Leigh Raiford, Athens: University of Georgia Press, 2006. xi-xxiv. 197 – 219.

② King, Jr., Martin Luther, "Eulogy for the Martyred Children", *Martin Luther King Jr. Online*. Web. 4 April 2012. < http://www.mlkonline.net/eulogy.html >.

宗教偶像，认为孩子们的死亡最让人们明白为什么要致力于这项运动："这些孩子——善良、无辜、美丽——是这种最邪恶、最让人悲痛、违反人性的罪行的牺牲品。然而她们死得很高尚。她们是通往自由和人性尊严的神圣道路上的殉难女英雄。"路德·金通过修辞赋予儿童以新的力量。路德·金说："她们的死告诉我们每个人一些道理。"人们可能会疑惑这句话是否在强调孩子们只有在死亡中才能找到政治表达的可能性。于是，民权运动时期的儿童图片被放置在殉道（或者在种族隔离和抗争图像中即将发生的殉难）的透镜下，儿童被视觉性地用作种族仇恨的牺牲品，而这也重复着摄影图像的这一陈旧主题。

　　韦瑟福德在描写孩子们死亡的时候避免了实用主义与象征主义。首先，她虚构的叙述者把读者带到一个孩子的记忆中，要求读者作为一个参与者来审视民权运动，而不是仅仅作为一个回溯历史的旁观者。叙述者从描述她所做的种种努力开始："我满 10 岁那年/我没有上学而是和别的孩子一起游行/为了在白人专用的午餐馆得到一个座位。"她接着提到了他们所面对的"狂吠的狗和消防水龙头"，最后"用巴士送我们，900 个人，到监狱去"（4）。在这里，韦瑟福德既强调了叙述者的个体努力也强调了儿童群体的力量。叙述者也和她父母一道组织集会以及参加华盛顿大游行。当故事行进到叙述者生日的时候，书中强调了父母对她成长的温和肯定："妈妈允许我喝下人生第一口咖啡/爸爸带我在厨房跳舞/穿着我父母的恰恰舞高跟皮鞋。"（10）在那个"安静的"（14）教堂里，一声爆炸让孩子告别了纯真。当叙述者正在等着唱一首独唱歌曲："我 10 岁那天/有人塞了一捆炸药/就在教堂的台阶下，然后点燃了仇恨的导火索。"（18）在这个叙述关节点上，韦瑟福德用上一张 3K 党成员的照片：一个 3K 党成员头缠写着"今晚"的布条，宣示着内在的种族暴力威胁。在此，韦瑟福德使用了纪实性暴力照片，个人叙述的参与使得过往熟悉的图片变得陌生："烟雾堵住了我的喉咙，刺痛了我的眼睛。/当我爬过破碎的石膏像，破碎的玻璃，/《圣经》碎片和残破的椅子——/呼喊着妈妈！爸爸！——惊恐万状的教友们/四处奔逃。"叙述者紧接着给出了四个遇难孩子的名字，并把她们放在家庭的结构中以作识别："'这是我姐姐'，一个男孩哭喊着说。'我的天呐！'"（20）文本接着展示了一个关于那场灾难的象征性纪实性图像，这张照片在20世纪60年代出现在报纸上，到了20世纪晚期则出现在图片书上。彩色玻璃窗上基督的脸被炸破了，通过视觉上基督脸上的裂隙，也通过语言上兄弟对上帝的呼喊和扩音器里牧师对圣诗第23篇章"上帝是我的牧羊人"（22）的念诵，这张图片展露着宗教意义上的被遗弃之感。韦瑟福德将读者的注意力引领至图像的另一个维度，她把染色窗户称作"主站着的门口"（22）。这一手法唤起了叙述者的经验，通过门槛上耶稣基督这一意义双关的图像，文本显示出叙述者已经对自我和世界有了新的意识。纪实性图片再次成为个性化的和独特的。叙述者以纯真的消逝完成了她在书中的叙事："那天我刚10岁/没有生日蛋糕和生日蜡烛；/只有残渣，灰烬和我想仍然9岁的愿望。"（28）在本论文集中，陈晖表示文学应该关注儿童在现实世界的投入，而不是只传达成人对不现实的儿童纯真的期待。韦瑟福德关注年轻读者，她通过一个年轻人的声音讲述爆炸带来的精神创伤，而这个年轻人意识到，在种族暴力面前，天真不复存在。

　　这本书以写给爆炸遇难女孩们的四首悼念诗结束。韦瑟福德再次反对笼统地将那"四个小女孩"看作运动的殉道者来尊重。在这些诗中，孩子们都是来自不同家庭、性格兴趣各异的个体。每首诗都附着一帧孩子的照片。照片上的孩子们，都由照片底部的说明文字"谨此悼念"限定了生命的轨迹。这个设计暗示她们的生命已经止息，就像最后两首诗想象着丹尼斯·迈克纳尔和卡洛尔·罗伯森两个的生命走向未来："丹尼斯，总是对着照相机笑/本该成为一个能干的美国人"（34）和"卡洛尔，认为她将来能当个历史老师/或者至少在历史上留下痕迹"（36）。这些是这本书的最后文字，不仅阐明了卡洛尔的愿望，也是对她们成就的反讽，因为卡洛尔在历史上留下痕迹是显而易见的。该书以孩子们无法实现的愿望结束，也体现了韦瑟福德对民权运动中年轻人的挫折与死亡的思考。

　　通过聚焦死亡，威德福的书重现了爆炸事件，重铸了为人们所熟知的图片，要求读者铭记每一个作为人类主体的女孩个体，而不是把她们当作殉道者。韦瑟福德也凸显了 1963 年文化童真的幻灭，但她拒绝在怀旧中寻求慰藉，而是通过叙述者展现她自己致力于追求平等的诸多细节。在韦瑟福德的书中看不到美国式胜利或者民主平等这样的图像；我们被置于信仰破碎和生命陨落的伤痛之中。对于叙述者来说，一种深远的悲哀就是，不再相信民权可以和平获得的假想。或许，这本书挑战的是那种认为民权运动已经完全实现的观念。韦瑟福德在她的书的序言部分有这样的献辞："献给那些最终为自由而牺牲的人。斗争仍在继续。"无论是迈尔斯还是韦瑟福德都坚信平等运动至今仍在继续，他们也都在利用图像的可能性来展示历史上撼动人心的时刻，并试图在当代读者中使那种历史时刻复活。只要不平等存在着，就不会有大团圆结局。正如曹文轩和梅子涵在本论文集中所断言的，最好的儿童文学就是那些不是"蹲下"讲故事的儿童文学；在当代中国和美国，我们寻觅在再现历史、语言和观念时，尊重儿童读者而不是将其幼儿化的文学。迈尔斯和韦瑟福德都是这种复杂的、能够发人深省的、内涵丰富的儿童文学的代表，这种文学也同时受到中美学者们的重视。

作者简介

　　凯瑟琳·凯普肖·史密斯，美国康涅狄格大学英语副教授，研究美国黑人儿童文学。她的专著《哈莱姆文艺复兴时期的儿童文学》（2004）获得了儿童文学学会最佳学术著作奖。她是美国《儿童文学学会季刊》的编辑，目前正在写一本关于民权运动儿童图片书的专著。

成长的意象：论《哈克贝利·费恩历险记》中的身体化隐喻

罗伯塔·西林格·特里茨（Roberta Seelinger Trites）

罗贻荣译

内容摘要：在《我们赖以生存的隐喻》一书中，乔治·莱考夫和马克·约翰逊提出，隐喻构成英语使用者的思维方式。换句话说，我们的大脑在一个被证明是形塑——甚至构成——我们的感知的认知过程中储存语言。莱考夫和约翰逊还强调，我们依靠关于人类身体的隐喻，构成我们对抽象概念的理解。在青少年文学中，恐怕没有哪一方面的隐喻比有关成长概念的隐喻更为比比皆是。许多作家以身体化隐喻来表现各种各样的成长，这些身体化隐喻将心智成长过程比作身体体验。

一个关于青少年成长的相当普遍的隐喻是，成长本身就是一场旅行。在美国文学中，最早探讨作为旅行的成长的身体化特征的作家之一，是创作《哈克贝利·费恩历险记》（1885）的马克·吐温。本文将探讨该书中的身体形象与成长之间的关系，包括旅行、劳作、清洗、禁锢和逃亡的隐喻性意象。吐温依赖一些身体化隐喻表现哈克的成长过程，这一经验为大部分读者所分享，因为我们的语言也依赖身体化隐喻。

我们了解所有我们通过自己身体了解的事物，所以我们的认识论是身体化的，也许青少年时期是以非常独特的方式形成这种认识论。在美国文学中，哈克贝利·费恩为将成长映射到身体化经验这一认知现象提供了一个重要的形象。研究语言如何影响认知和认知如何影响语言之间的关系，就是儿童研究中极其重要的课题。儿童文学提供了研究这些问题的丰富材料，因为如此众多的作家大量依赖身体化隐喻来引起儿童读者的概念认知兴趣。

关键词：成长的意象　身体化隐喻　青少年文学　语言与认知　《哈克贝利·费恩历险记》

一　认知、概念化和身体化隐喻
（Cognition，conceptualization，and embodied metaphors）

当前儿童文学研究的趋势之一，是探讨儿童的认知和他们的大脑如何创造和加工诗歌、叙事和艺术。比如，2013 年出版的由约翰·史蒂芬斯（澳大利亚）主编的刊物《国际儿童文学研究》就将聚焦于儿童文学中的认知科学，将收入的文献既有关于认知诗学的，也有关于认知叙事学的——这是认知科学与叙事理论的交叉。此外，一套以儿童文学与认知的关系为焦点、题为《儿童文学、认知与文化》的丛书近日由约翰·本杰明出版社（荷兰）出版，丛书主编为尼娜·克里斯滕森（丹麦）、埃尔娜·德鲁科尔（瑞典）、贝蒂尼·库姆林—梅鲍尔（德国）和玛利亚·尼克拉杰瓦（英国）。这一令人兴奋的关于儿童认知如何影响文学感知的国际新探索，就包含了诸如隐喻这一语言学现象及其作用于概念化的方式的研究。

在《我们赖以生存的隐喻》（1980）一书中，乔治·莱考夫和马克·约翰逊提出，隐喻构成言说者的思维方式："概念形成我们所感知的东西的结构，构成我们行走于世界的方式，以及我们与他人相处的方式。这样概念系统就在定义我们的日常现实中起着重要的作用。"[1] 换句话说，我们的大脑在一个被证明是形塑我们的感知——甚

---

[1] George Lakoff and Mark Johnson, *Metaphors We Live By*, 1980, Chicago: University of Chicago Press, 2003, page 1.

至赋予我们的感知以结构——的认知过程中储存语言。莱考夫和约翰逊还声称，在从儿童时代就开始的语言处理过程中，我们依靠关于人类身体的隐喻，帮助我们构成对抽象概念的理解。例如，许多说英语的人在儿童时代将身体视觉的隐喻等同于认知理解的各种隐喻：人们会说："Yes, I *see* that"["是的，我懂了。"亦可译为："是的，我看到了。"——译者注]① 或者"The argument *looks* different from my *point of view*"["这个主张看起来跟我的观点不同"]。② 在汉语中，如果把"明"（亮）和"白"（白色）两个字组合在一起，同样的隐喻就产生了："明白"，它用来表达清楚地或者明晰地理解某个事物的意思。这个例子表明，汉语也有隐喻性表达，在这种表达中，视觉的身体化加工过程等同于在认知上理解某事物的能力。据莱考夫和约翰逊的理论，我们使用的身体化隐喻影响我们的认知，是因为当我们将一个身体化概念应用于另一个没有关联的、抽象的概念时，在一个所谓的"映射"（mapping）的过程中，两个概念就在我们的思维进程中建立了联系——就像对大多数说英语的人来说视觉和理解的关系一样。那么，对许多人来说，*seeing*（看见），就充当了 *understanding*（理解）的身体化隐喻，在这一隐喻中，生理的视觉进程与理解一个概念的认知过程实际上就不可能分开了。

莱考夫和约翰逊证明，我们使用的隐喻形塑我们对信息进行加工和概念化的方式——从很早的幼年时代开始，语言的使用就形塑我们的思维过程。儿童最早的隐喻经验来自一个被称为"融合"（conflation）的过程，在这个过程中，他们学习将一种身体感觉跟一个隐喻关联起来，比如，当我们用英语对一个孩子说"I am holding you in my heart"[我会记得你/关心你]，和它联系在一起的就是"being held"[被抓住]的身体感觉。③ 整个孩童时代的经验导致这种融合，反过

---

① 方括弧中内容为译者所加。下同。

② Mark Johnson, *The Body in the Mind: The Bodily Basis of Meaning, Imagination, and Reason*, Chicago: University of Chicago Press, 1990, page 108.

③ George Lakoff and Mark Johnson, *Philosophy in the Flesh: The Embodied Mind and Its Challenge to Western Thought*, New York: Basic, 1999, page 46.

来，这种融合又导致我们参与对这种隐喻的广泛使用。而且，认知语言学已经表明，"'融合'期间形成的联系，是在一个神经系统的同步激活中实现的，这种激活导致定义概念范围的神经网络之间形成永久的神经上的联系"（46）。也就是说，在我们的整个童年时代，因为我们学会了根据某些条件思考概念，在此后的年代里，我们的大脑会在神经系统上构筑这些概念，以使我们的认知继续和童年时代学到的那些关联密不可分。例如"UP IS GOOD"这个概念，在英语中，我们使用这样的短语："things are looking up"［事情会好转的］或者"I feel *up*beat"［我很开心］，用身体的方向表示情绪上的愉悦（Lakoff and Johnson, Metaphors, 50）。长大后，我们的认知将围绕这类关联继续进行构筑，它反过来为构成我们的概念表达服务。正如莱考夫和约翰逊所指出的那样，"从幼年时代，我们就在不知不觉中自动地习得一个巨大的初始隐喻系统，我们在以最平常的方式活动于日常世界中完成这种习得。在这一点上我们别无选择"（*Philosophy*, 47）。

二　关于成长的身体化隐喻

在此，我想分析那些来自我们身体的、被用来描述成长的隐喻。也就是说，我将探析关于成长的身体化隐喻。在青少年文学中，恐怕没有哪一方面的隐喻比有关成长概念的隐喻更为比比皆是。儿童和青少年的成长是多方面的，包括他们身体的、情感的和认知方面的成长。那些看不见的成长形式——比如情感的和认知的成长——甚至更是一种身体化的体验，因为它们发生在大脑内。也许这就是许多作家用那种以身体上的经历比喻心智成长过程的身体化隐喻来表现情感和认知这类形式的成长的原因——那就是说，在儿童与青少年文学中，许多作家在靠身体化隐喻来描述心理成长时，用身体形象映射成长。这一以身体形象术语来表现成长——特别是心理成长结构——的倾向，达到了至少两个目的：作者可以使用话语——也就是语言本身，通过提供给读者易于理解的身体形象来帮助读者理解心理成长。更重要的是，这些身体化隐喻揭示了心智和身体之间的相互联系。既然所有的心智活动都是身体化的，那么所有的成长也都是身体化的——不管是生理的还是心理的成长。英语使用者的一部分认知结构就是彻底内化的身体化隐喻，正因为如此，美国大部分青少年文学作者都采用身体化意象来隐喻性地描绘成长。

一个关于青少年成长的相当普遍的隐喻是，成长本身就是一个旅行。① 中国学者兼儿童文学作家班马证实，在中国儿童文学中，旅行是一个中心主题，这一点跟以英语为母语的儿童文学一样。旅行是身体化的生理运动过程，即身体本身从 A 点移动到 B 点，但成长实际上不一定需要一个人行走到任何地方。尽管如此，教育小说——也就是成长小说——的评论家，常常用身体旅行映射成长的概念。比如，德国批评家梅里塔·格哈德（Melitta Gerhard）在 1926 年写道，成长小说集中描写主人公的成长过程，这种成长是"旅行目标所建构的任何意义上的"成长。② 杰罗米·巴克莱（Jerome Buckley）说，成长小说的主人公"将他的青春期留在了身后"，就像经历了一次航行，儿童时代是出发的港口，而成熟则是目的港。③ 就实际情况而言，我们知

---

① Mark Turner analyzes the relationship between "progress" and "journey" with the specific metaphor "mental progress is a journey" (*Reading Minds: The Study of English in the Age of Cognitive Science*, Princeton, N. J.: Princeton University Press, 1991, page 204). Lakoff and Johnson analyze the metaphor, "Long-Term Activities are Journeys" (*Philosophy*, 193), arguing that this metaphor proliferates because we have no way of thinking about the passage of time in any other way than by employing metaphors (*Philosophy*, 166).

② G. B. Tennyson, "The *Bildungsroman* in Nineteenth-Century English Literature", *Medieval Epic to the "Epic Theater" of Brecht*. Ed. Rosario P. Armato and John M. Spalek, Los Angeles: University of Southern California Press, 1968, 135 – 146, translated in Tennyson 138, italics added.

③ Jerome Buckley, *Season of Youth: The Bildungsroman from Dickens to Golding*, Cambridge: Harvard University Press, 1974, page 17, italics added. Mordecai Marcus considers the adolescent journey to be inevitable because the protagonist experiencing initiation must undergo a transformation with a specific directional orientation: "this *change* must *point or lead him towards* an adult world" ("What is an Initiation Story?" *Journal of Aesthetic and Art Criticism* 19 [1960]: 221 – 224, page 222, italics added). James Johnson notes that the genre emphasizes "*flight and attempted escape* as a consequence of realizing one's *bodily* and spiritual *isolation*" in an "unending *search* for the meaning of existence" ("The Adolescent Hero: A Trend in Modern Fiction", *Twentieth Century Literature* 5. 1 [1959]: 3 – 11, page 7, italics added). Kent Baxter traces how often since the turn of the twentieth-

道，尽管成长也许发生在一位青少年的航行或者旅行中，但成长本身不是一种身体的旅行，也不一定要求他非得经历身体的旅行不可。不过，旅行为成长提供了隐喻：在这种情况下，身体化的概念"行进在旅途"就被映射到了成长这个较为抽象的概念上了。阿贝尔、朗兰和赫奇（Abel, Langland, and Hirsch）也用航行一词来定义女性成长小说：他们的著作的书名就是《出发远航：论女性成长小说》。①

三　以《哈克贝利·费恩历险记》为例

最早探索成长的身体化特征的美国作家之一是马克·吐温。在《哈克贝利·费恩历险记》（1885）中，就有一个也许是美国最著名的实例，将青少年身体上的旅行等同于心理成长。② 哈克贝利·费恩被养成了一个社会的弃儿，他看不惯 19 世纪南北战争前美国南方中产阶级社会的道德习俗。最后，他帮助朋友吉姆逃出奴隶主庄园。他们乘着筏子沿密西西比河漂流而下，希望坐上蒸汽船去北方自由世界。在旅途中，他们经历了许多纷争、诈骗和背叛。吉姆被骗子卖掉又恢复奴隶身份后，哈克决定帮助他逃走，尽管他相信这将让他牺牲自己的灵魂，来世要下地狱。哈克的老朋友汤姆·索亚出现在小说最后几章，原来他并不是营救吉姆的帮手而是障碍。然而，汤姆最后才

---

century adolescence has been depicted as a "*path* by which the child becomes an adult" (*The Modern Age*: *Turn-of-the-Century American Culture and the Invention of Adolescence*, Tuscaloosa: University of Alabama Press, 2008, page 11, italics added). In an article entitled "The *Journey* Inward", Anne Scott MacLeod traces the increasing tendency of YA authors in the 1960s and 1970s to focus on inward growth rather than external quests in novels that depict "getting *through* the teen years *to* the e-qually undefined *territory* beyond" ("The Journey Inward: Adolescent Literature in America, 1945 – 1995", *Reflections of Change*: *Children's Literature Since* 1945, Ed. , Sandra L. Beckett, Westport, CT: Greenwood, 1997, 125 – 129, page 126, italics added).

① Elizabeth Abel, Marianne Hirsch, and Elizabeth Langland, *The Voyage In*: *Fictions of Female Development*, Hanover: University Press of New England, 1983.

② Mark Twain, *Adventures of Huckleberry Finn*, 1885, Berkeley: University of California Press, 2002. All subsequent references to this novel will be listed parenthetically.

揭示真相，吉姆早就获得了自由，原来，他的主人华特森小姐因为曾经试图把他卖到大河下游而感到内疚，所以让他获得了自由。吉姆最终实现了自己的目标。可是哈克却永远无法获得他所理想的自由，那就是从人类的残忍行为和堕落中解脱出来。小说结尾时，他逃到了西部，希望摆脱中产阶级社会"文明的"影响。然而，在他顺着河流漂流而下的旅程中，他由一个会捉弄奴隶的冷酷少年，脱胎而成一个帮那个奴隶逃走并获得自由的年轻人。

在小说开头，哈克接受属于他那个种族的种族主义传统文化教育，这尤其体现在他仍然相信华特森小姐的道德教诲是正确的。华特森小姐要转卖吉姆，吉姆于是跟随哈克逃走，结果是她背信弃义的举动给哈克的旅行提供了一个伙伴。哈克最初坚持要吉姆逃走的举动巩固了他们之间的关系。在哈克急切地催他动身时，他使用了一个身体化隐喻："Git up and hump yourself, Jim!"［"吉姆，起来，赶紧准备"（"赶紧准备"直译为"弓起身子"，犹如起跑前的预备动作——译者注）］（75）。反身词"hump"［弓起］的及物动词性质证明了它内在的身体化：吉姆需要让自己"弓起"身体，就是说，努力地弓起背，以使身体的其他部分移动。重要的是，哈克立刻就将自己有形的困境跟吉姆的连在了一起："一分钟也别浪费。他们在追我们！"（75）实际上，并没有人在追哈克，因为镇上的人都相信他淹死在密西西比河了。然而，这些关于逃跑的身体化隐喻，就构成了作为一种旅行的成长的最初阶段的隐喻。这一隐喻一直持续到小说结尾。在结尾处，哈克决定他要"light out for the Territory ahead of the rest"［"轻装前进，先走一步到'领地'去"］（362），在这里，"light out"［轻装前进］是又一个关于逃跑的隐喻，此词源于航行术语里的卸载。哈克要旅行到西部，而且要很快这样做——似乎走得越快，他就越感到轻松。在小说开头哈克催促吉姆逃出奴隶制时，使用"弓起身子"这一短语，到结尾处用"轻装前进"表示他本人也要逃出社会习俗的隐喻性禁锢，如此，哈克是按身体化的逃跑来感知自由。这个隐喻是一个有启发意义的意象，它将自由这一概念与逃出禁锢的身体能力联系起来，不管这种禁锢是奴隶制的原生意义上的身体枷锁，还是社会清规戒律的隐喻性禁锢。

　　吐温使用口语化的"a body"而不是用"a person"表示"一个人"的倾向，进一步凸显哈克的身体化如何构成他的感知。比如，哈克登上即将沉没的"华尔特·司各特号"汽船后，听着一帮强盗说话，这时他用十足的身体化语言来表现他的恐惧："a body couldn't breathe and hear such talk."［一个人听这样的谈话，是不能喘气的］(83) 听着这些杀人放火的强盗的交谈，哈克如此害怕，以至于称自己为"a body［body可译为'人'，也可译为'身体'］"，说"a body"在听着这种可怕的交谈时无法呼吸。此后不久，在他最早的一个道德困境中，哈克经历着一种内心搏斗：是否要坦白他藏匿了逃跑的奴隶。当他决定他不能背叛吉姆时，他想道："我明白，我这个人要想学好也是做不到的了：一个人［a body］从小起，没有一开始就学好，以后就成不了气候。"(127) 他的意思是，一个人小时候没有人教他辨别是非，在他以后的生活中就不可能做出正确的道德判断。但是，吐温使用"body"这个口语词作为整体的人的转喻词，就说明哈克的道德感是身体化的。身体不能跟它的道德决定或者他的行动分离开来。后来，当他看到公爵和国王两个恶棍利用年轻女子玛丽·简及其家人时，他想道："这真让人［body］为人类感到羞耻。"(210) 这里，哈克将他的认知性感知和身体化情感混合在一起，再一次展示吐温如何运用语言表现哈克的心智和身体之间不可分割的关系。而且，吐温显示了他与英语文学和中国文学长期共同存在的一个倾向的一致性：儿童文学应该有道德成分（见本书徐妍、朱自强的文章）①。

---

① In *Twain, Alcott, and the Birth of the Adolescent Reform Novel* (Iowa City: University of I-owa Press, 2007), Roberta Seelinger Trites asserts that Mark Twain—like Louisa May Alcott—helped to originate the tradition of reform novels being directed to adolescent audiences: "Both authors relied on adolescents as metaphors for reform; that is, for both of them, the young represented the capacity for change that is necessary for a culture itself to change." (xiv) Certainly, these are the same impulses that guided Lu Xun (as Xu Yan demonstrates) and Zhou Zuoren (as Zhu Ziqiang demonstrates).

　　哈克对宗教的理解也对他的道德经验和道德成长产生了影响，他对宗教的理解也是身体化的。他以十分朴素的和身体化的方式理解自己的心灵。在小说开篇，他和吉姆的主人华特森小姐讨论来世。他们争论天堂和地狱哪一个更好，似乎那是他们死后身体要前往的真实的地方。哈克非常厌烦，他对她说，"我希望我去那儿"——地狱（3），这让华特森小姐很震惊（3）。她把天堂描绘成一个这样的地方："她说，在那边，一个人〔a body〕整天要干的，就是这里走走，那里逛逛，一边弹着琴，一边唱着歌，永永远远如此这般。"（4）她对来世生活的定义和哈克的一样也是身体化的，是一幅弹着竖琴唱着歌的情景，不过哈克接着补充了他关于灵魂成长的想法，即认为它发生在一种身体化的旅行中："我看不出她要去的那个地方有什么好处，所以我下定决心，我不会试着去那儿。"（4，斜体为引者所加）地狱是人要旅行去的物质地点这一理念，在小说最著名的段落里出现呼应，哈克做出决定，"那么，好吧，我就去地狱吧"（271）。这一段落产生了多重反讽：能够读懂反讽的大多数读者都能明白，哈克不会因为帮助朋友逃出万恶如奴隶制的制度而去地狱。大部分读者也明白，这一决定标志着哈克心理成长的最伟大时刻。然而，重要的是，哈克从身体旅行的意义上阐明他最初的道德决定："不会试着"去天堂，正如他从行进在旅途的积极主动的意义上表达他最终的道德决定：他的身体和精神都将为了他的朋友而去地狱。正如他用密西西比河上的旅行表示他的整体成长，他去地狱的决定则表示他心灵上的成长，虽然他具有反讽意味地相信自己是个道德上的堕落者。哈克接着用另一个身体化的隐喻来描绘心灵成长，这一次跟洁净有关。在他决定是否帮助吉姆逃出奴隶制时，他觉得"挺痛快，觉得已经把沉重的罪恶从身上洗掉，这是我有生第一回有这样的感觉"（269）。他遇到那些误将自己认成汤姆·索亚的人时，他再次感觉得到了清洗，"我仿佛重投了一次娘胎，我终于弄清楚了我原来是谁"（282）。在这里，哈克经历了一种全新的身体化意义上的重生，似乎他的身份仅仅是一个身体的问题而已。

　　在《哈克贝利·费恩历险记》中，尽管用旅行表示哈克的心理成长是使用频率最高的隐喻，但许多其他意象，比如再生和清洗，也成了成长的隐喻。哈克用另一个意象将成长表现为工作，也就是体力劳动，他问："既然学着做对需要费劲，做错不必费劲，而工钱［wages，亦可译为'报偿'、'报应'］都是一个样，又何必学着做对的事呢？这个问题可把我给难住了，我回答不出来。我就想，从今以后，别再为这个操什么心了吧；从此以后，不论遇到什么事，只要是怎样做方便［handiest］就怎样做吧。"（127，斜体为引者所加）当哈克使用"工钱"一词时，他的意思并不真的是他的努力将得到什么报酬；他在这里使用的是一个表示"结果"的隐喻；就是说，他认识到，做好和做坏的结果带给他的情感混乱会一样多。接着哈克用了"方便"［handiest］这个词，它使上述隐喻得到了加强。《牛津英语词典》将"handy"一词与"用手完成的体力劳动"联系起来。① 这样，哈克的话就包含"做道德决定是一桩艰苦的体力劳动"的意思。哈克还将道德和一种让他焦躁的身体病痛联系起来。有一次，他感到非常愧疚，以至于良知让他觉得"滚烫""发热"（123）；最后，他的"良知搅动着他的心让他发热，热得比任何时候都厉害"（124）。哈克的道德决定导致他经历隐喻性的发烧、全身滚烫，这种发热预示他将做出为了吉姆去地狱的最后决定。虽然如此，那些用词是身体化的，将实实在在的发烧等同于感到愧疚之类的概念。

哈克的成长还包含关于冒险、人身安全和视力等身体化意象。比如，他想，"当一个人处境困难［in a tight place，亦可译为'被挤压在一个地方'］的时候，勇于站出来，把真相给说出来，那是要冒风险的。我虽然没有经验，不能说得十分肯定，不过依我看事情是这样的。可是，我总认为眼前这件事说实话比撒谎好些，实际上也安全些"（239，斜体为原文所加）吐温再次使用"body"一词指"一个人"，哈克的困境使他感到他"被挤压在一个地方"。这样，道德困境的概念在这里被身体化为物质的陷坑，他还用一个在本段落用过两次

---

① "handy, adj.", *OED Online*, June 2012, Oxford University Press, 24 Aug, 2012. (http://www.oed.com/view/Entry/83957).

的隐喻，概念化地把一个难题作为视力问题来解决："it looks so to me [依我看事情是这样的]。"哈克的目标是用冒险行动获得安全感，要是不试着使用他的身体化表达，他就无法解释那个概念。

四　结论

在《哈克贝利·费恩历险记》中，哈克反复以建立在自己身体形象基础上的概念术语解释自己的感知和经历。成长的概念被映射到身体旅行；救赎的概念被映射到清洗；道德抉择的概念被映射到体力劳动；逃出社会禁锢的概念被映射到身体逃亡。如果不使用他的身体，哈克就无法解释他的世界。按莱考夫和约翰逊的观点，这是因为，他的身体化经验（embodied experiences）通过语言形塑了他的认知。不过，哈克当然没有真正的身体。他由话语构建而成——不过是概念的产物，他用纸上的墨迹表达和描述自己。不过，吐温让自己依靠认知的身体化性质来创造自己的人物。吐温似乎要暗示，人类的大脑与其身体不可分离。

更重要的是，出于探索儿童和青少年文学的目的，吐温依赖身体化隐喻表现哈克的成长。青少年以十分身体化的方式经历成长过程：青春期引发身体上的变化，在大部分人由儿童转入青少年再转入成年时，这种身体上的变化对他们有着深刻的情感上的影响。为什么青少年文学作家依靠身体化隐喻来表现成长，也许青春期固有的身体化经验是一个原因。然而，更值得注意的是，语言如何构筑我们的认知以便我们可以根据我们本能地知道的东西来描绘我们的感知和经验。我认为，这是一种认识论的形式，它对青少年的经验是必不可少的：作为儿童和青少年，我们通过我们的身体，也因为我们的身体而了解世界。而且，我们的语言已经构筑了我们的认知来以身体化方式描绘许多概念。结果，我们根据身体形象理解成长，包括生理变化和心理成长。因此，为儿童和青少年写作的作家在将身体形象映射到成长概念时，依赖大脑预先准备的神经回路（neuro-circuitry）。认知科学家认为，这是我们的大脑发育成的一种速记形式，它使我们不必在记忆中储存我们所经历的每一个事件。相反，我们把许多概念当作"模式化的知识"，也就是把概念形成过程的概括性模式记下来，这种概括性模式将适用于不止一种情况，诸如"成长是一次旅行"，或者"做道德决定是体力劳动"。①

总而言之，我们了解所有我们通过自己身体了解的事物，所以我们的认识论是身体化的，也许青少年时期是以非常独特的方式。我们也用语言表达我们所知道的东西——而且我们频繁地使用那种将身体化概念映射到抽象概念的语言。结果，我们的大脑将反复出现的事件——包括身体化隐喻——存储为模式化知识，反过来，我们又使用这种模式化知识来理解我们的世界——包括我们阅读时所体验的世界。马克·吐温将哈克贝利·费恩的成长描绘为身体旅行并不特别让人惊讶，因为成长就是这样一种身体化的经验。毕竟，我们只能通过我们的身体了解成长。不过在美国文学中，哈克贝利·费恩为将成长与身体化经验联系起来这一认知现象提供了一个重要形象。像大多数青少年一样，哈克通过他的身体了解事物——作为结果，他也用身体化隐喻表达自己。文本对他的成长的隐喻性描绘就这样不断触发读者关于成长意味着什么的模式化知识，这个过程不但形塑着读者对哈克贝利成长的特定理解，也增强他们对所有成长的身体化特性的文化上的理解。

这种对隐喻和概念化之间关系的探讨，是英语儿童文学研究中一个相对新颖的理论方法。该领域的研究成果确认，人的认知形成于儿童时代，而不是人生的其他阶段。如此，研究语言如何影响认知和认知如何影响语言之间的关系，就是儿童研究极其重要的课题。儿童文

---

① David Herman describes "stereotypical knowledge" as events that are repeated in such a way that we do not need to remember every repetition of the action. For example, most school days have a predictable pattern, so our brains store "the events of a typical school day" as "stereotypical knowledge" rather than remembering every single minute and day that we spend in school ("Scripts, Sequences, and Stories: Elements of a Postclassical Narratology." *PMLA* 112. 5 [1997]: 1046 – 1059, pp. 1047 – 1048). Standard metaphorical mappings, such as "growth is a journey", are thus also a form of stereotypical knowledge.

学提供了研究这些问题的丰富材料，因为如此众多的作家大量依赖身体化隐喻来引起儿童读者的概念认知兴趣。

作者简介

罗伯塔·西林格·特里茨，是伊利诺伊州立大学英语教授，教授儿童和青少年文学二十多年。她在青少年文学中的研究领域包括女性主义、叙事理论和认知叙事学。她著有《叫醒睡美人：儿童文学中的女权主义声音》（1997）；《搅乱宇宙：青少年文学中的权力与压制》（2000）；《吐温，艾尔考特和青少年改革小说的新生》（2007）。她与贝琪·赫恩合编《一种叙事指南针：指导女性生活的故事》（2009）。《搅乱宇宙》获得2002年美国儿童文学学会著作奖；《叫醒睡美人》和《搅乱宇宙》已被译成日文出版，《叫醒睡美人》最近也被译为中文出版。特里茨教授曾担任美国儿童文学学会主席和美国《儿童文学学会季刊》主编。她现在正致力于一个探索青少年文学中成长的概念化隐喻和认知之间关系的长期项目。

重述第一次世界大战：美国儿童文学中的另类历史和科技童话

琳恩·瓦隆（Lynne Vallone）

郭一平　刘涵译　罗贻荣校

"对第一次世界大战的遗忘是无法逃避的历史必然。"
——引自丹·托德曼《第一次世界大战：神话和记忆》①

内容摘要： 承袭19世纪英国文学的范例——如 G. A. 亨提的作品，美国20世纪早期的青少年冒险小说提供了一种美国青少年的一贯形象，他们聪明、正直、足智多谋，这些特点促使小英雄们表现出英勇、无私的行为。通常，激动人心的故事总是发生在冲突或战争中。例如，Stratemeyer Syndicate 出版公司出版的讲述少年发明家/工程师的汤姆·史威夫特少年系列原著中，就有两部作品以一战为背景，它们是《汤姆·史威夫特和他的作战坦克，或，为国效力》（1918），《汤姆·史威夫特和他的侦察机，或，美国的空中霸王》（1919）。本文将聚焦于这种"爱迪生式故事"的一个极致版本，史考特·威斯特菲尔德的"蒸汽朋克"三部曲《利维坦》（2009—2011）。尽管这些流行的美国青少年科幻小说/冒险小说的问世相距有一百年之久，民族主义、军国主义、帝国等意识形态也在不断地变化，然而，在对历史事件和战争机器的操控上，两种作品的风格却惊人地相似。

---

① Dan Todman, *The Great War: Myth and Memory*, London and New York: Hambledon and London, 2005, p. 228.

　　这篇文章要提出的质疑是：儿童文学作家让历史卷入他们讲述战争和战争机器的努力，会产生什么样的影响？如果"汤姆·史威夫特"系列小说代表了一种尝试，即对尚在进行的事件进行描述，那么威斯特菲尔德的作品对历史的处理，则是一种无情遗忘的结果，这种遗忘既是由时光流逝造成的，也是由人为的对历史记忆的威胁带来的，而威胁历史记忆的，就是这种将整个战争神话化的冲动。的确，威斯特菲尔德的作品促使我们提出疑问，我们还要不要这样一种道德上的要求，即我们是否该在儿童科幻小说或者改写历史的作品中记住真实战争的恐怖？

　　关键词：美国奇幻儿童文学　改写历史　儿童文学中的战争　美国儿童文学中的"爱迪生式故事"　美国少年系列小说

一　汤姆·史威夫特和美国"爱迪生式故事"

　　承袭 19 世纪英国著名作家如 G. A. 亨提等的儿童文学作品，美国 20 世纪早期的青少年冒险小说，注重其男性少年主人公的智慧、正直和足智多谋，这些特点往往促使他们做出勇敢、富有骑士精神和英雄气概的行动。这类专门面向男性读者的儿童文学作品——"爱迪生式故事"，扩展了冒险小说的"疆界"概念，使其超越自然空间，将新科技带来的跨界（boundary-crossing）包含在内，这些新科技使人们能够对天空、海洋、陆地进行更加伟大的探索。世纪之交，工程学引领了航空学、海洋技术、武器和通信的进步，这些成果为"爱迪生式故事"——以美国发明家托马斯·阿尔瓦·爱迪生（1847—1931）命名——提供了背景。① 通常，激动人心的故事总是发生在冲突或战争中。例如，在讲述少年发明家/工程师的"汤姆·史威夫特"少年系

---

① The term "edisonade" is a twentieth-century locution coined by the science fiction writer John Clute used to describe works that feature a brilliant young inventor and his inventions. Early edisonades include the Frank Reade series of dime novels first published in 1876.

列原著中，就有两部以一战为背景的作品（发表于一战期间或战争刚结束之时）：《汤姆·史威夫特和他的作战坦克，或，为国效力》（1918），《汤姆·史威夫特和他的侦察机，或，美国的空中霸王》（1919）。① 本文将注意力集中于美国"爱迪生式故事"的一个极致版本，以第一次世界大战的第一年为背景的斯考特·威斯特菲尔德的"蒸汽朋克"三部曲《利维坦》（2009—2011）。② 尽管这些美国青少年科幻小说/冒险小说的问世相距有一百年之久，民族主义、军国主义、帝国等意识形态也在不断变化着，对待性别和种族平等也有不同的态度，然而，在对历史事件和战争机器的操控上，两种作品的风格却惊人地相似。

　　本文特别要提出的质疑是：儿童文学作家让历史卷入他们讲述战争、战争机器和民族认同的努力，会产生什么样的影响？如果"汤姆·史威夫特"系列小说代表了一种尝试，即对尚在进行的事件进行描写，那么威斯特菲尔德的作品对历史的处理，则是一种无情遗忘的结果，这种遗忘既是由时光流逝造成的，也是由人为的对历史记忆的威胁带来的，而威胁历史记忆的，就是这种将整个战争神话化的冲动。的确，威斯特菲尔德的作品和它之前的"汤姆·史威夫特系列"促使我们提出疑问，我们还要不要这样一种道德上的要求，即我们是否该在儿童科幻小说/奇幻小说或者改写历史的作品中记住真实战争的恐怖？

　　《汤姆·史威夫特和他的作战坦克》出版于第一次世界大战的最后一年，以 1917 年春天美国刚加入战争为背景。在这部作品中，年

---

① Victor Appleton, *Tom Swift and His Air Scout*, *or*, *Uncle Sam's Mastery of the Sky*, 1919, Chicago, Ⅲ. : Project Gutenberg. PDF and *Tom Swift and His War Tank*, *or*, *Doing His Bit for Uncle Sam*, 1918, Chicago, Ⅲ. : Project Gutenberg. PDF.

The original series, initiated in 1910 and lasting until 1941, was published under the pseudonym "Victor Appleton" and launched by Edward Stratemeyer's book-packaging company, the Stratemeyer Syndicate.

② The Leviathan trilogy is comprised of three volumes: Scott Westerfeld. Illus. Keith Thompson, *Leviathan*, New York: Simon Pulse, 2009; *Behemoth*, New York: Simon Pulse, 2010; and *Goliath*, New York: Simon Pulse, 2011.

轻的男人们被征募攻打"德国佬"，自由债券销售火暴，少女们忙着为少年红十字会编织衣物，[①] 汤姆·史威夫特因为拒绝从军而被人们质疑其爱国精神，实际上，他获得了一个应征豁免。然而，他的朋友们和社会并不知情，他正在完善一种新发明的坦克，这种坦克的威力和多功能性都超越英国的新坦克。他的坦克原型刚一完成制造和测试，试图盗取新坦克秘密资料的德裔美国间谍就受到了阻止和拘捕，被关进美国战俘营中。汤姆把坦克交给美国政府，由其把坦克拆解装船运往英国生产，支援法国盟军。尽管对待德裔美国人的态度，对"关键时期"参战承诺的讨论，以及波及非裔美国人的不负责任的种族歧视，在现今都是非常不合时宜和冒犯的，但小说描述的美国宣传机构、标语和官方政策中提倡的"做分内之事"的呼吁似乎是对的。坦克本身和年轻发明家制作新式战争机器的才能才是这部小说最富有想象力的成分——而不是冲突本身方面。在随后的小说《汤姆·史威夫特和他的侦察机》中，对汤姆爱国精神的质疑声已经平息，紧随而来的是对他用来支援战争的一个新发明的强烈兴趣——一个无声发动机，与盟军中现有的易被检测的战机噪音引擎相比，它能使载人飞机更高效地侦察德国的领空。汤姆把现代战争的本质评价为"空中决雌雄"，与那些痴迷于航空技术者的一贯观点不谋而合：

　　考虑到飞空艇在现在的战争中发挥着多么神奇的作用，的确很难预见谁会成为空中霸主——盟军？还是德军？——目前为止，德国佬占据优势。接着，盟军认识到了领空的重要性，开始锐意进取，现在，美国政府和军队在潘兴将军的带领下正领导一切，或者即将领导一切。（26）

世纪之交的空中、陆地和海洋运输同样受益于创新发明，威斯特菲尔德与他的搭档——插图画家基思·汤普森，依据机械学或生

---

① "Liberty Bonds" functioned as a symbol of patriotic duty in the United States. The bonds were issued by the government and could be redeemed after the war for face value plus interest.

物工程学创造出神奇的机械和武器，从而把"爱迪生式故事"的想象力发挥到了"汤姆·史威夫特"第一系列丛书无法想象的高度。然而，威斯特菲尔德的蒸汽朋克小说对历史的改写并不仅仅包含对机械的神话虚构：他重绘了参战国家的地图、重写他们的参战动机，从而成就了这种时空颠倒却极富想象力的重述，且已在西方国家找到现存的读者。

二　"蒸汽朋克"和史考特·威斯特菲尔德的 《利维坦》三部曲

　　史考特·威斯特菲尔德广受青少年欢迎的《利维坦》三部曲，背景设置在历史被改写的 1914 年的欧洲。三部曲中的第一部开篇讲述了"达尔文主义者"（大英帝国）在弗朗茨·斐迪南大公被刺后卷入了与叮当同盟（奥匈帝国和德意志帝国同盟）的战争。在最近一部作品（三部曲中的最后一部《歌利亚》出版于 2011 年 9 月）中，正如史考特·威斯特菲尔德所说，"可能的未来与被改写的过去"融合在一起创造一种有期限和无期限的冲突，在这一冲突中，曾在实际战争中产生毁灭性影响的 20 世纪初期的先进科技——坦克、毒气、装甲巡洋舰、航空母舰、软式飞艇——被再创造为抽象神奇的"机械技术"，以及基因工程怪兽和飞空艇（《利维坦》，439）。① 因试图改变战争进程，给欧洲带来和平，两个 15 岁主人公——女扮男装的英国空军新兵和（虚构的）奥匈帝国皇位继承人——展开了他们的冒险故事和浪漫传奇。故事发生在对立的政治和科学哲学冲突的背景之下。

　　在写作《利维坦》时，威斯特菲尔德面临一个困难的叙述任务：在历史重负威胁着整部作品写作的情况下，他既要满足蒸汽朋克小说的要求（令人信服地设定一种未来主义的可预测的技术，这种技术使用的是蒸汽或传奇历史中的其他古老动力），又要满足冒险故事的情节需要。

---

① The trilogy will be augmented by a companion book to the Leviathan series, The Manual of Aeronautics: *An Illustrated Guide to the Leviathan Series*, which will be published in August, 2012 (forthcoming from New York: Simon Pulse, 2012).

然而，总体来讲，他实现了这些目标。作品受到了如银行街教育学院（美国）、学校图书馆期刊（美国）、美国青少年文学学会（YALSA）等著名支持者的广泛好评，同时也获得了美国、加拿大、澳大利亚的权威颁奖组织的认可。

　　三部曲大部分的毁誉都源自它与广受青少年喜爱的蒸汽朋克（steampunk）亚文化的关系。"蒸汽朋克"是科幻小说作家 K. W. 杰特尔在20 世纪 80 年代末创造的一个复古未来主义术语。玩味一下"赛博朋克"（"cyberpunk"后现代主义科幻小说）可知，"蒸汽朋克"将维多利亚时代的科技（蒸汽）与一种"朋克"元素结合，它是科幻小说的一个分支。除了文学之外，蒸汽朋克美学与亚文化的影响力已经渗透到时尚、设计、艺术和游戏领域，并且它的影响在全球流行文化中日益明显。① 2009 年末，首届大型蒸汽朋克艺术展在牛津科学历史博物馆开幕。② 同年，首次蒸汽朋克大会在西雅图召开。儒勒·凡尔纳的《地心历险记》（1864）和赫伯特·乔治·威尔斯的《时间机器》（1895）③都属于极早期的蒸汽朋克文学（它们问世于这一术语诞生之前）。我们可以从以下作品中看出蒸汽朋克的美学特性，尤其是一些吸引青少年的特点：菲利普·普尔曼的《黑暗物质》系列中的机械（真相探测仪和飞船）、小罗伯特·唐尼再次主演的电影《大侦探福尔摩斯 2》和宫崎骏的作品，等等。④

　　蒸汽朋克通常跟维多利亚时代有关，那个时代对它产生了影响。《利维坦》的故事发生在 1914 年英王乔治五世统治期间。不得不问的

---

　　① The steampunk influence may be found in China in the film Tai Chi O (2012) directed by Stephen Fung. Tai Chi O. (2012). Typically, Chinese steampunk combines mechanical fantasy with "wuxia" (a Chinese literary genre translated as "martial hero").

　　② The steampunk exhibit at the Oxford History of Science ran from 13 October 2009 until 21 February, 2010.

　　③ Jules Verne, *A Journey to the Centre of the Earth*, 1864. Trans. London: Griffith & Farran, 1872. H. G. Wells, *H. G. The Time Machine*, London: William Heinemann, 1895.

　　④ Pullman · Phillip, *His Dark Materials*, 3 volumes, London: Scholastic, 1995 – 2001. The Sherlock Holmes films include "Sherlock Holmes", Dir. Guy Ritchie. Warner Bros, 2009 and "Sherlock Holmes: A Game of Shadows", Dir. Guy Ritchie, Warner Bros, 2011.

是：既然《利维坦》是部奇幻小说，为什么还要用历史细节束缚它，使故事发生在第一次世界大战爆发前到战争爆发后的头几个月？为什么不在一个完全虚构的世界中，或者说在一个与被阴谋、背叛、死亡吞噬并最终导致世界大战的那一年相比不那么挑动神经的世界中，去钟情于对"what if（假想）"科技的沉迷？

三 第一次世界大战战争机器

这部小说把背景设置在 1914 年第一次世界大战爆发前几个月，有两个主要原因：（1）19 世纪的最后 10 年与 20 世纪的最初 10 年，人类在通信、工程、交通工具、武器等新技术的开发和完善上成效显著。1884 年，海勒姆·马克西姆设计发明了机枪；1885 年，尼可劳斯·奥古斯特·奥托发明了内燃机；1900 年，斐迪南·冯·齐柏林伯爵发明了齐柏林飞艇；1903 年，莱特兄弟在北卡罗来纳州的基蒂霍克试飞了他们的飞机；英国海军的无畏号战列舰于 1906 年下水；20 世纪最初 20 年里，我们可以看到无线电技术的持续进步（无线电接收机、特纳广播和短波收音机都是 1919 年发明的）。第一次世界大战战争机器的"进步"（如果可以这样说的话）得益于这些发明。威斯特菲尔德的小说十分注重机械、基因工程的现代风格与科学潜力，有了这些发明，作者才完全有可能做出这样的选择——正如 Stratemeyer Syndicate 出版公司在他之前的决定一样——把背景设置在一个科技如此繁荣的时期。（2）除了激发想象力之外，威斯特菲尔德还利用战时背景探索另一种战争———场理念之战：虚构的超级达尔文主义（如果达尔文发现了 DNA 的话）和基因工程对抗把机电工程与自然设计相结合的创新工业机械。

在这个历史被改写的 1914 年的欧洲，不同国家依据各自意识形态发展和权力巩固的需要，选择忠于"怪兽"（"beasties"）或"机械"（"mechaniks"）。在英国，强大的变异兽为社会提供运输动力、通信和保护，如巨大的狼虎合成兽（lupine tigeresques），它可以拉动任何地形上的交通工具。有人反对这种"违背自然哲学的制造品"，这些反对者被斥为"猴子路德派"（"Monkey Luddites."）。①
小说的主角之一，工人阶级出身的苏格兰女孩戴琳/迪伦·夏普是怪
兽的支持者，她说："一些人……基于自己的信仰害怕达尔文主义
者的怪兽，他们认为杂交的自然生物比科学更亵渎神灵，即使芯片
工厂在过去50年里已经成为大英帝国的支柱。"（31）即使被认为
是"亵渎神灵"的，朝生物工程的转变却确实解决了很多工业化问
题，"……合成兽已经超越了伟大的燃煤发动机，肌肉和肌腱取代
了锅炉和齿轮。在这个时代，烟囱里的烟都是从烤炉里冒出来的，
而非从庞大的工厂里"（66）。然而，与猴子路德派一样，叮当同盟
把基因工程制造的动物和杂交兽看成"怪物"。在他们这一方，奥
匈帝国已经制造了可怕的武器/运输机，如由煤油、戴姆勒引擎驱动
的塞克暴风行者（Cyklop Storm walker），德意志帝国发明了庞大的
高于古老林木两倍的六足陆行无畏战舰 SMS 贝奥武夫（SMS Beo-
wulf）。

　　英国皇家空军新成员戴琳·夏普和亚历山大王子（奥匈帝国的潜
在继承人），尽管两人在各方面都是敌对的——等级、性别、国籍和
哲学理念，但一旦共处于极端的环境中，就会学着质疑自己的偏见，
欣赏对方信仰里的优点和价值。受损的巨型飞空艇利维坦号（它是一
个基于鲸鱼 DNA 的基因工程生物系统，模仿互联和自足的生态系
统——达尔文发现物种起源的地方）在叮当引擎的帮助下恢复飞行能
力。戴琳这样说道："我们现在不同了，一部分我们，一部分他们。"
（416）随着小说情节的发展，威斯特菲尔德宽容和互助的反战意图变
得更加明确，对两个青少年可能改变这场血腥战争的能力也更有
信心。

　　当然，这种幻想也许是这套书最精彩的成分，同时，也因此使其
被坚定地归入青少年在历史事件的解决和进程中发挥了重要作用的这
一儿童文学次体裁中。尽管创新科技使这部作品被视为"汤姆·史威
夫特"系列一类，然而也使其区别于其他关于一战的儿童读物，两位

---

① 英国历史上反对技术进步并破坏机器的人被称为路德派。——译者注

主角的大胆冒险，甚至变装和英勇救援都是对战时或战后年间发表的
儿童作品的模仿。例如，在英国作家伊迪丝 C. 凯尼恩的《皮克尔斯：
红十字会女英雄》（1916 年）里，年轻的皮克尔斯女扮男装，驾驶飞
机干掉了一个德国王牌飞行员。还有更现实的例子，战争年间，妇女
和女孩们从事着传统上男人们从事的危险工作——如焊工、航空工程
师、飞船建造者。[①] 这一现象在战时儿童读物如贝茜·马钱特的《军
工厂女工》（1916 年）中有所体现。[②] 戴琳在飞船上的航感和英勇，
似乎与那些突出表现女主角的技能、勇气、爱国主义的儿童读物有着
直接的联系。很多战后发表在男孩杂志上的有关一战的系列作品中，
战争被描述为一场伟大的冒险。例如，H. 麦克雷的《一战伙伴》
（1925 年发表于《战士》）中开篇讲道："弟兄们，好战的马克和柯
不关心军用救急饼干！他们渴望奔赴前线，他们在等待你的加入。"
（转引自托德曼，236 n. 63）在《贝希摩斯》中，亚历克厌倦了全面
战争带来的死亡，他参加了伊斯坦布尔的叛乱（虚构的），因为他相
信，他命中注定要来终止这场战争的继续发展，为欧洲带来和平。
（265）

四　改写历史与责任感问题

简单来说，可以确定的是，《利维坦》是对其他描写一战的儿童
文学的某些思想和情节的改造利用，我认为，威斯特菲尔德表现出的
对历史的扭曲这一令人困扰的问题依然存在。在第三部《歌利亚》后
记中，威斯特菲尔德写道：

---

① Edith C. Kenyon, *Pickles: A Red Cross Heroine*, London: Collins' Clear-Type, 1916. See Redmann for an excellent comparative analysis of girls' fiction about The Great War (Jennifer Redmann, "Doing Her Bit: German and Anglo-American Girls' Literature of the First World War", *Girlhood Studies* 4. 1, 2011: 10—29). For a complete treatment of British boys' literature of the period, see Michael Paris's Over the Top: *The Great War and Juvenile Literature in Britain* (Westport, CT and London: Prager, 2004).

② Bessie Marchant, *A Girl Munition Worker*, London: Blackie, 1916.

　　这个系列故事对历史最大的偏离，当然并不在于这些或真切或虚构的细节，甚至也不在于我笔下的奇幻科技，最大的变化是战争自身的进程。在现实世界中，没有飞往伊斯坦布尔的利维坦号飞船、土耳其帝国加入同盟国（叮当同盟）、切断了俄国的食物供应……当然德国人也没有袭击纽约的肖勒姆，导致美国又保持了三年多的中立。与此同时，战争陷入了可怕的僵局，它结束时欧洲成为一片废墟，为紧随而来的恐怖的第二次世界大战埋下伏笔。（542）

　　威斯特菲尔德在小说背景和关注点上做了一些别的选择，这些做法使《利维坦》不同于传统的对一战的重塑。尽管，正如丹·托德曼在《第一次世界大战：神话和记忆》中所说，堑壕战和泥淖也许是表现这场战争之恐怖的最有力和最普遍使用的转喻，但在《利维坦》中，文本和插图都避免再次使用这种表现恐怖的"视觉速记符号"。的确，很多小说情节发生在空中，远离战争主要发生地——战场和作战指挥所，尤其是第一部。

　　我发现，在美国杂志关于《利维坦》的评论中，我所关注的历史责任感的问题，即使有人提出来了，也会不出所料地被束之高阁。奥斯汀·格罗斯曼发表于《纽约时报书评》（2009年11月8日）的评论对这个战争故事的"洁净度"提出质疑，他说："《利维坦》中的第一次世界大战有点太美丽如画（picturesque），有点太胡闹。"可是，他把书中这一"大问题"降格为"如果第一次世界大战是一场基因改造的变异兽与像《帝国反击战》中一样的蒸汽动力行走机械之间的战争，那会不会很酷？"答案是"是的，它会"①。

　　青少年文学对整个战争严肃性的降低有什么理论意义？毕竟，《利维坦》是一部蒸汽朋克奇幻作品，它没有宣称描绘了一战的真实情况，其他当代儿童历史小说或纪实小说可以承担这个责任。如胡安

---

① Austin Grossman, "Whale Riders", Rev. of Leviathan, *New York Times Book Review*, November 8, 2009: 21, p. 21.

妮塔·哈瑞的《如威利的眼睛》（2004），特里萨·布雷斯林的《回忆》（2002），伊恩·劳伦斯的《胡桃夹子的主人》（2001），琳达·格兰菲尔德的纪实小说。① 然而，在采访中，威斯特菲尔德提到书中战时背景问题时，声称他的小说不仅尊重第一次世界大战中的作战技术，同时也是对一战毁灭性后果的提醒。他说："《利维坦》发生在第一次世界大战开始时，那个早期科技传奇时代的尾声……那些最早的坦克和其他战争机器在我们现在看来几近滑稽，但是对于当时在战场上遭遇它们的士兵来说，它们一定像怪物一样可怕。蒸汽朋克是一种重新唤起那种恐惧的方式。"②

　　我们或许会提出疑问，战争的恐怖是否需要用蒸汽朋克的方式来强化记忆？或者，幻想小说——它脱离现实是必要的——是否能够表现过去的灾难？一方面，这正是我们对视觉艺术的期待，想一想戈雅的《1808 年 5 月 3 日》、毕加索的《格尔尼卡》或约翰·辛格·萨金特的《毒气战》。③ 而另一方面，随着老兵们的离世，世界几乎已经失去了与第一次世界大战全部的直接联系，也许我们需要文学中有更多的历史，而不是更少。④ 托德曼准确地预测，对第一次世界大战的兴趣可能会"在战争百年纪念之际被重新激起"（229），但他认为，"为了记住历史，恐怕简化和误差会是必须付出的代价。现在很少有人在意哈斯汀战役到底有没有好好打，但人人都知道哈罗德伤了眼睛"（227）。

------

① Juanita Harill, *Eyes Like Willy's*, New York：HarperCollins, 2004. Theresa Breslin, *Remembrance*, London：Doubleday, 2002. Iain Lawrence, *Lord of the Nutcracker Men*, New York：Delacorte, 2001.

② Grossman, Lev, "Steampunk：Reclaiming Tech for the Masses", *Time. com*, December 14, 2009；*N. p*, November 10, 2011.

③ Francisco Goya, *The Third of May*, 1808, Madrid：Museo del Prado, 1814；Pablo Picasso, *Guernica*, Madrid：Museo Reina Sofia, 1937；Sargeant John Singer, *Gassed*, London：Imperial War Museum, 1919.

④ Australian William Allan died at 106 in 2005；Canadian Lloyd Clemett died at 107 in 2007；Frenchman René Riffaud died at 108 in 2007 and American Frank Buckles died at 110 years old in 2011.

"误差"可以扩大到排除道德问题吗？正如《利维坦》的一个有点粗心大意的批评者茱迪·西尔弗曼（她在整篇评论中把"the Clank-ers Powers"［叮当人的机械］称为"the Clunkers"［"老爷车"]）所说："……书中人物都这么真实，我们真不知道应该站在哪一边。"①根据人物是否完全成熟来确定忠奸或者做出战争是正义战争还是侵略行为的道德判断是一种值得怀疑的方法。先撇开这些不谈，西尔弗曼提出了一种阅读《利维坦》的有趣观点：书中来自两个敌对国家的男孩和女孩身上具有同等魅力，由他们来代表实际战争中的双方，可以说，威斯特菲尔德改造的不仅仅是战争机器，他还颠覆了读者可能会带入书中的对"敌与我"、胜与败、对与错的绝对理解（至少对来自前盟国的读者来说是如此）。在出版于1918年和1919年的"汤姆·史威夫特"系列丛书的语境里，这种做法是不可想象的。用著名蒸汽朋克作家布鲁斯·斯特林的话说："蒸汽朋克的教训并不是关于过去，它们是关于我们这个时代的不安和退化。"②

"演绎历史"是评述《利维坦》三部曲的一种方法。其他用来评述类似历史幻想作品的术语包括"虚拟历史"、"改写历史"与"反事实历史"。反事实历史的著名支持者尼尔·弗格森曾说道："对未来的决策通常建立在权衡可供选择的行动的潜在后果之上，因此，把我们过去的行动的实际结果与我们应该采取的行动的理想结果相比较，是有意义的。"③虽然理想化，但"可能的过去"这一概念也许可以通过蒸汽朋克冒险"恢复"为青少年重塑历史的行为。换句话说，《利维坦》不像学术型的反事实历史（如没有了克伦威尔的英格兰或有了肯尼迪的美国可能会进步），因为后者是建立在"当代人确实考

① Judy Silverman, "Rev. of Leviathan", *Childrenslit. com. Web. N. p*, November 10, 2011.

② Bruce Sterling, "The User's Guide to Steampunk." (Ed. Jeff VanderMeer, *The Steampunk Bible: An Illustrated Guide to the World of Imaginary Airships*, *Corsets and Goggles*, *Mad Scientists*, *and Strange Literature*, New York: Abrams, 2011: 12 - 13, p. 13.)

③ Niall Ferguson, "Virtual History: Towards a 'Chaotic' Theory of the Past." (Ed. Niall Ferguson, *Virtual History: Alternatives and Counterfactuals*, 1997, New York: Basic Books, 1999: 1 - 90, p. 2.)

虑过的当代证据"（86）①的基础之上的。当然，相比之下，威斯特菲尔德对历史的背离是以完全虚构的形式，不过，要是军国主义、不信任、民族主义可以被升华为更高的社会和道德目标，来自势不两立的敌对双方的儿童结成联盟这一点还是彰显了它可能达成的效果。②

改写历史的作品似乎鼓励了两种截然相反的观点，因为无论把它们指责为"错误的历史"和如此虚幻的历史还是把它们确认为帮助我们铭记历史的"刺激性混搭"都很容易。③假设改写历史的小说真有那两种两极化的效果，追求其理论含义的努力就该被视为一片文学或历史上的"无人地带"吗？尽管看起来一方面有利于铭记一战的历史事件，另一方面又有利于遗忘，但我认为，关键的问题在于要将对历史作不同反应的两个方面统一起来，既有铭记的渴望又有遗忘的决心，这是同一个硬币的两个面，然而这个硬币是不可能存在的。换句话说，文化健忘症既扭曲了历史，也扭曲了改写历史的小说。最终，在赞成和反对演绎第一次世界大战（也许任何战争）历史的两种观点中，事实都让位于情感。尽管记忆提供一种强有力的真相，但它如神话故事那样，绝不是事实。④

总而言之，显然，《利维坦》就其功用来说与其说是一部关于一

---

① See, for example, John Adamson's essay "England Without Cromwell: What if Charles I had avoided the Civil War" (Ed. Niall Ferguson, *Virtual History: Alternatives and Counterfactuals*, 1997, New York: Basic Books, 1999: 91–124.) and Diane Kunz's essay "Camelot Continued: What if John F. Kennedy had lived?" (Ed. Niall Ferguson, *Virtual History: Alternatives and Counterfactuals*, 1997, New York: Basic Books, 1999: 368–391). For an alt-history treatment of World War One, see Jack Beatty, *The Lost History of 1914: Reconsidering the Year the Great War Began*, New York: Walker, 2012.

② According to novelist Thomas Mallon, much of alt-history, including his own work, may be characterized by a "redemptive impulse" ("Never Happened: Fictions of Alternative History." *The New Yorker*, November 21, 2011: 117–121, p.118).

③ The phrase is Mallon's (121).

④ Todman focuses on the potent "myths" of The Great War, and while myth is closely related to both remembering and forgetting (myth involves both memorializing and erasure, after all), myths provide a certain level of cultural anesthesia or artificial stimulation—not a goal perhaps, but a consequence of mythmaking.

战的写实作品，不如说是一部从 1914 年事件得到灵感的作品。也许这个评论显而易见而且不切题。即使这一评论没错，正如伊丽莎白·布什在她为儿童图书中心公告报所写的《利维坦》评论里所说，"前面一些第一次世界大战背景的描写提高了读者的兴趣，但是不读（或者心不在焉地翻过）那部分的读者也不会觉得有什么损失"，接着，第一次世界大战史实只是与当代年轻读者渐行渐远而已。① 然而，即使我们抛开事实不说，即使《利维坦》的背景是纯虚构的战争机器之间的冲突（一方使用的是蒸汽和机械动力，另一方使用的是基因工程改造的 DNA），可是书中写到的全球战争仍然充斥着军国主义、民族主义、权力较量（还有许多其他教唆性因素）等意识形态的冲突，这就涉及道德问题，也就引发人们对这部作品提出质疑。

作者简介

琳恩·瓦隆（Lynne Vallone）是罗格斯大学儿童研究教授，她教授本科生和研究生儿童文学、视觉文化和童年实践研究等课程，她创作或主编过六本书，最近出版了《牛津儿童文学指南》（与茱莉亚·麦肯伯格合著，2011），发表过大量文章。她目前正在撰写一部关于儿童文学和更广泛的西方文化中大小和规模问题的著作。

---

① Bush Elizabeth, Rev. of Leviathan, *The Bulletin of the Center for Children's Books*, 63. 4 (2009)：171 – 172, p. 172. Unfortunately, the "history is boring" mantra appears to be shared by Westerfeld himself. In The *Steampunk Bible*, he writes："Adults may have a half-remembered notion that Victorians were stuffy, but teens are stuck in actual history classes that are genuinely boring to many of them. So perhaps it's not surprising that radical rewrites of that history amuse and excite teens in a more visceral way. " (Ed. Jeff VanderMeer, *The Steampunk Bible：An Illustrated Guide to the World of Imaginary Airships, Corsets and Goggles, Mad Scientists, and Strange Literature*, New York：Abrams, 2011：66 – 68, p. 68)

后　记

　　本书是"首届中美儿童文学高端论坛"的学术成果，是中美两国学者在儿童文学领域进行实质性交流、合作的第一次结晶。在"首届中美儿童文学高端论坛"之后，根据本书主编要求，20 位大会发言人吸收会议期间对各自论文的讨论内容，对他们的发言稿进行了修改和扩充，在此基础上形成本书各篇论文。论文中，中美两国学者互相引用对方的观点和材料进行互动、商榷，美国学者还根据中国学术论文的习惯体例，给论文添加了小标题。本书记录了太平洋两岸学者以对方国家为对比参照系，对"儿童观"这一重大问题的思考和对话，也承载着他们的友谊与合作愿望。

　　作为"中美儿童文学高端论坛"的中美协调人和本书的共同主编，我为能够与朱自强教授和克劳迪娅·纳尔逊教授共事，参与"中美儿童文学论坛"的发起、组织和举办，为中美儿童文学的交流与合作尽绵薄之力感到高兴。

　　本书的出版，首先要感谢"首届中美儿童文学高端论坛"的联合主办单位中国海洋大学和得克萨斯 A&M 大学，承办单位中国海洋大学文学与新闻传播学院，协办单位中国海洋大学儿童文学研究所、中国海洋大学比较文学与文化研究中心、得克萨斯 A&M 大学孔子学院、得克萨斯 A&M 大学英文系、得克萨斯 A&M 大学妇女与性别研究项目、得克萨斯 A&M 大学格拉斯科克人文研究中心。是这些单位的精心组织和经费上的支持使此届盛会的召开成为可能。

　　在本论文集的翻译、整理和编辑过程中，除署名者外，中国海洋大学的徐德荣副教授，中国海洋大学比较文学与世界文学、英美文学以及 MTI 专业的部分研究生也付出了辛苦的劳动。在此向他们诚挚致谢。

　　由于水平和时间所限，此书翻译和编辑整理工作中的疏漏和错讹在所难免，还望论文作者和读者不吝赐教。

罗贻荣

2014 年 12 月 28 日